Herbert Schida

Die Rodewiner

Ein historischer Roman aus
der Völkerwanderungszeit

AF281757

Herbert Schida

Die Rodewiner

**Ein historischer Roman aus
der Völkerwanderungszeit**

Bibliografische Information der Deutschen Nationalbibliothek:
Die Deutsche Nationalbibliothek verzeichnet diese Publikation in
der Deutschen Nationalbibliografie; detaillierte bibliografische Da-
ten sind im Internet über http://dnb.de abrufbar.

Band 8 der Thüringen-Saga

© *Herbert Schida, Wien 2024*
Alle Rechte vorbehalten
Coverund Bilder: Herbert Schida, www.schida.net
Lektorat: Ursula und Heinrich Jung
Korrektorat: Reinhild Schida, Manuela Schida-Taudes
Verlag: BoD · Books on Demand GmbH, In de Tarpen 42,
22848 Norderstedt, bod@bod.de
Druck: Libri Plureos GmbH, Friedensallee 273, 22763 Hamburg

ISBN: 978-3-7693-1742-8

Inhalt

Anlagen

Bild auf der Umschlagseite 1: Blick auf die Siedlung
Rodewin (Neuroda) in Thüringen um 538.

Reiseroute von Siegbert nach Reims anno 538

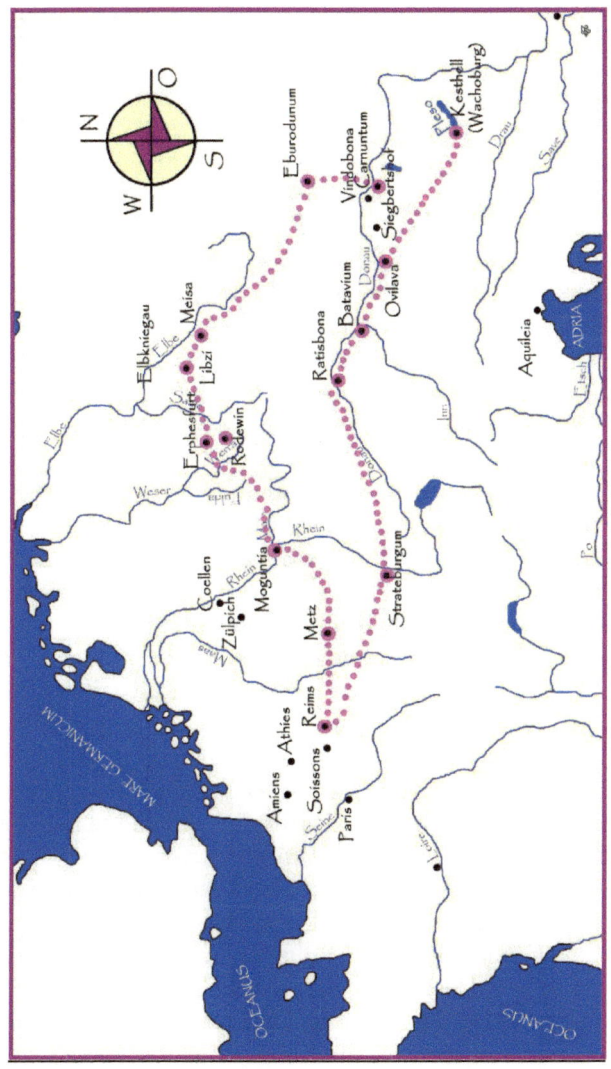

1. Das Frühlingsfest
Im Februar 538

Siegbert ritt auf der Bernsteinstraße nach Norden in Richtung Vindobona. Er hatte es nicht eilig und ließ die Zügel seines weißen Hengstes locker durchhängen. In Gedanken war er bei seinem Freund Amalafred, den er bis zur ostgotischen Grenze begleitet und verabschiedet hatte. Die Königin Amalaberga forderte ihren Sohn auf, nach Ravenna zu kommen, da sie sich bei den Ostgoten nicht mehr sicher fühlte. Trotz der Verschlechterung der Lage dachte sie nicht daran ins Langobardenreich, nach Vindobona zurückzukehren. Dort lebte der Großteil ihrer Getreuen, die ihr auf der Flucht bis an die Donau gefolgt waren.

Ein kühler Wind blies vom Osten über das flache Steppenland und ließ ihn erschauern. Ob Amalafred gut über den verschneiten Gebirgspass gekommen war? Gern wäre er seinem Freund gefolgt, um einen gemeinsamen Traum zu verwirklichen. Sie wollten sich dem kaiserlichen Feldherrn Belisar anschließen. Seine Fähigkeiten und Tapferkeit reichten weit über die Grenzen des oströmischen Kaiserreichs hinaus. Doch Wunsch und Wirklichkeit waren nicht immer in Einklang zu bringen. Pflichten standen im Weg, die ein freies Handeln einschränkten. Der Langobardenfürst Audoin hatte ihm angeboten, die abtrünnigen Thüringer zum nächsten Heerzug als Hauptmann anzuführen und auch die Familie war für ihn ein Hinderungsgrund, obwohl seine Frau Hedwig und die Kinder auf dem Gut im Tullnerfeld gut versorgt waren. War es die Liebe zu ihr, die ihn vor diesem Schritt zurückhielt? Er konnte es nicht sagen. Seine erste Frau Brunhilde liebte er innig und als sie unter den Eisschollen des Schwemmteiches bei Rodewin ertrunken war, glaubte er nie wieder eine andere Frau lieben zu können. Doch es kam anders. Er hatte seine Schwägerin Hedwig in Vindobona kennengelernt, als sie mit Hartwigs Sekretär die Nachricht von der Ankunft der Rebellen überbrachte. Sie hatte damals die beschwerliche Reise von Thüringen bis an die Donau auf sich genommen, um ihrem Reisebegleiter nahe zu sein. Doch er hatte ihre Liebe nicht erwidert und sie trennten sich. Warum sie sich danach für Siegbert entschied, blieb ihm ein Rätsel. Im Wesen passten sie kaum zusammen. Sie war lustig und frohgestimmt und er ernst und in sich gekehrt. Manchmal dachte er, dass sie sich für ihn deshalb entschieden hatte, weil es für sie eine Möglichkeit war, in Vindobona zu bleiben und ihr Leben nach ihren eigenen Wünschen gestalten zu können. Die Ehe mit ihm bot ihr all diese Vorzüge. Mit der Geburt ihres Sohnes hatte sich zwischen ihnen vieles verändert. Ihre Beziehung war gewachsen und von gegenseitigem Respekt geprägt. Siegbert fühlte sich ihr stärker verbunden als zuvor und bewunderte sie wegen ihrer Selbständigkeit und Durchsetzungskraft. Dieses Leben wollte er nicht aufgeben für einen Traum, dessen Realisierung ungewiss war.

Es wurde dunkel. Er benötigte eine Unterkunft für die Nacht. In der Ferne war eine kleine Siedlung zu erkennen, in der aus einem der Langhäuser Rauch durch den schilfgedeckten Dachfirst aufstieg. Bald erreichte er das Anwesen und ritt auf den Hof einer Herberge. In der Gaststube saßen einige Handelsleute an einem großen Tisch und speisten. Sie sahen kurz zu dem neuen Gast und schenkten ihm keine weitere Beachtung. Genüsslich griffen sie nach den Fleischstücken in den Holzschalen und ließen es sich schmecken.

Siegbert nahm an einem kleinen Tisch Platz, der neben dem Eingang zur Küche stand. Der Wirt kam und fragte, was er essen und trinken möchte.

„Bring mir ebensolch Gesottenes, wie das am Nebentisch und dazu einen Becher Wein!"

„Jawohl, mein Herr!", entgegnete der Wirt und eilte in die Küche.

Kurz darauf brachte er eine Schüssel mit dampfenden Fleischstücken und einem halben Laib Brot. Siegbert hatte den ganzen Tag noch nichts gegessen und einen Bärenhunger. Gierig griff er nach dem ersten Knochen und verbrühte sich die Finger. Mit dem Messer schnitt er das Fleisch von den Röhrenknochen und schlug sie auf den Tisch auf, damit das Mark herausfiel. Zufrieden sah der Wirt zu seinem neuen Gast, dem anzusehen war, dass es ihm schmeckte. Siegbert leerte seinen Becher Wein und deutete dem Wirt, dass er noch Durst hatte. Geschwind kam der Wirt mit einer Kanne zu ihm und schenkte den Becher bis zum Rand nach.

„Habt ihr sonst noch einen Wunsch?", fragte er lächelnd seinen Gast.

„Hast du ein Zimmer für die Nacht?"

„Ja, mein Herr! Ihr werdet zufrieden sein. Bitte folgt mir!"

Sie stiegen die Treppe hinauf in das obere Stockwerk, wo sich die Kammern für die Gäste befanden. Der Wirt öffnete eine der Türen und sah seinen Gast fragend an. Es war ein großer Raum mit einer Luke zur Straßenseite. Der Wirt nannte den Preis und Siegbert nickte.

„Ich bleibe nur eine Nacht und muss morgen früh zeitig wegreiten. Ab wann kann ich frühstücken?"

„Die Küchenmagd ist wie ich zeitig auf den Beinen und wird euch einen süßen Brei zubereiten. Wenn ihr noch eine Wegzehrung benötigt, kann sie euch einen Laib Brot und Speck mitgeben."

„Das hört sich gut an, doch jetzt werde ich erst einmal nach meinem Pferd sehen."

Sie gingen zurück in die Gaststube und der Wirt zeigte seinem Gast den Pferdestall.

Sein Hengst war gut untergebracht, er stand in einer Einzelbox. Der Pferdesklave hatte ihm ausreichend Heu und Stroh in die Raufe gegeben und bürstete ihm das Fell. Zufrieden ging Siegbert zurück in die Gaststube und setzte sich an seinen Platz. Vom großen Tisch kam einer der Männer zu ihm und fragte, ob er sich zu ihnen gesellen möchte. Siegbert willigte ein und folgte dem Mann. Er stellte sich mit Namen vor und wurde neugierig betrachtet. Besonders einer der Männer schien sich sehr für ihn zu interessieren. Er stellte eine Frage nach der anderen.

„Ist das ein Verhör?"

„Oh, nein lieber Freund. Ich bin, wie du ein Thüringer und ziehe seit vielen Jahren durch die Länder, um meine Waren zu verkaufen", sagte der Mann beschwichtigend.

„Aus welchem Gau stammst du?"

„Dem Obergegau!"

Siegbert konnte es kaum glauben.

„Dann kommst du aus meiner Heimat. Wie ist dein Name?"

„Ich heiße Arkadius!"

„Das ist kein Name, wie er in Thüringen üblich ist."

„Früher hieß ich Adalwin, doch die Byzantiner nennen mich Arkadius. Ich lebte lange auf der Halbinsel Peloponnes und habe diesen Namen angenommen. Mein Onkel ist der Gaugraf des Obergegaus", erklärte der Mann.

„Dann bist du der Vetter meiner Schwägerin Heidrun", rief Siegbert begeistert aus.

Die Männer am Tisch hatten interessiert zugehört und einer der Handelsleute wollte wissen, was Siegbert weit ab von der Heimat treibt und womit er seinen Lebensunterhalt bestreitet.

Aller Augen waren auf den großen hageren Thüringer gerichtet. Was sollte er den Kaufleuten erzählen? Was preisgeben?

„Ich bin dabei eine neue Handelsroute nach Thüringen aufzubauen", erklärte er den Männern.

„Dann bist du ein Kaufmann wie wir. Vielleicht können wir gemeinsam Geschäfte machen", schlug ein anderer am Tisch vor.

„Ich stehe noch ganz am Anfang und will Handelsstützpunkte entlang der Via Regia errichten.

„Sowas kostet viel Geld. Bist du reich genug, um das zu bezahlen?", wollten die Männer wissen.

„An Silber fehlt es mir nicht, denn ich verwalte mehrere Güter und die werfen einen Batzen Geld ab. Auf der neuen Handelsroute will ich die Überschüsse der Ernten bis ins Frankenreich liefern und sie dort verkaufen."

Arkadius runzelte die Stirn und sagte: „Das birgt viele Gefahren. Die Thüringer haben kein Geld, um deine Waren zu bezahlen und im Frankenreich kannst du deine Sachen nicht gewinnbringend loswerden. Die Franken sind sehr wählerisch. Das Beste, was du ihnen anbietest, ist für sie nicht gut genug. Du kannst nur weit unter dem Wert die Sachen verkaufen."

„Ich denke, dass ich die im Frankenland erworbenen Waren, hier im Langobardenreich gut handeln kann. Das deckt die Verluste. Die Langobarden sind verrückt nach fränkischen Waren und bereit überhöhte Preise dafür zu zahlen."

Jeder der Kaufleute hatte etwas dazu zu sagen. Zustimmung und Ablehnung wechselten sich ab. Es war spät geworden und die Männer suchten ihre Kammern auf.

Arkadius und Siegbert blieben am Tisch sitzen und unterhielten sich ungestört über ihre Sippen in Thüringen.

Als die Franken ihre Heimat vor sieben Jahren überfielen war Arkadius in Konstantinopel. Er lernte dort eine andere Welt kennen, eine Welt an der Grenze zwischen Abend- und Morgenland. Ein kleines Vermögen hatte er sich dort erworben, doch noch mehr zählte die Erfahrung und das Wissen, das er sich aneignete. Das Heimweh veranlasste ihn zurückzukehren. Die Heimat war besetzt, deshalb wollte er sich in Vindobona bei seinen ausgewanderten Landsleuten niederlassen und ein Handelshaus gründen. Ob das Vorhaben seines Verwandten gelingen könnte, wusste er nicht. Wenn er es von Anfang an richtig anpackte und genügend Geld besaß, hätte er eine Chance. Arkadius überlegte, ob er ihm seine Hilfe anbieten sollte.

Ähnliche Gedanken gingen Siegbert durch den Kopf. Einen erfahrenen Handelsmann könnte er gut brauchen. Er fragte Arkadius, ob er für ihn arbeiten würde. Der Vetter seiner Schwägerin versprach, darüber nachzudenken und ließ sich das Vorhaben genau erklären. In Vindobona wollten sie sich in den nächsten Wochen treffen und das Gespräch fortsetzen. Die Erfahrungen von Arkadius wären zweifellos eine Bereicherung für das Unternehmen. Vielleicht könnte er die Stützpunkte zwischen Erphesfurt und Reims übernehmen. Dorthin traute sich Siegbert nicht. Wie er von seinem Bruder Hartwig erfuhr, suchten ihn die Franken weiterhin. Wegen seiner Vergangenheit als Rebellenführer würden sie ihn vor Gericht stellen und bestrafen.

Am nächsten Morgen stand Siegbert zeitig auf. Die Handelsleute schliefen noch. In der Küche hörte er Geräusche. Es war die Wirtin, die in einem Eisenkessel über der offenen Feuerstelle den Frühstücksbrei umrührte. Bevor er sich niedersetzte, lief er zum Stall und sah nach seinem Hengst. Das Pferd stand ruhig in der Box und ein Sklave striegelte das silberglänzende Fell. Siegbert nickte ihm zufrieden zu und ging über den Hof in die Gaststube. Die Wirtin trug ihm eine Holzschüssel mit Haferbrei auf und wünschte guten Appetit. Mit warmer Milch stillte er seinen Durst und sah aus dem kleinen Fenster auf den Hof. Die Morgensonne ging langsam auf und warf lange Schatten. Die Wettersituation hatte sich erheblich verbessert. Nichts erinnerte mehr an die zurückliegenden Jahre mit verstärktem Regen, Schneefall, Sturm und Kälte. Die Asen-Götter schienen die Schlacht gegen die Riesen für sich entschieden zu haben. Ragnarök, der Untergang der alten Welt, konnte das noch nicht gewesen sein. Die Schlechtwetterzeit hätte dann länger gedauert, um die Zerstörung der Welt einzuleiten.
Nach dem Frühstück kam der Wirt und fragte seinen Gast, ob er mit allem zufrieden war. Siegbert bedankte sich und zahlte den vereinbarten Betrag für Unterkunft und Verpflegung.

Noch bevor die Handelsleute aufstanden, ritt er weiter in Richtung Vindobona. In wenigen Tagen erreichte er die Kreuzung, bei der sich die Heerstraße nach Vindobona und Carnuntum teilte. Da er zuerst zu seinem Gut im Tullnerfeld wollte, bog er links auf einen unbefestigten Nebenweg ab, der über die Berge in das Donautal führte. Die Gegend kannte er noch nicht. Sie war wenig besiedelt. Er traf nur auf Köhler und Hirten, die darauf warteten, ihr Vieh auf die Waldwiesen treiben zu können. In den kleinen Siedlungen übernachtete er. Es erinnerte ihn an die Berge der Thüringer Heimat und das karge Leben ihrer Bewohner. Überall wurde er herzlich aufgenommen und nach dem Abendessen saßen alle gemütlich am Herdfeuer und Siegbert erzählte von seinen Erlebnissen bei den Kriegszügen des Königs Wacho.

Nach drei Tagen erreichte er den Bergkamm, von dem das Donautal zu sehen war und er erkannte von weitem sein Gutshaus, das nach ihm als „Siegbertshof" benannt wurde. Gut zu sehen waren auch die zahlreichen Stallungen und Unterkünften für die Knechte, Mägde und Sklaven. Dies war seine neue Heimat. Er trieb den Hengst an, um noch vor dem Abend zu Hause zu sein.

Der Pferdesklave Alban war der erste, der ihn von weitem heran galoppieren sah. Er war auf der Weide und winkte ihm zu.

„Wie geht es dir, Alban!", rief Siegbert und hielt sein Pferd an.

„Es steht alles zum Besten, Herr! Auch deiner Frau und dem Kind geht es gut. Sie sind beide wohlauf. Es gibt keinen Grund zur Sorge", antwortete Alban mit einer tiefen Verbeugung.

„Wir sehen uns später!"

Die Überraschung im Haus war groß. Niemand hatte mit der Ankunft des Gutsherrn gerechnet. Hedwig lief auf ihren Mann zu und er schloss sie fest in die Arme.

Tränen der Freude liefen über ihre geröteten Wangen. Sie wischte sie mit ihrem Halstuch ab und gab der Dienerschaft Anweisungen, was für den Herrn zu tun wäre. Kalte Speisen wurden aufgetragen und Wein aus dem Keller geholt. Hedwig fragte in einem fort nach diesem und jenem. Ihr Mann kam kaum dazu, seinen Hunger zu stillen. Erst als die Freundin Sigrid im Wohnzimmer erschien, konnte er aufatmen. Die Frauen erzählten abwechselnd, was sich während seiner Abwesenheit auf dem Gut zugetragen hatte und wie sie die Probleme in und außerhalb des Hauses lösten. Er lobte ihr emsiges Tun. Hedwig und ihre Freundin waren in ihren Entscheidungen auf sich allein gestellt und meisterten alles in seinem Sinn. Die Hütten für die verheirateten Sklaven und Knechte waren fertiggestellt und ein langobardischer Priester sorgte für ihr seelisches Wohl. Er hatte als Einsiedler in dem Bergwald südwestlich von Vindobona gelebt, weil viele seiner Landsleute sich von dem alten Glauben abgewandt und den neuen Christengott angebetet hatten. Als Hedwig von diesem Priester hörte besuchte sie ihn und konnte ihn dazu überreden aufs Gut zu kommen und den Menschen von Odin und der großen nordischen Götterfamilie zu erzählen. Siegbert war sehr gespannt, ihn kennenzulernen.

Inzwischen war es dunkel geworden. Nach dem Essen nahm Hedwig eine Öllampe und führte ihren Mann in den Raum, wo die Kinderwiege stand. Das Baby schlief fest. Glücklich sah er seine Frau an und strich mit den Fingern vorsichtig über die zarten Wangen des Kindes. Im Nebenraum war für ihn ein Zuber mit warmem Wasser aufgestellt worden. Hedwig half ihrem Mann sich auszukleiden. Seife hatte sie bei der alten Kräuterfrau gekauft, die sie aus Ziegentalg mit Holzasche herstellte. Der angenehme Duft kam von den verschiedenen Kräuter- und Blütenextrakten, die in die Seifenmasse hineingemischt wurden.

Nachdem sie ihm gründlich den Rücken abgeschrubbt hatte, stieg sie selbst in das heiße Wasser. Entspannt saßen sie sich gegenüber. Sigrid brachte kühlen Wein in einer Kanne und schenkte beiden ein.

„Wie geht es deinem Mann? Ist er in Carnuntum?"

„Er begleitet den Fürsten Audoin zu König Wacho, der sich am See Pelso aufhält. Ich hörte, dass dort einige seiner Krieger an einer tückischen Krankheit verstorben sind. Ich wollte ihn begleiten, doch er hat es mir nicht erlaubt, wegen meiner Schwangerschaft.", erklärte Sigrid.

„Es wird gut sein, wenn du hier bist. Vielleicht ist es die Beulenpest, die sich dort ausbreitet. Der Medicus hatte mir berichtet, dass es keine Medizin dagegen gibt und niemand weiß, wie sich die Seuche verbreitet. Doch hier sind wir weit weg vom See Pelso und es besteht keine Gefahr."

Sie sprachen von angenehmeren Dingen und der Wein half, eine gute Stimmung aufkommen zu lassen. Eine Magd goss heißes Wasser nach und brachte süßes Gebäck. Siegbert trank hastig und zu viel. Die Müdigkeit überkam ihn. Er stieg schwankend aus dem Wasser und legte sich in das geräumige Ehebett. Im Nu war er eingeschlafen und schnarchte. Sigrid gesellte sich zu ihrer Freundin und sie genossen noch eine Weile das heiße Wasser, bevor sie zu Bett gingen.

Als der Hausherr zeitig am Morgen aufwachte spürte er zuerst seinen Brummschädel und konnte sich daran erinnern, dass er am Abend dem Wein sehr zugesprochen hatte. Langsam hob er den Kopf und ließ ihn gleich wieder fallen. Wie er ins Bett gelangte, wusste er nicht. Eingekeilt zwischen Hedwig und Sigrid, stand er vorsichtig auf. Die Frauen schliefen tief, wie Murmeltiere. Wieso lag Sigrid mit in dem Ehebett fragte er sich verwundert. Was war in der Nacht passiert? Er ging in den Nebenraum, wo Sigrids Bett stand. Es war vollkommen zerlegt und der Raum wurde neu hergerichtet. Jetzt war ihm klar, warum die Freundin in dem Ehebett schlief. Auf leisen Sohlen ging er die Stufen hinab zur Küche. Die Magd fachte das

Feuer an der Herdstelle an. Sie wusste, dass der Herr ein Frühaufsteher war und wunderte sich nicht als er plötzlich erschien.

„Möchtest du Tee?"

Siegbert nickte und stellte fest, dass sein Schädel ruhig gehalten werden musste, um nicht stechende Schmerzen auszulösen.

„Wann steht die Herrin gewöhnlich auf?", fragte er die Magd.

„Erst wenn die Sonne aufgegangen ist", flüsterte sie, als wollte sie niemand im Haus aufwecken.

„Dann sind wir wohl die Einzigen, die zu dieser Zeit auf dem Gut wach sind?"

„In der Sklavensiedlung beginnt der Tag, wenn es noch dunkel ist. Sobald die Sonne aufgeht, stehen die Leute schon auf dem Acker. Sie sind sehr fleißig und scheuen keine Mühen", antwortete die Magd.

Siegbert schlürfte den heißen Kräutertee und sah in die Flammen der Feuerstelle. Er hing seinen Gedanken nach. Es war gut, dass er seine Sklaven heiraten ließ, wie es in Thüringen Brauch war. Sie waren nicht als Sklaven geboren und kamen als Kriegsbeute in einem der siegreichen Feldzüge auf den Hof. Die Menschen hatten das Pech, die Verlierer im Kampf gegen das starke Heer des Langobardenkönigs Wacho zu sein. Es hätte auch anders kommen können. Was wäre, wenn Wachos Heer in den schwer zugänglichen Bergen Illyriens den Rebellen unterliegen würde. Sein Pferdesklave Alban verriet ihm, dass es den Tod aller Krieger bedeutet hätte.

Überall in der Sklavensiedlung brannten Fackeln und die Flammen der Herdstellen flackerten durch die Türöffnungen der Erdhütten. Alle schienen wach zu sein und gingen ihrer gewohnten Arbeit nach. Verwundert sahen sie zu Siegbert. Um diese Zeit hatten sie den Herrn nicht in ihrer Siedlung erwartet, doch keiner ließ sich von seinem Erscheinen im Tun beirren. Die Männer und kinderlosen Frauen liefen schweigsam in Gruppen zu den parzellierten Äckern des Guts. Sie lagen weit auseinander. Jeder wusste, was seine Aufgabe war. Es gab keinen Aufseher oder Antreiber.

Die Frauen, welche Kinder zu versorgen hatten, blieben zu Hause und kümmerten sich auch um die Alten und Kranken. Am Rande der Siedlung befand sich ein kleiner Teich. An seinem Ufer stand eine schilfgedeckte Hütte, aus der eigenartige Geräusche zu hören waren. Es ähnelte einem Gesang, begleitet von einer Trommel. Durch die offene Tür war ein Mann zu erkennen, der nur leicht bekleidet war und vor einer Feuerstelle saß. Ob das der Priester war? Langsam trat Siegbert in die Hütte und blieb in der Nähe des Eingangs stehen. Nach einer Weile wurde der Mann still und sprach: „Was hat dich hierhergeführt, Fremder!"

„Dein Gesang!"

„Setz dich zu mir! Ich werde dir erklären, was ich tue. Es ist ein Loblied für die Götter in Asgard. Ich weiß nicht, ob du sie kennst?"

Siegbert nickte.

Der Priester sprach weiter.

„Einst lebte mein Volk im Norden. Sie nannten sich Winniler und wurden von den Vandalen bedroht. Diese beteten zu Odin und er sagte zu ihnen, dass der Heerhaufen, den er am frühen Morgen als ersten erspähen würde, den Sieg bekäme. Die Weiber der Winniler beteten zu Frigga, der Frau Odins. Sie riet ihnen, dass sich alle Frauen der Winniler bei Sonnenaufgang im Osten aufstellen und ihre Haare wie Bärte vor dem Gesicht gebunden tragen sollen. Am Morgen stand Frigga zeitig auf und verschob das Bett ihres Mannes Odin, dass er nach Osten sah, wenn er sich erhob. Er wachte auf und rief erstaunt: ‚Wer sind diese Langbärte?'

Frigga entgegnete ihm: ‚Du hast ihnen soeben den Namen gegeben. Jetzt gib ihnen den Sieg!'

Im Kampf gewannen die Winniler und nannten sich von da an ‚Langobarden', die mit den langen Bärten. Für ihre Standhaftigkeit im Glauben an die Asen wurden sie von allen germanischen Stämmen hochgeachtet. Doch was ist geblieben? Die meisten haben vergessen, wo sie herkommen und wer ihre Ahnen sind. Sie lassen sich durch den neuen Christengott verführen und merken nicht, dass sie dem Untergang geweiht sind. Arianer kämpfen gegen Katholiken und andersherum. Unzählige christliche Sekten wachsen aus dem Boden, wie giftige Pilze. Sie lassen nichts anderes gelten als sich selbst. Was ist nur geschehen mit unserer Welt?", klagte der Priester und wechselte zu dem vorangegangenen Gesang. Siegbert unterbrach den Alten nicht und entfernte sich langsam.

Er war froh, dass dieser heilige Mann in seiner Siedlung lebte und den Menschen von Odin, Thor und der gesamten Götterfamilie in Asgard erzählte. Bisher hatte er als Hausherr diese Aufgabe wahrgenommen, doch das reichte nicht. Er war zu selten auf dem Gut und sein Wirken war wie ein Tropfen auf den heißen Stein. Mit diesem Mann könnte sich in Glaubensfragen vieles ändern. Die meisten seiner Sklaven stammten aus Illyrien, doch es waren inzwischen auch viele Slawen dazugekommen, deren ursprünglicher Glauben ein anderer war. Sie verehrten verschiedene Naturgottheiten.

Am Horizont zeigte sich zaghaft die Sonne. Siegbert ging zu den Pferdeställen, die unter der Aufsicht von Alban bereits fertiggestellt waren. Drei Langhäuser standen eng beieinander vor dem Zaun zur großen Koppel. Im mittleren Haus war der Pferdesklave mit seiner Frau untergebracht. Alban saß am Tisch und seine Frau bereitete den Frühstücksbrei im Kupferkessel über dem offenen Herdfeuer.

„Setz dich zu mir!", rief er dem Gutsherrn zu und rückte am Tisch zur Seite.

Ohne zu fragen, reichte Albans Frau dem Gast eine Schale mit duftendem Hirsebrei und wünschte lächelnd guten Appetit. Die beiden Männer löffelten genüsslich den Brei, der mit Trockenfrüchten angereichert war.

„Was gibt es Herr, dass du so früh unterwegs bist. Hat dich dein Sohn geweckt?", fragte Alban beiläufig.

„Nein, ich war wach und konnte nicht mehr weiterschlafen. Da habe ich gedacht, dass ich euch einen Besuch abstatte."

Die beiden Männer unterhielten sich über die Pferdezucht. Die Tiere hatten den Winter gut überstanden. Sie blieben in kleinen Gruppen auf den ausgedehnten Weiden. Nur die trächtigen Stuten waren noch in den Boxen der Pferdeställe untergebracht. Für sie wäre der ständige Aufenthalt im Freien zu riskant. Wölfe durchstreiften in der kalten Jahreszeit regelmäßig das Gebiet, in dem sich die Pferde aufhielten. Die Tiere befanden sich in einer ständigen Anspannung. Da es genug Rehwild in der Gegend gab, ließen sie die Pferde in Ruhe. Den weißen Hengst, den Siegbert von seinem Schwiegervater Weibel bekam, hatte er als Deckhengst eingesetzt und alle waren voller Erwartung, wie die Fohlen aussehen würden. Der Hengst stand in einer der Boxen im Langhaus, damit Alban ihn ständig im Blick hatte. Er wusste, dass der Herr großen Wert auf das schöne Tier legte, da es aus der Zucht seines Bruders Hartwig stammte, der im Frankenreich ein Gut besaß und dort eine eigene Rasse weißer Pferde züchtete.

Alban stand vom Tisch auf und ging zur Box des Hengstes. Aufmerksam hob das Tier den Kopf in Erwartung ein Stück Brot zu bekommen. Der Hechtkopf des Tieres verlieh ihm eine besonders feine Note und die Erwartung war groß, ob die von ihm gezeugten Fohlen das gleiche Aussehen haben würden oder ob sich der Ramskopf der Stuten durchsetzt. Lange sprachen die beiden Männer über die Ziele der Zucht. Alban teilte seine Vorstellungen im Ganzen.

Der Gutsherr ging zurück ins Haus. Sigrid war in der Küche beschäftigt und bereitete die Zutaten für eine Suppe vor.

„Wieso bist du so zeitig aufgestanden?", wollte sie wissen.

„Ich bin es gewohnt, nicht lange zu schlafen und habe den Priester besucht. Es war eine gute Idee, ihn auf unser Gut einzuladen. Odin wird es uns danken. Wo ist Hedwig? Schläft sie noch?"

Ohne eine Antwort abzuwarten, stieg er eilig die Stufen hinauf, um nach seiner Frau zu sehen. Sie saß auf der Bettkante und stillte ihren Sohn.

„Möchtest du frühstücken? Sigrid macht dir einen Brei", bot Hedwig an.

„Ich habe bei Alban und seiner Frau gegessen. Lass dich nicht stören, ich habe alles, was ich brauche."

Er legte sich aufs Bett und sah zufrieden den beiden zu. Sein Sohn schien satt zu sein. Hedwig hob ihn hoch, klopfte ihm mit der gewölbten Hand sanft auf den Rücken damit er ein Bäuerchen machen konnte und legte ihn zurück in die Wiege.

2. Der Widder
Im Februar 538

Erst gegen Mittag stand Siegbert auf und suchte den Knecht, der für die Schafe zuständig war. Er fand ihn in einer der kleinen Siedlungen, die nicht weit vom Gutshof entfernt lag. Der Mann war damit beschäftigt, die Klauen der Schafe zu schneiden und die größeren Jungen halfen ihm dabei. Sie waren verwundert als plötzlich der Gutsherr auftauchte. Es musste einen besonderen Grund geben, denn zuvor hatte er sich noch nie bei ihnen sehen lassen. Vielleicht wollte er ein Lamm aussuchen, das der germanischen Göttin Ostara geopfert werden sollte. In wenigen Tagen war das Fest. Das hatte die Herrin bestimmt und einen freien Tag für diejenigen festgelegt, die sich zu den germanischen Göttern bekannten. Die Christen und Andersgläubigen schienen es nicht so genau mit ihrer Religion zu nehmen und schlossen bei ihren Gebeten Thor und Freya mit ein.

Siegbert ging mit dem Knecht zu der Schafskoppel und suchte ein paar Lämmer und einen alten Widder mit einem prächtigen Gehörn aus.

Ein Junge trieb die Tiere zum Gutshof. Sie wurden gesäubert und gekämmt, damit sie am Feiertag der Frühlingsgöttin Ostara geopfert werden konnten. Ab nun durften sie sich frei auf dem Hof bewegen. Kinder verwöhnten sie mit Köstlichkeiten, wie Apfel- und Rübenscheiben. Auch Möhren und frisches Gras vom Ufer der Donau mochten sie sehr.

Hedwig und Sigrid zeigten den Mädchen, wie sie Girlanden aus den Zweigen von Sträuchern mit dem ersten Grün des Frühlings winden konnten. Sie suchten

Gänseblümchen, die sie in ihre Haare steckten und sangen den ganzen Tag lang fröhliche Lieder.

Für Siegbert gab es an den folgenden Tagen nichts zu tun. Wenn er sich nicht bei seinen geliebten Pferden aufhielt, ging er zu dem germanischen Priester und unterhielt sich mit ihm. Bevor der Mann den spirituellen Weg einschlug, war er ein Krieger im Heer der Langobarden gewesen. Bald erkannte er jedoch, dass das Töten von Menschen nicht seinem Naturell entsprach. Er hatte jedoch Verständnis für die Sorge des Allvaters Odin, der das Heer der Einherjer in Walhall verstärken wollte. Wenn Ragnarök, der Weltuntergang, bevorstand, sollte das Geisterheer gegen die Riesen antreten können und mit Hilfe der wenigen Asen und Wanen den Sieg der Götter herbeiführen. Die Einherjer waren gefallene, heldenhafte Krieger aus der Menschenwelt, die nach ihrem Tod von den Walküren nach Walhall gebracht wurden. Sie sitzen dort mit Odin in einer großen Halle und erzählen sich Heldensagen. Nach Sonnenaufgang üben sie sich im Zweikampf und am Abend fügen sich ihre abgeschlagenen Gliedmaßen wieder zusammen. Der Priester erzählte Siegbert auch viel von den anderen Religionen, die es gab und stellte interessante Parallelen her. Das bevorstehende Osterfest gab es schon seit vorchristlicher Zeit. Es war das Fest der Morgenröte oder das Frühlingsfest nach den harten Entbehrungen im Winter, wo nun alles wieder grünte und blühte. Ob das Fest einer Göttin mit Namen Ostara zugeschrieben werden konnte, glaubte er nicht. Für ihn war es der Beginn des Frühlings, dem Anfang der Sommerzeit, denn er teilte das Jahr nur in Sommer und Winter ein. Siegbert konnte seinen Ausführungen nicht immer folgen.

Nach den Gesprächen mit dem Priester war er oft verwirrt und sprach mit Hedwig und Sigrid darüber, die den

Mann auch nicht immer verstanden. Viele Dinge erklärte er gut, das schaffte Vertrauen und bei den unbegreiflichen Sachen suchten sie den Grund bei sich selbst. Sie schoben es auf ihre ungenügende Bildung und Auffassungsgabe. Sigrid verglich ihn mit ihrem Mann, der ein berühmter Medicus war und den die meisten Menschen kaum verstanden. Sie schloss sich selbst dabei nicht aus.

Siegbert sprach gern mit gebildeten Menschen, da er von ihnen vieles lernen konnte, genau wie Odin, der stets bemüht war, sein Wissen zu erweitern. Der Göttervater gab sogar eines seiner Augen dafür her, um einen Schluck des Wassers aus der Quelle des Wissens zu erhalten, die von dem Riesen Mimir bewacht wurde. Dazu wäre Siegbert nicht bereit, doch er war ja auch kein Gott, der mit nur einem Auge gut sehen konnte.

Der Priester erzählte ihm am nächsten Morgen, wie sich diese Sache mit dem Auge zugetragen hatte:

„Der Weltenbaum Yggdrasil ist der erste und größte Baum der Welt, dessen Äste sich über alle neun Welten des gesamten Universums erstrecken und diese miteinander verbindet. Im obersten Teil des Baums befindet sich Asgard, wo die Asen wohnen. Darunter liegt Albenheim mit den Lichtalben oder Elfen, wie wir sie kennen und neben ihnen leben die Wanen in Wanheim, einem Göttergeschlecht, von dem niemand weiß, woher sie stammen. In der Mitte befindet sich Midgard, der Wohnort der Menschen. Diese Welt ist umgeben von den Welten der Eisriesen in Niflheim, den Feuerriesen in Muspellheim und den Riesen in Jötunheim. Im unteren Teil von Yggdrasil, dem Weltenbaum, befindet sich Schwarzalbenheim, die Heimat der Zwerge und ganz unten das Totenreich Helheim mit ihrer Herrin Hel."

„Du wolltest von der Mimir-Quelle sprechen", unterbrach ihn Siegbert.

Der weise Mann hatte für kurze Zeit den Faden verloren und versuchte sich zu erinnern.

„Du hast recht! Ich wollte dir von der Mimir-Quelle erzählen, die an einer der großen Wurzeln des Weltenbaums entspringt, die ins Land der Riesen nach Jötunheim wächst. Die Quelle wird von dem Riesen Mimir bewacht und in ihrem klaren Wasser sind Wissen und Weisheit verborgen.

Odin hörte davon und begab sich als Wanderer verkleidet zu dem Brunnen. Der Riese erkannte ihn nicht und verweigerte ihm, davon zu trinken. Als Odin aufgab und wegging rief Mimir ihn zurück und bot ihm an, dass er aus seinem Brunnen trinken darf, wenn er ihm eines seiner Augen gibt. Odin riss sich eines aus und reichte es dem Riesen. Da wusste Mimir, dass er einen Gott vor sich hatte. Kein anderer hätte das getan. Der Altvater durfte trinken und seither sind sie gute Freunde geworden."

„Was ist mit dem Auge geschehen?"

„Das liegt am Grund des Brunnens. Odin hatte erkannt, dass ihm eines zum Sehen genügte. Nach dem Verlust des einen Auges bekam er die Fähigkeit des Hellsehens."

„Ich weiß nicht, ob mir diese Gabe das Opfer wert wäre."

„Du bist auch kein Gott", erwiderte der Priester trocken.

Siegbert erkannte, dass sein Vergleich unpassend war. Er nahm eine Wachstafel aus der Hosentasche und schrieb die Namen der Welten darauf. Zuhause wollte er die Geschichte von Odin und Mimir seiner Frau erzählen. Die Notizen würden ihm helfen, sich an alle Einzelheiten zu erinnern. Neugierig sah der Priester dabei zu.

„Ich sehe, dass du die Runenschrift beherrschst. Nur wenige können diese Schrift lesen, geschweige denn sie schreiben. Wo hast du sie erlernt?", wollte der Priester wissen.

„In meiner Heimatsiedlung lebte ein römischer Schreiber, der sie uns lehrte, wie auch das Latein und andere Sprachen."

„Kannst du mir das gesamte Alphabet auf meine Wachstafel schreiben und daneben den lateinischen Buchstaben?", bat ihn der Priester.

Siegbert freute sich, dass er dem weisen Mann helfen konnte. Sie verabschiedeten sich danach und er ging froh gestimmt zum Gutshaus.

Hedwig war in der Küche. Die Frauen backten Honigplätzchen für das Frühlingsfest. Das kleine Gebäck war mit vielerlei frischen Kräutern, Nüssen, getrockneten Beeren und mit viel Honig angereichert. Die Plätzchen sollten am Festtag als Geschenk an Gäste und das Gesinde verteilt werden. Vor dem Backen wurde der Teig in Holzformen gepresst und von dort herausgeschlagen. Die Gebilde ähnelten Tieren, die im Besonderen die Fruchtbarkeit und den Frühling verkörperten. Es waren Bienen, Hummeln, Igel, Frösche, Eichhörnchen, Zugvögel, Schafe und Hasen. In Lehmöfen, außerhalb des Gutshauses, wurden sie gebacken. Wenn ein Plätzchen zerbrach, bekamen die ungeduldig wartenden Kinder, die bei den Vorbereitungen des Festes mitwirkten, einen Teil davon ab. Für sie war die Vorbereitungszeit ein großes Erlebnis und sie strömten aus allen umliegenden Siedlungen herbei. Hedwig konnte gut mit ihnen umgehen.

Siegbert war stolz auf seine Frau, wie sie sich auf dem Gut eingelebt hatte und gut wirtschaftete. Er war bemüht in ihren Wirkungsbereich nicht hineinzureden, dazu war er auch zu selten daheim und für die Dinge im Haus hatte er sich noch nie sonderlich interessiert.

Was den Außenbereich betraf, gab es Alban und den Vorknecht, die dafür sorgten, dass der Gutsbetrieb am Laufen blieb. Er als Gutsherr musste nicht gefragt werden, wenn Entscheidungen in der Tagesarbeit getroffen werden mussten. Standen wichtige Dinge an, gingen der Vorknecht und der Pferdesklave Alban gleich zu Hedwig. Sie entschied in seinem Sinn und verschaffte ihm die Freiheit, sich mit den Dingen zu beschäftigen, die ihn mehr interessierten als die Arbeiten auf dem Gut.

Hedwig war in der Küche mit der Vorbereitung des Essens beschäftigt. Siegbert wollte sie nicht stören, deshalb suchte er Alban im Pferdestall. Auch mit ihm konnte er nicht sprechen, da er die Zäune der Koppeln kontrollierte. Alle gingen ihrer gewohnten Arbeit nach. Was konnte er auf dem Gut tun, das ihn befriedigte. Darüber hatte er sich zuvor noch keine Gedanken gemacht. Die Situation, in der er sich befand, war neu für ihn. Er musste sich eine Beschäftigung suchen, die ihn befriedigte, denn sonst würde er ins Grübeln kommen und das wollte er nicht.

Noch vor wenigen Wochen war er ein vielgefragter Mann. Das änderte sich plötzlich als er das Amt, welches er von der Königin erhalten hatte, verlor. Damit musste er lernen klarzukommen. Schon bei der Abreise der Rebellenkrieger aus Thüringen war ihm der Gedanke gekommen, dass seine eigenmächtige Entscheidung des Abzugs der Rebellen aus der Heimat, der Königin missfallen könnte. Mit erheblicher Verzögerung hatte sie nun reagiert und ihm ihr Vertrauen entzogen. Siegbert fühlte sich, als hätte man ihm den Boden unter den Füßen weggezogen. Amalafred und Audoin standen fest hinter ihm, doch viel mehr als Trost zu spenden, konnten sie nicht tun. Einige seiner ehemaligen Rebellenkrieger hatten sich von dem Thüringer Heerhaufen in Vindobona, der dem Gaugrafen Gunnar unterstand, losgesagt. Es waren nur wenige, die der Langobardenfürst in Carnuntum in seine Dienste nahm und als eigene Hundertschaft in seinen Heerhaufen eingliederte. Er bot Siegbert an, als Hauptmann diese abtrünnigen Thüringer zu befehligen. Ausfüllen konnte diese Aufgabe den ehemaligen Rebellenführer nicht, doch es war ein Anfang, um wieder Fuß zu fassen.

Da es auf dem Gut nichts Wichtiges für ihn zu tun gab, entschloss er sich in wenigen Tagen nach Carnuntum zu seinen Männern zu reiten.

Gelangweilt sah er durch das Fenster auf den Gutshof. Neben dem Gemüsegarten grasten die Schafe, die er für das Ostara-Fest als Opfertiere ausgewählt hatte. Den Kopf des Schafbocks wollte er noch bis zu seiner Abreise präparieren und als Feldzeichen den Rebellenkriegern übergeben. Er ging zu der Gruppe Schafe und stellte sich demonstrativ vor den Schafbock. Misstrauisch sah ihn der Widder an und stellte sich schützend vor die Lämmer. Plötzlich stürmte er mit gesenktem Gehörn auf Siegbert los und wollte ihn rammen. Der sprang zur Seite und der Widder lief ins Leere. Dieses Spiel wiederholte sich mehrmals in gleicher Weise. Die Leute auf dem Hof kamen hinzu und sahen sich das Schauspiel an. Bei einem erneuten Angriff des Widders packte der Gutsherr ihn blitzschnell an den Hörnern und warf ihn zu Boden. Dabei brach er ihm das Genick und das Tier war augenblicklich tot. Gekonnt trennte er ihm mit seinem Gürtelmesser den Kopf ab und trug die Trophäe in den Pferdestall. Albans Frau schrie auf, als sie den blutbeschmierten Herrn sah. Sie vermutete, dass der Widder ihn verletzt hatte.

Siegbert bat sie, den Kadaver des toten Tieres holen zu lassen, damit er ihn ordnungsgemäß ausweiden konnte. Den Kopf des Widders säuberte er und schärfte die Decke mit seinem Messer ab. Dann zog er den Unterkiefer heraus und legte den Schädel auf den Tisch.

Zwei Sklaven brachten den Kadaver in den Stall. Er zog dem Tier die Haut ab und weidete es aus. Verwundert sahen ihm Albans Frau und die Sklaven zu. Was war passiert? Warum erledigte der Herr die blutige und schwere Arbeit allein? Das Fleisch teilte er in kleine Portionen und wies die Sklaven an, sie in die umliegenden Siedlungen zu bringen und zu verteilen. Er betrachtete den Schädel mit dem wunderbaren Gehörn.

„Wenn du willst, mache ich weiter. Ich kenne mich damit aus", sagte Albans Frau zu ihm.

Siegbert nickte ihr zu und ging zum Haus. Hedwig schrie vor Schreck auf als sie ihren Mann blutbeschmiert vor sich sah. Im ersten Moment dachte sie an einen Unfall und suchte nach Verletzungen an seinem Körper, doch sie konnte keine erkennen.

„Was ist passiert?", jammerte sie ängstlich.

„Sei unbesorgt! Ich habe nur einen Widder geschlachtet."

„Das hätten doch die Knechte tun können?", rief sie aufgeregt.

„Die waren alle mit ihrer Arbeit beschäftigt. Nur ich hatte nichts zu tun. Mir war langweilig", rechtfertigte er sich lachend.

„Und da glaubst du die Zeit mit dem Töten von Schafen verbringen zu können", tadelte Hedwig ihren Mann. Er versuchte sie mit seinen blutbeschmierten Händen anzufassen, doch sie wich ihm aus.

„Erst wenn du gewaschen bist, darfst du mir näherkommen", erwiderte sie barsch.

Er gab den Mägden den Auftrag, ihm ein Bad herzurichten.

Diese Aktion hatte ihn zufrieden gemacht und er war voller Erwartung, wie seine Krieger auf die Trophäe reagieren würden.

Im Zuber dampfte das Wasser. Siegbert stieg langsam hinein und ließ wärmeres Wasser nachgießen. Sigrid kam, um ihm den Rücken zu waschen.

„Wo ist meine Frau? Hat sie immer noch keine Zeit für ihren Mann?"

„Sie gibt gerade die Plätzchen in den Backofen. Danach kommt sie zu dir", entschuldigte Sigrid die Freundin.

Es dauerte lange, bis Hedwig erschien. Inzwischen hatte ihr Mann viel Wein durch die Kehle rinnen lassen, den ihm die Mägde brachten. Er war betrunken und ließ sich von Hedwig ins Bett bringen. Es war vormittags, als er einschlief und erst am Abend wachte er auf. Verwundert sah er sich um. Noch nie hatte er den größten Teil des Tages verschlafen. Schwankend ging er in den Speiseraum und hoffte dort seine Frau zu finden. Sie war in der Küche und hatte die Backarbeiten beendet. Körbe mit Plätzchen standen auf dem Tisch, und ihr Duft verbreitete sich im ganzen Haus. So gut roch es zum Julfest in Rodewin, wenn seine Mutter gebacken hatte. Er war froh, dass Hedwig die Traditionen aus der alten Heimat hier fortsetzte.

Die Frauen waren zufrieden, dass sie die vorgenommene Menge an Gebäck für das Fest zubereitet hatten. Dies war die größte Arbeit für das Frühlingsfest. Hedwig fand nun Zeit für ihren Mann. Sie fragte ihn, wie sein Besuch in der Früh beim Priester verlaufen war. Siegbert erzählte ihnen die Geschichte von Odin und Mimir, wie sie sich zum ersten Mal begegneten. Aufmerksam lauschten die

Frauen seinen Worten und hätten gern noch mehr von der Beziehung zwischen dem Gott und dem Riesen erfahren, doch sie waren zu müde an diesem Abend und wollten sich gleich niederlegen. Siegbert war ausgeschlafen und überlegte, wie er die Langeweile totschlagen konnte. Es fiel ihm jedoch nichts ein. Hedwig rief ihm zu, ins Bett zu kommen. Auf dem Tisch im Schlafzimmer brannte eine Öllampe und leuchtete den Raum spärlich aus. Hedwig saß auf der Bettkante und stillte ihren Sohn. Sigrid lag auf der anderen Seite des Bettes und schlief fest. Für ihn blieb nur die Mitte des großen Bettes übrig. Hedwig legte ihr Baby in die Krippe und deckte es mit einer Daunendecke zu. Sie kam zurück und fragte scherzhaft, ob noch Platz im Ehebett sei.

„Ist Sigrids Schlafraum schon hergerichtet? Wir könnten in ihr Bett wechseln."

„Das geht nicht, der Schreiner hat noch zu tun. Sie schläft tief, das kann ich an ihrem Schnarchen hören", erklärte Hedwig und legte sich ins Bett.
Die Müdigkeit von der schweren Tagesarbeit war von ihr gewichen und sie erinnerte ihren Mann scherzend daran, seinen ehelichen Pflichten nachzukommen. Sie brauchte das nicht ein zweites Mal sagen. Mit Sorge achtete er auf Sigrids Geräusche. Lieber wäre er mit seiner Frau allein im Bett gewesen, doch wenn sie es so wollte, sollte es so sein. Hedwig hatte nicht nur im Haus, sondern auch im Bett das Sagen. Daran wollte er nichts ändern. Zufrieden schliefen beide ein, doch die Ruhe hielt nicht lange an. Das Baby beharrte auf seine festen Essenszeiten. Schlaftrunken stand Hedwig auf und versorgte das Kind. In dieser Nacht fand auch ihr Mann nur wenig Schlaf. Seine Frau erinnerte ihn ständig daran, für Nachwuchs zu sorgen.

Die Sonne schien durch die Fensteröffnung auf das Bett. Eine innere Stimme sagte Siegbert, liegen zu bleiben und Kraft zu tanken. Er hörte auf diese Stimme und ließ sich treiben. Erst gegen Mittag stand er auf, ging zum Fenster und sah zum Fluss. Die Donau war stark angeschwollen. Der Schnee in den Gebirgen taute und füllte die Nebenflüsse der Donau. Das Wasser reichte bedrohlich nah an das Gutshaus heran. Einige Wiesen waren bereits überschwemmt und es trieben allerlei Dinge auf dem Wasser flussabwärts.

Siegbert war in Sorge und lief zu Alban, der damit beschäftigt war, seinen Sattel für den Ausritt herzurichten. Aufgeregt rief er ihm zu: „Hast du das Wasser der Donau gesehen? Es wird das Haus bald erreichen."

„Bis zu uns wird es nicht gelangen."

„Woher willst du das wissen?"

Alban erklärte ihm, warum das Wasser nicht bis zum Gut gelangen konnte. Der Pegelstand der Donau müsste um das Doppelte anwachsen, bis das Wasser den Gutshof erreicht und das schien unmöglich. Siegbert beruhigte sich langsam. Mit Gewässern hatte er nicht viel im Sinn. Er fragte sich, woran das liegen könnte. Vielleicht war der Gedanke an seine ertrunkene Frau Auslöser für die Panik.

Mit Alban ritt er zu den Weiden, die bis zu den Bergen reichten. Zwei Sklaven begleiteten sie, die auf den Packpferden Werkzeug und Ersatzpfosten mit sich führten. Kleinere Reparaturen wurden gleich erledigt und bei größeren Schäden machte sich Alban Notizen auf seiner Wachstafel, die er um den Hals trug. Sie blieben den ganzen Tag unterwegs. Am Nachmittag machten sie Halt und Alban nahm aus seinem Ledersack einen Weinschlauch, Speck und Brot. Er schnitt Streifen von der Speckseite und zerteilte den Brotlaib. Seine zwei Gehilfen versorgte er ebenso, wie den Gutsherrn. Nichts erinnerte an den Standesunterschied zwischen den Männern. Die beiden Gehilfen trugen das gleiche Brandzeichen wie Alban, demnach stammten sie aus dem gleichen Gebiet. Sie hatten ein kleines Feuer entfacht und hielten Stöcke mit dem aufgespießten Speck darüber.

Siegbert wollte von Alban wissen, wie sie in seiner Heimat das Frühlingsfest feierten. Der Pferdesklave berichtete ausführlich von den Bräuchen und Ritualen zu diesem Anlass. Vieles, was man in Thüringen kannte, war bei den Illyrern zu finden. Es wurde zu diesem Fest gebacken, die Häuser und Ställe gereinigt und geschmückt, viel getrunken, gegessen und getanzt. Nicht nur Gottheiten wurden an diesem Tag angebetet, sondern es wurde auch den Helden im Kampf gegen die Römer gedacht. Besonders verehrt wurde eine Frau, die sich vor mehreren Jahrhunderten gegen die Römer stellte. Es war Königin Teuta, die eine große Piratenflotte besaß und die Adriaküste unsicher machte. Die Tapferkeit und der Mut dieser Frau lebten im Freiheitsgedanken der Illyrer fort. Alban erzählte von der Frau, deren kurzes Leben ein tragisches Ende fand. Vergleichbare Helden und Heldinnen, die sich der Fremdherrschaft der Franken entgegenstellten, gab es in Thüringen nicht. Sein Wirken als Rebellenführer in den Thüringer Bergen war gering gegenüber dem Heldenmut dieser Königin.

Alban drängte aufzubrechen, denn sie hatten noch viel zu tun und ritten zügig an dem Weidezaun entlang. Siegbert dachte noch lange über den Kampf der Illyrer nach. Sie wehrten sich gegen die Römer und blieben erfolglos. Ob es den Thüringern gelingen wird, sich aus der Fremdherrschaft der Franken zu lösen, wissen nur die Nornen, die drei Schicksalsgöttinnen, die alles bestimmten.

Am späten Nachmittag kamen sie im Gutshof an. Der Gutsherr war zufrieden mit dem, was er mit seinen Leuten geschafft hatte, und erzählte seiner Frau von der illyrischen Königin Teuta und ihrem Kampf gegen die Römer. Er versuchte ihr zu erklären, dass sie ein ähnliches Schicksal wie die Thüringer hatten und nur die Aufopferung für den Sieg und die Freiheit zählte.

Hedwig war, wie so oft anderer Meinung. Sie glaubte nicht daran, dass der Kampf der Rebellen auf lange Sicht zum Sieg geführt hätte und entgegnete: „Wenn du mit deinen Kriegern nicht nach Vindobona gezogen wärst, wären die meisten von ihnen verhungert, wir wären uns hier nicht begegnet, es gäbe keine Heirat und du hättest nicht das schöne Gut von Amalafred bekommen. Du bist kein Rebellenführer mehr. Jetzt bist du mein Mann und wir leben als Familie auf einem schönen Gut an der Donau."

Siegbert störte es, dass seine Frau das Private über die Sache des Freiheitskampfes ihres Volkes stellte. Beschwichtigend strich Hedwig ihm über die Hand. Sie wollte keinen Streit. Als ihr Mann nicht davon abließ erinnerte sie ihn an die Flucht der Thüringer Königin nach Ravenna und wie gering sie seine Bemühungen im Kampf gegen die Franken in der Heimat gewürdigt hatte. Betrübt musste er feststellen, dass sie recht hatte.

Hedwig wechselte das Thema und berichtete ihrem Mann, dass sie mit Sigrid den Priester aufgesucht hatte und über den Ablauf des Frühlingsfestes sprachen. Dabei sollte Siegbert eine wichtige Rolle einnehmen. Als Gutsherr erwartete man von ihm eine Ansprache, in der er die Götter für ein gutes neues Jahr bitten sollte.

Am nächsten Morgen ging er zu den überschwemmten Weiden an der Donau, um über seine Rede zum Frühlingsfest nachzudenken. Immer wieder sah er zum

Fluss, der zu einem riesigen See angeschwollen war. Der größte Teil der Grasflächen stand unter Wasser. Die Tiere hatte man rechtzeitig auf höher gelegene Wiesen getrieben. Angeblich sollte für das Gutshaus und die umliegenden Siedlungen keine Gefahr bestehen, doch er blieb skeptisch. Fasziniert blickte er auf die Wasseroberfläche. Umgestürzte Bäume trieben im Strom, die auf das Überschwemmungsgebiet drifteten und liegen blieben. Er sah zerstörte Boote und Tierkadaver, die im Strom schnell dahintrieben. Nichts konnte diese Wassermassen aufhalten.

Plötzlich war eine Kinderstimme zu hören. Siegbert blickte sich erschrocken um. Es war niemand zu sehen. Vielleicht hatte er sich geirrt. Erneut hörte er die klagende Stimme. Auf einem Baumstamm sah er ein Bündel liegen. Es konnte ein Tier sein, doch vielleicht war es auch ein Kind. Der Stamm trieb langsam im seichten Wasser dahin. Siegbert musste handeln. Hilfe war keine in der Nähe und die nächste Siedlung zu weit, als dass ihn jemand hören könnte. Er watete eilig in die Richtung des Stammes und vermutete, dass von dort das Weinen kam. Bald ging ihm das stark verschmutzte Wasser bis zur Brust und er musste sich schwimmend vorwärtsbewegen. Zum Glück war die Strömung im Überschwemmungsgebiet nicht so stark, wie im Hauptstrom, dessen Ufer durch die aufgereihten Baumkronen in der Ferne erkennbar war. Mit Mühe erreichte er den Stamm und sah ein kleines Mädchen, wie es sich ängstlich an einem starken Ast festklammerte. Beruhigend redete er auf das Kind ein, das zu jammern aufhörte. Er überlegte, wie er den Baumstamm zum Ufer bringen könnte. Vor sich sah er in Fließrichtung einen Weidenbaum, der bis zur Hälfte aus dem Wasser ragte. Zu ihm musste er den Stamm schieben und ihn an den Ästen fixieren.

Es gelang ihm mit großen Mühen. Die schlimmste Gefahr schien gebannt. Wie sollte er mit dem Kind zum trockenen Ufer gelangen? Nach kurzem Überlegen sah er keine andere Möglichkeit als zu schwimmen. Das Mädchen wollte jedoch den Sitz auf dem Baumstamm nicht verlassen. Er brauchte lange, sie zu überreden, dass sie sich auf seinem Rücken festklammerte.

Mit letzter Anstrengung erreichte er mit dem Kind die flache Wasserzone und konnte nun mit dem Mädchen im Arm zum trockenen Ufer waten. Erschöpft setzte er sich nieder. Das Mädchen fing wieder an zu weinen und zitterte vor Kälte. Sie rief ständig nach ihrer Mutter. Siegbert raffte sich auf und lief mit dem Kind in den Armen in Richtung Gutshof. Er erreichte den Pferdestall und sank entkräftet nieder. Albans Frau gab ihm eine Decke und führte die beiden zur Feuerstelle. Dort legte sie mehrere Holzscheite in die Glut und rubbelte das Mädchen mit einem Leinentuch trocken. Die Lippen des Kindes waren blau vor Kälte. Sie setzte es in einen Holzbottich und gab warmes Wasser hinein. Siegbert fröstelte unter der Decke. Albans Frau gab ihm Tee zum Aufwärmen.

Eine Magd hatte die beiden in den Pferdestall laufen sehen und informierte die Herrin. Hedwig eilte zu den Stallungen und sah ihren Mann zitternd auf einem Strohballen in eine Decke gehüllt sitzen. Er war bleich im Gesicht.

„Was ist passiert? Wer ist das Kind?", fragte Hedwig ihren Mann.

„Sie trieb auf einem Baumstamm in der Donau", flüsterte ihr Mann kaum hörbar.

Das Mädchen weinte immer noch und rief wimmernd nach ihrer Mutter. Albans Frau kümmerte sich rührend um sie. Hedwig stützte ihren Mann und ging mit ihm zum Haupthaus. Sie brachte ihn in die warme Küche und half ihm die nasse Kleidung auszuziehen. Er zitterte am ganzen Körper. Die Köchin goss Wasser in den bereitgestellten Holzzuber für ein heißes Bad. Sigrid wärmte Met auf und reichte ihm das Getränk. Es schien seine Lebensgeister zu wecken. Neugierig saßen beide Frauen auf ihren Schemeln und hofften, dass Siegbert ihnen erzählen würde, was passiert war. Die Geschichte von der Rettung des Kindes berührte sie sehr und sie glaubten, dass sie ein Geschenk der Götter sein musste. Hedwig lief zum Pferdestall, um nach dem Mädchen zu sehen und herauszufinden, woher es kam. Das Kind stand unter Schock. Es musste etwa zehn Jahre alt sein. Ihre Augen blickten ins Leere. Sie hatte aufgehört nach ihrer Mutter zu rufen und zu weinen. Bei Albans Frau schien sie in guten Händen zu sein. Hedwig bot ihr jede notwendige Hilfe an und fragte, ob sie die Kräuterfrau kommen lassen soll, doch Albans Frau verneinte.

Beruhigt ging sie zurück ins Haus und sah nach ihrem Mann. Er hatte sich ins Bett gelegt und fröstelte. Sigrid erkannte, dass er eine starke Erkältung hatte und versorgte ihn, wie sie es von ihrem Mann gelernt hatte.

Am nächsten Morgen gab es großen Tumult auf dem Gutshof. Tische und Bänke wurden aufgestellt und die letzten Vorbereitungen für das Fest abgeschlossen. Siegbert hatte sich ein wenig erholt. Das starke Fieber war zurückgegangen und die Schweißausbrüche ebbten ab. Sigrid riet ihm noch nicht aufzustehen und mindestens drei Tage das Bett zu hüten, damit er keine Lungenentzündung bekäme. Widerwillig gehorchte er und legte sich gleich wieder nieder.

Das Geschrei der Kinder auf dem Gutshof nahm zu. Sie hatten sich aus allen Siedlungen auf dem Hof versammelt und Alban zeigte ihnen verschiedene Spiele, bei denen sie etwas gewinnen konnten. Am beliebtesten schien das

Eierlaufen zu sein. Es ging darum, ein gekochtes Ei auf einem Holzlöffel über eine Ziellinie zu bringen. Der Sieger durfte es behalten und verspeisen. Die Frauen und Männer, die an diesem Tag frei bekamen, standen dabei und amüsierten sich. Hedwig und Sigrid kümmerten sich um die Gäste. Sie verteilten wohlschmeckende Fleischsuppe und reichten frisches Brot, das in dem Lehmbackofen gebacken wurde. Für die Männer gab es Bier und die Frauen tranken Tee.

Noch vor der Mittagszeit begann der Priester mit seinem Ritual. Er hielt eine Trommel in der Hand und schlug mit einer Art Holzlöffel darauf. Die Bespannung der Trommel zeigte mehrere Bilder von germanischen Göttern und verschiedene Runen. Sein Gesang war monoton, wie der von den Schamanen, die sich damit in einen Rauschzustand versetzen. Zwei Gestalten, in schwarze Decken gehüllt, standen unbeweglich an seiner Seite. In einem Weidenring in der Mitte des Hofes war Erde geschüttet worden und bildete den Altar. Darauf waren mehrere Strohgarben aufgestellt. Der Priester entzündete sie, um die Aufmerksamkeit der Götter zu erzielen. Das Stroh brannte lichterloh und die Flammen schlugen in die Höhe. Das war der Moment als die Decken der eingehüllten Personen zu Boden fielen. Eine schöne junge Frau und ein junger Mann kamen zum Vorschein. Sie waren mit Blätter- und Blumengirlanden geschmückt. Es sollten Freya und ihr Bruder Freyr sein, die für Fruchtbarkeit auf der Erde sorgten. Die von Siegbert ausgewählten Lämmer wurden auf dem Altar geopfert und ihr Blut mit Wasser verdünnt in mehrere Kupfergefäße gegossen. Damit wurden die umstehenden Personen und Tiere von den personifizierten Göttern bespritzt.

Die Feier dauerte bis zum Nachmittag. Dann gingen alle zurück in ihre Siedlungen. Hedwig war zufrieden mit dem Ablauf und erzählte ihrem Mann ausführlich darüber.

Am dritten Tag fühlte er sich gesund und wollte bald nach Carnuntum zu seinen Kriegern reiten. Ob ihre Anzahl inzwischen gestiegen war? Da sie nicht mehr als Thüringer an den Kriegszügen von König Wacho teilnehmen durften, sondern einen freien Heerhaufen bildeten, brauchten sie einen neuen Namen. Aus Dankbarkeit für den Gaugrafen Harald aus Rodewin, der sie im Kampf gegen die Franken in den Thüringer Bergen unterstützt hatte, sollten sie fortan „Rodewiner" genannt werden.

Siegberts Gedanken waren nur noch bei den Kameraden. Er suchte Alban auf und betrachtete den Widderschädel, den sein Weib gebleicht hatte. Der Pferdesklave hatte geahnt, was Siegbert damit vorhatte und eine zusammensteckbare Stange gefertigt, an der man den Schädel mit dem prächtigen Gehörn befestigen konnte. Es sollte das neue Feldzeichen der „Rodewiner" sein. Als Jungkrieger im Heer des Thüringer Königs Herminafrid hatte Harald ein solches Feldzeichen für seine Kriegerschar gewählt. Nichts konnte Siegbert mehr zu Hause halten. Den nächsten Tag bestimmte er für seine Abreise. Hedwig bedauerte es, doch sie wusste, dass sie ihren Mann nicht dazu bewegen konnte, länger zu bleiben.

Der Weg nach Carnuntum war beschwerlich. Siegbert übernachtete in Vindobona und ging in die Therme. Das heiße Bad tat ihm gut und die Kräfte kehrten langsam zurück. Die Erkältung war noch nicht ganz ausgeheilt, weshalb er zwei Tage in seiner Kemenate im Prinzenhof verbrachte. Die Haushälterin Hildegard tat ihr Bestes, dass er bald wieder zu Kräften kam und nach Carnuntum weiterreiten konnte.

3. Die Rodewiner

Im März 538

Mit dem Feldzeichen auf dem Packpferd kam Siegbert am späten Nachmittag in Carnuntum an. Er ritt zur Villa von Fürst Audoin, die außerhalb des Militärlagers lag. Dort nahm er Quartier in den Räumen, die Prinz Amalafred und ihm vorbehalten waren. Der Fürst war bei König Wacho am See Pelso und bereitete mit ihm den neuen Heerzug gegen die aufständischen Illyrer vor. Siegbert hielt sich nicht lange in der Villa auf und ritt sogleich in das ehemalige Legionslager Carnuntum.

Die abtrünnigen Krieger hatten ihren Anführer schon sehnsüchtig erwartet. Ihre Anzahl war inzwischen um das Fünffache angewachsen. Im Heerlager Carnuntum wurden ihnen vier Langhäuser von der Verwaltung zur Verfügung gestellt, in denen zwei Hundertschaften Platz hatten. Die meisten Abtrünnigen waren ehemalige Rebellen, die mit Siegbert die Heimat verließen. Mit gemischten Gefühlen folgten sie damals ihrem Anführer an die Donau. Ihre Bindung zu ihm war stärker als die zur Königin, deren Entscheidung sie nicht verstanden und den neuen Befehlshaber der Thüringer Gunnar erkannten sie nicht an. Der Rebellenführer hatte die Männer in ihrem Entschluss nicht beeinflusst. Es war ihr alleiniger Wille ihm zu folgen und an seiner Seite an den Heerzügen von König Wacho teilzunehmen.

Die Krieger befanden sich in ihren Langhäusern, um das Abendessen einzunehmen. Als sie Siegbert erblickten, kam große Freude auf. Lautstark begrüßten sie ihren Hauptmann und baten ihn Platz zu nehmen und mit ihnen zu speisen. Er ließ sich nicht ein zweites Mal dazu auffordern. Zeit für eine Rast hatte er sich nicht genommen und der Hunger war unüberhörbar. Nach einer Schale wohlduftender Brühe und frischem Brot wurde gebratenes Fleisch und Fisch aufgetragen. Einer der Krieger schenkte Wein in die bereitstehenden Zinkbecher. Es waren Beutestücke von den erfolgreichen Heerzügen gegen die Illyrer. Der Hauptmann musste erzählen, wie er den Prinzen bis zur Grenze des Ostgotenreiches begleitet hatte. Es gab dazu nicht viel zu sagen. Mit Stolz berichtete der Hunno Reimund, vom stetigen Anwachsen ihres neuen Heerhaufens. Immer mehr Krieger hatten sich von Hauptmann Gunnar in Vindobona abgewandt. Sie konnten und wollten das Gebaren des alten Gaugrafen nicht mehr ertragen. Er nutzte jede Gelegenheit einen Vorteil aus seiner neuen Stellung zu ziehen und behielt einen höheren Anteil des Solds für sich selbst als es bei anderen Heerhaufen, wie den Slawen oder Hunnen, üblich war. Fürst Audoin kam für die Besoldung aller Heeresteile in seinem Lager auf. Sie erhielten einen Geldbetrag, der ihrer Truppenstärke entsprach. Dieser wurde an den jeweiligen Anführer ausbezahlt. Wie die weitere Aufschlüsselung innerhalb des Heeresteiles erfolgte, war Sache des Hauptmanns, der dieser Einheit vorstand.

Als der Prinz noch in Carnuntum weilte, zahlte er die Thüringer Krieger aus seinem Privatvermögen aus. Das fiel nach der neuen Vorgangsweise weg, doch bekamen sie insgesamt den gleichen Sold aus der Kriegskasse von König Wacho entsprechend der Anzahl der Krieger. Wie der jeweilige Hauptmann mit dem Geld umging kontrollierten die Langobarden nicht.

Eine ähnliche Vorgangsweise gab es auch bei der Verteilung der Beute nach einem erfolgreichen Heerzug. Der Schlüssel war gleich für alle Truppenteile im Heer der Langobarden.

Mit der großen Abwanderung der Thüringer Krieger von Vindobona zu Audoin nach Carnuntum, verringerten sich die Einnahmen für Gunnar, dem Befehlshaber der Thüringer in Vindobona. Er nannte jeden Abtrünnigen einen Deserteur und würde ihn am liebsten hart bestrafen. Da dies nicht ging, befahl er jedem seiner Männer den Kontakt zu den Abtrünnigen abzubrechen. Bei Verstoß drohte er hohe Strafen an.

Siegbert war nicht froh über diese Entwicklung. Es waren alle seine Brüder, die einen gemeinsamen Feind hatten, die Franken. Im Stillen hoffte er, dass die Königin eines Tages die entzweite Kriegerschar wieder zusammenführen würde. Er spürte die Müdigkeit und verabschiedete sich bald von seinen Männern. Da fiel ihm das Geschenk ein, das er ihnen mitgebracht hatte. Er packte den präparierten Widderschädel aus und legte ihn auf den Tisch. Was soll das, riefen mehrere erstaunt aus? Als er die Stange zusammensteckte und den Schädel an der Spitze anbrachte war jedem klar, dass es ein Feldzeichen war. Siegbert stand auf und blickte in die Runde. Es wurde plötzlich still und alle sahen zu ihm.

„Ein solches Feldzeichen führte Harald und seine Jungkrieger bei ihren ersten Kämpfen gegen die Franken mit sich. Seine Jungschar war immer siegreich. Leider verlor mein Bruder in der letzten siegreichen Schlacht gegen den Merowingerkönig Theuderich ein Bein und konnte an der Entscheidungsschlacht zwei Jahre später nicht teilnehmen. Die Befreiung der Heimat war und bleibt sein Ziel. Deshalb unterstützte er uns mit Lebensmitteln in der schweren Zeit, als wir noch Rebellen waren. Wir hatten seine Hilfe in der Not dankbar angenommen. Ohne die Zuwendungen hätten wir am Rynnestig nicht überleben können. Daran wollen wir jeden Tag denken und dürfen die Hoffnung nicht aufgeben, dass Thüringen einst wieder frei sein wird und wir unseren Beitrag dazu leisten. Das Feldzeichen wird uns den Weg zeigen. Eines Tages werden wir in die Heimat zurückkehren und die Franken aus unserem Land vertreiben, das sollt ihr auf das Feldzeichen schwören."

Ein Beifallssturm brach aus, wie Siegbert ihn noch nie erlebt hatte. Jeder versuchte den anderen zu übertönen. Der ehemalige Rebellenführer war zufrieden. Siegesrufe begleiteten ihn aus dem Langhaus. Mit seinem weißen Hengst ritt er allein aus dem Lager zur Villa von Audoin.

Am nächsten Morgen besuchte er das Handelskontor, das er mit Amalafred ausgesucht und gekauft hatte. Es befand sich in einer der benachbarten Siedlungen und war zuvor ein großes römisches Gut mit mehreren Nebengebäuden. In den Lagerhäusern waren verschiedene Waren zu finden. Von dem Handelskontor wurden die Stützpunkte entlang der Bernsteinstraße beliefert. Sie lagen nördlich von Carnuntum. Im Kontor traf er seinen illyrischen Sklaven Pal, der ihn auf der Reise nach Reims zur Hochzeit von Wisigard begleitet hatte und großes kaufmännisches Talent besaß. Er wurde von einem Kaufmann des Fürsten Audoin ausgebildet und sollte eines Tages die Handelslinie von Carnuntum über Vratislavia, Meisa, Erphesfurt und entlang der Via Regia bis nach Reims aufbauen und erhalten. Für die Franken wäre er wegen seiner südländischen Herkunft weniger verdächtig als ein ehemaliger Thüringer. Von seinen Rebellenkriegern hatten sich zwölf bereiterklärt eine Ausbildung als Kaufmann und Handelsmann zu beginnen. Mit denen sprach er und fand, dass sie sehr interessiert an ihrer neuen Tätigkeit waren.

Pal war Siegberts rechte Hand in den kaufmännischen Dingen. Er legte ihm die Bücher vor, in denen die

Warenlieferungen zwischen Carnuntum und Vratislavia aufgezeichnet wurden. Schon jetzt gab es in jedem Stützpunkt auf dieser Strecke, kleine Gewinne. Doch darauf kam es Siegbert nicht an. Sein wahres Ziel ließ er im Verborgenen. Zwischen Carnuntum und Vratislavia bestand bereits eine Handelsroute der Langobarden. Sie war ein Teil von Audoins Route entlang der Bernsteinstraße, die vom Baltischen Meer bis nach Ravenna reichte. Der Fürst unterstützte die Thüringer bei der Ausbildung der Kaufleute und in der Beschaffung der Waren. Das Vertrauensverhältnis zwischen ihm und Prinz Amalafred basierte auf verwandtschaftlichen Bindungen. Die Mutter des Fürsten war Amalafreds Großmutter Menia, die nach dem Tod des Großvaters Bisinus ein zweites Mal geheiratet hatte. Zusätzlich war Audoin mit Amalafreds Schwester heimlich arianisch getraut worden und sie hatten einen Sohn, Alboin.

Von den wahren Absichten der Ost-West-Handelsroute der Thüringer wussten nur Audoin, Amalafred und Siegbert. Es durfte darüber nichts bekannt werden.

Pal berichtete von seinen Erfolgen und den zukünftigen Vorhaben. Er brauchte viel Geld für den Start. Sein Herr versprach ihm, dieses zu beschaffen, denn die Güter von Prinz Amalafred, die er verwaltete, warfen hohe Gewinne ab und diese wollte er in die Handelsroute investieren.

Auf einem der Übungsplätze im Heerlager von Carnuntum sah Siegbert seinen Kriegern bei den Kampfübungen zu. Reimund kam mit dem neuen Feldzeichen zu ihm.

„Du hast den Männern eine große Freude gemacht. Was sie noch brauchen, wäre ein eigener Name für ihren Heerhaufen."

„Woran dachtest du?"

„Wir haben darüber gesprochen und die meisten Krieger würden sich gern ‚Rodewiner‘ nennen, zu Ehren deines Bruders Harald", antwortete Reimund.

„Ich denke, das würde ihm gefallen. Wenn der Fürst wieder zurück ist, werde ich ihm den Vorschlag unterbreiten. Bestimmt ist er damit einverstanden."

„Denkst du noch manchmal an die Zeit in den Thüringer Bergen zurück?", wollte Reimund wissen.

„Das tue ich oft. Es war eine harte Zeit, die an keinem von uns spurlos vorübergegangen ist."

„Mir geht es auch so. Ich sehe noch, wie du die Palisadenwälle der fränkischen Güter überwunden hast und viele von unseren Männern aus der Gefangenschaft befreitest."

„Zum Glück hatte ich dich an meiner Seite und ich verdankte dir oftmals mein Leben. Nach dem Tod meiner Frau hatte ich es geringgeschätzt. Mein Ziel war es als Held nach Walhall zu ziehen und an der großen Tafel mit Odin zu sitzen. Was war für dich der Grund, ein Rebell zu sein? Du hast nie darüber gesprochen und ich habe dich nicht gefragt."

Reimund sah betrübt auf den Boden und zögerte lange, darauf zu antworten.

„Die Franken haben meine gesamte Sippe umgebracht. Sie trieben sie in das Langhaus in meiner Siedlung und zündeten es an. Auch die Kinder und Alten sowie das gesamte Gesinde wurden nicht verschont", berichtete Reimund unter Tränen.

„Es hat wohl jeder seine schlechten Erfahrungen mit den Besetzern gemacht, doch dein Schicksal übertrifft alles. Die Götter werden dir beistehen", tröstete Siegbert seinen treuen Kampfgefährten.

Beide schwiegen und dachten an all das Leid, das sie gesehen und selbst erfahren hatten. Für Reimund war die

Rache vordergründig und nicht das Ziel eines Tages nach Walhall zu gelangen. Er wusste, dass der Rebellenführer anders darüber dachte.

„Wo waren die Götter als meine Sippe in den Flammen umkam? Ich habe keinen gesehen, der ihnen geholfen hat", beklagte sich Reimund.

„Sie können nicht überall sein. Eines Tages wirst du deine Familie wiedersehen."

„Dann darf ich nicht nach Walhall kommen, denn dort sind sie nicht."

Verbittert wand sich Reimund ab und ging. Er war ein großartiger Kämpfer und hatte den Glauben an die Götter verloren.

Siegbert überlegte, ob sein Weg der richtige war. In Walhall hoffte er seinen Vater wiederzusehen und eines Tages Odin im Kampf gegen die Riesen zu unterstützen. Das ergab für ihn Sinn für sein Leben. Um das zu erreichen, brauchte er den Kampf, Mann gegen Mann. Es war nicht wichtig, ob er die Gnade der Königin besaß. Entscheidend war als Held zu sterben. Die Rebellenkrieger und auch Audoin standen ihm bei diesem Vorhaben zur Seite. Sie hatten ihn nicht fallen gelassen, wie die Königin. Der Fürst bot ihm mit den jährlichen Heerzügen Gelegenheit, seinen Kampfesmut zu beweisen. Er war sich sicher, dass die Walküren ihn beobachteten und wenn er im Kampf sterben würde, nach Walhall brächten. Mit Amalafred hatte er oft über den Einzug in Walhall gesprochen. Ob sein Freund dazu Gelegenheit bekäme, glaubte er nicht, denn seine Mutter würde es nicht zulassen, dass er sich in Gefahr begäbe und mit dem Schwert in der Hand für seine Ehre und Überzeugung kämpft.

Ob er manchmal an ihn und Vindobona dachte?

Siegbert hoffte, dass sich sein Freund unter dem Einfluss der Königin nicht von ihm abwand. Sie hatte schon immer einen starken Einfluss auf ihn gehabt und versucht, ihm ihren Willen aufzuzwingen. Solange er zurückdenken konnte, hatte er zu Amalafred ein inniges Verhältnis, das durch eine unverbrüchliche Freundschaft geprägt war. Der Prinz vertraute ihm sogar das Versteck des Thüringer Königsschatzes an. Nun waren es zwei, die diesen Ort kannten. Es war eine große Bürde, doch konnte er Amalafred verstehen, der sich darum sorgte, dass ihm etwas zustoßen könnte und sein Cousin Baldur dann keinen Zugriff auf den Schatz hätte. Ohne dieses Gold würde es ihm nicht gelingen, die Thüringer Gaugrafen auf seine Seite zu bringen und die Königswürde zu erlangen.

Mit Sorge dachte Siegbert daran, wie er aus der Ferne die Flucht von Prinz Baldur vorbereiten könnte. Als ehemaliger Rebellenführer war es für ihn gefährlich ins Frankenreich zu reisen. Sein Bruder Hartwig, der ein fränkischer Graf und Berater von König Theudebert war, hatte bei der Hochzeit von Wisigard in Reims von seiner Anwesenheit gewusst. Wenn er es wusste, müsste es auch anderen bekannt gewesen sein. Für den Aufbau der Handelsroute von Carnuntum über Vratislavia nach Reims musste er Männer finden, die in seinem Sinne handelten und auf die er sich verlassen konnte. Er erinnerte sich an den Kaufmann, den er in einer Herberge auf der Bernsteinstraße traf und der mit ihm weitläufig verwandt war. Ihn wollte er in Vindobona besuchen. Vielleicht könnte er ihn für sein Vorhaben gewinnen.

Am nächsten Morgen ritt Siegbert nach Vindobona. Das Amtshaus, in dem sich die Gemächer von Prinz Amalafred befanden, war noch nicht vom neuen Vertreter der Thüringer Königin in Besitz genommen worden. Es lag wohl daran, dass sich die Verwaltung der Langobarden in dem Gebäude befand und das Haus von ihr bewirtschaftet wurde, als wäre der Prinz nur vorübergehend abwesend und könnte jederzeit zurückkommen. Siegbert hatte dort noch seine Kemenate, die ihm niemand strittig machte. Als er nachmittags in Vindobona ankam und die Treppe zu seinem Zimmer hinaufstieg, begegnete er Hildegard. Ihre Freude war groß, dass ihr Schützling sich von seiner Erkältung wieder gut erholt hatte. Sie fragte nach seinen Wünschen und brachte ihm aus der Küche Bier und kalte Speisen. Während des Essens berichtete sie von dem Unmut der Thüringer Krieger, der sich im Heerlager Vindobona breit machte, seitdem Gunnar das Sagen hatte. Hildegard konnte nicht verstehen, dass die Königin den Gaugrafen als ihren Beauftragten in Vindobona ernannte. Auch die Bauern waren unzufrieden. Der Hauptmann versuchte ihre angestammten Rechte zu beschneiden. Entscheidungen trafen sie im Thing, wie sie es in Thüringen gewohnt waren, doch Gunnar erkannte die Beschlüsse nicht an. Er forderte von den Bauern, dass sie Futter für die Pferde im Lager und Lebensmittel für die Krieger, zu einem geringeren Preis als üblich lieferten. Auch bei den Handwerkern und Wirten der Gasthäuser war Gunnar nicht beliebt, da er eine extra Steuer einführte, die zusätzlich zu der Steuer, die von den Langobarden eingehoben wurde, ihre Gewinne schmälerte. Er wollte diese Einnahmen an die Königin in Ravenna senden, damit sie dort ihre Ausgaben bestreiten konnte. Ob das Geld jemals dort ankam, bezweifelten viele. Man unterstellte ihm, dass er es für sich verwendete.

Siegbert fragte Hildegard, ob sich ein Kaufmann aus der Heimat in Vindobona niedergelassen hatte. Sie wusste davon und erzählte, dass er zwei Langhäuser besaß und eine große Handelsstation einrichten wollte. Sie erklärte ihm den Weg.

Nachdem er sich gestärkt hatte, besuchte er das römische Badehaus. In den Abendstunden war es gut besucht. Viele Krieger waren da und genossen das warme Wasser. Er traf dort seinen alten Freund Adalwin, der als Hunno im Heerhaufen der Thüringer diente. Von ihm erfuhr er noch mehr Einzelheiten über die Veränderungen im Kriegerlager. Mit Wehmut dachte sein Freund noch an die schöne Zeit zurück als der Prinz in Vindobona war und alles seine gewohnte Ordnung hatte. Er fragte Siegbert, wie es ihm jetzt ging. Viel gab es da nicht zu berichten. Er erzählte von den Kampfübungen, die er mit den Rebellenkriegern in Carnuntum abhielt und der guten Stimmung in dem neuen kleinen Heerhaufen.

„Ich bin gespannt, wie sich Gunnar verhält, wenn wir im nächsten Heerzug zusammen auftreten", überlegte Adalwin.

„Fürst Audoin wird keinen Zwist zwischen den beiden Heeresteilen zulassen. Er allein entscheidet, wer mit ihm nach Illyrien zieht."

„Ich hörte, dass du dich als Kaufmann versuchst. Kann dich das als erfahrener Krieger befriedigen?", wollte Adalwin wissen.

Siegbert überlegte. Diese Frage hatte er sich selbst oftmals gestellt und keine Antwort gefunden. Von dem wahren Grund, des Aufbaus der Handelsroute konnte er seinem Freund nichts erzählen. Deshalb antwortete er ausweichend: „Die Nornen haben mir diesen Weg gewiesen und ihre Entscheidungen sind unergründlich."

Adalwin erkannte, dass er sich mit seinem Schicksal abgefunden hatte und keine Hilfe benötigte.

Die beiden Freunde suchten noch ein Gasthaus auf, um sich bei einem Becher Wein über die Zeit, die sie zusammen in der Leibgarde von König Herminafrid verbrachten, zu unterhalten. Die Gedanken an die Vergangenheit erwärmte ihr Herz.

Am Nebentisch saßen Krieger, die ebenso den Tag ausklingen ließen. Einer von ihnen stand auf und kam zu ihnen an den Tisch. Er war sichtlich betrunken und konnte kaum stehen.

„Du bist doch der Ausgestoßene", rief er laut.

Siegbert versuchte ihn zu ignorieren, doch der Betrunkene wurde aufdringlich. Adalwin rief ihn zurecht, es half aber nicht. Der Krieger beschimpfte den Rebellenführer als Feigling und dass er die Königin im Stich gelassen hätte. Adalwin schob ihn zu seinem Tisch und untersagte ihm weitere Pöbeleien. Andere mischten sich ein und es entstand eine Schlägerei. Als hätten die Männer nur auf einen Anlass gewartet, sich auszutoben. Adalwin schob seinen Freund aus der Gaststube und entschuldigte sich wegen des Vorkommnisses.

„Du kannst nichts dafür", entgegnete Siegbert traurig. Ihm wurde bewusst, dass er bei den Männern keinen Zuspruch mehr hatte. Er schien für viele der Grund für ihre Misere zu sein, in der sie sich befanden und dass die Zahl der abtrünnigen Krieger in ihren Reihen kein Ende nahm. Manche glaubten, dass Siegbert die Abtrünnigen beeinflussen würde, um sich an der Königin und dem Gaugrafen zu rächen.

Die beiden Freunde trennten sich und gingen in ihre Quartiere. In der Kemenate hatte Hildegard im Kamin Feuer gemacht, denn es war tagsüber und an den Abenden empfindlich kalt. Auf dem Tisch standen Krüge mit Wein und Wasser. Die Vorkommnisse gingen ihm nicht aus dem Kopf. Wie sollte er sich in der Öffentlichkeit solchen Anschuldigungen entgegenstellen. Eine Lösung fand er nicht. Die Tatsachen wurden verdreht und verbreiteten sich in Windeseile. Er kam zu dem Schluss, dass es das Beste wäre, wenn er den Kriegern in Vindobona aus dem Weg ging.

Am nächsten Morgen besuchte Siegbert das Kaufmannsviertel und fand schnell das Haus des Arkadius. Eine große Tafel mit der lateinischen Aufschrift seines Namens hing über der Eingangstür des Langhauses. Nach dem Klopfen öffnete ein junger Mann. Er fragte, wen er dem Herrn melden konnte und was er von ihm wollte.

„Sag deinem Herrn, dass ein Verwandter ihn sprechen möchte!"

Der junge Mann verschwand im Haus. Es dauerte eine Weile, bis er ihn eintreten ließ. Arkadius eilte ihm entgegen und entschuldigte sich, dass er warten musste. Er sah aus, als wäre er gerade erst aus dem Bett gestiegen, denn seine Haare waren nicht gekämmt und der Umhang war liederlich über das Hemd und die Hose geworfen.

„Komme ich ungelegen?"

Arkadius winkte ab und bot seinem Gast einen Platz am großen Tisch an. Der junge Mann brachte Tee und süßes Gebäck.

Siegbert sah sich neugierig im Raum um. Der Wohnbereich im Langhaus war durch Bretterwände geteilt. Im Vorraum standen kunstvoll gestaltete Möbel und in der offenen Küche viele Haushaltgeräte, wie er sie noch nie zuvor gesehen hatte. Arkadius setzte sich zu ihm und fragte: „Was kann ich für dich tun?"

„Ich bin überrascht, wie schnell und schön du dich in Vindobona eingerichtet hast."

„Ein wenig habe ich von der Kultur des Südens in den Norden mitgebracht. Es war ein Glücksfall, dass ich die beiden Langhäuser mit den Nebengebäuden günstig erwerben konnte. In dem zweiten Langhaus werde ich das Kontor einrichten und die Waren lagern. Hinter dem Hof befinden sich die Stallungen und Werkstatt. Willst du dir die Räume ansehen?"

Ohne eine Antwort abzuwarten, stand Arkadius auf und ging in die Küche mit der offenen Feuerstelle. Eine andere Tür führte in das Schlafgemach, das noch nicht aufgeräumt war. Kleidungsstücke lagen verteilt auf dem Bett und auf dem hölzernen Fußboden. An der Wand stand ein großer Kasten, der zur Aufbewahrung von Kleidern diente und es gab einen Bronzespiegel an der Bretterwand, der einen kunstvollen Rahmen besaß. Das Licht trat durch kleine Fenster in die Räume. Arkadius ging durch einen Seiteneingang in das Nebenhaus. Es sollte nach dem Umbau das Kontor werden. Hinter dem Schreibraum befand sich das Lager, in dem viele Regale standen. Sie enthielten Kisten in unterschiedlicher Größe.

„Hier lagern meine Waren, die ich aus Byzanz kommen lasse und im Merowingerreich verkaufen will. Die Franken lieben wertvolle Stoffe und kunstfertige Dinge von besonderer Schönheit", pries Arkadius die Stoffe, Keramiken und Bronzegegenstände.

Er war erfreut, dass sein Verwandter bass erstaunt war.

Nach der kurzen Besichtigung gingen sie zurück in den Wohnraum. Siegbert lobte Arkadius, was er in der kurzen Zeit fertiggebracht hatte und wollte wissen, wie die vielen Waren nach Vindobona gekommen sind.

„Das war nicht einfach. Seit vielen Monden sind meine Wagen von Konstantinopel auf dem Landweg unterwegs gewesen. Es gibt nur wenige Handelsstützpunkte und Herbergen auf der Strecke zwischen Konstantinopel und Vindobona."

„Sind das deine Handelsleute?"

„Nicht alle, die meisten von ihnen betreiben selbständig ein Fuhrgeschäft. Sie übernehmen in meinem

Handelshaus in Konstantinopel die Waren und liefern sie hier ab. Die Kosten für den Transport sind für mich günstiger und kalkulierbar. Die Fuhrleute kennen die Strecke gut und sie wissen, wie sie sich gegen Räuber schützen können."

Arkadius erzählte, wie er mit Erfolg auf der griechischen Halbinsel Peloponnes ein Handelsunternehmen aufbaute und es bis nach Konstantinopel erweiterte. Doch der kaufmännische Erfolg bedeutete ihm nicht alles. Er hatte vom Sieg der Franken in Thüringen gehört und dass sie seit 531 seine Heimat besetzt hielten. Danach folgten die Jahre der Wetterverschlechterung als seine Landsleute ums Überleben kämpfen mussten. Erst seit zwei Jahren machte es für ihn Sinn, seine Geschäfte bis nach Erphesfurt auszudehnen. Im Süden war das Leben angenehmer als im kalten Norden, doch wuchs in den letzten Jahren der Wunsch, seiner Heimat physisch näher zu sein. Gedanken an einen frühen Tod belasteten ihn. Er wollte an dem Ort, wo er geboren wurde, einmal sterben. Deshalb entschloss er sich, einen Teil der Handelshäuser in Griechenland zu verkaufen und neue Handelshäuser in Serdica, Sirmium, Vindobona, Ratisbona und Erphesfurt zu gründen.

Siegbert hörte ihm ruhig zu und war beeindruckt vom Können und Tatendrang seines Verwandten. Ob sich Arkadius für seine Handelsroute interessieren würde, bezweifelte er. Er glaubte jedoch, dass er sich bei ihm den einen oder anderen Rat holen konnte. Arkadius erzählte gern und fand in seinem Gast einen interessierten Zuhörer. Er erklärte, wie sein Handelsgeschäft funktionierte und dass er in seinen Handelshäusern zuverlässige Kaufleute eingesetzt hatte und ihnen das Tagesgeschäft überließ. Er kümmerte sich nur um die neuen Unternehmungen, bis sie gewinnbringend wirtschafteten. Das letzte

Handelshaus, das er gründete, befand sich in Sirmium. Der Ort war eine wichtige Stadt zwischen der Donau und der Save, wo der Fluss Drau einmündete. Die Handelsniederlassung lag etwa 20 Tagesreisen südlich von Vindobona entfernt. Bis Serdica waren es 15 Tage und bis Konstantinopel noch einmal 20 Tagesreisen. Auf der Strecke nach Erphesfurt wollte er in Ratisbona ein weiteres Handelshaus gründen. Von dort würde er nach 12 Reisetagen Erphesfurt erreichen. Das waren seine Vorstellungen für die Handelsroute von Konstantinopel bis in seine Heimat.

„Jetzt erzähle mir von deinem Vorhaben, das du gründen willst. Ich bin schon sehr gespannt."
Siegbert unterbreitete ihm seinen Plan mit der Verlängerung der Via Regia von Meisa bis Vratislavia und von dort nach Carnuntum. Arkadius hörte aufmerksam zu und ihm schien das Vorhaben gut durchdacht zu sein. Daher sagte er seine Unterstützung zu und sie sprachen im Weiteren über Einzelheiten der Verwirklichung. Ein Schwerpunkt war die Verwaltung der Handelshäuser. Sie hatten eine Schlüsselfunktion in dem Netzwerk und sollten von erfahrenen Kaufleuten geführt werden. Arkadius machte den Vorschlag, diese auf den griechischen Sklavenmärkten zu besorgen.
Siegbert schwieg dazu. Er wollte seine Männer als Verwalter einsetzen, doch das dauerte seine Zeit.
Am späten Nachmittag trennten sie sich und vereinbarten, sich öfter zu treffen, um über beide Vorhaben zu sprechen.

An diesem Abend blieb der Hauptmann in seiner Kemenate. Hildegard versorgte ihn mit Essen und Trinken und leistete dabei Gesellschaft. Sie war froh, dass er sie anhörte. Mit den jungen Mägden konnte sie über die

Vergangenheit nicht sprechen. Sie stammten aus Handwerker- oder Bauernfamilien und kannten das Rebellenleben nur von Erzählungen. Wie schwer es war, in den Bergen zu überleben, konnten sie sich nicht vorstellen. Die Entbehrungen waren groß, dennoch wollte Hildegard die Zeit in den Thüringer Bergen nicht missen.

Der ehemalige Rebellenführer hörte ihr gern zu. Ihm gefiel es, wie sie die Begebenheiten der Vergangenheit schilderte. Das eine oder andere würde er jetzt anders machen, doch im Großen und Ganzen fand er sein Tun richtig.

Die einseitige Unterhaltung ermüdete ihn und seine Gedanken schweiften zu Amalafred ab. Ob er ihn jemals wieder treffen würde? Die Situation im Ostgotenreich spitzte sich zu. Belisars Krieger rückten weiter vor und hatten schon große Gebiete im Süden des Reichs eingenommen. Es war nur eine Frage der Zeit, wann sie vor den Toren Ravennas stehen würden.

Hildegard merkte, dass die Aufmerksamkeit ihres Zuhörers nachließ und er anderen Gedanken nachhing. Sie verabschiedete sich und verschwand geräuschlos aus dem Zimmer.

Fürst Audoin war noch beim König in der Wachoburg und seine Beamten wussten nicht, wann er zurückkehren würde. Siegbert nutzte die Zeit, um sich kaufmännisch weiterzubilden. Besonders das Rechnen fiel ihm schwer, doch das gehörte zum Beruf des Kaufmanns und nahm einen wichtigen Platz ein. Pal war ihm in diesen Dingen weit voraus. Geduldig erklärte er seinem Herrn, wie die Zahlen gesetzt werden mussten und worauf er achten sollte.

Zur Entspannung ritt Siegbert ins Heerlager von Carnuntum und verweilte bei seinen Kriegern, die ihre

Kampftechniken verbesserten. In der Handhabung des Schwertes war er geübter als mit dem Gänsekiel am Schreibpult im Kontor. Es machte ihm Spaß, sich mit den besten Kriegern zu messen und stets blieb er im Zweikampf der Sieger. Seine Männer bewunderten ihn und das stärkte sein Selbstvertrauen. Es gab ihm die Kraft, bei den kaufmännischen Dingen nicht aufzugeben und den Kiel mit der Tinte in die Ecke zu werfen.

Die Tage verliefen im Gleichklang. In den letzten Wochen hatte Siegbert die Güter von Prinz Amalafred inspiziert. Die Reisen brachten Abwechslung in sein, wie er meinte, tristes Leben. Bei der Kontrolle der Bestandslisten halfen ihm seine neu erworbenen kaufmännischen Kenntnisse. Er verglich die Einnahmen mit den Ausgaben und konnte in den meisten Gütern Gewinne feststellen. Die Gelder nahm er mit nach Carnuntum und lagerte sie im Kontor. Pal führte Buch darüber. Er war stolz, dass sein Herr ihn mit dieser Aufgabe betraute. Der Sklave lernte dadurch, verantwortlich mit großen Geldbeträgen umzugehen.

4. Reisevorbereitungen
Im April 538

Endlich kam Audoin nach Carnuntum zurück. Er hatte schlechte Neuigkeiten. Wisigard, die älteste Tochter von König Wacho und fränkische Königin verstarb vor wenigen Wochen. Der König war in Sorge, dass das Bündnis mit den Franken dadurch gefährdet sein könnte. Er hatte sich deshalb dazu entschlossen, seine jüngste Tochter Walderada mit dem Sohn von König Theudebert zu vermählen. Es störte ihn nicht, dass beide noch Kinder waren. Das Heiratsversprechen diente alleinig der Fortsetzung des Bündnisses mit den Franken. Die offene Frage war, ob der Frankenkönig Theudebert auf diesen Vorschlag eingehen würde.

Der fränkische Prinz Theudebald war der einzige Sohn von König Theudebert. Seine Mutter war die Galloromanin Deuteria, mit der der König seit langem verheiratet war, doch die Kirche erkannte diese Ehe nicht an. Da Theudebert keine anderen Kinder hatte, war er der rechtmäßige Erbe des fränkischen Reichsteils seines Vaters.

Der Fürst erklärte Siegbert in der Therme die komplizierten Zusammenhänge und die schwierige Situation. König Wacho war die Sache sehr wichtig und er beauftragte Audoin am fränkischen Hof die Verhandlungen zu führen. Allein wollte der Fürst nicht reisen und bat Siegbert, ihn zu begleiten.

„Ich stehe auf der Todesliste der Franken. Wenn sie meiner habhaft werden, gibt es kein Pardon."

„Ich weiß, dass dich der Frankenkönig Chlothar immer noch sucht, doch wir halten uns nur in dem Teil des Reiches auf, der Theudebert untersteht. Als Mitglied meiner Gesandtschaft hast du dort nichts zu befürchten", beruhigte Audoin den Hauptmann. Den Wunsch des Fürsten konnte er nicht abschlagen. Er sagte zu und beide besprachen die Einzelheiten für die Reise. Audoin wollte nicht über Vratislavia nach Meisa reisen, sondern die kürzere Strecke entlang der Moldau und Elbe wählen. Diesen Weg kannte der Fürst, da er vor Jahren die Königin auf ihrer Flucht vom Elbtor bis Vindobona begleitet hatte. Bei dieser Gelegenheit wollte er sich auch informieren, wie das Land, das zum Langobardenreich gehörte, durch die Wetterverschlechterung ausgedünnt wurde. Ihm war bekannt, dass viele Bauern damals nach Westen gezogen waren und sich im Gebiet von Ratisbona niederließen. Vielleicht würde er eine öde und unbewohnte Gegend vorfinden.

Lange sprachen beide über das bevorstehende Unternehmen und Siegbert konnte manchen guten Rat beisteuern. Die Geschenke für den Frankenkönig hatte Wacho selbst ausgewählt. Sie sollten auf mehrere Packtiere verteilt und von Audoins Leibwächtern bewacht werden. Vier Männer sollten zum Schutz genügen, denn sie waren sich sicher, dass unterwegs keine Gefahren durch Räuber bestanden. Die Franken hatten ihr Gebiet gut im Griff und ahndeten die Räuberei mit dem Tod. Jeder Leibwächter sollte ein Packpferd am Halfter mit sich führen. Der Fürst glaubte, dass er mit dem kleinen Trupp schnell unterwegs sein könnte.

Besondere Eile war jedoch nicht geboten. Die Trauerfeierlichkeiten für die Königin waren bereits abgeschlossen. Die Zeit, die der Bote mit der Nachricht an König Wacho benötigte, dauerte mehrere Tage. Wo sie beigesetzt wurde, ging aus dem Schreiben nicht hervor. Für Wacho war das von untergeordneter Bedeutung. Es ging ihm nur um den Bündnisvertrag. Das hatte er Audoin unmissverständlich wissen lassen.

Der Fürst entschied in einer Woche abzureisen. Siegbert sollte zuvor noch seine Familie im Tullnerfeld besuchen und sich für die Reise vorbereiten. Es waren alle wichtigen Dinge besprochen worden. Der Ritt vom See Pelso nach Carnuntum hatte Audoin ermüdet. Es lag wohl daran, dass es in den letzten Tagen stark geregnet hatte und die Wege aufgeweicht waren. Er hoffte, dass die Reise entlang der Via Regia weniger anstrengend sein würde.

Für Siegbert kam alles sehr überraschend. Er überlegte, was er bis zur Abreise noch erledigen musste und ob er seinen Sklaven Pal mit auf die Reise nehmen sollte. Es wäre eine gute Gelegenheit für ihn, sich wegen geeigneter Handelsstützpunkte umzusehen. Er selbst müsste in der Nähe von Audoin bleiben und könnte sich nicht um eigene Angelegenheiten kümmern.

Vor seiner Abreise ins Tullnerfeld sprach er mit Pal darüber, der die Idee gut fand. Auch Audoin war einverstanden, dass der Sklave mit ihnen ritt.

Die nächsten Tage wollte Siegbert mit seiner Familie verbringen. Für alles andere war gesorgt. Die Güter von Prinz Amalafred hatte er inspiziert, die Kampfübungen seiner Krieger unterstanden seinem Stellvertreter Reimund, den er zum Leutinger der Rodewiner beförderte. Er müsste seine Männer bei dem nächsten Heerzug anführen.

Für ihn gab es nichts Wichtiges mehr zu tun.

Zu Hause angekommen informierte er Hedwig von dem Vorhaben. Er hatte sich gewünscht, dass sie seine Abwesenheit in den nächsten Wochen bedauerte, doch sie schien froh zu sein, dass er sich mit dem Fürsten auf die Reise begab. Vielleicht lag es daran, dass sie viel zu tun hatte. Ihre Freundin Sigrid würde bald ihr Kind bekommen. Das bedeutete für sie, dass sie sich um sie kümmern müsste. Bei ihrer Niederkunft stand Sigrid ihr zur Seite und das Gleiche wollte sie auch für sie tun.

Am Abend beim Essen unterhielt sich Siegbert mit Hedwig und sagte, dass er froh und stolz war, wie sie die Bewirtschaftung des Guts ohne sein Zutun bewältigte. Hedwig freute sich über das Lob und erzählte ihm von den beabsichtigten weiteren Verbesserungen auf dem Gutshof und im Außenbereich. Sie konnte sich dabei auf die Knechte, Mägde und Sklaven verlassen, dass sie gute Arbeit leisteten.

Siegbert war müde und freute sich auf ein Bad und das Bett. Hedwig half ihm beim Waschen. Sie fand es lustig, wenn er beim Bürsten des Rückens aufschrie. Er versuchte sie zu fassen und in den Zuber zu ziehen. Im Bett setzten sie ihre Neckereien fort. Nachdem das Baby gestillt war, verwöhnte sie ihren Mann, wie er es gern mochte.

Sigrid schlief wieder in ihrem eigenen Bett. Plötzlich schrie sie im Nebenzimmer auf. Sie hatte ihre Wehen bekommen. Hedwig befahl einer Magd zur Kräuterfrau zu eilen und diese herzuholen. Siegbert ging zu seinem Sohn, der durch die Geräusche aufgeweckt wurde und nahm ihn mit ins Ehebett. Das Kind griff nach seinen Fingern und lachte. Er überlegte, wie es dem Jungen in der Zukunft ergehen könnte. Eltern wollen immer das Beste für ihre Kinder und da nahm er sich nicht aus. Sein Sohn hatte gute Voraussetzungen ein großer Krieger zu werden. Vielleicht zieht er nach Thüringen und kämpft an der Seite von Prinz Baldur. Diese und andere Gedanken kamen ihm und dazwischen waren die Schreie von Sigrid zu hören. Auf einmal wurde es still. Nach einer Weile erschien Hedwig mit einer Kerze in der Hand.

„Es ist ein gesundes Mädchen! Es war eine schwere Geburt."

„Ist die Kräuterfrau noch da?"

„Nein! Das Kind war schon da, als sie erschien. Ich weiß, dass du sie nicht magst, aber es ist gut, dass wir sie in unserer Nähe haben."

Sigrid war gut versorgt und neben ihr schlief ihre Tochter. Die Schmerzen, die sie bei der Geburt empfand, waren nach der Nacht vergessen. Eine Magd saß auf einem Schemel in ihrer Nähe und hatte die Augen geschlossen. Zweifel kamen Sigrid, ob sich auch ihr Ehemann der Medicus über ein Mädchen freuen würde. Sie wusste, dass er gern einen Stammhalter hätte, der eines Tages ein so guter Medicus, wie er werden würde. Frauen in diesem Beruf waren unüblich. Ihr erschien die Welt nicht gerecht. In allem hatten die Männer das Sagen. Nur in einer guten Ehe konnte sich eine Frau beweisen, wie es bei Hedwig und Siegbert war. Wie sie miteinander umgingen, fand sie gut. Hedwig durfte auf dem Gut schalten und walten, wie sie es für richtig erachtete.

Beschweren konnte sich Sigrid über ihren eigenen Ehemann nicht. Er ließ ihr jede Freiheit, die sie sich wünschte. Zurzeit befand er sich im Heerlager von König Wacho am See Pelso. Er wäre bestimmt gerne hier, um seine junge Frau bei der Geburt zu unterstützen, doch das ging leider nicht. Gern dachte sie an die Krankenbesuche in Carnuntum, wenn sie ihren Mann zu den Patienten begleitete. Zu ihrem Bedauern war das nicht bei allen möglich. Das lag nicht an ihm, sondern an den Patienten, die nicht gern eine Frau an der Seite des Medicus sahen. Ihre Hauptbeschäftigung beschränkte sich daher auf Kräuter sammeln. Davon gab es in der Nähe des Gutes ihrer Freundin Hedwig viele. Sie bewirtschaftete gemeinsam mit ihr einen Kräuter- und Blumengarten. Die Blütengewächse hatten es ihr angetan und dafür konnte sie auch Hedwig begeistern. Jeden Tag standen Blumen auf dem Tisch, an deren Anblick sie sich erfreuten. Das war auch an diesem Morgen so. Hedwig war zeitig aufgestanden und brachte ihr einen großen Blumenstrauß, den sie in einen Tontopf auf dem Tisch stellte. Sigrid lächelte ihr dankbar zu und sie betrachteten gemeinsam das Baby. Es sah gesund aus und fühlte sich an der Brust ihrer Mutter wohl. Hedwig ging in die Küche und kochte für Sigrid eine Hühnersuppe, damit sie bald zu Kräften kam. Dankbar und zufrieden löffelte sie die Suppe im Bett und sah der Magd zu, die ihre kleine Tochter in frische Tücher wickelte.

In der Tür stand Siegbert. Er besuchte die junge Mutter, die ihm stolz ihre Tochter zeigte.

„Kannst du meinem Mann eine Botschaft senden, dass ich alles gut überstanden habe und er eine Tochter hat", bat Sigrid den Hausherrn.

„Ich reise noch heute nach Carnuntum. Wenn du deinem Mann ein paar Zeilen schreiben willst, gebe ich den Brief einem Boten von Audoin mit. Der Medicus würde sich bestimmt darüber freuen."

Hedwig kam hinzu und half ihrer Freundin beim Verfassen des Briefes. Die Frauen waren mit sich und den Babys voll beschäftigt, deshalb schien es für Siegbert das Beste zu sein, gleich abzureisen.

Bei strömendem Regen ritt er nach Vindobona und kam dort am späten Nachmittag an. Er war völlig durchnässt und ausgekühlt. Eilig lief er ins Badehaus, kleidete sich aus und übergab sein Gewand einem Sklaven, der die Kleidungsstücke zum Trocknen auf eine beheizte Marmorplatte legte. Als erstes ging er in den Kaltbaderaum, der zu dieser Zeit gut besucht war, doch ein bekanntes

Gesicht konnte er nicht erkennen. Nach dem Waschen schlüpfte er in bereitstehende Holzschuhe und ging in einen angenehm temperierten Raum. Dort befanden sich mehrere Marmorbänke, auf denen sich Männer von Sklaven massieren ließen. Es folgte der Heißbaderaum mit mehreren Badewannen, in denen man sich von Sklaven mit warmem Wasser übergießen lassen konnte. Das große Heißwasserbecken befand sich in der Mitte des Raums. Siegbert stieg langsam hinein und setzte sich auf eine Stufe, bei der das Wasser bis zum Hals reichte. Die Muskeln entspannten sich und die wohltuende Wärme machte ihn müde.

„Geht es dir gut?", sprach ihn ein Mann von der Seite an.

Es war Arkadius der erfreut war seinen Verwandten im Thermalbad anzutreffen und lobte die Einrichtung. Von einigen der Sklaven war er begeistert, wie gut sie massieren konnten. Arkadius erzählte von den prächtigen Thermen in Konstantinopel, deren Ausmaße und Ausstattung bei weitem die von Vindobona übertrafen. Siegbert fühlte sich zu müde, um ihm zuzuhören und dachte über die bevorstehende Reise nach. Arkadius bemerkte nach einer Weile, dass sein Verwandter in Gedanken abwesend war und fragte ihn nach dem Grund. Er erzählte ihm von der bevorstehenden Reise nach Reims entlang der Via Regia. Arkadius hörte aufmerksam zu und fragte, ob er sich der Reitergruppe anschließen darf.

„Das entscheide nicht ich, sondern der Fürst. Du müsstest ihn selbst fragen."

Ihm war es gleich, ob er mitkäme oder nicht. Es war kein Geheimnis, dass der Fürst nach Reims ritt, doch er wollte sich nicht bei ihm für Arkadius einsetzen.

Der Kaufmann blieb beharrlich und bot viel Geld, wenn er ihn nach Carnuntum begleiten durfte, um dem Fürsten seine Aufwartung zu machen. Er selbst hatte nichts dagegen, wenn Arkadius mitreiste, doch im Bad wollte er seine Ruhe haben und sagte ihm zu. Damit war er ihn schnell los, denn der Kaufmann wollte eilig nach Hause, um Vorbereitungen für die Abreise nach Carnuntum am nächsten Morgen zu treffen.

Pünktlich zum Sonnenaufgang erschien Arkadius auf dem Platz vor dem Prinzenhaus. Sie ritten zusammen los und Siegbert erhöhte das Tempo, um herauszufinden, ob Arkadius mithalten konnte. Zu Mittag kamen sie in Carnuntum an. Die Pferde waren vollkommen erschöpft und mussten von den Sklaven trockengerieben werden. Arkadius hatte den scharfen Ritt gut überstanden und zeigte keinerlei Ermüdungserscheinung. Sie gingen in die Villa und suchten den Fürsten auf. Audoin hatte Zeit für sie und bat beide in sein Schreibzimmer. Er stand hinter dem großen Tisch und studierte Wegekarten.

„Was kann ich für dich tun?", fragte der Fürst und sah Siegbert an.

„Mein Verwandter aus Vindobona ist Kaufmann und hat von mir gehört, dass wir nach Reims reisen. Er möchte sich uns gern anschließen."
Audoin sah den Kaufmann prüfend an.

„Wir sind schnell unterwegs und können uns nicht um Mitreisende kümmern", antwortete Audoin abweisend.
Die Thüringer wollten gehen, da rief sie der Fürst zurück.

„Lassen wir ihn selbst, sprechen. Ich will hören, wer er ist und warum er die beschwerliche Reise mit uns antreten will."
Arkadius verbeugte sich tief, in einer Art, wie es wahrscheinlich am Kaiserhof üblich war und dankte dem Fürsten, reden zu dürfen. Damit hatte er gewonnen. Mit

wohlklingenden Sätzen formulierte er sein Leben in Konstantinopel und seine Absicht eine Handelsroute nach Norden zu gründen.

Audoin hörte ihm aufmerksam zu und stellte zwischendurch gezielte Fragen. Der Mann schien ihn zu interessieren und seine anfängliche abweisende Haltung gegenüber dem Kaufmann schien in Wohlgefallen überzugehen.

„Ich werde dich auf die Reise mitnehmen, doch für deine Kosten musst du selbst aufkommen und es darf keine Verzögerungen durch dich geben."

Mit einer ebenso tiefen Verbeugung wie zu Beginn der Audienz verabschiedete sich der Kaufmann.

Arkadius durfte in einem der Gästeräume übernachten.

Audoin hatte nach dem Gespräch Siegbert zu sich kommen lassen und meinte: „Das ist ein interessanter Mann, dein Verwandter. Vielleicht kann ich seine Kontakte in Konstantinopel für mich nutzen. Was weißt du über ihn?"

„Nicht viel! Ich habe ihn erst kürzlich kennengelernt. Wenn es stimmt, was er sagt, muss er sehr reich sein."

„Zweifelst du an seinen Worten?", fragte der Fürst überrascht.

„Das nicht, doch ich kenne ihn nicht lange genug, um ein Urteil abzugeben."

Audoin lief im Raum hin und her und schien zu überlegen.

Zum Abendessen, das der Fürst mit Siegbert allein einnahm, kam Audoin nochmals auf Arkadius zu sprechen.

„Wenn der Kaufmann sich hilfreich auf der Reise zeigt, werde ich versuchen, ihn für mein Vorhaben in Konstantinopel zu gewinnen. Er kennt sich gut in der Stadt des Kaisers aus und findet für mich ein Gebäude, wie ich es mir vorstelle", erklärte der Fürst.

Unter dem Mantel der Verschwiegenheit, verriet er was er vorhatte: „Das Handelshaus soll eine zentrale Informationsstelle für mich sein, wo alle wichtigen Nachrichten vom Kaiserhof gesammelt und mir umgehend zugestellt werden. In ähnlicher Weise fungieren meine Handelshäuser in Ravenna und in Vratislavia. Es ist aber auch denkbar, dass ein paar von meinen Leuten sich im Handelshaus deines Verwandten ständig aufhalten und mich über einen Botendienst informieren. Dazu müsste ich herausfinden, wie loyal er zu mir steht. Auf der Reise nach Reims werden wir es wissen."

Bevor die Sonne aufging, stand Arkadius vor der Tür von Siegbert und wartete auf ihn. Sie gingen zusammen frühstücken. Der Fürst hatte es an diesem Morgen eilig und konnte nicht mit ihnen gemeinsam essen. Dem Kaufmann teilte er mit, dass er sich in drei Tagen bei Sonnenaufgang auf dem Hof seiner Villa einfinden soll.
Arkadius war glücklich und dankte seinem Verwandten, weil er dachte, dass die Zusage durch seine Fürsprache zustande kam. Nach dem Frühstück hatte er es eilig und wollte nach Vindobona zurückreiten, um die Vorbereitungen für die Reise ins Frankenreich zu treffen.
Nachdem Arkadius vom Hof geritten war, begab sich Siegbert ins Kontor und sprach mit Pal. Er sollte für die Reise genügend Geld mitnehmen. Daran hatte sein Sklave bereits gedacht. Er zeigte ihm eine Liste, in der er die möglichen Ausgaben eingetragen hatte.

In den nächsten Tagen gingen sie gemeinsam Pals Reiseaufzeichnungen vom vergangenen Jahr durch, in denen er vermerkt hatte in welchen Orten Handelsstützpunkte oder Handelshäuser zu errichten wären. Pal hatte alle Wegekarten, die sie damals auf der Reise verwendeten in einem Regalfach gelagert. An ihnen konnten sie sich gut orientieren. Die aktuellen Änderungen in der Wegeführung waren am Rande vermerkt. Beim Betrachten der Karten konnte sie sich an alle Einzelheiten der Reise erinnern. Sie waren damals nur zu Pferd unterwegs, um schneller voranzukommen. Das schien der Fürst diesmal ebenso zu beabsichtigen.

Am Abend vor der Abreise erschien Arkadius mit drei Pferden im Hof der Villa in Carnuntum. Siegbert wunderte sich und ging ihm entgegen.

„Warum hast du deinen Sklaven bei dir? Willst du ihn mitnehmen?"

„Er wird uns gute Dienste leisten, das verspreche ich dir", antwortete Arkadius grinsend.

„Es war nicht ausgemacht, dass er dich begleitet."

„Der Fürst hat es mir nicht ausdrücklich untersagt. Ich soll nur für alles, was mich betrifft selbst aufkommen, damit ich ihm nicht zur Last falle und mein Sklave ist ein Teil von mir", entgegnete der Kaufmann mit einem verschmitzten Grinsen.

Ein Meldereiter erschien und informierte Siegbert, dass Audoin über Nacht im Heerlager blieb. So gingen sie allein ins Thermalbad und stärkten sich mit Getränken und Speisen.

„Warum willst du deinen Sklaven mitnehmen?"

„Er versorgt mich mit allem, was ich brauche. Darüber hinaus verfügt er über besondere Fertigkeiten, die auf langen Reisen angenehm sind. Der Fürst wird es nicht bereuen, das kann ich dir versprechen," beteuerte Arkadius.

Nach dem entspannenden Bad und anschließender Massage gingen sie früh zu Bett, da zu erwarten war, dass die nächsten Tage anstrengend sein würden.

5. Reise nach Erphesfurt
Im Mai 538

Bevor die Sonne aufging, standen Siegbert und Pal reisefertig auf dem Hof. Sein Sklave führte ein Packpferd am Zügel, doch von Audoin, seinen Kriegern und dem Kaufmann mit seinem Sklaven war niemand zu sehen.

Arkadius kam mit dem Sklaven aus der Villa und grüßte schlaftrunken. Sie gingen in den Stall und schwangen sich auf die Pferde. Der Sklave von Arkadius führte ebenso ein Packpferd am Zügel.

„Wo ist der Fürst?", fragte Arkadius.

„Ich weiß es nicht!"

Für Gespräche war es noch zu früh. In der Ferne sahen sie einen Reiter auf die Villa zu galoppieren.

Es war ein Bote Audoins, der bat sie zum Westtor von Carnuntum zu kommen. Eilig ritten sie los und sahen schon von weitem die Reitergruppe mit dem Fürsten an der Spitze.

Er winkte ihnen zu und sie schlossen sich der Gruppe an. An der Donau lag eine Fähre bereit, die sie ans andere Ufer brachte. Zum Glück ging alles gut. Die Pferde scheuten nicht und die Bootsleute kannten sich gut aus. Mehrere schmale Seitenarme der Donau hatten sie passiert. Sie ritten auf einem befestigten Weg durch einen sumpfigen Wald.

Bevor sie die erste Handelsstation in Eburodunum erreichten, bog Audoin an einer Kreuzung in westliche Richtung ab. Der Fürst wirkte verschlossen, als würden ihn große Sorgen drücken. Sie waren seit Stunden unterwegs und hatten noch kein Wort miteinander gesprochen. Siegbert wollte ihn nicht stören und ritt schweigsam hinter ihm. Dann folgten zwei Krieger der

Leibwache und zwei weitere, die Packtiere mit sich führten. Hinter ihnen ritt Pal und der Kaufmann mit seinem Sklaven. Audoin legte weite Strecken im starken Trab zurück und wenn er merkte, dass die Pferde müde wurden, ließ er sie im Schritt gehen.

An einem Bach machten sie Halt, um zu rasten. Die Pferde brauchten unbedingt Ruhe. Der Fürst war es gewohnt auf der Strecke zwischen der Wachoburg am See Pelso und Carnuntum in den Stationen für die Meldereiter ständig die Pferde zu wechseln. Hier konnte er es nicht und musste sich an das langsame Tempo gewöhnen. Am Ufer des Baches rief er Siegbert zu sich. Sie blickten auf das langsam dahinfließende Wasser und verzehrten ein Stück Speck mit Brot.

Audoin erzählte ihm, dass er gestern eine Nachricht aus dem Frankenreich erhielt, die besagte, dass König Theudebert Reims verlassen und zu seinem Heer in Norditalien geritten sei.

„Wie lange brauchen wir bis Reims?", wollte Audoin wissen.

„Wenn es keine großen Verzögerungen gibt, etwa einen Mond."

„Theudebert wird nicht an einem neuen Vertrag zwischen uns interessiert sein. Er hatte schon die Heirat mit Wisigard hinausgezogen und nur unter dem Druck der Kirche dem Ehebündnis zugestimmt. Seinem Sohn Theudebald wird er das gleiche nicht antun wollen, was sein Vater mit ihm tat", vermutete Audoin.

„Walderada ist acht Jahre alt und Theudebald noch jünger. Bis sie heiraten können vergehen noch viele Jahre. Ein Freundschaftsvertrag verhindert das Einmischen des Langobardenkönigs in den Ostgotenkrieg, deshalb bleibt ihm nichts anderes übrig als zuzustimmen."

„Ich hoffe, du hast recht."

Audoin sah sich um und ein Lächeln glitt über sein Gesicht.

„Wie ich sehe hat der Kaufmann einen Begleiter an seiner Seite. Ich hoffe, dass die beiden unser Tempo mithalten können."

Er schien den Reitkünsten des Kaufmanns mit seinem Sklaven nicht zu trauen.

„Du hast Arkadius den Begleiter nicht untersagt."

„Es ist gleich, solange sie uns nicht am schnellen Vorankommen hindern, stört es mich nicht."

Audoin stand auf und zog den Sattelgurt seines Pferdes fest. Er schwang sich auf seinen Hengst, der aus seiner hunnischen Zucht stammte.

Die Siedlungen, die sie passierten, waren kaum bewohnt. Nur alte Leute konnten sie sehen. Die Kinder und Enkel waren während der Schlechtwetterperiode nach Süden oder Westen gezogen, um nicht zu verhungern. Für die Alten reichte die Nahrung zum Überleben. Die Häuser und Hütten waren baufällig und drohten einzustürzen. Die Reiter hatten genügend Reiseproviant dabei, um bis Meisa an der Elbe zu gelangen. Zwei Wochen plante Audoin dafür ein. In Erphesfurt wollte der Fürst eine längere Ruhephase einlegen, damit die Pferde sich ausruhen konnten. Von den Reitern sprach er nicht. Er erwartete von ihnen gutes Durchstehvermögen.

An den Abenden ritten sie in eine der verlassenen Siedlungen und richteten sich für die Nacht ein. Die beiden Sklaven Pal und Anwar sorgten für die Annehmlichkeiten im Quartier. Sie bereiteten die Strohlager her, kochten eine schmackhafte Suppe und unterhielten die Männer auf ihre Weise. Pal konnte gut Flöte spielen und singen. Anwar, der Sklave von Arkadius, tanzte zu der Flötenmusik und schwang dabei seine Hüften wie ein Weib. Er stammte aus Ägypten und bezeichnete den orientalischen

Tanz mit den kreisenden Bewegungen als „Bauchtanz". In seiner Familie war es Tradition, dass die Männer diesen Tanz zu Festlichkeiten vorführten, da es den Frauen nicht gestattet war, sich leicht bekleidet in der Öffentlichkeit zu zeigen. Die Krieger waren begeistert und applaudierten. Die Darbietungen hoben ihre Stimmung nach dem anstrengenden Ritt.

Sie kamen an den Fluss Moldau und suchten eine geeignete Stelle, um überzusetzen. Einen Fährmann konnten sie nicht finden. Es gab jedoch Fischerboote, die groß genug waren, dass zumindest ein Mann mit Pferd darauf Platz hatten und ein zweiter rudern konnte. Sie benötigten einen ganzen Tag, um ans jenseitige Ufer zu gelangen. Für Siegbert war es wie die Fahrt in die Hölle. Er traute weder dem Boot noch dem Ruderer, doch es gab keine andere Möglichkeit für ihn. Die Strömung wäre zu stark, um den Fluss zu durchschwimmen.

Von der Wetterverschlechterung war nichts mehr zu spüren. Das Gras wuchs auf den Wiesen und die Sonne erwärmte den Boden. In die verlassenen Siedlungen war bisher niemand zurückgekehrt. Die Bauern hatten wahrscheinlich in der Fremde ein besseres Auskommen gefunden. Der Fürst erwartete nachrückende Slawen, die aus dem Gebiet der Weichsel kommen müssten. Das hatten ihm seine Kundschafter gemeldet. Doch von den Slawen fehlte jede Spur. Selbst die Tiere schienen ausgewandert zu sein. Entlang des Wegs war kein Rehwild oder Wildschwein zu sehen. Das Land, durch das sie zogen, wirkte wie ausgestorben.

Sie erreichten das Elbtor. Es war das Gebiet, wo die Elbe vom Sandsteingebirge in das flache Land wechselt. Von weitem war eine Siedlung zu erkennen, die den Namen Meisa trug. Gut zu sehen war der Hafen, an dessen beiden Ufern zahlreiche Boote vertäut waren. In der

Nähe des Elbtors hatte Audoin die Thüringer Königin begrüßt. Er erinnerte sich noch gut an die Begegnung und wie er ihre Tochter Rodalinde zum ersten Mal sah und sich in sie verliebte. Prinz Amalafred und seinen Begleiter nahm er damals nicht so richtig wahr. Sie waren junge Krieger und traten wenig in Erscheinung. Der Fürst sah zu dem Fluss, der an dieser Stelle eine gewaltige Breite besaß. Erkennbar waren auch die Baustellen zur verlängerten Via Regia. Sie endeten am westlichen Ufer des Flusses abrupt als würde dort die Welt aufhören zu existieren. Am östlichen Ufer der Elbe führte eine unbefestigte Straße in ein undurchdringliches Waldgebiet. Audoin mahnte zur Eile, damit sie noch vor dem Dunkelwerden die Siedlung Meisa erreichten. Er freute sich auf die Annehmlichkeiten, die dort auf ihn warteten. Am meisten vermisste er ein heißes Bad. Es musste kein Warmwasserbecken sein, wie er es in seiner Villa gewohnt war. Ihm würde ein Zuber genügen in dem er den Schweiß und Dreck nach dem beschwerlichen Ritt abwaschen konnte.

Endlich erreichte die Reitergruppe Meisa, eine kleine Siedlung mit befestigten Flussufern. Der Ort hatte sich stark verändert. Es gab verschiedene Handwerksbetriebe beidseits der Elbe und am Rande des Angers ein Gasthaus, in dem die Langobarden abstiegen. Sklaven kümmerten sich um die Pferde und der Wirt zeigte ihnen den gemeinsamen Schlafraum. Die meisten Gäste kamen nur zum Essen und Trinken in seine Gaststube. Es waren meist Bauarbeiter von der Königsstraße und manchmal auch Kaufleute, die weiter nach Osten zogen. Als Siegbert nach einem Bad fragte, sah ihn der Wirt verwundert an und fragte, ob auch ein Zuber mit heißem Wasser seinen Wünschen nahekäme. Die Frauen füllten mehrere

Kessel mit Brunnenwasser und hängten sie über die Feuerstelle. Einen Zuber gab es im Haus. Man brauchte ihn beim Schlachten der Schweine, um die Borsten abzubrühen. Dass man sie für ein Bad verwenden konnte, schien dem Wirt neu zu sein. Den Zuber stellte er im Langhaus neben der Feuerstelle auf und füllte ihn mit heißem Wasser. Zuerst stiegen Audoin und Siegbert hinein und eine Magd schrubbte ihnen die Rücken. Nachdem sie sich gesäubert hatten, kamen die anderen dran. Die Wirtin goss heißes Wasser nach, damit sich keiner beschweren musste, dass es zu kalt wäre. Die Männer hatten viel Spaß dabei und die beiden Sklaven musizierten und tanzten zur Unterhaltung. Der Wirt servierte derweil Gebratenes und Gesottenes sowie Krüge mit Bier. Die Gäste ließen es sich gut schmecken und fanden das Getränk köstlich. Durch den Lärm, den sie im Langhaus machten, sahen manche der Nachbarn neugierig durch die kleinen Fenster an der Seite des Gebäudes dem Treiben zu. Es waren auch junge Frauen dabei, die gern mit einem von den stattlichen Mannsbildern angebandelt hätten. Der einen oder anderen war es gelungen, ihren Wunsch in die Wirklichkeit umzusetzen, das stellte Siegbert am nächsten Morgen fest. Da der Fürst einen Ruhetag angesetzt hatte und keine Gefahr von den Leuten ausging, gestattete Audoin seinen Männern, dass sie sich frei im Ort bewegen durften.

In Meisa endete die Via Regia, die sogenannte Königsstraße, die bis Paris reichte und gut befahrbar war. Der Fürst besichtigte die Baustellen mit den weitläufigen Lagerplätzen für das Material zum Straßenbau. Die Arbeiten gingen dem Ende zu, die oberste feine Gesteinsschicht war teilweise aufgetragen und die Randsteine gesetzt. Die Königsstraße verlief geradlinig eine weite Strecke in Richtung Nordwesten. Audoin war beeindruckt von der Leistung, die von den Menschen in wenigen Jahren erbracht wurde. Er ließ sich noch mehr über den Straßenbau berichten. Besonders interessierte ihn, wer das bezahlte und wo die vielen Leute für den Bau herkamen. Siegbert wusste darüber nicht so gut Bescheid und erklärte ihm, dass sein Schwiegervater, den sie in ein paar Tagen treffen würden, darüber Auskunft geben könnte. Sie liefen zurück in das Gasthaus und beschlossen den Abend in gemütlicher Runde mit schmackhaftem Gerstensaft zu verbringen.

Am nächsten Tag ritten sie nach Sonnenaufgang weiter. Sie erreichten nach wenigen Tagen den Amtssitz der ostthüringischen Provinz des Frankenreichs. Siegberts Schwiegervater war dort als stellvertretender Amtmann für die Verwaltung dieser Provinz zuständig. Er freute sich, seinen Schwiegersohn wiederzusehen. Da der Fürst und die Leibwächter wie Kaufleute gekleidet waren, schenkte er ihnen anfangs wenig Beachtung. Das änderte sich, nachdem ihn sein Schwiegersohn über den Grund des Besuchs und der Reise informierte. Weibel war aufgeregt und wusste nicht, wie er sich gegenüber dem Fürsten verhalten sollte. Er nahm Siegbert zur Seite und bat ihn um Hilfe.

„Sehe ihn wie einen meiner Freunde an, dann machst du keinen Fehler."

„Das erleichtert die Sache", sprach Weibel und wand sich erneut seinem hohen Gast zu.
Er fragte ihn, womit er ihm eine Freude machen könne.
Audoin antwortete spontan: „Mit einem Bad."

„Da habe ich das richtige für dich. Bitte folge mir!", rief Weibel begeistert aus.

Sie gingen zu Fuß die Straße entlang und kamen zu einem eigenartig aussehenden Gebäude. Weibel öffnete die Tür und bat den Fürsten einzutreten.

Überrascht sah sich Audoin um. Ein Badehaus hätte er in dieser Gegend nicht erwartet. Weibel winkte den Bademeister zu sich und sprach leise mit ihm. Es dauerte nicht lange und der Raum leerte sich bis auf wenige Personen.

„Wenn ihr möchtet, könnt ihr gleich ein Bad nehmen. Ihr seid meine Gäste!"

„Das lass ich mir nicht zweimal sagen", sprach der Fürst voller Verwunderung.

Er machte Anstalten zu bleiben und begann sich auszuziehen. Zwei Frauen halfen ihm sich zu entkleiden. Weibel und Siegbert taten das Gleiche und sie gingen auf einen Riesenzuber mit dampfendem Wasser zu. Die Temperatur war angenehm. Am Rand befand sich eine Bank, damit man gemütlich Platz nehmen konnte. Als die drei in dem riesigen Bottich saßen, legte der Bademeister ein Brett quer über den Zuber und stellte drei Holzkrüge, die bis zum Rand mit Bier gefüllt waren, auf das Brett.

„Trinken wir auf euren Besuch und eine gute Reise", rief Weibel begeistert aus.

Gebratenes Fleisch und frisch gebackenes Brot wurde aufgetragen. Dazu gab es in Essig eingelegte Gurken und Zwiebeln.

„Langt kräftig zu", forderte Weibel seine Gäste auf.

Audoin gefiel die offene Art des Amtmanns und er begann ihn auszufragen. Siegbert wunderte sich, wie freimütig Weibel Auskunft gab. Vielleicht lag es daran, dass er den Fürst als seinen Freund vorgestellt hatte. Audoin freute sich über die Mitteilsamkeit von Weibel. Der Amtmann erzählte von seinem anderen Schwiegersohn Hartwig und welche wichtige Stellung er am Hofe des Frankenkönigs innehatte. Siegbert gab vor müde zu sein und machte Anstalten, das Badehaus zu verlassen. Weibel hinderte ihn nicht zu gehen. Er wünschte ihm eine gute Nacht und versprach zum Frühstück im Gasthaus zu sein und mit ihm und den anderen gemeinsam zu frühstücken. Audoin sagte kein Wort dazu. Der Redefluss von Weibel störte ihn nicht, im Gegenteil. Was der Mann zu berichten hatte, fand der Fürst interessant und bedeutsam. Als Amtmann hatte er Einblick in den inneren Zirkel der Beamtenschaft des Frankenkönigs. Diese Informationen nutzten ihm, die Franken besser zu verstehen und die Verhandlungen zu seinen Gunsten zu gestalten. Bisher hatte er noch nie mit diesem Volk zu tun gehabt. Sein Wissen über sie basierte nur auf Berichten seiner Spione und den Erzählungen von Kaufleuten. Es machte einen Unterschied, ob jemand aus der fränkischen Beamtenschaft sich dazu äußerte. Weibel war ein Thüringer, doch handelte er als Franke. Das war ausschlaggebend für die Einschätzung seiner Glaubwürdigkeit. Audoin ehrte ihn, indem er blieb und weiter zuhörte. Sie saßen bis zum späten Abend im heißen Wasser und Weibel berichtete von den Machenschaften am fränkischen Hof. Mit Hilfe des Bademeisters und der Leibwächter gelang es am späten Abend die beiden Betrunkenen heil in ihre Quartiere zu bringen.

Der Amtmann erschien zum Frühstück im Gasthaus, wo die Reisenden untergebracht waren. Audoin hatte keine Lust, sich zu unterhalten, da ihm der übermäßige Biergenuss am letzten Abend noch zu schaffen machte.
Während der Verabschiedung fiel Weibel auf, dass er sich nur wenig mit seinem Schwiegersohn unterhalten hatte. Was sollte er seiner Frau erzählen, wenn sie ihn nach dem Enkel und vieler anderer Dinge fragte? Kurz entschlossen bot er sich an, die Langobarden bis Erphesfurt zu

begleiten. Audoin hatte nichts dagegen. Er freute sich auf die abendlichen Gespräche mit dem Amtmann und hoffte noch mehr über die Franken zu erfahren.

Bis zum Ufer des Flusses Saale gab es nur wenige Baustellen. Sie ritten den Großteil der Strecke auf der neuen Königsstraße. Bald erreichten sie das Ufer des Flusses. Ein Fährmann brachte sie ans andere Ufer. Er erkannte Siegbert wieder. Sie unterhielten sich in den Pausen, wenn die Fähre neu beladen wurde. Das lenkte von der bevorstehenden Bootsfahrt ab. Am Schluss musste er doch die Fähre betreten und redete sich ständig ein, dass er keine Angst vor der Überfahrt haben musste. Eines der Packtiere von Audoin fing in der Mitte des Flusses an zu scheuen. Es konnte nicht beruhigt werden und sprang ins Wasser. Der Fährmann konnte im letzten Moment mit einer Stange den Zügel einholen und band ihn an ein Seil. Das Pferd schwamm dem Fährboot nach und erreichte das andere Ufer. Der Leibwächter, dem das Packpferd zugeteilt war, erzählte, dass er jedes Mal beim Übersetzen eines Flusses Angst verspürte. Das beruhigte Siegbert, der bis dahin glaubte, der Einzige zu sein, der so fühlte.

Ab dem Fluss Saale ritt die Gruppe im Schritt. Audoin hatte festgestellt, dass das Packpferd, das ins Wasser gesprungen war, an der rechten Vorderhand lahmte. Er musste dem Tier ein paar Tage Ruhe gönnen und hoffte, dass es bis Erphesfurt durchhielt. Weibel sagte ihm, dass es eine große Stadt sei, in der es mehrere Gasthäuser gab. Audoin hatte eine längere Ruhepause für seine Männer und die Pferde vorgesehen, da schien ihm der Ort geeignet. Sie hatten etwa die Hälfte der Strecke bis Reims hinter sich. Je näher sie dem Ziel kamen, umso komfortabler sollen die Herbergen werden, hatte ihm Siegbert versichert. Zwischen Saale und der Stadt Erphesfurt gab es keine Gasthäuser. Wer nicht im Freien übernachten wollte, kehrte in einem der Königsgüter ein. Dort gab es ausreichend zu Essen und zu Trinken. Meist brauten die Verwalter das Bier selbst und die Speisen stammten vom eigenen Gut. Diese Einnahmen waren für sie wichtig, da sie für ihre Leistungen Geld bekamen und nicht, wie im Handel mit den armen Bauern der Umgebung, nur Waren tauschen konnten.

Nach einigen Tagen erreichten sie Erphesfurt, den Amtssitz der westlichen Provinz des Frankenreichs. Weibel ritt allein zum Burgberg hinauf, um sich zu informieren, ob der westthüringische Amtmann anwesend war. Er konnte ihn nicht antreffen, da er sich auf einer Inspektionsreise in seinem Amtsbezirk befand. Niemand konnte sagen, wo er sich aufhielt und wann er zurückkommen würde. Er war wie Weibel, nur ein stellvertretender Amtmann. Der eigentliche Amtmann war sein Schwiegersohn Hartwig, der schon seit mehreren Monden als Berater beim fränkischen König Theudebert weilte. Dem alten Gaugrafen Weibel war das recht und wie er glaubte, hatte sich sein Amtsbruder in Erphesfurt ebenso in sein Los gefügt. Die Burg schien wie ausgestorben. Nur das Gesinde und die Bauleute, die mit der Erweiterung der Gebäude innerhalb der Burgmauern beschäftigt waren, konnte er sehen. Der Burghauptmann wollte ihn benachrichtigen, wenn sein Herr von der Inspektionsreise durch die westliche Provinz zurückkehrte. Weibel war enttäuscht und ritt zum Gasthaus, in dem sich die Reisegruppe befand.
Siegbert hatte sich inzwischen mit Audoin abgestimmt, dass er einen Kurzbesuch zu seinem Geburtsort Rodewin unternehmen wollte. Der Fürst und der Kaufmann

schlossen sich ihm an. Wechselpferde konnten sie sich von dem Wirt leihen, bei dem die Botenreiter einkehrten. So blieb Weibel allein mit den beiden Sklaven und den vier Leibwächtern zurück. Auf seine eigenen Männer verzichtete der Fürst als Begleitung, da keinerlei Gefahr vor Räubern oder Rebellen bestand.

Arkadius konnte seine Aufregung nicht verbergen. Viele Jahre war er von zu Hause fort. Er hoffte, dass noch jemand von seiner Sippe in seinem Geburtsort anzutreffen war. Geschenke hatte er bei sich. Es waren genug, um auch die weitläufige Verwandtschaft in Rodewin zu beglücken.

6. Abstecher nach Rodewin
Im Mai 538

Auf dem sandigen Weg begegneten die drei Reiter keinem Menschen. Auch die Siedlungen am Wegrand schienen unbewohnt. Sie kamen am späten Mittag in Rodewin an. Die Aufregung war groß als eine Reitergruppe plötzlich auftauchte. Harald humpelte seinem jüngsten Bruder entgegen und sie umarmten sich. Siegbert stellte seine beiden Begleiter vor. Audoin schien verhalten. Er wunderte sich, dass der Sippenälteste und Gaugraf des Oberwipgaus in solch bescheidenen Verhältnissen lebte. Er hatte schon viel über die Siedlung Rodewin gehört. Amalafred erzählte ihm Geschichten aus seiner Kindheit als er mit den Kindern des Gaugrafen in Wald und Flur ihr Unwesen trieben. Nach seinen Schilderungen hätte es ein sehr großes Anwesen sein müssen. Vielleicht war sein Empfinden damals anders. Harald ging auf Audoin zu und schüttelte ihm kräftig die Hand.

„Vielen Dank, dass du unsere Leute in deinem Reich aufgenommen hast", sagte er mit Begeisterung.

„Der Dank gilt nicht mir, sondern König Wacho", antwortete Audoin bescheiden.

„Das mag sein, doch es war deine Fürsprache, die den König dazu bewog."

Der Fürst beließ es dabei. Es war auch nicht wichtig, wer welchen Anteil an der Entscheidung hatte, die Thüringer aufzunehmen und zu versorgen. Wichtig war, dass sie im Langobardenreich ein neues Zuhause fanden.

Harald stellte die übrigen Familienmitglieder vor. Siegbert sah sich nach seiner Mutter um, konnte sie aber nicht sehen. Er fragte eines der Kinder, das zum Langhaus zeigte.

Seine Mutter lag krank im Bett. Ihre Augen strahlten, als sie ihren jüngsten Sohn sah. Er griff nach ihrer Hand und drückte sie fest.

„Mein Junge, das ist schön, dass ich dich noch einmal sehe. Mir geht es gar nicht gut. Ich glaube, dass ich bald sterben werde", sprach sie mit schwacher Stimme.

„Sag so etwas nicht, Mutter! Du hast noch viele Jahre deines Lebens vor dir", beruhigte er die Kranke.

Das Erscheinungsbild der Mutter erschreckte ihn, doch ließ er es sich nicht anmerken. Ihr schien der Wille zum Leben entschwunden zu sein. Siegbert war froh, dass ihn die Nornen noch einmal nach Hause geführt hatten, um von seiner Mutter Abschied nehmen zu können. Vorsichtig strich er über ihre Hände und seine Gedanken wanderten in die Kindheit als diese Hände viel Gutes getan hatten. Bald würden sie erkalten und ihre Seele zu Hel wandern. Es bliebe nur noch die Erinnerung an sie. Ein Gefühl der Trauer kam über ihn. Seine Mutter musste dies erkannt haben und tröstete ihren Sohn. Sie sprach davon, wieviel Freude er ihr bereitet hatte und wie stolz sie auf ihn war. Trost wollte er spenden und nun bekam er diesen vielfach zurück.

Heidrun, die Ehefrau von Harald, kam ins Haus und bat ihren Schwager auf den Hof zu den anderen zu kommen. Er löste sich nur schwer von seiner Mutter und folgte Heidrun. Sein Bruder hatte beschlossen, am Abend ein Fest zu Ehren des Fürsten zu geben. Harald wollte zuvor mit Audoin zu der Koppel am Schwemmteich reiten und ihm seine Pferde zeigen.

Arkadius wurde von niemanden wiedererkannt, auch nicht von seiner Cousine Heidrun. Nachdem Harald mit Audoin und dem Pferdesklaven Jaros weggeritten war, verteilte er an alle Geschenke.

Siegbert wunderte sich über die große Anzahl der jungen Männer auf dem Hof. Er erfuhr, dass es Rebellen waren, die von Haralds Schreiber im Rechnen und Schreiben ausgebildet wurden. Sie waren die Kandidaten, die eine Kaufmannslehre beginnen sollten. Die Burschen wohnten und lernten in seinem Haus. Als er sich darin umsah, war die schöne Zeit mit Brunhilde wieder lebendig, gemischt mit der Trauer um ihren frühen Tod.

An einem Pult stand der alte Schreiber und zeichnete auf ein Pergament. Er schien von dem Trubel auf dem Hof nichts mitbekommen zu haben. Als er Siegbert sah, ging er auf ihn zu und umfasste seine Schultern.

„Es ist schön, dass du gekommen bist. Wirst du länger bleiben können?", fragte er ihn.

„Ich bin mit Audoin hier, dem Fürsten der Langobarden. Wir reiten morgen nach Erphesfurt und von dort nach Reims weiter."

Der Schreiber strich sich seinen Bart glatt und meinte: „Das ist eine große Strecke."

Siegbert merkte, dass er sich gern seinem Pergament zuwenden wollte und verabschiedete sich von ihm. Er war froh, dass es dem weisen Mann gesundheitlich gut ging. Von ihm hatte er viel gelernt, die Sprachen, das Schreiben und nicht zuletzt das Rodewiner Runenalphabet. Jetzt gibt er sein Wissen an viele Jugendliche im Rebellenlager weiter, die eines Tages gute Kaufleute werden sollen.

Auf dem Hof ging es zu, wie in einem Ameisenhaufen. Das Festmahl für den Abend musste vorbereitet werden. Alle beteiligten sich daran und Heidrun dirigierte, wer was tun sollte. Sie war die Ameisenkönigin dachte er und musste bei dieser Vorstellung lächeln. Den Trubel nutzte er, um ungestört bei seiner Mutter zu sein und Erinnerungen mit ihr aufzufrischen. Es waren viele Fragen, die nur sie ihm beantworten konnte. Wo sollte er anfangen und wo aufhören? Ihm war bewusst, dass sie bei seinem nächsten Besuch nicht mehr leben würde. Ihre Krankheit, konnte auch die Kräuterfrau nicht heilen. Die Wangen waren eingefallen und die Haut hatte eine fahle Farbe angenommen. Sie sprach über ihren Tod, als wäre es etwas Schönes. Mit ihrem Leben hatte sie schon lange abgeschlossen und war zufrieden, dass ihre drei Söhne am Leben waren und die Kriege gut überstanden hatten. Den Verlust von Haralds Bein im Kampf gegen die Franken sah sie als glückliche Fügung an, denn sonst hätte sie wahrscheinlich ihren ältesten Sohn in der Entscheidungsschlacht gegen die Franken verloren. In allen umliegenden Siedlungen gab es große Verluste und die meisten Söhne waren nicht lebend zurückgekehrt.

Aus der Sicht seiner Mutter hatte Siegbert den Kampf gegen die Franken noch nie betrachtet. Waren seine Bemühungen, die Fremden aus dem Land zu vertreiben vielleicht falsch? Als Anführer der Rebellen folgten ihm seine Männer in den Kampf und manch einer von ihnen verlor sein Leben. War er verantwortlich für die vielen Toten aus seinen Reihen, die glaubten für die Freiheit zu kämpfen? Diese Gedanken verwirrten ihn. Seine Mutter hatte vor Müdigkeit die Augen geschlossen. Er saß an ihrem Bett und hielt schweigend ihre Hand.

Auf dem Hof wurde es laut. Der Fürst war mit Harald von dem Ausritt zurückgekehrt. Beide verstanden sich gut. Sie setzten sich an die große Tafel und fingen an zu trinken. Der beste Met wurde in Tonbecher geschenkt und immer wieder prosteten sie sich zu. Siegbert mied die lustige Gesellschaft und ging zum Schreiber. Der stand am Pult und malte beim Schein einer Öllampe ein Bild auf ein Pergament. Er ließ sich durch den Eintretenden nicht stören und sah nur kurz auf.

„Kommst du von deiner Mutter? Ich sehe es dir an! Sie wird nicht mehr lange leben. Es ist gut, dass ihr euch verabschieden konntet", erklärte der Schreiber in seiner ruhigen Art.

„Sie sagte mir, dass ihre Krankheit nicht heilbar ist. Ich hoffe, sie muss nicht leiden."

„Wenn du meinst, dass sie Schmerzen hat, kann ich dich beruhigen. Die Kräuterfrau gibt ihr regelmäßig ein Mittel, dass die Schmerzen vergehen lässt. Es wird alles getan, ihr die letzten Tage auf dieser Erde so angenehm wie möglich zu machen. Sie ist eine tapfere Frau und fürchtet sich nicht vor dem Tod", bemerkte der Schreiber.

Er erklärte Siegbert, wie er den Tod sah. Für ihn war es ein Übergang in eine andere Welt. Als Römer, glaubte er an andere Götter, nicht an die Asen oder den Christengott. Er erzählte von der Götterwelt der Römer. Sie ähnelte denen der Germanen. Das Gespräch lenkte Siegbert von seinen trüben Gedanken ab. Er hatte sich mit dem Tod der Mutter abgefunden.

„Was machst du gerade?", fragte er den alten Mann.

„Ich schreibe ein Buch über die Geschichte deines Volkes und ihrem Niedergang", erklärte der Schreiber.

Er zeigte ihm das Pergament, an dem er arbeitete. Der Text war sauber mit dem Gänsekiel und schwarzer Tusche geschrieben. Am Anfang der Seite gab es ein freies Feld, in das er den ersten Buchstaben groß gezeichnet hatte und mit farbiger Tinte ausschmückte. Die Farben für die Initialen, dem schmückenden Anfangsbuchstaben, hatte er sich selbst hergestellt. Mit feinen Pinseln brachte er sie auf das Pergament. Es waren kleine Darstellungen von Begebenheiten, die den Text verdeutlichen sollten. Der Schreiber meinte, dass in den Miniaturen der Sinn des Textes stecke. Auf dem Tisch lag ein

Bündel bereits beschriebener Pergamentseiten. Sie waren das zweite Kapitel des Buches.

„Hast du genügend Pergament zur Verfügung", wollte Siegbert wissen.

Der Schreiber legte seinen Pinsel zur Seite und sagte: „Komm mit!"

Sie gingen in einen Nebenraum, in dem viele Holzrahmen an Schnüren von der Decke hingen. Zwischen den Leisten der Rahmen waren gesäuberte Häute zum Trocknen gespannt.

„Harald unterstützt mich großzügig bei meinem Vorhaben. Er beschafft mir die Häute von Schafen und Ziegen. Unter meiner Anleitung stellen die Schüler dann die Pergamente her."

In einer Ecke stand ein Trog mit Fellen, die in eine Kalklösung eingelegt waren. Auf dem Tisch lag ein Fell, bei dem noch nicht vollständig die Haare und Fleischreste entfernt wurden. Am Rand des Tischs lag ein Bimsstein.

„Wozu brauchst du den Stein?"

Der Schreiber nahm ihn in die Hand und sagte: „Damit glätte ich die sauberen Felle."

Sie gingen zurück in den Hauptraum, der vom Schreiber für den Unterricht und zum Schreiben des Buchs verwendet wurde.

„Wem wirst du dieses Buch geben?"

„Niemand!", antwortete der Schreiber spontan.

Siegbert sah ihn verwundert an und fragte: „Wenn keiner das Buch lesen kann, wozu schreibst du es?"

Der Schreiber schien zu überlegen.

„Wem würdest du es geben, damit es die Zeit überdauert?"

„Ich denke, dass es bei Harald gut aufgehoben wäre, oder glaubst du das nicht?"

„Vielleicht! Bei ihm, seinem Sohn, dem Enkel, dem Urenkel, doch wie geht es weiter. Irgendwann wird es vernichtet durch Wasser, Feuer oder etwas anderem. Ein Buch ist zu kostbar, um es irgendjemand allein zu überlassen."

„Wie ich dich kenne, wirst du dir gut überlegt haben, was du mit deinem Buch tust."

„Das habe ich mein Junge! Ich werde es kopieren lassen. Meine Schüler werden es tun. Nicht alle sind fähig den Kaufmannsberuf auszuüben und in das Lager im Wald werden sie nur ungern zurückkehren wollen. Das Kopieren gibt ihnen Sinn im Leben und es nützt nicht nur mir. Eine der Kopien kannst du haben. Ich will sie dir jedoch nicht aufdrängen", meinte der Schreiber schmunzelnd.

„Gern, doch wie kann ich sie bekommen?"

„Darum brauchst du dich nicht kümmern. Es gibt Händler und Boten, die ins Langobardenreich reisen."
Siegbert freute sich über das Vorhaben des Schreibers. Hatte er doch auch einen kleinen Anteil daran, dass es zustande kam, indem er die Rebellen zur Schulung nach Rodewin schickte.

Rechtzeitig zum Festmahl erschien Arkadius. Er wirkte niedergeschlagen. Heidrun hatte versucht, ihn aufzuhalten in seinen Heimatort nach Anstedt zu reiten, doch er hörte nicht auf sie. Die Siedlung seiner Verwandten zerfiel. Fast alle Gebäude waren eingestürzt und er hatte niemand angetroffen. Was war passiert?
Arkadius suchte nach seiner Cousine. Sie sollte ihm sagen, welches Unglück die Familie ereilt hatte. In der Küche traf er Heidrun und forderte sie auf zu sprechen. Unter Tränen berichtete sie von dem großen Unglück, das ihre Sippe heimsuchte. Die Männer waren in der Schlacht

gegen die Franken gefallen oder vermisst und eine Seuche hatte den Rest der Familie hinweggerafft. Nichts war übriggeblieben. Die Siedlung galt als verflucht und keiner traute sich mehr in ihre Nähe. Heidrun berichtete, dass sie mit ihrer Sklavin Rosa die Leichen bestattet hatten und seitdem nicht wieder dort war.

Arkadius sank auf seinem Schemel zusammen und fing an zu weinen. Heidrun versuchte ihn zu trösten und wischte ihm die Tränen von den Wangen. Nach einer Weile hatte er sich gefangen und stand auf. Er nahm Heidrun in seine Arme und drückte sie fest an sich.

„Du bist die Einzige, die mir von meiner Sippe geblieben ist. Ich muss jetzt mit dem Schmerz klarkommen. Hast du einen Raum, wo ich ungestört trauern kann?"

Sie führte ihn in Rosas Kammer und riet ihm sich auszuruhen. Die Einsamkeit tat Arkadius gut. Er hätte jetzt nicht mit den anderen auf dem Hof das Festmahl einnehmen können. Seine Cousine brachte ihm Brot, Speck und Wein, doch nach Essen war ihm nicht zumute. Die ganze Nacht lag er auf dem Bett und grübelte über das Unglück seiner Sippe nach.

Zeitig am Morgen ritten sie nach Erphesfurt zurück. Arkadius blieb die ganze Zeit verschlossen. Er hatte die Nachricht vom Schicksal seiner Sippe noch nicht überwunden.

In Erphesfurt sah Audoin zuerst nach den Pferden. Die Tiere hatten sich gut erholt, bis auf das lahmende Packpferd. Er wusste, dass es die Strecke bis Reims nicht durchstehen würde und fragte Weibel, wo er ein Ersatzpferd kaufen könnte. Der Amtmann bot ihm eines von seinen Packtieren an und sträubte sich energisch, dass der Fürst es bezahlte. Am Ende nahm Audoin das Geschenk an und Weibel freute sich, dass er helfen konnte.

Der Abend in Erphesfurt ging feuchtfröhlich zu Ende. Audoin mahnte zeitig schlafen zu gehen, denn er wollte am nächsten Tag früh abreiten. Nur Siegbert und sein Schwiegervater Weibel unterhielten sich noch bis in die späte Nacht. Es war ungewiss, ob sie sich in den nächsten Jahren noch einmal begegnen würden. Weibels Fragen nahmen kein Ende und Siegbert beantwortete sie geduldig. Der Gaugraf sehnte sich danach, seine Lieblingstochter Hedwig in die Arme schließen zu können und für sie eine Nachfeier der Hochzeit im Elbkniegau mit der gesamten Sippe zu veranstalten. Ihm war jedoch bewusst, dass das nur ein frommer Wunsch war.

Nachdem sich die Langobarden zum Abritt versammelt hatten, bot Weibel dem Fürsten an, ihn noch ein Stück auf der Königsstraße zu begleiten, doch Audoin lehnte höflich ab.

Mit den ausgeruhten Tieren kamen sie schnell auf der Via Regia voran. Es dauerte noch viele Tage, bis sie den Regierungssitz von Theudebert erreichten. Der fränkische König war nicht in der Stadt und die Beamten versicherten Audoin, dass sie ihn sofort verständigen würden, wenn er von seinem Heerlager in Südfrankreich zurückkehrte. Ein Großteil seiner Krieger befand sich in Italien, nördlich des Flusses Po, um die Ostgoten im Kampf gegen die Byzantiner zu unterstützen und deshalb war nicht absehbar, wann er in Reims erschiene.
Ein langes Warten begann und Siegbert musste dem Fürsten Gesellschaft leisten. Arkadius und Pal nutzten die Zeit, um sich um die Handelshäuser zu kümmern. Siegbert ließ seinem Sklaven freie Hand. Abends berichtete Pal, was er tagsüber in dem Kaufmannsviertel erreicht hatte. Nur Audoin wurde von Tag zu Tag

ungeduldiger und mürrischer. Arkadius bemerkte es und fragte den Fürsten, ob er auf seine Weise das Vorhaben beschleunigen dürfe. Er verriet jedoch nicht, was er vorhatte. Der Fürst überlegte lange und war einverstanden. Verlieren konnte er nicht viel. Das Warten zermürbte ihn langsam.

Schon am dritten Tag teilte Arkadius dem Fürsten mit, dass der höchste Verwaltungsbeamte ihn empfangen würde und er ihm sein Anliegen vortragen durfte. Audoin war erstaunt über die schnelle Wendung.

Zur festgesetzten Zeit erschien er mit Siegbert und Arkadius im Verwaltungsgebäude. Er trug die Bitte von König Wacho vor, das Abkommen zwischen den Franken und Langobarden zu erneuern. Der Reichskanzler war gut vorbereitet und erläuterte den Standpunkt von König Theudebert. Es lag auch in ihrem Sinne, gute Beziehungen mit den Langobarden zu pflegen. Am ersten Verhandlungstag hatte jeder seine Standpunkte vorgetragen und sie vereinbarten, an den nächsten Tagen die Verhandlungen fortzuführen. Audoin war mit dem Verlauf des Gesprächs zufrieden. Im Gasthaus wollte er von Arkadius wissen, wie es ihm gelang, einen Termin mit dem Kanzler zu arrangieren. Der Kaufmann war froh, dass der Fürst sein Geschick anerkannte und verriet ihm, dass sein byzantinisches Gold dabei geholfen hatte. Er war der Meinung, dass die glänzenden Münzen fast alle Türen öffnen konnten.

Die Verhandlungen wurden an den nächsten Tagen schwieriger, da die strittigen Fragen weiter nach hinten verschoben wurden und mehr Zeit zur Klärung benötigten. Vom König war noch nichts zu hören. Nach einer Woche hatte sich Audoin mit dem Kanzler geeinigt. Ein Vertrag wurde aufgesetzt, in dem vereinbart wurde, dass die Grenzen zwischen beiden Reichen gewahrt bleiben und keine Seite die andere angreifen würde. Zur Besiegelung dieses Abkommens sollte die zweite Tochter von König Wacho mit dem einzigen Sohn von König Theudebert verheiratet werden. Diese Ehe würde beide Reiche in Freundschaft und Respekt miteinander verbinden. Ein Bote wurde mit dem Entwurf zu König Theudebert entsandt, mit der Bitte, dass er sich den Vertrag ansehen möge.

Am Tag darauf gab es in den Morgenstunden große Aufregung im Verwaltungsgebäude. Audoin erfuhr, dass König Theudebert bereits unterwegs nach Reims war und noch am gleichen Tag in seinem Palast erwartet wurde. Im Laufe des Nachmittags erschien ein Bote in der Herberge, der die langobardische Abordnung zu einem gemeinsamen Abendessen in den Palast einlud. Die Aufregung bei den Beamten ebbte nicht ab. Zu selten hatte sich der König in Reims sehen lassen und alle Dinge im guten Vertrauen ihnen überlassen. Wenn er wegen eines Vertrages extra nach Reims reiste, musste ein tieferer Grund die Ursache sein. Es wurde gerätselt und spekuliert. Niemand konnte eine sichere Auskunft geben.

Am Abend ritt Audoin mit seinen Begleitern in den Palast. Er lag nicht weit vom Verwaltungsgebäude entfernt. König Theudebert erschien pünktlich an der Tafel und bedankte sich bei den Gästen für ihr Kommen. Audoin durfte an der Seite des Königs sitzen. Siegbert und Arkadius wurden Plätze auf den Bänken zwischen den Höflingen zugewiesen.

Der Fürst drückte sein Bedauern zum Ableben der Königin aus. Theudebert nahm es zur Kenntnis und ging nicht weiter darauf ein. Ihn schien der Tod seiner Frau nicht zu berühren, denn er hatte sie unter Zwang heiraten müssen. Aus seiner Abneigung zu der Langobardin machte er keinen Hehl. Zu der Hochzeit im vergangenen Jahr hatte ihn die Kirche genötigt und es war ihm eine Genugtuung, dass seine Frau nicht lange gelebt hatte. Nach außen hin sagte er das nicht, doch jeder wusste, wie er darüber dachte.

Theudebert fragte Audoin nach der Reise und welche Eindrücke er vom Frankenreich hatte, durch das er geritten war. Dann kam er auf die Heerzüge zu sprechen, die König Wacho mit Erlaubnis des Kaisers nach Illyrien führte. Theudebert war erstaunlich gut darüber informiert, woraus Audoin auf gute Spione der Franken im Langobardenreich schloss. Die Gespräche verliefen oberflächlich. Keiner wollte zu viel an Informationen preisgeben und freundlich auf den anderen wirken. Eine beiläufige Äußerung ließ Audoin jedoch aufhorchen. Theudebert strebte die gleiche Stellung an, wie sie der Kaiser von Byzanz in Europa innehatte. Er ließ bereits eigene Münzen mit seinem Konterfei prägen und meinte, dass er der zukünftige Kaiser des weströmischen Reiches sei. Audoin erkannte die Ambitionen des Frankenkönigs und schwieg dazu.

Im Königssaal des Verwaltungsgebäudes hatten sich die langobardische Abordnung und die Beamten, die den Vertrag ausgehandelt hatten, eingefunden. An der Stirnseite des Tisches stand ein großer Armstuhl, der dem König vorbehalten war. Er kam mit kleinem Gefolge und nahm Platz. Alle Anwesenden durften sich dann setzen. Theudebert begann zu sprechen: „Meine Herren ihr habt gute Arbeit geleistet. Der Vertrag ist ganz in meinem Sinne und wird die Grenzen zwischen unseren beiden Völkern auf ewig sichern."

Erleichtert sahen sich die Beamten an und erwarteten, dass der König die beiden Ausfertigungen des Vertrages, die ihm vorgelegt wurden, unterzeichnete. Theudebert griff zur Feder, tauchte sie in die Tinte und setzte zur Unterschrift an. Plötzlich hielt er inne und sah in die erstarrten Gesichter der Beamten und Langobarden. Diesen Augenblick der absoluten Macht schien er zu genießen. Sein Verhältnis zu den Langobarden war gespalten und er hegte keine Freundschaft ihnen gegenüber. Zu diesem Vertrag sah er sich durch seine Beamten genötigt, die ihm die Notwendigkeit erklärten und nahelegten, ihn zu unterzeichnen.

„Ich werde den Vertrag in dieser Form nicht unterschreiben", sprach er klar und deutlich.

Keiner erwiderte etwas. Der König sprach weiter: „Es fehlt mir noch ein Punkt, betreffend der Rolle der Langobarden im Krieg zwischen Ostrom und den Ostgoten, denen wir im Kampf beistehen. Ich verlange, dass sich König Wacho an diesem Krieg nicht beteiligt."

Theudebert sah Audoin mit fester Miene an. Der Fürst überlegte nicht lange. Mit seinem König hatte er diesen Punkt bereits besprochen und sie waren der Meinung, dass sich die Langobarden in die Kampfhandlungen nicht einmischen wollten. Somit konnte Audoin dem Wunsch Theudeberts leichten Herzens nachkommen.

Der König entfernte sich aus dem Saal und kam erst wieder, nachdem der Vertrag in seinem Sinne geändert wurde.

Nach der Unterzeichnung erklärte er Fürst Audoin, dass er einen Gesandten bestimmt habe, der mit ihm ins Langobardenreich reiten und der Unterzeichnung von König Wacho beiwohnen soll. Danach würde er ein Exemplar des Vertrages nach Reims zurückbringen. Audoin war damit einverstanden.

Der Frankenkönig stand auf, deutete eine Verbeugung zu Audoin an und verließ den Saal. Noch am gleichen Tag ritt er aus der Stadt zu seinem Heerlager in Richtung Südfrankreich. Die Beamtenschaft und die Abordnung der Langobarden waren froh über den Ausgang der Verhandlung. Der Fürst hatte in dem Augenblick des Schrecks erwartet, dass König Theudebert die Langobarden auffordern würde, an seiner Seite gegen die Byzantiner zu kämpfen. Dieser Forderung hätte er nicht nachkommen können und alle Bemühungen wären umsonst gewesen.

Die Langobarden ritten sogleich in ihre Herberge. Audoin forderte alle auf, die Vorbereitungen für die Abreise am nächsten Morgen zu treffen. Entspannt verbrachten sie den Abend in ihrem Gasthaus und stießen auf den Erfolg der Verhandlungen an. Jetzt fehlte nur noch die Unterschrift von König Wacho auf beiden Vertragsexemplaren. Audoin hoffte, dass sein König mit dem Ergebnis zufrieden sein würde und die Verträge unterzeichnete. Er musste auf dem kürzesten Weg ins Langobardenreich zurück, um alles zum Abschluss zu bringen, deshalb wollte er an der Donau entlang bis zur Wachoburg reisen. Siegbert kannte die Strecke nicht, doch er hatte eine alte Wegekarte von seinem Bruder Hartwig bei sich, in der die wichtigsten Abschnitte beschrieben waren. Er zeigte sie Audoin und beide vertieften sich in die Aufzeichnungen.

Am nächsten Morgen waren alle zeitig wach. Sie frühstückten zusammen und überlegten, wer sie von den Franken nach Carnuntum begleiten würde. Audoin vermutete, dass es einer der Beamten sein könnte, der bei den Vertragsverhandlungen dabei war.

Jemand klopfte an die Tür der Gaststube. Obwohl sich über die gesamte Zeit ihres Aufenthalts kein anderer Gast hierher verirrt hatte, war das Anklopfen an eine Gasthaustür ungewöhnlich. Wer konnte es sein? Nach einer Weile wurde die Tür aufgestoßen und Hartwig trat in den Raum. Die Überraschung war gelungen. Siegbert stürzte auf ihn zu und umarmte ihn. Er hatte nicht damit gerechnet, seinen Bruder in Reims zu treffen. Auch der Fürst drückte ihn an seine Brust. Sie waren gute Freunde. Hartwig wurde aufgefordert sich an den Tisch zu setzen und mit ihnen gemeinsam zu frühstücken. Er kam jedoch nicht zum Essen, denn viele Fragen stürmten auf ihn ein und er wollte sie beantworten. Audoin trieb zur Eile. Sie wollten ein großes Stück des Weges schaffen.

Auf dem Hof warteten sechs fränkische Reiter mit Beipferden als Packtiere, die unter anderem mit Geschenken für König Wacho beladen waren. Die Krieger aus der Leibgarde von König Theudebert sollten die Langobarden nach Hause begleiten und mit Hartwig ins Frankenreich zurückkehren. Im Gegensatz zu Audoins Leibgarde, die wie Kaufleute gekleidet waren, trugen die Franken ihre glänzende Kriegsrüstung.

Zwei der Männer ritten an der Spitze des Zuges. Sie kannten den Weg und benötigten keine Karte. In den Pausen hatte Siegbert Gelegenheit mit Hartwig über private Dinge zu sprechen. Dass er von der Königin verstoßen wurde, wusste er bereits. Woher er diese Information hatte, wollte er nicht sagen. Er versprach seinem Bruder ihn auf der Rückreise im Tullnerfeld zu besuchen und ein paar Tage dort zu verweilen. Hedwig, die jüngste Tochter von Weibel, kannte er gut und freute sich, sie bald wiederzusehen.

7. Vertrag mit den Franken
Im Juli 538

Nach einem Mond kamen beide Gesandtschaften am See Pelso an und ritten direkt zum Palast von König Wacho. Der Fürst hatte dem König bereits einen Botenreiter gesandt und seine Ankunft, wie die der Franken, angekündigt. Wacho empfing Audoin und seine Begleiter im Festsaal. Er saß auf dem Thron und konnte seine Nervosität nicht verbergen. Ungeduldig forderte er Audoin auf, ausführlich zu berichten.

Der Fürst begann mit dem Tag vor ihrer Abreise aus Reims als Theudebert den Vertrag unterzeichnete. Er übermittelte die Grüße des Frankenkönigs und übergab Wacho die Pergamentrollen des Abkommens. Der König ließ sich den Vertrag laut vorlesen und Audoin musste ein paar Formulierungen im Text näher erklären. Wacho war mit dem Ergebnis sehr zufrieden und dankte allen für die Mühen, die sie auf sich genommen hatten. Beglückt ordnete er zwei Festtage an, den einen zur Vertragsunterzeichnung und den anderen als Verlobungsfeier seiner jüngsten Tochter Walderada mit Prinz Theudebald.

Wacho schwelgte in der Vorstellung, mit dem Frankenkönig gleichgestellt zu sein. Seine jüngste Tochter Walderada würde, wie ihre verstorbene Schwester Wisigard, eines Tages Königin der Franken sein. Dieser Gedanke gefiel ihm. Zur Festigung der Dynastie brauchte er noch einen Stammhalter und der würde nicht lange auf sich warten. Seine junge Frau Silinga war schwanger und er war davon überzeugt, dass sie einen Sohn gebären würde. Durch ihn könnte die königliche Stammeslinie fortgesetzt werden.

Sein Blick fiel auf die Begleiter des Fürsten und er rümpfte die Nase, als er Hartwig erblickte. Eine Weile überlegte er. Es war still im Raum geworden. Niemand traute sich, den König anzusprechen. Alle kannten den Grund für die Verstörung seines Gemütszustandes. Hartwig hatte er öffentlich verstoßen. Niemand durfte seinen Namen nennen und jetzt stand er vor ihm. Es war Wacho anzusehen, wie er nach einer passenden Lösung suchte. Er konnte den Grafen als Abgesandten des Frankenkönigs nicht öffentlich brüskieren. Warum hatte Theudebert ausgerechnet ihn gesandt?

Wacho ging aus dem Raum und deutete Audoin, ihm zu folgen. Im königlichen Schreibzimmer entlud sich sein Zorn. Er rügte den Fürsten, dass er ihn nicht gleich nach seiner Ankunft informiert hatte, dass Hartwig der Anführer der fränkischen Vertretung war. Audoin wartete ab, bis sich der König ausgetobt hatte. Er antwortete Wacho in ruhigem Ton, als hätte es den Gefühlsausbruch des Königs zuvor nicht gegeben.

„Ich wusste nicht, wen der Frankenkönig bestimmt hat, uns auf der Rückreise zu begleiten. Vielleicht war es Absicht von ihm, dass er Hartwig dazu auswählte. Ich denke, es wird nicht aus einer Bösartigkeit gegen dich geschehen sein. Wenn ihm bekannt war, dass du Hartwig verstoßen hast, wird er das als Unrecht empfunden haben. Wir wissen, dass er verleumdet wurde und unschuldig ist. Es wäre eine großzügige Geste von dir, ihm zu vergeben. Damit bliebe die Wahrheit weiterhin im Dunkeln und die gefährliche Verwandtschaft wäre nicht brüskiert", schlug Audoin vor.

Der König sah Audoin hilflos an.

„Was würde ich nur ohne dich machen? Ich wäre nicht der, der ich bin!", klagte Wacho.

Audoin schwieg. Er kannte seinen König, die Wutausbrüche und depressiven Gedanken, die ihn beherrschten. Ihm schienen die Verantwortung für sein Reich und das Bemühen um die Dynastie, die er aufzubauen versuchte, an manchen Tagen zu erdrücken.

Beide gingen zurück in den Festsaal. Es herrschte eine angespannte Ruhe. Der König setzte sich und ließ Hartwig vor seinen Thron treten. In freundlicher Offenheit vergab er dem Thüringer, ohne den Grund für die einstige Anschuldigung zu nennen. Er durfte sich fortan in seiner Nähe aufhalten und sein Name durfte wieder ausgesprochen werden. Damit war Hartwig öffentlich rehabilitiert. Er verneigte sich vor dem König und begab sich an seinen vorigen Platz.

Wacho ließ sich von seinen Beamten Vorschläge unterbreiten, wie die Feierlichkeiten an den nächsten beiden Tagen ablaufen sollten.

Die Anstrengungen des weiten Ritts von Reims bis zur Wachoburg am Ufer des Pelso machten sich bei Siegbert bemerkbar. Er war müde und wollte sich zeitig niederlegen. Daraus wurde nichts. Der König lud zum gemeinsamen Abendessen ein. Dem konnte er sich nicht entziehen.

Während des Mahls ließ sich Wacho nochmals von Audoin berichten, wie die Verhandlungen in Reims abliefen und dass der Frankenkönig zur Unterzeichnung des Vertrags extra nach Reims reiste.

Seine Beamten und Hauptleute sollten es deutlich hören. Dieses Bündnis hatte er angestrebt, um die Westgrenze abzusichern. Als weitsichtiger König wollte er wahrgenommen werden und hatte damit Erfolg. Der Abend verlief, wie so oft in einem Saufgelage, bei dem Wacho das größte Durchstehvermögen bewies. Hartwig hatte noch mithalten können. Die anderen schliefen an ihren Plätzen und hatten ihr Haupt auf die Tischplatte gelegt. Manche waren von den Bänken gerutscht und lagen auf dem Boden.

Der König deutete Hartwig, dass er zu ihm kommen sollte. Ein Mundschenk füllte ihre Becher und der König stieß mit dem noch vor kurzem Verstoßenen an. Er raunte Hartwig zu, dass er froh darüber sei, ihm vergeben zu haben.

„Ich bin unschuldig!", antwortete der Thüringer zurückhaltend.

Wacho winkte beschwichtigend ab, denn ihm war wichtig, das Vergangene ruhen zu lassen und nicht wieder aufzuwärmen.

„Das weiß ich doch! Theudebert hatte mich später über den wahren Sachverhalt informiert. Mir waren jedoch die Hände gebunden, da dich einer aus meiner eigenen Sippe beschuldigte und dem musste ich Glauben schenken."

„Wie willst du deiner Sippe jetzt erklären, dass du mir vergeben hast?", wollte Hartwig wissen.

„Das ist nicht mehr notwendig! Der Verleumder hatte mich in meinem goldenen Turm besucht und ist auf den glatten Stufen ausgerutscht. Dabei hat er sich das Genick gebrochen, der Arme", erzählte lächelnd der König.

Hartwig hatte bereits von seinem Bruder erfahren, dass Wacho beim Sturz des Verwandten ein wenig nachgeholfen hatte.

„Was ist mit den beiden Begleitern geworden, die falsch ausgesagt hatten?"

„Die sind leider auch nicht mehr am Leben. Der eine hat sich im fränkischen Gefängnis erhängt und der andere kam bei meinem letzten Heereszug um. Es ist schon seltsam, wie die Dinge manchmal laufen."

Das Thema war somit abgeschlossen. Die Verleumder bekamen ihre verdiente Strafe und der König hatte ihn öffentlich wieder aufgenommen. Wacho sah Hartwig an und hob seinen Becher.

„Sind wir wieder Freunde, wie früher", rief er aus und streckte Hartwig den Becher entgegen. Sie stießen auf die alten Zeiten an und tranken ihren Becher auf einen Zug aus. Wacho hatte durch den vielen Wein eine schwere Zunge, doch sein Verstand schien nicht getrübt.

„Ich wollte dich etwas fragen. Man sagte mir, dass du einer der Vertrauten von Theudebert bist. Was hat der Frankenkönig im Ostgotenreich vor?"

„Er will weströmischer Kaiser werden", flüsterte Hartwig dem König zu.

„Ich dachte es mir! Das ist ein Herrscher wie ich ihn mag. Meine Tochter wäre dann Kaiserin", brüllte Wacho in den Raum.

Der Mundschenk kam mit der Weinkanne herbeigeeilt und schenkte die Becher voll.

„Niemand wagt es mehr, gegen dich aufzubegehren", bemerkte Hartwig.

„Das stimmt nicht. Meine Feinde lungern bei den Gepiden herum und warten nur auf eine Gelegenheit, mich zu stürzen. Wenn ich der Schwiegervater des Kaisers bin, würden sie es nicht mehr wagen, weiter gegen mich zu intrigieren", zischte Wacho und sein Becher fiel ihm aus der Hand.

Zwei Diener brachten den König in sein Gemach und überließen ihn dort seiner Frau. Sie schimpfte laut mit ihm und nannte ihn einen Trunkenbold.

Hartwig merkte, wie seine Beine durch den Alkohol immer schwerer wurden und er in sich zusammenfiel. Was danach war, daran konnte er sich am nächsten Morgen nicht mehr erinnern.

Erst am Nachmittag war der König in der Lage den Vertrag zu unterzeichnen. Am Hof, im Schatten der Kastanienbäume, hatte die Dienerschaft Bänke und Tische für die Festveranstaltung aufgestellt. Viele geladene Gäste waren gekommen und harrten der Dinge, die der Zeremonienmeister ankündigte. Wacho erschien in Begleitung seiner schwangeren Frau. Nachdem sie sich platziert hatten, hielt er eine kurze Ansprache und pries den Erfolg von Audoin und seinen Begleitern am Hof des Frankenkönigs Theudebert. Nach der Ansprache wurde ihm der Vertrag vorgelegt und unter den Augen aller unterzeichnete er die beiden Dokumente. Eines davon übergab er Hartwig, der es König Theudebert übergeben sollte. Damit war der offizielle Teil erledigt. Wacho forderte alle zum Essen und Trinken auf. Er selbst hatte keinen Hunger und der Wein schmeckte ihm nicht. Das gestrige Saufgelage war ihm nicht gut bekommen.

Der König ließ sich entschuldigen und gab als Grund an, seine Frau in ihre Gemächer zu begleiten. Er forderte die Gäste auf, das Fest ohne ihn zu feiern. Siegbert und mancher Zecher vom letzten Abend zogen sich diskret in ihre Gemächer zurück und schliefen sich aus.

Am nächsten Tag wurde Verlobung gefeiert. Sie fand im Schlosspark statt und es kamen diesmal mehr Gäste als zur Vertragsunterzeichnung am Tag zuvor. Nach einer kurzen Ansprache des Königs forderte dieser Hartwig auf, von den Gewohnheiten am fränkischen Hof zu berichten. Die Gäste kamen nicht mehr aus dem Staunen heraus. Eine Pracht, wie diese konnten sie sich kaum vorstellen und er sparte nicht mit Übertreibungen. Die vielen Gäste wurden gut unterhalten. Wacho gefiel die Art und Weise, wie er das Hofleben im Frankenreich beschrieb und dachte sich, dass er noch einiges in seinem Palast verändern müsste. Er hoffte, dass nach der Vermählung ein Teil des Glanzes des fränkischen Hofes auf seinen Königssitz abfärben würde.

Am Ende seiner Erzählung überreichte Hartwig die Geschenke von Theudebert an die königliche Familie. Wacho war begeistert von den Kostbarkeiten und ließ sie auf einem Tisch neben der Tafel zur Ansicht aufstellen.

Der Tochter Walderada schien der Schmuck und all die Gegenstände aus Gold und Silber nicht zu interessieren. Sie saß gelangweilt an der königlichen Tafel, als würde sie das Fest nicht betreffen. Zur Feier musste sie ein Gewand tragen, das der Mode für Erwachsene entsprach. Es schien ihr nicht zu gefallen, denn sie zupfte ständig an ihm herum.

Nachdem Hartwig die Geschenke übergeben hatte, ergriff der König das Wort. Er forderte Siegbert und Arkadius auf, zu ihm zu kommen. Mit Dankesworten für ihre Unterstützung bei den Vertragsverhandlungen überreichte er ihnen als Zeichen seiner Gunst je ein Pergament mit königlichem Siegel. Audoin hatte dem König berichtet, dass Siegbert als Reiseführer auf der Via Regia ihm gute Dienste geleistet hatte und Arkadius durch sein Verhandlungsgeschick ihm den Weg zu der oberen Beamtenschaft geebnet hatte.

Verlegen wollten sich die beiden zu ihrem Tisch zurückziehen, da forderte Wacho sie auf, die Dokumente vorzulesen. Es waren Schenkungsurkunden und Siegbert begann. Ihm wurde ein Stück Land übertragen, das am See Pelso lag. Es hieß „Goldmuscheltal" und umfasste die Hügel, an deren Hängen ein bekannter Wein wuchs. Drei Siedlungen in dem Tal gehörten dazu, wobei eine direkt am Ufer lag und von Fischern bewohnt war. Nachdem er das Dokument vorgelesen hatte, gab es lauten Beifall. Arkadius erhielt in der Nachbarschaft zu Hartwigs Tal eine

Villa mit allen für den Handel notwendigen Nebengebäuden. Beide bedankten sich beim König für das großzügige Geschenk und durften sich setzen.

Wacho war in Geberlaune. Das entsprach seinem Naturell. Alle Gäste, die zur Verlobung seiner Tochter erschienen waren, bekamen von ihm ein Geschenk. Es waren Silberbecher, Messer, Schmuck und andere Dinge, die in seinen Handwerksbetrieben gefertigt wurden. Die Beschenkten bedankten sich hocherfreut und priesen ihren König. Danach begann das Festmahl. Die feinsten Speisen, die seine Küche aufzubieten hatte, wurden aufgetragen. Dazu gab es Weine aus der Umgebung, so auch aus dem Goldmuscheltal. Siegbert meldete sich mit einem Handzeichen zu Wort und hob seinen Becher in die Höhe. Er wünschte der Prinzessin alles Gute zu ihrer Verlobung und vergaß nicht die Königin und den König zu erwähnen. Diese spontane Rede gefiel Wacho. Es gab viele Nachahmer, die dem König zuprosteten. Das führte dazu, dass er zu viel Wein trank und ihm die Sinne schwanden. Die königliche Familie zog sich in ihre Gemächer zurück und die Feier war vorbei.

Die Thüringer saßen bis spät in die Nacht zusammen und unterhielten sich über das Leben in der Heimat. Lange sprachen sie über das Unglück und die Trauer, die Arkadius empfand, als er vom Schicksal seiner Familie in Anstedt erfahren hatte. Er war über den Verlust noch nicht hinweggekommen. Am nächsten Tag wollten sich die drei Thüringer die Geschenke des Königs vor Ort ansehen.

Sie ritten zeitig los und erreichten bald das Goldmuscheltal. In der Urkunde war die örtliche Lage gut beschrieben. Ein Hügel mit einem verfallenen römischen

Wachturm erhob sich über dem Tal. An ihn schmiegten sich drei Siedlungen mit mehreren schilfgedeckten Häusern. Eine Siedlung reichte bis zum Ufer des Pelso. Ein Gutsgebäude war in den beschriebenen Grenzen nicht zu erkennen. Das bewirtschaftete Gebiet war in seiner Ausdehnung nicht vergleichbar mit dem Gut im Tullnerfeld. Auf den Feldern konnten sie Weinstöcke sehen, die sich um den Hügel anordneten. Siegbert ritt zu den Hütten am Ufer des Sees. Ein älterer Mann fragte ihn, ob er den Besuchern behilflich sein könnte.

„Ich möchte den Sippenältesten sprechen!"

„Wir haben keinen! Bei uns leben nur Sklaven. Ich bin der einzige Freie und beaufsichtige die Arbeiten", antwortete der Mann.

„Wie komme ich zum Gutshof?"

„Da müsst ihr am Ufer weiterreiten. Ihr kommt dann zu einer großen römischen Villa mit einem Hof und vielen Gebäuden. Sie gehörten einem Verwandten des Königs, der vor kurzem verstorben ist und keine Erben hat", sagte der Alte und setzte eine traurige Miene auf.

„Wer ist jetzt euer Herr?"

„Das kann ich nicht beantworten. Ich weiß es nicht." Die drei Thüringer berieten sich, ob sie ihre Suche fortsetzen oder den Beamten für Grundstücksangelegenheiten in der Königsstadt aufsuchen sollten.

„Wenn wir schon einmal hier sind, lass uns weitermachen", riet Hartwig.

Sie ritten zu den beiden anderen Siedlungen. Dort lebten bis auf die Verwalter mit ihren Familien auch nur Sklaven, die auf den umliegenden Weinfeldern arbeiteten.

Weiter ging es zur römischen Villa. Sie lag außerhalb des Besitztums, das in Siegberts Urkunde beschrieben war. Entsprechend der Urkunde von Arkadius war sie das Geschenk des Königs an ihn. In dem steinernen Haus trafen sie eine ältere Frau an, die wie sie sagte, eine freigelassene Sklavin war und für die Ordnung in der Villa sorgte. Unter Tränen erzählte sie, dass ihr Herr vor kurzem gestorben sei und sie nicht wüsste, wie es auf dem Gut weitergehen soll. Die Thüringer erkannten, dass die Villa mit den Nebengebäuden das eigentliche Gutshaus für die Ländereien im Goldmuscheltal war. Wacho hatte es einfach vom Nutzland abgetrennt und Arkadius geschenkt. Siegbert überlegte, was er mit den Weinfeldern ohne einen Gutshof tun sollte. Er hatte auf seinem Land keine Möglichkeit den Wein zu lagern und auch keine Wohnmöglichkeit. Betrübt äußerte er seine Bedenken.

Sein Bruder machte ihm einen Vorschlag: „Wäre mir das Glück zugefallen diesen schönen Flecken zu besitzen, würde ich die Sklaven freilassen."

„Spinnst du!", rief Siegbert empört aus.

„Ich meine es ernst und erkläre es dir."

„Die Sklaven erhalten als Freigelassene ein Stück von den Weinfeldern zur Pacht. Die Ernten liefern sie im Gut ab und Arkadius macht daraus einen guten Wein. Er sorgt für den Verkauf und ihr teilt euch den Gewinn zu gleichen Teilen auf. Du brauchtest dich um nichts kümmern und hast stete Einnahmen."

Arkadius fand die Idee gut. Sie diskutierten eine Weile und entschieden sich, den Vorschlag von Hartwig umzusetzen. Siegbert hatte erkannt, dass er dabei nichts verlor. Das Land gehörte ihm weiterhin, denn es wurde nur verpachtet. Arkadius dachte an den Gewinn mit dem Weinhandel, den er selbst betreiben würde.

Die Thüringer ritten zurück zu der Siedlung am See. Den Verwalter beauftragten sie, dass er alle Menschen in den drei Siedlungen am Ufer zu einer Versammlung zusammenbringt. Es war nicht leicht das in kurzer Zeit zu bewerkstelligen.

Die Männer bildeten einen Kreis und die Frauen mit ihren Kindern standen hinter ihnen. Siegbert begann zu sprechen. Er sagte ihnen, dass er nun ihr neuer Herr sei und sich überlegt hatte, denen die Freiheit zu schenken, die bereit wären, ihre bisherige Arbeit fortzusetzen und für das Land, das sie bearbeiteten Pacht an ihn zahlen. Der Vorschlag wurde heftig diskutiert und der größte Teil von ihnen war mit dem Angebot einverstanden. Sie wurden freigelassen und zu Pächtern erklärt. Für diejenigen, die sich nicht für die Freiheit entschieden, blieb alles beim Alten. Die Freigelassenen waren mit der Fron einverstanden. Sie bestand darin, dass sie den verfallenen römischen Wachturm auf der Spitze des Berges wieder aufbauten. Er sollte zu einer Burg vergrößert werden, damit alle Menschen aus den drei Siedlungen bei Gefahr Schutz darin finden konnten. Diese Entscheidung ihres neuen Herrn fanden alle gut. Sie erkannten, dass er das Wohl der Menschen in den Siedlungen im Auge hatte und nicht unterschied, wer Sklave oder Freier war. In jeder Siedlung sollten die Bewohner einen freien Mann aus ihren Reihen bestimmen, der ihnen vorstand. Mit denen wollte Siegbert in Zukunft alles abstimmen.

Hartwig drängte zur Eile. Er hatte dem Frankenkönig versprochen, gleich nach der Unterzeichnung mit einem Vertragsexemplar nach Reims zurückzukehren und danach sofort zu ihm ins Heerlager zu kommen. Theudebert bereitete einen Kriegszug gegen Belisar vor, um den König der Ostgoten Witichis in Ravenna zu entlasten. Arkadius bot sich an, noch ein paar Tage im Goldmuscheltal zu bleiben und die besprochenen Dinge zu regeln. Die Brüder ritten allein in den Palast zurück. Sie verabschiedeten sich nach dem Abendessen von der königlichen Familie, da sie zeitig am Morgen abreisen wollten. Der König hatte erfahren, dass sie sich den ganzen Tag im Goldmuscheltal aufhielten, und wollte von Siegbert wissen, wie es ihm gefiel. Er bemerkte das verschmitzte Lächeln des Königs und fragte sich, was Wacho mit der Loslösung des Gutsgebäudes von den Ländereien beabsichtigte. Vielleicht steckte auch keine Absicht dahinter.

Der König wollte von Hartwig wissen, wie sie am besten die Prinzessin auf die bevorstehende Ehe vorbereiten könnten. Er war sich nicht sicher, ob Walderada am fränkischen Hof bestehen konnte. Hartwig versprach ihm, einen Lehrer zu entsenden der die Prinzessin unterrichten sollte. Wacho war darüber sehr angetan und überlegte, wie er Hartwig für seine Mühen danken könnte. Ein besonderes Geschenk müsste es sein, doch was? Ihm fiel nichts ein und fragen wollte er ihn nicht. Die ganze Nacht hielt ihn dieser Gedanke wach. Am Morgen hatte er eine Idee. Er schenkte ihm einen seiner besten Hengste aus der Zucht der Hunnenpferde und übergab ihn persönlich. Hartwig dankte ihm und schwang sich auf das edle Tier. Im Galopp ritten sie vom Hof.

8. Siegberts Gut
Im Juli 538

Es war schon lange her, dass Hartwig auf der Bernsteinstraße unterwegs war. Mit dem Hengst des Langobardenkönigs war er sehr zufrieden. Das hunnische Pferd hatte
die Ausdauer, wie er das von einem Kriegspferd erwartete. Seine sechs Frankenkrieger ritten auf weißen Pferden aus der Zucht des Frankenkönigs. Die Tiere waren
feingliedriger als die „Thüringer", auf denen sein Bruder
und Pal ritt. In der Ferne sahen sie Vindobona und Hartwig freute sich die Stadt wiederzusehen.

Sie ritten im Schritt durch das Tor zum Prinzenhaus.
Der Pferdeknecht von Amalafred versorgte mit seinen
Gehilfen die Tiere und stellte sie in die freien Boxen des
großen Pferdestalls. Hartwig wollte sich als erstes die
Stadt ansehen. Er ging mit seinem Bruder durch die
Handwerkerstraßen und staunte, wie viele Geschäfte und
Betriebe sich neu angesiedelt hatten und ihre Waren an-
priesen.

Inzwischen kümmerte sich Hildegard um die Frankenkrieger, die hungrig und durstig waren. Die Brüder besuchten eines der alten Gasthäuser und Hartwig
schwelgte in Erinnerungen. In der Gaststube saßen mehrere Männer, doch keiner erkannte ihn. Vielleicht lag das
an seinem Aussehen. Er trug ein fränkisches Gewand,
das sich stark von der langobardischen Mode unterschied. Viel Zeit hatte er hier mit Prinz Amalafred verbracht, bis es zu dem Zerwürfnis mit ihm kam. Es ging
um eine Frau, die der Prinz begehrte und Hartwig schützen wollte. Wenn er es recht betrachtete war es eine Lap-
palie und nicht wert, die Freundschaft mit Amalafred auf-
zukündigen. Was passierte, konnte leider nicht mehr

rückgängig gemacht werden. Die Brüder sprachen viel über den Prinzen. Siegbert gestand, dass er ihn sehr vermisste und am liebsten nach Ravenna nachreisen würde. Sie waren sich im letzten Jahr sehr nahegekommen und er glaubte, dass auch Amalafred so empfand. Das gemeinsame Projekt zur Befreiung von Baldur aus den Klauen von König Chlothar hatte sie geeint.

„Hältst du noch daran fest, Baldur zu befreien?", wollte Hartwig wissen.

„Das tue ich, doch allein ist es für mich um vieles schwieriger als gemeinsam mit Amalafred."

„Ich verstehe dich Bruder. Gern würde ich dir helfen, doch mir sind die Hände gebunden. Mein Handeln wird genau beobachtet. Ich wäre dir mehr eine Bürde als eine Hilfe. Dein Vorhaben mit der Handelsroute, die als Fluchtweg für Prinz Baldur dienen soll ist erfolgversprechend."

„Vielleicht ist es dir möglich, den Aufbau der Handelsroute im Frankenreich zu unterstützen. Ich kann nicht allein dorthin reisen. Die Schergen von Chlothar lauern überall und würden mich sofort umbringen. Sogar in Thüringen bin ich nicht sicher, sagte mir Harald."

Hartwig nickte zustimmend und meinte: „Du hast doch einen klugen Sklaven, der dich vertreten kann. Wie ich hörte, gründete er während eures Aufenthalts in Reims ein Handelshaus und auch unser lieber Verwandter Arkadius hatte dabei seine Finger im Spiel. Sie haben eure Wartezeit bis zum Erscheinen von König Theudebert sinnvoll genutzt. Beide sind gescheit und ehrgeizig. Sie errichten dir die Handelsroute schneller und besser als du es tun könntest. Ich selbst darf bei diesem Vorhaben als Beteiligter nicht aufscheinen."

Siegbert war klar, dass Hartwig nichts in dieser Sache tun konnte, denn er durfte nicht hinter dem Rücken von

König Theudebert agieren. Dieser wiederum würde seinen Onkel König Chlothar wegen dieser Sache nicht verärgern wollen, da er mit ihm in Oberitalien die Ostgoten gegen die Byzantiner unterstützte. Er hatte den Eindruck, dass sein Bruder von dem Erfolg seines Unternehmens nicht überzeugt war, doch es gab für Siegbert keinen anderen Weg, die Sache der Thüringer voranzubringen. Amalafred hatte ihm unmissverständlich klargemacht, dass er die Thüringer Königskrone nicht annehmen will. Die Demütigung durch die Thüringer Gaugrafen konnte er nicht verwinden. Vielleicht war daran auch seine Mutter mit Schuld, die sich für ihren Sohn lieber die Krone der Ostgoten vorstellte als die der Thüringer. Immerhin war er einer der letzten aus dem Geschlecht der Amaler und das bedeutete viel im Ostgotenreich. Mit Hartwig wollte er nicht darüber sprechen. Er war ein anderer geworden und würde Amalafred nicht verstehen.

Am nächsten Morgen ritten sie nach dem Frühstück am Ufer der Donau flussaufwärts ins Tullnerfeld. Von weitem sahen sie das Gutsgebäude und galoppierten darauf zu.
Hedwig empfing ihren Mann und Schwager Hartwig auf dem Hof. Drei Monde war er nicht zuhause gewesen. Sie bat die Männer in den Speisesaal zu kommen und Platz zu nehmen. Die Küchenmägde brachten kalte Speisen und Bier. Nachdem sie gegessen und getrunken hatten, zeigte Hedwig den Kriegern ihre Unterkunft in einem Seitengebäude mit der Tür zum Hof. Ihren Schwager führte sie in eines der Gästezimmer im Haus und wünschte einen guten Aufenthalt. Hartwig war überrascht, wie gut sich die jüngste Schwester seiner Frau entwickelt hatte. Aus dem knabenhaften Mädchen war eine schöne und gewandte Frau geworden. Er sagte es ihr und

die Röte schoss ihr ins Gesicht. Sie hatten sich zuletzt gesehen als Hartwig seinen Sekretär nach Vindobona entsandte. Hedwig sollte zurück zu ihrem Vater, doch sie hatte sich heimlich dem Sekretär angeschlossen, weil sie ihn geliebt hatte. Wo er geblieben war, wollte er sie nicht fragen.

Siegbert zeigte seinem Bruder die Nebengebäude. Bei den Pferdeställen verweilten sie länger und er erzählte ihm von seiner Zucht. Sie ritten zu einer Koppel, wo die Tiere im Schatten der Bäume standen. Er versuchte die Pferde zu locken, damit sie an den Zaun kamen, doch sie rührten sich nicht vom Fleck. Spöttisch meinte Hartwig: „Du bist zu selten zu Hause. Sie erkennen dich nicht mehr. Hast du jemand, der sich um sie kümmert?"

„Ich habe einen Pferdesklaven, der so gut mit den Tieren umgehen kann, wie Jaros."

„Da hast du großes Glück! Es ist nicht leicht einen Pferdkenner zu finden."

„Du bist doch genauso selten daheim, wie ich. Wie machst du das?"

„Ich habe gute Leute in meiner Grafschaft im Frankenreich und auf meinem Gut im Elbkniegau. Ohne sie könnte ich nichts ausrichten und müsste die Zucht aufgeben", erklärte Hartwig.

Sie ritten zum Gutshaus zurück. Dort trafen sie Alban und unterhielten sich lange mit ihm über die Pferde. Er führte sie in den Stall zu den Boxen und zeigte ihnen die Fohlen. Zwei von ihnen waren von dem fränkischen Hengst mit thüringer Stuten. Sie sahen schon als Fohlen zarter aus als die anderen. Diese Linie wollte Siegbert weiterverfolgen.

Hedwig rief die Männer zum Essen. Sie saßen im kleinen Kreis zusammen. Die Frankenkrieger wurden in dem

Gebäude, wo sie untergebracht waren, von der Küchenmagd verköstigt. Sigrid kam während des Essens hinzu und begrüßte den Gast. Sie entschuldigte sich für das späte Kommen, da sie die beiden Babys versorgen musste. Sein Bruder hatte ihn bereits aufgeklärt, dass sie eine Freundin des Hauses war und im letzten Jahr den Medicus von Carnuntum geheiratet hatte.

Hartwig gab bekannt, dass er am übernächsten Tag schon abreisen musste. Einen Mond würde er benötigen, um König Theudebert im Heerlager zu erreichen.

Er nahm aus seiner Gürteltasche zwei Goldmünzen, auf denen das Abbild von König Theudebert zu sehen war. Eine davon gab er Hedwig und die andere Sigrid als Geschenk. Die Frauen freuten sich sichtlich für die unerwartete Aufmerksamkeit. Sie verbrachten einen angenehmen Abend und erzählten Geschichten aus der Heimat. Siegbert berichtete von der Begegnung mit seinem Schwiegervater Weibel. Das interessierte besonders Hedwig, die gern ihren Vater wiedersehen würde. Sie schien Heimweh zu haben. Hartwig bemerkte ein paar Tränen, die sie nicht unterdrücken konnte.

„Möchtest du gern deine Familie im Elbkniegau besuchen?", fragte er sie.

Hedwig seufzte und sah ihren Mann an.

„Mit dem Baby ist es schwierig und allein ohne meinen Mann würde ich es nicht wollen."

Siegbert winkte ab und erwiderte: „Solange ich im Frankenreich gesucht werde, geht es nicht. Bei meinen vorigen Besuchen trat ich als Langobarde auf und niemand erkannte mich, doch wenn ich mit Frau und Kind reise, könnte ich auffallen."

„Solange du dich auf dem Gebiet des ehemaligen Thüringer Königreichs bewegst, könnte ich dir einen Passierschein ausstellen. Mit dem hättest du die Möglichkeit, frei in der thüringischen Provinz zu reisen. Chlothar hat in meinem Amtsgebiet nicht das Sagen. Ich kann jedoch nicht verhindern, dass seine Schergen dir auflauern und dich umbringen", erklärte Hartwig.

Bis spät in die Nacht saßen die beiden Brüder zusammen und erzählten Geschichten aus ihrer Kindheit. Hartwig konnte nicht einschlafen und wälzte sich unruhig im Bett hin und her. Die Unterhaltung über die Familie beschäftigte ihn sehr. Seit mehreren Monden hatte er seine Frau und die Kinder nicht gesehen. Er wusste, dass es ihnen gutging, doch die Briefe beschrieben Ereignisse, die länger zurücklagen. Er hatte Glück, dass seine Frau mit ihrer Freundin zusammenlebte und sich dadurch nicht einsam fühlte. König Theudebert hatte ihn zu sich gerufen und es war nicht absehbar, wann er nach Hause zurückkehren konnte. Die Prioritäten waren gesetzt, zuerst kam der König und dann die Familie. Er kannte es seit Kindheit nicht anders. Sein Bruder Siegbert war im Gegensatz zu ihm ein freier Mann, der selbst entscheiden konnte, wo und wem er diente. Ob er mit ihm gern tauschen würde, konnte er nicht sagen.

Die Luft im Zimmer war trocken und auch die Kehle. Leise schlich er über den Gang, die Treppe hinunter zur Küche. Dort standen der halbvolle Weinkrug und ein Kessel mit Brunnenwasser. Er entschied sich für Wasser und goss es in einen Becher. Eine Kupferschale fiel auf den Boden und erzeugte Lärm. Geschwind sprang er hin, um sie aufzuheben. Im fahlen Schein der Öllampe fasste er den Saum eines Hemdes. Er blickte nach oben und erkannte Sigrid, die barfüßig vor ihm stand.

„Du hast mich erschreckt! Kannst du auch nicht schlafen?", fragte Hartwig leise.

„Ich hörte Geräusche in der Küche und wollte nachsehen, was los ist", flüsterte sie.

Hartwig blieb vor ihr stehen und konnte seinen Blick nicht von ihr wenden. Sie war eine schöne Frau. Ihre Haare fielen lang herab bis zu ihrer Hüfte und das dünne Leinengewand ließ mehr erkennen als es verhüllte. Sie sahen sich in die Augen. Hartwig fasste sie an der Schulter und zog sie spontan an seine Brust. Sie küssten sich und achteten nicht darauf, was um sie herum war. Hedwig stand in der Tür, weil sie auch den Lärm in der Küche hörte und sah die beiden. Leise, wie sie gekommen war, ging sie zurück in ihr Schlafgemach. Ihr Mann schnarchte und war nur schwer munter zu kriegen. Aufgeregt erzählte sie ihm, was sie gesehen hatte. Hedwig konnte nicht verstehen, dass Siegbert so ruhig blieb und weiterschlafen wollte.

Am nächsten Morgen erzählte Hedwig ihrer Freundin, was sie in der Nacht in der Küche gesehen hatte. Sigrid erklärte ihr, dass ihr Mann nichts dagegen hatte, wenn es im Geheimen geschehe. Er wünschte sich einen Sohn und den wollte sie ihm schenken. Die Sache schien damit abgetan zu sein.

Die Männer fanden sich zum gemeinsamen Frühstück im Wohnzimmer ein. Beim Aufstehen stöhnte Hartwig und stützte sich nach vorn gebeugt auf den Tisch. Besorgt sahen ihn alle an. Was war ihm passiert?

„Es ist ein Hexenschuss", erklärte er mit schmerzverzerrtem Gesicht.

Die Frauen begleiteten ihn in sein Zimmer und halfen ihm sich ins Bett zu legen. An eine Weiterreise war vorerst nicht zu denken.

Siegbert war froh darüber, denn es gab noch vieles zu bereden und es war nicht absehbar, wann sie sich das nächste Mal treffen würden.

Hartwig blieb sechs Tage länger auf dem Gut, um seine Rückenbeschwerden auszukurieren. Sigrid versorgte ihn mit allem, was er benötigte, und ihre Heilkunst schien zu helfen.

Am frühen Morgen ritten die Frankenkrieger weiter donauaufwärts. Siegbert begleitete sie noch ein Stück des Weges und machte auf dem Heimweg einen Abstecher in die Siedlung Comagena. Sie war einst ein Reiterkastell an der Limesstraße und verfiel nach dem Abzug der Römer in wenigen Jahren. Ein paar Türme an der Stadtmauer standen noch und zeugten von der einstigen Größe des römischen Imperiums an der Donau. Einige Handwerkerfamilien hatten sich innerhalb der verfallenen Mauern des Kastells niedergelassen. Es waren Schmiede, Töpfer, Weber, Schreiner und andere kleine Betriebe, die Waren des täglichen Bedarfs herstellten. Ihre Produkte boten sie auf dem zentralen Marktplatz an, wo Bauern aus der nahen Umgebung zusammenkamen, die frische Lebensmittel verkauften. Neben dem Marktplatz stand eine kleine arianische Kirche, die aus den Grundsteinen der verfallenen römischen Häuser errichtet wurde.
Siegbert ging durch die Reihen der Verkaufsstände. Er fand einen Thüringer mit seiner Frau, die nicht weit entfernt von Comagena ihren Bauernhof hatten und an einem Tag in der Woche Gemüse verkauften oder gegen Getreide tauschten. Sie gehörten zu den ersten Auswanderern, die mit der Königin ihre Heimat verließen und von den langobardischen Beamten einen verlassenen Hof sowie Grund zugewiesen bekamen. Die Abgaben waren gering, so dass sie gut von ihren Erträgen leben konnten. Der Bauer erzählte, dass noch andere Thüringer in ihrer Nachbarschaft lebten. Der Mann erklärte ihm, dass sie sich zweimal im Jahr zur Winter- und

Sommersonnenwende in einer nahen Siedlung an der Tulln, einem Nebenfluss der Donau, treffen würden. Dort hatten sich mehrere Landsleute angesiedelt.

Es war Mittagszeit und wenig Betrieb. Die Bäuerin nahm Brot und Speck aus ihrem Weidenkorb und lud Siegbert zu einer Jause ein. Nachdem die Bauersleute mitbekamen, wer der fremde Reiter an ihrem Verkaufsstand war, fühlten sie sich geehrt, ihn bewirten zu dürfen. Sie erzählten ihm, dass seine Taten in den Erzählungen der Thüringer fortlebten. Er sei genauso bekannt wie Thor, den noch niemand persönlich gesehen, geschweige denn gesprochen hatte. Siegbert jedoch lebte unter ihnen und sie dankten Odin, dass er ihm den Weg zu ihrem Verkaufsstand gewiesen hatte. Der ehemalige Rebellenführer musste darüber lächeln, doch es freute ihn, wie sein Andenken durch die Geschichten wachgehalten wurde. Von seiner Absetzung durch die Königin hatten sie noch nichts erfahren und er beließ es dabei. Der Bauer erzählte ihm, dass er nicht zu den Ostgoten weiterziehen wollte, sondern gern bei den Langobarden in der Tiefebene der Donau bliebe. Er konnte nicht verstehen, dass sich die Thüringer Königin den Gefahren in dem kriegsgebeutelten Ostgotenreich aussetzte.

„Sie ist dort geboren. Ich würde auch gern in meine Heimat zurückkehren, wenn die Franken abziehen."

„Ich nicht!", erwiderte der Bauer spontan.

„Wieso nicht? Wegen der Franken hast du deinen Hof in Thüringen verlassen müssen und bist bis zur Donau geflohen. Du wirst hier immer ein Fremder sein. Spürst du das nicht?"

„Nein! Ich fühle mich wohl. Mit den Langobarden kann ich mich gut in ihrer Sprache verständigen und sie haben die gleichen Götter wie wir", widersprach der Bauer.

Siegbert war verwundert über die Einstellung des Mannes. Er suchte nach Argumenten, die den Bauer überzeugen könnten.

„Sieh dich um! Was kannst du erkennen? Was ist anders als in Thüringen?"

Der Bauer sah sich nach allen Seiten um, doch er konnte nichts Außergewöhnliches feststellen.

„Es ist die Kirche, die am Ende des Marktplatzes steht."

„Die stört mich nicht!", behauptete der Bauer. „Die meisten unserer Landsleute haben den Christengott zu einem der Ihren gemacht. Das hält sie aber nicht davon ab ihren alten Göttern weiter zu opfern. Ich gehe auch manchmal mit in die Kirche. Wie der Priester den Christengott darstellt, könnte es der getötete Balder sein, der zuvor in der Hölle lebte. Ich habe in meinem Haus an einem bestimmten Platz Lehmfiguren stehen, die Odin, Thor, Freya und andere darstellen. Jesus, der Sohn des christlichen Gottes ist auch dabei."

Siegbert war verwundert über die Beharrlichkeit des Mannes, der sich nicht von seiner Meinung abbringen ließ und er fragte ihn, woher er sein Wissen habe.

Der Bauer erzählte ihm, dass in der Siedlung, in der mehrheitlich Thüringer lebten, ein Mann sei, den sie „Skalde" nannten. Er hatte eine Hütte an einem morastigen Teich. Am Ufer standen Altäre für die wichtigsten Götter, die in Asgard ihren Sitz hatten. Zusätzlich gab es einen Altar für Balder, der ein Sohn Odins und seiner Frau Frigga war. Wenn die Bauern den germanischen Göttern opferten, vergaßen sie nicht Balder einzubeziehen. Viele sahen in ihm den rechtmäßigen Nachfolger des Göttervaters Odin und verglichen ihn in seiner Reinheit und Friedfertigkeit mit dem Christensohn Jesus.

Die Schilderung machte Siegbert neugierig und er ließ sich den Weg zu der Siedlung beschreiben.

Auf dem Heimritt ging ihm das Gespräch mit dem Bauern nicht aus dem Kopf. Darüber wollte er mit dem Priester auf seinem Gut sprechen. Vielleicht konnte er ihm Klarheit verschaffen.

Hedwig hatte sich gewundert, dass ihr Mann so lange wegblieb, da er noch vor der Mittagszeit zurück sein wollte. Siegbert erzählte ihr von seiner Begegnung mit dem Bauern und was dieser behauptete. Seine Frau hatte noch niemals gehört, dass der Gott Balder mit Jesus gleichgesetzt wurde, doch sie interessierte sich auch nicht dafür. Ihr Mann suchte daher gleich den Priester in der Sklavensiedlung auf. Er fand ihn in seiner kleinen Hütte. Siegbert schob die Kuhhaut vor dem Eingang zur Seite und sah in den Raum.

„Was führt dich zu mir?", fragte der Priester.

Siegbert erzählte von der Begegnung mit dem Bauern und was der ihm von dem Gott Balder erzählte.

Der Priester legte die neu bespannte Handtrommel zur Seite und strich über seinen starken Bart.

„Davon habe ich noch nichts gehört. Wie kommt der Bauer zu dieser Behauptung?"

„Ein Skalde aus der Nachbarsiedlung hat es ihm erzählt."

„Den sollten wir uns einmal ansehen und mit ihm reden", meinte der Priester.

Sie vereinbarten, am nächsten Tag den Skalden zu besuchen.

9. Der Skalde
Im Juli 538

Zeitig am Morgen brachen sie auf. Sie ritten auf der einst von den Römern gebauten Limesstraße in Richtung Westen. Die Straße war in einem schlechten Zustand und führte durch ein Waldgebiet, in dem noch deutlich die Spuren der Überschwemmung vom Frühjahr erkennbar waren. Die Vegetation hatte sich diesem Wechsel von Nässe und Trockenheit angepasst. Die Donau verzweigte sich viele Male und bildete schmale Inseln. Ständig veränderte sich die Landschaft in der Nähe des Hauptstroms.

Der Ort Comagena war zu sehen. Sie ritten an einem Nebenfluss der Donau flussaufwärts. Siegbert fragte in den Siedlungen, wie sie zu dem Skalden gelangen konnten. Der weise Mann war sehr bekannt und bald erreichten sie sein Anwesen an einem großen Teich. Zwischen der Siedlung und dem Teich befand sich ein kleines Langhaus und zwei Nebengebäude zur Aufbewahrung von Getreide und Gemüse für die Winterzeit. Auf der vorgelagerten Wiese, die bis zum Teichufer reichte, standen verteilt Altäre für die nordischen Götter, ein Holzkreuz für den Christengott und auch einige Statuen von römischen Göttern aus Stein.

Siegbert und der Priester ritten zu dem Langhaus und riefen nach dem Skalden, doch niemand antwortete. Er schien nicht anwesend zu sein. Vor dem Haus stand eine große Linde mit einer Rundbank, die den Stamm umschloss. Dort setzten sie sich in den Schatten und packten den Proviantsack aus.

Auf dem Weg zum Grundstück kamen ein Bursche und ein alter Mann mit einem Mädchen an der Hand. In seiner rechten Hand hielt der Alte einen dünnen Holzstock mit einem geschnitzten Knauf, der die Form eines Schlangenkopfes besaß. Der Mann war blind und wurde von dem Mädchen an der linken Hand geführt. Seine Haare waren weiß wie Schnee und reichten ihm bis zu den Schultern. Bevor sie in das Langhaus eintraten, drehte sich der Bursche um und kam zur Linde.

„Kann ich euch helfen?", fragte er freundlich.

„Wir möchten gern deinen Herrn sprechen. Ist das jetzt möglich?"

„Mein Herr muss sich ausruhen. Wir waren lange zu Fuß unterwegs. Vielleicht könnt ihr morgen früh kommen?"

„Wir sind nicht von hier. Gibt es in der Nähe eine Herberge?"

„An der Flussmündung zur Donau liegt Comagena, dort gibt es ein Gasthaus, in dem ihr übernachten könnt", antwortete der Bursche und ging ins Haus.

„Es ist wohl nicht zu ändern", meinte der Priester und ging zu seinem Pferd. Siegbert folgte ihm verärgert und schwang sich auf den Rücken seines Hengstes.

Als sie losritten, rief ihnen der Junge nach: „Wartet! Mein Herr möchte euch gleich sprechen!"

Sie banden ihre Pferde an der Rundbank an und gingen zum Eingang. Der Innenraum war ärmlich eingerichtet. Mehrere Holzschemel standen verteilt um einen großen Tisch und an den niedrigen Wänden mit den schmalen Fensteröffnungen waren große Holztruhen aufgestellt. Über der Feuerstelle hing ein Kessel, in dem Wasser köchelte. Das Mädchen legte ein paar Holzstücke in die Glut und blies kräftig, bis die Flammen entfachten.

Der Skalde saß aufrecht auf einem Schemel und stützte sich auf seinen Stock. Er hatte sein Gesicht zum Eingang gewandt, doch sein Blick war starr.

„Entschuldigt die Unhöflichkeit meines Jungen, euch abzuweisen. Ich hatte ihm auf dem Heimweg gesagt, dass ich müde bin und mich zu Hause gleich niederlegen wollte. Doch ihr kommt von weit her und hattet einen anstrengenden Ritt hinter euch, das habe ich an den Ausdünstungen eurer Pferde gemerkt. Was ist euer Anliegen?"

Siegbert erzählte von der Begegnung mit dem Bauern in Comagena und was er über die nordischen Götter sagte. Gern hätte er mehr darüber erfahren und ob es eine Verbindung zwischen dem Gott Balder und Jesus gäbe.

Der Alte strich seinen Bart glatt und antwortete: „Bevor ich auf deine Frage eingehe, möchte ich dir auf der Wiese die Altäre zeigen, die den wichtigsten Gottheiten gewidmet sind."

Er stand auf und tastete sich mit seinem Stock in Richtung Eingang vor. Draußen fasste er die Hand des Jungen, der ihn zu dem ersten Altar führte. Mit beiden Händen betastete er das würfelförmige Weidengeflecht, das bis auf Tischhöhe mit Erde gefüllt war. Obenauf lagen Kieselsteine und in der Mitte befand sich eine Tonschale, in der Blätter und Kräuter verbrannt werden konnten.

„Dies ist der Altar für Thor", sagte er und strich behutsam über die Steine.

Er erklärte, dass Thor einer der beliebtesten Götter der Germanen sei, der den Menschen, die in Bedrängnis gerieten, stets zu Hilfe eilte und mit seinem Hammer die bösen Riesen vertreiben würde. Der danebenstehende Altar war ähnlich aufgebaut. Er unterschied sich nur darin, dass er quaderförmig aussah und nicht mit Steinen, sondern mit Blumen bedeckt war. Auf ihm wurden Opfer für Freya dargebracht. Sie galt als Göttin der Liebe und wurde von den jungen Menschen besonders verehrt. Die weiteren Altäre waren dem Hauptgott der nordischen Götterwelt Odin gewidmet und neben ihm war ein zylindrischer für seine Frau Frigga. Es folgten die für Freyr, dem Zwillingsbruder der Liebesgöttin, dem Kriegsgott Tyr und dem Wächter von Asgard Heimdall. Der blinde Mann zeigte zu den Steinfiguren und sagte: „Weiter rechts sind Statuen der römischen Götter aufgestellt. Sie bestehen aus Sandstein und wurden mir von den Handwerkern aus Comagena gebracht. Die fanden sie unter den Trümmern der Offiziershäuser, ebenso wie das Kreuz hier in der Mitte das ein echtes römisches Kreuz ist und zur Abschreckung für die Germanen gedacht war, die versucht hatten, die Donau zu überqueren, um zu rauben."

„Welcher Altar ist für Balder, der im Totenreich lebt?", wollte der Priester wissen.

„Es ist der Achteckige mit einer Marmorplatte als Abdeckung. Er steht neben dem Holzkreuz", antwortete der Alte.

Es war Mittagszeit und die Hitze wurde unerträglich.

„Ihr könnt euch alles in Ruhe ansehen. Ich werde mich auf die Bank unter der Linde setzen und auf euch warten. Mein Junge wird die Einzelheiten zu den Altären und Steinskulpturen erklären und danach versuche ich eure Fragen zu beantworten."

Ohne die Hilfe des Jungen tastete sich der Blinde mit dem Stock zu der Rundbank vor und genoss die schattige Ruhe.

Obwohl es sehr heiß war, konnte sich Siegbert nur schwer von den Heiligtümern auf der Wiese trennen. Der Junge kannte sich gut aus und erklärte alle Einzelheiten des Aufbaus und der Bedeutung der Altäre und Steinfiguren.

Ein leichter Wind kam auf und ließ die drückende Wärme besser ertragen. Sie gingen zu der Linde und der Bursche brachte zwei Schemel aus dem Haus, damit sich die Gäste ihrem Herrn gegenübersetzen konnten.

Der Alte wollte wissen, wer seine Gäste waren. Siegbert stellte den germanischen Priester und sich selbst vor.

„Der Name ist mir bekannt. Er wird oft an den Herdfeuern der Bauern genannt, war ein Rebellenkrieger. Gibt es einen Zusammenhang zwischen dir und dem Mann?", wollte der Blinde wissen.

Siegbert gab sich zu erkennen. Das Interesse des Alten wurde stärker und er wollte mehr von ihm erfahren.

Das Mädchen servierte Tee in Tonbechern und eine Schale mit süßem Gebäck, das sie selbst hergestellt hatte. Alle hörten den Geschichten des Thüringers zu, wie er mit seinen Rebellenkriegern die fränkischen Gutshöfe überfiel und die Sklaven befreite. Bei seinen Erzählungen vergaßen sie die Zeit. Es war Nachmittag und der Priester erinnerte daran, dass sie nach Hause reiten mussten, bevor es dunkel wurde. Der Alte bot den Besuchern an, bei ihm im Langhaus zu übernachten, denn sie hatten sich noch vieles zu erzählen. Sie waren einverstanden und baten den Blinden, seine Lebensgeschichte zu erzählen. Der alte Mann sammelte sich und überlegte, wo er beginnen sollte.

„Mein Leben verlief weniger aufregend, bis auf einen Tag vor acht Jahren, an dem ich mein Augenlicht verlor. Ich bin in einer armen römischen Bauernfamilie aufgewachsen und durfte eine Klosterschule besuchen. Es gefiel mir dort sehr gut, so dass ich mich dazu entschloss Mönch zu bleiben, um Schüler zu unterrichten. Das katholische Kloster lag nicht weit von der Stadt Verona entfernt, in deren Kirche ich oft predigen durfte. Viele Menschen, die sich mit dem arianischen Glauben verbunden fühlten und viele Heiden konnte ich bekehren. Der Zulauf war groß und erregte den Neid der Arianer. Ein

Fanatiker an ihrer Spitze stürmte eines Tages unser kleines Kloster und sie brannten es nieder. Die Mönche, deren sie habhaft wurden, bestraften sie durch Blendung. Sie meinten, dass sie ohne das Augenlicht besser zu der für sie wahren Erkenntnis kommen könnten. Damit meinten sie nur ihr Glaubensverständnis des Christentums. Mit Hilfe von Freunden floh ich über die Alpen."

„Es ist ein Wunder, dass du die schwere Zeit ohne Augenlicht überleben konntest", erwiderte Siegbert.

„Es ist wahrlich nicht leicht sich als Blinder zurecht zu finden. Die Eltern dieser beiden Kinder nahmen mich bei sich auf. Wir kamen hierher und wollten auf der Römerstraße nach Carnuntum weiterreisen. Der Vater der Kinder wurde jedoch krank und starb bald darauf. Die Mutter folgte ihm nur wenige Wochen danach. Ich war mit den Kindern allein und es gab niemand, der uns half. Glaubensbrüder gibt es hier keine, die uns unterstützen könnten. In diesem Gebiet hatten sich nur Langobarden und später Thüringer angesiedelt. Aus den Ersparnissen, dem Verkauf des Wagens und der Pferde kauften wir dieses Haus und den Grund bis zum Teich", berichtete der Mönch.

„Wie bist du zu dem Namen ,Skalde' gekommen?", wollte der Priester wissen.

„Den haben mir die Leute in der Siedlung gegeben. Es leben viele Thüringer hier, die allesamt Heiden sind und an die nordischen Götter glauben. Ich wandere in den Wintermonaten von Siedlung zu Siedlung und erzähle ihnen Geschichten von ihren Göttern, wie es in den Nordländern die Skalden tun. Sie geben mir dafür Getreide, Gemüse und Eier, damit ich mit den beiden Kindern in der kalten Jahreszeit nicht hungern muss."

Bedächtig schlürfte der Mönch den Kräutertee. Siegbert fragte, wovon sie im Sommer lebten, ob sie auch Felder besaßen, auf denen sie etwas anbauen konnten.

„Die Feldarbeit wäre damals für die Kinder zu schwer gewesen. Sobald der Schnee wegtaut, kommen viele Menschen zu mir und bringen Opfergaben, die ich in einer Zeremonie ihren Göttern darbringe. Nach Sonnenuntergang kann ich die Lebensmittel zum Verzehr für mich und die beiden Waisenkinder verwenden. Manchmal ist auch ein Huhn darunter", erzählte der Alte lächelnd.

Der Priester wollte wissen, woher der Skalde sein Wissen über die germanischen Götter hatte.

Bedächtig fuhr der Blinde fort: „Die römischen Götter kenne ich aus meiner Kindheit. In unserem Haus gab es einen Altar, auf dem kleine Figuren von Jupiter, Juno, Neptun, Minerva, Mars und Venus standen und deren Sagen mir mein Vater erzählte. Ähnliche Götter finden wir auch bei den Germanen, für die ich Altäre aus Weidengeflecht anfertigte. In der gleichen Reihenfolge sind es der Göttervater Odin, seine Frau die Familiengöttin Frigga, der Gott des Meeres Njörd, der Kriegsgott Tyr und die Liebesgöttin Freya. Weil in meinem Umfeld die meisten Menschen an die Germanengötter glauben, gibt es auch noch die Altäre für Freyr und Balder."

Das Mädchen kam aus dem Haus und sagte zum Mönch, dass die Gemüsesuppe fertig wäre. Der Alte lud seine Gäste zum Essen ein.

Sie gingen in das Haus und der Junge stellte den Eisenkessel auf den Tisch. Das Mädchen schöpfte mit einer Kelle die Suppe in einzelne Holzschalen und verteilte Fladenbrote. Der Mönch dankte dem Christengott für die Speisen und alle begannen zu essen.

Während der Einnahme der Mahlzeit wurde nicht gesprochen. Als alle fertig waren gingen die Männer wieder zu der Linde und setzten ihr Gespräch fort.

„Warum hast du einen Altar für Balder aufgestellt?", fragte der Priester.

Der Mönch strich erneut bedächtig mit den Fingern durch seinen weißen Kinnbart und sprach: „Ich denke, ihr kennt die tragische Geschichte von Balders Tod und der Abreise ins Totenreich zur Göttin Hel. Seinen Altar habe ich absichtlich in die Nähe des Holzkreuzes gestellt. Odin wurde geweissagt, dass es zum Krieg zwischen den Riesen und den Göttern kommt. Dabei würden die meisten von ihnen getötet werden. Balder jedoch soll es gelingen aus dem Totenreich zurückzukehren. Es liegt daher nahe, dass er als Sohn von Odin dem Jesus gleichgesetzt werden kann. Es ist eine rein hypothetische Annahme, die nicht abwegig erscheint."

Der Priester protestierte und wies diesen Vergleich zurück. Beide begannen einen Disput, bei dem Siegbert nur zuhören konnte, weil er den gegensätzlichen Argumenten nicht mehr zu folgen vermochte. Es ging ähnlich zu wie bei dem Streitgespräch zwischen Alban und dem Priester über das Göttergeschlecht der Wanen.

Inzwischen war es dunkel geworden und die Männer gingen in das Langhaus, in dem die Kinder bereits schliefen. Sie hatten in einer Ecke des Hauses auf dem gestampften Lehmboden Stroh ausgebreitet und sich mit Schaffellen zugedeckt. Neben ihnen legten sich die Männer zur Ruhe. Schon bald begann ein Schnarchkonzert, bei dem man glauben konnte, dass der Priester und Mönch ihren Disput fortsetzten.

Siegbert musste gegen Mitternacht aufstehen und ging nach draußen. Die Luft hatte sich abgekühlt und der Mond schien hell. Auf dem Teich konnte er Irrlichter erkennen, die in der Sumpfzone zu sehen waren. Sie flammten nur kurzzeitig auf. Ob es die Seelen von Verstorbenen waren oder die Fackeln von Geistern, die im Moor lebten? Die Ruhe, die ihn umgab, gefiel ihm. Das Zirpen der unzähligen Grillen und Heuschrecken war aus den Büschen zu hören. Hin und wieder ertönte der Ruf eines Kauzes oder es war das Rascheln einer Maus zu vernehmen, die ganz in der Nähe nach Futter suchte. Siegbert dachte an Hedwig, die zu dieser späten Stunde tief schlief und an Amalafred, der im fernen Ravenna weilte. Die Mücken wurden lästig und zwangen den Nachtwandler ins Haus zurückzugehen.

Bevor die Sonne aufging, war der Thüringer hellwach. Er stand auf und spazierte über die vom Tau feuchte Wiese. Ein Schwanenpärchen mit ihren vier Jungen war auf dem Teich zu sehen. Ihr Nest ragte im morastigen Gewässer deutlich sichtbar heraus und war dennoch vor ihren Feinden, dem Fuchs und dem Marder geschützt. Langsam zeigte sich die Sonne im Osten und ihre Strahlen ließen die Wasseroberfläche silberglänzend erscheinen. Fische sprangen aus dem Wasser und es bildeten sich ringförmige Wellen, die sich überschnitten.

An einer Uferstelle wusch er sich das Gesicht. Das kühle Nass weckte seine Lebensgeister und er verspürte Hunger. Die Suppe am gestrigen Abend hatte gut geschmeckt, doch es war für ihn zu wenig. Seinen Proviantbeutel wollte er nicht aufschnüren, denn das wäre beleidigend für den Gastgeber, der sein kärgliches Mahl mit ihnen teilte. Er lief zum Langhaus und fand das Mädchen an der Feuerstelle, wie sie den Frühstücksbrei umrührte. Die anderen schliefen noch. Er setzte sich auf einen Schemel nahe dem Feuer und unterhielt sich leise mit ihr.

„Wo stammt deine Familie her?", fragte er sie.

„Aus Sizilien!", antwortete sie kurz.

„Hast du dort noch Familienangehörige, Tanten, Onkel, Großeltern oder andere?"

„Das weiß ich nicht. Ich kann mich nur an meine Eltern, unseren Reisewagen und die Pferde erinnern, die ihn zogen."

„Wovon haben deine Eltern gelebt?"

„Mein Bruder sagte mir, dass mein Vater Leuten auf den Märkten schlechte Zähne gezogen hat, und meine Mutter war eine Wahrsagerin. Sie sollen kreuz und quer durchs Land gezogen sein und kamen nach Rätien und von dort nach Noricum."

Dem Mädchen rollten Tränen über die Wangen.

Siegbert flüsterte ihr zu: „Du brauchst nicht weitererzählen, wenn du nicht möchtest. Der Mönch hat gestern Abend gesagt, dass eure Eltern hier krank wurden und verstarben."

Das Mädchen nickte und wischte sich die Tränen aus den Augen.

Inzwischen erhoben sich die Männer von ihrem Strohlager und gingen nach draußen. Der Junge lief mit einem Holzeimer an den Teich und brachte ihn gefüllt zurück. Er stellte ihn vor dem Eingang ab, damit sich sein Herr erfrischen konnte. Danach räumte er den Schlafplatz auf und verteilte die Holzschalen auf dem Tisch. Der Brei war fertig und das Mädchen gab jedem eine Kelle davon in eine Schale. Trockene Beeren obenauf gab es keine. Nach den Dankesworten löffelten alle schnell ihre Schalen aus. Der Mönch und der Priester setzten ihr Gespräch vom gestrigen Abend fort. Draußen waren Stimmen zu hören. Zwei einachsige Ochsenkarren waren auf dem Weg zum Grundstück zu sehen. Frauen und Kinder saßen darauf und Männer führten die Ochsen an einem Strick. Sie hielten in der Nähe der Altäre und packten allerlei Sachen aus. Einige Körbe und Schalen mit Früchten und Gemüse legten sie auf die Altäre für die Göttin Frigga und Freya.

Ein Mann kam auf das Langhaus des Mönchs zu. Er grüßte und fragte, ob er den Skalden sprechen könnte. Der Mönch erschien im Eingang und ließ sich von dem Jungen zu dem Gast führen.

„Was kann ich für dich tun?"

„Ich bin mit meiner Familie gekommen, um Frigga und Freya ein Opfer darzubringen. Meine Tochter hat geheiratet und nun bitten wir um den göttlichen Segen und eine große Nachkommenschaft. Kannst du uns dabei helfen?"

Der Skalde streckte beide Arme nach oben und blickte zum Himmel, als würde er die Götter dort sehen können.

„Lasst uns gehen!", sprach er und tastete mit der linken Hand nach dem Jungen, um sich führen zu lassen. Siegbert und der Priester setzten sich auf die Bank bei der Linde und sahen der Zeremonie von weitem zu. Als erstes wurde der Familiengöttin Frigga geopfert. Der Junge gab Kräuter in die Brandschale und zündete sie an. Die getrockneten Pflanzen und Blätter verbreiteten einen angenehmen schweren Duft. Alle sahen den Rauchwirbeln zu, die langsam nach oben stiegen. Der Skalde sprach zu der Göttin und bat sie, das Opfer der Familie anzunehmen und die Jungverheirateten unter ihren Schutz zu stellen. Danach folgte ein Singsang. Siegbert flüsterte leise dem Priester zu: „Verstehst du, was er sagt?"

„Er singt in der Sprache der Nordländer, doch die verstehe ich nicht."

Ein Mann brachte ein Huhn, das an den Füßen gefesselt auf einem der Wagen lag und reichte es dem Skalden. Der legte es auf die Steinplatte des Altars und der Junge schnitt mit einer schnellen Bewegung den Kopf ab. Das

Huhn begann ohne Kopf zu flattern und verspritzte Blut auf die Umstehenden. Der Skalde setzte seinen Singsang fort, bis das kopflose Huhn sich nicht mehr rührte. Die Frauen begannen ein Lied zu singen, in dem ihre Götter gepriesen wurden. Danach stellten sich alle um den Altar der Liebesgöttin und es erfolgte eine ähnliche Zeremonie wie bei Frigga. Die Kräuter in der Schale verströmten jedoch einen anderen Geruch. Er war frischer und nicht so würzig. Auch ihr wurde ein Huhn geopfert. Bei ihm wurde das Blut in einer Schale aufgefangen und anschließend mit Wasser stark verdünnt. Der Skalde besprengte damit die Jungvermählten und die Umstehenden. Da die Göttin auch für die Hälfte des Heers der Einherjer zuständig war, bemühten sich alle Männer viel von dem Weihwasser abzubekommen, damit sie nach ihrem Tod vielleicht doch nach Walhall kommen würden.

Auch die Altäre der anderen Götter wurden mit Opfergaben bedacht. Man war bemüht, keinen von ihnen zu vergessen und dessen Zorn auf sich zu laden. Auch auf dem prismenförmigen Altar des Balder und dem zylindrischen Sockel des Kreuzes lagen Äpfel und Gemüse.

Die Gesellschaft fuhr nach der Zeremonie wieder von dannen. Der Mönch gesellte sich zu seinen Gästen bei der Linde und sie fragten nach dem Singsang, den er bei den Zeremonien verwendete.

„Das Lied, das ich gesungen habe, stammt aus dem Nordland und preist die nordischen Götter. Es gibt nur wenige Aufzeichnungen darüber, da die Nordländer keine Schrift besitzen."

„Sie haben doch die Runenschrift", unterbrach Siegbert.

„Das stimmt! Doch es wäre beschwerlich mit diesen Zeichen größere Texte zu schreiben, wie wir es im

Lateinischen kennen. In meinem Kloster hatte ich einige Aufzeichnungen von Mönchen gefunden, die zu den Nordländern reisten und alles aufschrieben, was sie sahen. Die Runen fanden sie nur auf Grabsteinen und auf Waffen."

Der Thüringer erwähnte nicht, dass er mit dem Rodewiner Runenalphabet auch Texte schreiben konnte. Es waren bei diesem Alphabet den 26 Zeichen der lateinischen Schrift je ein Runenzeichen zugeordnet. Da es jedoch nur 24 alte Runenzeichen gab, hatte der Schreiber aus Rodewin die restlichen Zeichen ergänzt.

Es war ein interessanter Besuch bei dem Skalden. Siegbert drängte aufzubrechen, denn er wollte dem Priester noch Comagena zeigen und sich die Werkstätten der Schmiede ansehen. Dem Skalden schien es Recht zu sein, ihn hatte die Opferzeremonie angestrengt und an einer Fortsetzung des Streitgesprächs mit dem Priester war ihm an diesem Morgen nicht mehr gelegen.

Sie bedankten sich bei dem Mönch und bevor sie wegritten, legte Siegbert auf den Altar von Thor eine Silbermünze als Opfergabe.

Der Weg führte flussabwärts bis zur Mündung in die Donau. Dort befand sich Comagena mit der Handwerkersiedlung. Siegbert interessierte sich nur für die Schmiede und ob dort außer den Dingen des täglichen Bedarfs auch Waffen hergestellt wurden. Der Priester hatte für Waffen keinen Sinn und wollte lieber auf dem Marktplatz mit den Menschen reden. Sie trennten sich.

In der Handwerkerstraße befanden sich drei Werkstätten. In die erste trat er ein und sah den Schmied, wie er an dem Amboss stand und mit dem Hammer auf einen Block Eisen einschlug. Sein Gehilfe wendete mit der

Zange ständig den glühenden Block. Er achtete nicht auf den Fremden, der sich neugierig umsah. Als das Eisenstück erkaltet war, steckte es der Gehilfe in das Schmiedefeuer und betätigte den am Boden befindlichen Blasebalg. Der Schmied sah zu Siegbert und fragte, ob er behilflich sein kann.

„Ich suche ein neues Schwert von bester Qualität, doch sehe ich hier nur Sachen für den Alltag."

Der Schmied winkte ihn zu sich und sagte: „Folge mir! Die Kundschaft für Waffen ist gering, doch ich habe die besten Schwerter, die du dir vorstellen kannst."

Sie gingen über den Hof in einen separaten Raum. Dort hingen mehrere Schwerter und Stichwaffen an der Wand und in einem Regal lagen Messer aneinandergereiht. Siegbert griff nach einem Schwert, das ihm gefiel und er prüfte es in seiner Hand. Es lag gut und ließ sich leicht führen. Mit der Faust schlug er seitlich gegen die Klinge und prüfte ihre Flexibilität. Der Stahl schien ihm sehr hart zu sein. Die Gefahr wäre groß, dass die Klinge im Zweikampf brechen könnte.

„Darf ich das Schwert testen?"

„Gern, mein Herr!", antwortete der Schmied spontan.

„Was ist, wenn es bricht oder sich verformt?"

Der Schmied zögerte mit einer Antwort, doch er war sich sicher, dass das Schwert keinen Schaden nehmen würde. Er selbst hatte es nach der Fertigstellung mehrfach getestet.

„Dann soll es mein Schaden sein!", antwortete er und ging mit seinem Kunden auf den Hof.

Dort lagen drei übereinandergestapelte Mühlsteine, die ein Loch in der Mitte besaßen. Der Schmied brachte aus dem Holzlager ein Bündel Weidenruten und steckte sie in das Loch.

„Wenn du ein guter Schwertkämpfer bist, musst du das Bündel mit einem Hieb teilen können. So teste ich alle meine Schwerter", sprach der Schmied.

Siegbert hatte bereits die Schärfe der Klinge geprüft und war sicher, dass ihm das gelingen könnte. Er konzentrierte sich auf das Ziel und schlug mit einem Hieb das Weidenbündel schräg durch.

Anerkennend nickte der Schmied. Er wusste jetzt, dass er einen Schwertkämpfer vor sich hatte, der seine Arbeit zu würdigen verstand.

„Gehen wir zurück in den Waffenraum und sprechen über den Preis", schlug der Schmied vor. Siegbert sah sich im Hof um und entdeckte einen Baumstamm, der in das Loch der Mühlsteine passen könnte.

Er fragte den Schmied, ob er mit dem Schwert auf den Stamm einschlagen durfte. Der hatte nichts dagegen und wechselte das Weidenbündel mit dem Baumstamm aus.

Die Schwertklinge drang tief in das Holz ein und zerbrach. Klirrend fiel die Spitze zu Boden. Verwundert sah sich der Schmied die Bruchstelle an. Die Klinge war eindeutig zu hart. Er ging in die Waffenkammer und kam nach einer Weile mit einem anderen Schwert in der Hand auf den Hof.

„Das hier ist mein bestes Stück, probiere es aus!", sagte der Schmied, immer noch sichtlich verwundert.

Siegbert hielt die Waffe in der Hand und schwenkte sie im Handgelenk. Mit dem Fingernagel schnippte er an die Klinge und hörte, wie sie vibrierte. Der erste Eindruck war besser als bei dem zerbrochenen Schwert. Nun folgte die Prüfung. Mit Bangen sah der Schmied zu, wie die Klinge ein neues Bündel Weidenäste durchschnitt und auch weit in den Baumstamm eindrang, ohne zu brechen. Er schien gelöst und gab Siegbert das Schwert für den halben Preis mit dem Versprechen, dass er nichts von dem Malheur mit dem ersten Schwert weitererzählte. Wenn es bekannt werden würde, wäre sein Ruf als bester Waffenschmied im Tullnerfeld dahin. Sie gingen in die Wohnstube und er bat seinen Kunden sich zu setzen. Bei einem Becher Wein erzählte er, wie er die Klinge geschmiedet hatte und war froh einen interessierten Zuhörer gefunden zu haben.

Der Priester war verärgert, dass er so lange warten musste. Schweigend ritten sie aus Comagena. Den ganzen Heimweg war er missgestimmt. Auf halber Strecke machten sie eine Pause und aßen den Rest aus dem Proviantsack. Sie unterhielten sich über den Besuch bei dem Blinden und der Ansicht, die dieser Mann vertrat.

„Ich kann mich seiner Meinung nicht anschließen. Er glaubt tolerant zu sein, wenn er jeden Glauben zulässt, doch wo kommen wir da hin, wenn alle so denken würden, wie er. Das wäre der Anbeginn des Chaos auf der Welt", rief der Priester erregt.

„Unser König toleriert auch Andersgläubige und es hat ihm nicht geschadet."

„Für mich ist der Mönch die Falschheit in Person. Woran glaubt er wirklich?"

„Ich denke er weiß es selbst nicht."

„Du siehst, dass er Unrecht hat. Mit unserer Geburt entscheidet sich, wohin wir gehören. Wer einen anderen Glauben annimmt ist ein Abtrünniger."

Siegbert war nicht der Meinung des Priesters, doch er erkannte, dass es keinen Sinn hatte, mit ihm darüber zu streiten. Er war ein Fanatiker, der nur seine Überzeugung und Glauben zuließ. Dagegen schaute der Blinde weit über den Tellerrand hinaus und sah mehr als mancher Sehende. Wenn er ihn das nächste Mal besuchen würde, wollte er den Priester nicht mitnehmen. Er erinnerte sich daran, dass auch er früher die Menschen verurteilte, die nicht an die germanischen Götter glaubten.

Mit Audoin hatte er noch nie über Glaubensfragen gesprochen. Da sich der Fürst arianisch trauen ließ war anzunehmen, dass er sich von den germanischen Göttern abgewandt hatte. Es konnte jedoch auch sein, dass er beide Religionen nebeneinander tolerierte. Bei seinem nächsten Besuch wollte er mit ihm darüber sprechen.

Während des Abendessens teilte Hedwig ihrem Mann mit, dass Sigrid am nächsten Tag nach Hause fahren würde. Der Medicus hatte ihr Audoins Reisewagen geschickt, damit sie bequem mit dem Baby nach Carnuntum gelangen konnte. Siegbert bot an, sie zu begleiten. Er hatte dort viel zu erledigen und wollte den Fürsten sprechen.

10. Der Auftrag des Fürsten
Im August 538

Zeitig am Morgen reisten sie ab. Der römische Reisewagen rumpelte ungefedert über die großen Steinplatten der Limesstraße. Er wurde von zwei kräftigen Rappen gezogen, die ein hohes Tempo halten konnten.

Am Nachmittag erreichten sie Vindobona. Sigrid blieb über Nacht bei ihren Eltern und Siegbert im Prinzenhaus. Hildegard freute sich, dass sie ihn bewirten konnte. Sie bereitete in der Küche seine Lieblingsspeise und servierte diese in der Kemenate. Während er aß, berichtete sie von den Vorkommnissen in der Stadt. Der Ärger mit dem Hauptmann Gunnar schien kein Ende zu nehmen und spitzte sich weiter zu. Bei der Verteilung der Beute in dem letzten Kriegszug hatte er sich stark bereichert. Er behauptete, dass die Sonderabgaben für die Königin wären, doch niemand glaubte ihm. Das war der Grund, dass sich ständig Krieger von ihm abwendeten und nach Carnuntum gingen, um sich den Rodewinern anzuschließen.

„Du musst die Thüringer Krieger wieder anführen", mahnte ihn Hildegard.

„Das geht nicht! Du weißt, dass es nicht meine Schuld ist. Ich will mich in keiner Weise einmischen."

Wie sich das Ganze entwickelte gefiel ihm nicht. Nach einem guten Ende sah die Sache nicht aus. Siegbert war froh, dass Audoin, den sogenannten Abtrünnigen gestattete, in einem eigenen Heerhaufen an den Kriegszügen teilzunehmen. Er hatte die Rodewiner wie zuvor die Verbände der Hunnen und der Slawen in seinem Heerhaufen eingegliedert und wie die Langobarden ausbezahlt.

Hildegard hatte ein starkes Redebedürfnis und sprach über die Zeit als sie im Thüringer Rebellenlager lebten und dann mit vielen anderen an die Donau auswanderten. Inzwischen waren ein paar Jahre vergangen und das Gute blieb stärker in Erinnerung als das Schlechte. Sie glorifizierte die Rebellenzeit und ihren Anführer in einem Maß, das nicht der Wirklichkeit entsprach. Trotzdem hörte er der Frau geduldig zu. In der schweren Zeit war sie stets in seiner Nähe und hatte ihn wie eine Mutter umsorgt, für ihn gewaschen und gekocht. Im Prinzenhaus war sie zuständig für die Wohn- und Gästeräume von Amalafred, die im Obergeschoss des Steingebäudes lagen. Als sie von der beschwerlichen Reise der Rebellen nach Vindobona sprach, stockte sie plötzlich.

„Warum sprichst du nicht weiter?"

„Ich dachte an deine Schwägerin, die dabei den Tod fand", flüsterte sie.

„Es war tatsächlich ein schlimmes Ereignis, doch sie kannte die Gefahr, die wir alle auf uns genommen hatten. Sie hätte meinem Sklaven nicht vertrauen dürfen, der ein fränkischer Spion war. Nur eines wundert mich, dass er mir vor seiner Flucht versicherte Dagmar nicht getötet zu haben. Doch wer sollte es sonst gewesen sein? Er hat bestimmt gelogen, dieser Schuft!"

Hildegard wechselte schnell das Thema. Ob sie mehr wusste und den Täter möglicherweise kannte? Es war nicht wichtig, denn niemand hatte ernsthaft um sie getrauert, auch nicht ihre Schwester Hedwig und ihr Vater Weibel.

Hildegard erzählte von dem letzten Kriegszug nach Illyrien, von dem ihr die Krieger berichteten. Es war wieder ein schneller und leichter Sieg der Langobarden, der nicht nur fahrbare Beute einbrachte, sondern auch Gebietsgewinn für den Kaiser.

Siegbert wurde müde und Hildegard bemerkte, dass seine Augenlider ständig zufielen. Sie bedankte sich bei ihm, dass er ihr zugehört hatte und wünschte ihm eine gute Nacht.

Der Gedanke an die getötete Schwägerin ging ihm erneut durch den Kopf. Was wusste Hildegard? Kam noch ein anderer als Mörder in Frage als sein Sklave, mit dem die Schwägerin ein Liebesverhältnis begonnen hatte? Das Verhalten seines freigelassenen Sklaven Bodo ärgerte ihn mehr als der Tod von Dagmar. Er hatte ihm vertraut und wurde schmählich hintergangen. Diesen Betrug hatte der Rebellenführer noch nicht verwunden und er hoffte, dass er Bodo noch einmal in seinem Leben begegnen und ihm den Verrat heimzahlen könnte. Der Rachegedanke gab ihm Ruhe, um einschlafen zu können.

Am frühen Morgen suchte er die Küche auf und der Koch bediente ihn persönlich. Er fragte gleich nach dem Befinden von Hedwig. Seine Gefühle zu ihr bekannte er offen und gestand, dass er sie auf der Stelle geheiratet hätte, wenn er etwas jünger wäre.

„Du bist noch der gleiche Süßholzraspler wie vor Jahren. Ich werde es meiner Frau sagen, denn sie mag deine Schmeicheleien, wie sie kein anderer besser formulieren könnte", erwiderte Siegbert lächelnd.

Er erzählte von dem Leben, das Hedwig auf dem Gut führte und lud den Koch mit seiner Frau zu einem Besuch ein. Der beschwerte sich, dass es nicht mehr viele Feinschmecker im Prinzenhof gäbe. Die langobardischen Beamten, die in einem Flügel des Erdgeschoßes arbeiteten und bei ihm speisten würden seine Kochkünste nicht würdigen. Ihnen war es gleich, was sie vorgesetzt bekamen, wenn sie nur satt wurden. Enttäuscht blickte er um sich und hielt inne.

„Anders war es beim Prinzen und deiner Frau. Für sie hat es mir Freude bereitet, immer neue Gaumenfreuden zu erfinden."

„Mich rechnest du wohl nicht zu den Feinschmeckern?"

Der Koch stutzte und bemerkte seinen Fehler.

„Entschuldigt mein Herr, das ist nicht bös gemeint, doch ihr hattet noch nie bei mir besondere Speisen bestellt."

Der Koch hatte Recht und er wollte ihn nicht zum Lügen verleiten. Zwischen köstlich und wenig wohlschmeckend vermochte er zu unterscheiden, doch er war nicht sehr wählerisch, was Essen betraf. In der Zeit bei den Rebellen war der Hunger ihr ständiger Begleiter, besonders in dem Jahr vor ihrer Auswanderung. Sie waren froh, wenn sie satt wurden und da wurde nicht gefragt, ob es schmeckt oder nicht.

Im Hof fuhr der Reisewagen vor. Siegbert sattelte seinen Hengst und sie holten Sigrid mit ihrer Tochter bei ihren Eltern ab. Durch das Osttor setzten sie ihre Fahrt nach Carnuntum fort. Es war sehr warm und der Kutscher machte Halt am Ufer von einem der Seitenarme der Donau. Die Landschaft war ein Delta mit vielen Verzweigungen des Hauptstroms. Es wurde nicht nur durch die jährlichen Überschwemmungen geschaffen, sondern war auch ein Werk der zahllosen Biber, die in diesem Gebiet lebten und ihre Dämme errichteten. Siegbert ritt zu den Teichen und Tümpeln, die sich durch ihr Werk gebildet hatten. In der warmen Jahreszeit waren sie ein Segen und schützten die Auenlandschaft vor dem Austrocknen. Zahlreiche Tiere konnte er beobachten. Besonders interessierte ihn der Eisvogel mit seinem strahlend blauen Gefieder und der rostbraun gefärbten Unterseite. Er saß auf einem Ast und hielt Ausschau nach kleinen Fischen und Krebsen. Pfeilschnell stürzte er sich in das Wasser und flog mit einem kleinen Fisch im Schnabel auf seinen Ast zurück. Dort schlug er ihn gegen das Holz, auf dem er saß und wendete den Fisch im Schnabel, bis er ihn kopfüber verschluckte. Erneut sah er auf die glatte Wasseroberfläche, um seine Jagd fortzusetzen. Noch nie hatte er sich so viel Zeit genommen und die Schönheit der Au erlebt.

Am späten Nachmittag kamen sie in der Vorstadt von Carnuntum an, in der die Villa des Medicus stand. Nach der Begrüßung ritt der Hauptmann gleich weiter zur Villa von Audoin, um Wichtiges mit ihm zu besprechen. Der Fürst war nicht anwesend, da ihn der König rufen ließ. Niemand konnte sagen, wann er nach Carnuntum zurückkehrte.

Siegbert fühlte sich ausgeruht und ritt ins Heerlager zu seinen Kriegern. Die Männer waren von den Straßenarbeiten und Kampfübungen zurückgehrt und hatten Hunger.
In jedem ihrer Langhäuser gab es Frauen, die für das Wohl ihrer Krieger sorgten. Dazu zählte die Zubereitung von zwei Mahlzeiten an jedem Tag dem Frühstück und der Abendmahlzeit, das Waschen der Kleidung und die Säuberung des Umfeldes. Etwa 50 Krieger lebten in einem Langhaus das eine Hundertschaft mit einem Hunno als Anführer bildete. Fünf Frauen betreuten die Männer eines Langhauses. Sie kauften tagsüber die Lebensmittel auf den Bauernmärkten vor der halbverfallenen Lagermauer ein. Das Geld erhielten sie von dem Hunno. Die meisten Frauen stammten aus den Rebellenlagern in Thüringen und waren das raue Leben gewohnt. Auch dort

lebten sie in Langhäusern zu etwa 50 Kämpfern. Viele von ihnen zogen während der Heerzüge im Tross mit nach Illyrien und versorgten ihre Krieger wie in einer Familie.

Siegbert ritt zu seinem Stellvertreter Reimund, der als Leutinger alle Männer, die sich von dem Hauptmann Gunnar abgewandt hatten, befehligte. Die Rodewiner bekamen in den letzten Monden starken Zulauf und mussten weitere Unterkünfte im Heerlager von Carnuntum errichten. Platz war genügend vorhanden. Das ehemalige Legionslager war ebenso verfallen, wie das in Vindobona, doch in seinen Ausmaßen bedeutend größer. In der unmittelbaren Nachbarschaft lebten Hunnenkrieger, mit denen sich die Thüringer gut verstanden. Das lag vielleicht daran, dass sie vor hundert Jahren mit dem Reitervolk aus dem Osten Seite an Seite gekämpft und viele Siege errungen hatten. Als das große Hunnenreich kurz nach Attilas Tod unterging, blieben manche ihrer Krieger in Pannonien zurück und kämpften als Söldner in verschiedenen Heeren. Sie waren gute Kämpfer und noch bessere Reiter, die mit ihren Pferden verwachsen schienen. Wo sie auftauchten, erzeugten sie den gleichen Schrecken bei ihren Gegnern, wie während der Streifzüge mit ihrem Anführer Attila durch Gallien.

Reimund war bei der Abendmahlzeit und lud seinen Vorgesetzten ein, mit ihm zu speisen. Gebratene Fische, verschiedene Gemüse und Fladenbrot standen auf dem Tisch. Die Küchenmagd brachte einen zweiten Holzteller mit einem breiten Löffel, wie ihn die Römer zum Fischessen verwendeten.

„Greif zu, das ist der köstlichste Fisch, den du je gegessen hast. Ich habe ihn heute Morgen aus der Donau geangelt", lobte Reimund den Zander auf dem Tablett. Er nahm sich als erster mit dem Löffel mehrere

Fischstücke und Gemüse auf seinen Holzteller. Siegbert ließ sich nicht zweimal bitten und langte zu. Während des Essens berichtete der Leutinger von dem Heerzug gegen die Illyrer vor einem Mond. Sie hatten große Beute gemacht und ostgotisches Land für den Kaiser zurückgewonnen. Die Beute wurde nach dem bekannten Schlüssel aufgeteilt und Siegbert bekam, als Hauptmann der abtrünnigen Thüringer, den ihm zustehenden Anteil.

„Die Beutestücke habe ich in dieser Kiste für dich eingelagert", sagte Reimund und zeigte auf eine mit Eisenbeschlägen versehene Truhe.

„Ich will meinen Teil der Beute nicht für mich behalten und ihn an die Frauen und Kinder der gefallenen Rodewiner weitergeben."

„Das ist eine noble Geste von dir. Ich werde den Zahlmeister damit beauftragen. Deine Entscheidung wird den Frust in den Reihen von Gunnars Kriegern erhöhen. Er hatte bereits damit gedroht jeden der Abtrünnigen des Verrats an der Königin anzuklagen und hart zu bestrafen. Ein Hunno, der von ihm zu uns wechseln wollte, wurde bald darauf erdrosselt bei einem Gasthaus in Vindobona aufgefunden. Es gab das Gerücht, dass es Männer von Gunnar waren, die ihn umbrachten. Da er sich zu diesem Vorfall nicht äußerte, schüchterte er viele ein, die den gleichen Schritt vorhatten", berichtete Reimund.

„Gibt es Beweise für die Anschuldigungen?"

„Nachweisen lässt es sich nicht. Es sind nur Gerüchte."

„Dann können wir nichts tun. Für eine Beschwerde bei Audoin brauchen wir handfeste Beweise."
Resigniert winkte Reimund ab, denn er hatte keine und Gunnar war klug genug, sie zu beseitigen.

„Wenn du dich in Vindobona aufhältst, solltest du besonders vorsichtig sein. Ich traue Gunnar und seinen Männern zu, dass sie auf dich einen Anschlag verüben, dir auflauern und dich umbringen."

„Willst du mir Angst machen? Das würde er niemals tun!"

„Da bin ich anderer Meinung! Mit deinem Tod würde sich die Situation für ihn verbessern. Die meisten der Rodewiner sind hier, weil du ihr Hauptmann bist und sie dir als ehemaligen Rebellenführer vertrauen. Die Zweifler in Gunnars Reihen würden es sich überlegen, ob sie den ungeliebten Hauptmann verlassen und nach Carnuntum kommen, wenn du nicht mehr da wärst."

Siegbert überlegte, doch konnte er sich nicht vorstellen, dass Gunnar so niederträchtig handeln würde. Er gehörte zu den Vertrauten der Königin und diente ihr über viele Jahre. Ihm war bewusst, dass der Gaugraf nicht sein Freund war, aber deshalb musste er nicht sein Feind sein. Ihm erschienen die Ängste seines Leutingers übertrieben und absurd.

„Ich denke, dass der Hauptmann keine Gefahr für mich ist. Mit der Entscheidung der Königin hat er alles erreicht, was er sich wünschte. Der Prinz ist in Ravenna und ich wurde von ihr verstoßen. Er kann jetzt schalten und walten, wie es ihm gefällt."

„Trotzdem stellst du für ihn noch eine Gefahr dar. Was ist, wenn die Königin sich besinnt und anders entscheidet."

„Wie meinst du das?"

„Sie könnte Gnade walten lassen und dich wieder in ihre Dienste nehmen."

Daran hatte Siegbert noch nicht gedacht, doch ihm schien diese Möglichkeit abwegig.

„Das wird sie niemals tun. Du weißt, dass sie sehr stur ist und eine falsche Entscheidung niemals zugeben würde. Ihr Stolz ließe es nicht zu, einen Fehler einzugestehen. Mit ihrem Amt als Königin ist sie überfordert. Hinzu kommt, dass sie ihre Gefolgschaft im Langobardenreich zurücklassen musste."

Reimund war aufgebracht, denn er konnte die Königin nicht leiden, obwohl er persönlich nie mit ihr zu tun hatte.

„Es war ihre alleinige Entscheidung, nach Ravenna ins Exil zu gehen, niemand hatte sie dazu gezwungen. Dort zu Leben war ihr wichtiger als die Menschen, die sie auf ihrer Flucht begleiteten. König Herminafrid hätte bestimmt anders als sie entschieden. Du kanntest ihn persönlich und wirst es mir bestätigen."

Siegbert stimmte ihm zu, doch das Schicksal hatte es anders gewollt. Oft hatte er die Runensteine nach der Zukunft befragt und sie haben ihm keine klare Antwort gegeben. Die Frage „Was wäre, wenn?" stellte er sich nicht. Er glaubte daran, dass sein Leben vorgegeben war und auch seine Entscheidungen bereits in dem Netz, das die Schicksalsgöttinnen geflochten hatten, enthalten sein mussten. Der Tod des Königs hatte tiefgreifende Veränderungen für viele Menschen zur Folge und sie mussten sie annehmen, ob sie wollten oder nicht. Die Netze der Schicksalsgöttinnen lagen geknüpft am Fuße der Weltenesche beim Urd-Brunnen, als wäre das, was in der Zukunft passiert, schon vergangen. Nichts war mehr zu ändern, auch wenn man wüsste, was die Zukunft bringt. Wie der König entschieden hätte, konnte er nicht sagen.

„Wahrscheinlich wäre er in dem verbliebenen ostthüringer Landesteil geblieben und hätte sich mit den Franken irgendwann arrangiert. Der fränkische König

Chlothar hatte jedoch Fakten geschaffen und Herminafrid in Zülpich ermordet."

„Warst du dabei? Wie konnte das geschehen?"
Siegbert erzählte die Geschichte, wie sie sich zugetragen hatte und Reimund war verwundert über die Dreistigkeit des fränkischen Königs.

Die Erinnerung an das Vergangene erregte Siegbert stark. Der Hass gegen die Franken hatte sich im Laufe der vergangenen Jahre noch nicht gelegt und er konnte seinen Bruder Hartwig nicht verstehen, der mit ihnen paktierte. Doch es war seine Entscheidung und ging ihm nichts an. Dass sie trotzdem gut miteinander auskamen, war verwunderlich und er wollte nicht weiter darüber nachdenken.
Es war spät geworden und Zeit, zur Villa des Fürsten zu reiten. Vielleicht war er schon von der Wachoburg zurückgekehrt oder hatte eine Nachricht gesandt, wann er in Carnuntum eintreffen wird. Ohne den Fürsten fühlte er sich in der großen Villa wie verloren und er machte sich Gedanken, wie er die notwendige Inspektionsreise zu Amalafreds Gütern angehen könnte.

Am nächsten Morgen ritt der Hauptmann zum Kontor. Pal hatte die Listen mit den Einnahmen und Ausgaben von Amalafreds Gütern vorbereitet. Siegbert überflog sie flüchtig und konnte auf den ersten Blick einen großen Überschuss erkennen. Es freute ihn, dass sie dadurch ihre Handelsroute weiter ausbauen konnten. Für die Strecke von Erphesfurt nach Reims waren die Kosten angewachsen und Arkadius wollte im Kernland des Frankenreichs in das Handelsgeschäft mit einsteigen. Vorerst interessierte er sich jedoch für die Route von Konstantinopel nach Vindobona und weiter über Ratisbona nach

Erphesfurt. Diese Stadt sah er als den wichtigsten Handelsknoten an, da die Via Regia die Nord-Süd-Strecke kreuzte. Pal besprach mit seinem Herrn die nächsten großen Projekte und wie viel sie investieren wollten.

Inzwischen hatten einige von den auszubildenden Rebellenkriegern die Handelslehre im Kontor von Audoins Handelshaus abgeschlossen und Pal glaubte, dass der eine oder andere im Frankenreich eingesetzt werden könnte. Doch dazu mussten sie vorerst die fränkische Sprache erlernen.

Pal schien noch etwas auf dem Herzen zu haben und Siegbert forderte ihn auf darüber zu sprechen. Nach langem Hin und Her gestand er, sich in eine junge Frau verliebt zu haben, die im Kontor von Audoin arbeitete.

„Möchtest du sie heiraten?"

Pal versagte vor innerer Erregung die Stimme, er nickte und versuchte tief durchzuatmen.

„Ist sie eine Freie oder Sklavin? Wie heißt sie?"

„Rosamunde! Sie ist eine Sklavin des Fürsten, die er von einem früheren Heerzug gegen die Gepiden mitgebracht hat", erklärte Pal.

„Soll ich mit dem Fürsten darüber sprechen, ob er Rosamunde an mich verkauft. Ich könnte sie in unser Kontor geben damit sie dir bei der Arbeit hilft."

Ein Lächeln erhellte das Gesicht von Pal. Er war voller Hoffnung, dass sein Herzenswunsch in Erfüllung gehen könnte.

Es war Mittagszeit. Die beiden Männer ritten zum Handelshaus des Fürsten.

Durch ein großes und schön gestaltetes Tor gelangten sie in einen rechteckigen Innenhof. Zur linken Hand befand sich das Gasthaus, gegenüber dem Hoftor war die Kanzlei und rechts befanden sich die Speicherräume für die

Handelswaren sowie die Stallungen. Der Gebäudekomplex gehörte einst zu einer römischen Villa, die in der Hunnenzeit zerstört wurde und auf dessen Grundmauern die hölzernen Fachwerkbauten aufgesetzt wurden.

In dem Gasthaus, das von Kaufleuten, Meldereitern und den Angestellten des Kontors genutzt wurde, hatte Pal einen Raum ganzjährig gemietet. Sie gingen in die Gaststube und setzten sich an einen Tisch, von dem man durch die kleinen Fenster auf den Hof sehen konnte. Siegbert wollte mit Pal die nächste Inspektionsreise zu Amalafreds Gütern abstimmen und sich vorher stärken. Der Koch kam persönlich und fragte, was die Herren essen wollten. Sie bestellten Gemüsesuppe mit Fleischeinlage. Eine Magd brachte das Essen und wünschte guten Appetit. Die Gaststube füllte sich plötzlich, denn ein paar Angestellte nahmen ihre Pausenmahlzeit ein. Ihnen wurde Gemüsesuppe serviert und frisch gebackenes Brot gereicht. Unter den Männern befanden sich einige Rodewiner, die ihre Handelslehre im Kontor des Fürsten absolvierten. Sie erkannten Siegbert und er bat sie, an seinem Tisch Platz zu nehmen. Im Gespräch erfuhr er viele Einzelheiten über die Ausbildung und sie baten ihn inständig, dass er sie nach dem Essen ins Kontor des Fürsten begleiten möchte. Er hatte das Gefühl, dass den Männern viel daran gelegen war, ihm ihren Lehrplatz zu zeigen und sagte zu.

Zum Kontor gelangten sie über den Hof. Es war ein großer Gewölberaum mit vielen kleinen Fenstern. Mehrere Schreibpulte standen hintereinander im Raum auf denen Pergamente lagen. An den der Fenster abgewandten Seite waren Regale aufgestellt, die unzählige Pergamentrollen und gebundene Listen enthielten. Der Leiter des Kontors ging auf Siegbert zu und erklärte ihm, wie geehrt er sich durch seinen Besuch fühlte. Er ließ es sich nicht nehmen, ihm alles zu zeigen und sparte nicht an Selbstlob. Während des Rundgangs blieb Pal neben einem Regal stehen und sah fasziniert in die Richtung, wo eine junge Frau Papierrollen ordnete.

„Wer ist die Frau?"

„Sie ist eine Sklavin und schlichtet die nicht mehr benötigten Papierrollen in die Regale ein. Ihr Name ist Rosamunde. Interessierst du dich für eine besondere Karte?"

„Eine Straßenkarte, die den Weg von Carnuntum bis Konstantinopel beschreibt, würde ich mir gern ansehen."

„Rosamunde bring uns vom oberen Regalfach die Mappe mit den Karten von Konstantinopel!", wies der Leiter die Sklavin an.

Geschickt stieg sie die Leiter zu dem Kartenfach hinauf und brachte die Mappe. Die junge Frau war bildschön mit einer leicht gebräunten Haut und schwarzen Haaren Sie wand sich sogleich ihrer früheren Arbeit zu. Pal schien förmlich in ihrem Bann zu stehen und starrte sie unentwegt an.

Die Karte zeigte die wichtigsten Straßen und Gebäude von Konstantinopel und auch das Wallsystem, das die Stadt einst vor den Hunnen schützen sollte. Den ganzen Nachmittag verbrachten sie mit dem Studium der Pergamente, auf denen die Wege und besonderen Merkmale der Handelsrouten vermerkt waren. Sie ließen sich auch die neuesten Straßenkarten vom Frankenreich vorlegen, darunter waren auch welche von Thüringen.

„Kann ich eine Kopie davon erhalten?"

„Das ist möglich! Ich werde Rosamunde gleich morgen damit beauftragen. Sie hat schon mehrere Karten kopiert und besitzt darin ein großes Talent", informierte der Leiter der Kanzlei.

„Wenn du möchtest, kann ihr Pal dabei helfen. Er ist mein Kartenzeichner, wenn wir unterwegs sind.

Sie waren sich einig und verließen Audoins Handelshaus. Pal war wegen des Vorschlags mit dem Kartenzeichnen einerseits froh, doch auch sehr verunsichert, dass er diese Arbeit mit seiner Herzensdame Rosamunde erledigen sollte. Das Blut stieg ihm in den Kopf und verursachte ein Schwindelgefühl, wenn er daran dachte, sie über mehrere Tage in seiner Nähe zu haben.

Siegbert und Pal ritten zum Thüringer Handelshaus, das nur halb so groß war, wie das des Fürsten.

Der Pferdestall mit mehreren Boxen befand sich neben dem Warenspeicher. Gegenüber waren die Ochsen der Händler angebunden, die Waren abholten und zu ihrem Stützpunkt brachten. Der Wohnbereich bot keinen besonderen Komfort. Es gab eine offene Feuerstelle mit den notwendigen Gerätschaften zur Essenbereitung und eine Liegestatt mit aufgeschüttetem Stroh. Wer mehr Komfort wollte, musste sich im Handelshaus des Fürsten einquartieren.

Die Gebäude wurden von einem Mann betreut, der während eines Heerzuges den linken Arm verloren hatte und zu Siegberts Rebellenkriegern gehörte. Er lebte mit seiner Frau und den drei Kindern im Obergeschoss des Langhauses und erledigte die Reparaturen und andere Arbeiten, die anfielen. Auch seine Frau und die Kinder halfen dabei.

Im Kontor besprach Siegbert mit Pal weitere Einzelheiten der bevorstehenden Inspektionsreise zu Amalafreds Gütern. Sein Sklave hatte alle Unterlagen schnell zur Hand und beide vertieften sich hinein. Sie merkten nicht, wie schnell die Zeit verrann.

Siegbert bestimmte, am nächsten Tag mit der Sichtung der Unterlagen weiterzumachen und ging auf den Hof.

Der älteste Sohn des Hauswarts hatte seinen Hengst geputzt. Das Fell glänzte wie mit Silber überzogen. Es war ein prächtiger Anblick und der Junge erhielt eine kleine Münze für seine Mühen.

Im Trab ritt der Hauptmann vom Hof zu Audoins Villa, die außerhalb der Siedlung stand. Ein Sklave kam ihm auf dem Vorplatz entgegen und übernahm sein Pferd. Er informierte ihn, dass der Fürst vor Kurzem eingetroffen war und nach ihm gefragt hatte. Siegbert ging auf sein Zimmer und wusch sich das Gesicht. Er wechselte die Kleidung und eilte zu Audoin. Von den Wachleuten an der Tür wurde er gleich vorgelassen.

Der Fürst ging freudig auf ihn zu und lud ihn ein, mit ihm zu speisen. Der ovale Tisch war reichlich gedeckt. Es gab Fisch, Wild, Fleischpasteten und Geflügel sowie mehrere Salate und verschiedene Früchte. Audoin erzählte von seinem Besuch beim König und dessen neuen Kriegsplänen. Einen zweiten Heerzug nach Illyrien wollte Wacho in diesem Jahr nicht starten, da der Winter nicht mehr weit entfernt war. Viele seiner Krieger betrieben in ihrer Freizeit eine kleine Landwirtschaft und sie mussten der Familie bei der Einbringung der Ernte helfen. Im Osten häuften sich jedoch die Grenzübertretungen der Gepiden und der König überlegte, ob er gegen sie ziehen sollte. Vorerst wollte er noch abwarten und sich eine geeignete Strategie ausdenken, wie er vorgehen konnte. Audoin hatte die Idee, dass die Rodewiner gegen die Gepiden vorgehen und sie in ihr Gebiet zurückdrängen. Er wollte von Siegbert wissen, ob sie es allein schaffen könnten.

„Das würde sie sehr stolz machen", erwiderte Siegbert spontan.

Eine Pause entstand und Audoin wurde nachdenklich.

„Es gibt da noch eine zweite wichtige Angelegenheit, die ich mit dir besprechen will. Der König hat die Absicht, dem Kaiser in Byzanz ein besonderes Geschenk zu machen."

Der Hauptmann wurde hellhörig, da Audoin seine Worte bewusst wählte. Ihm kam in den Sinn, dass König Wacho ihn in das Geschenk mit einbinden wollte. Was sollte das sein?

„Der König möchte sich dem Kaiser erkenntlich zeigen, dass er auf oströmischem Gebiet die rebellierenden Illyrer bekämpfen durfte und jedes Jahr mit großer Beute von den Heerzügen zurückkehrt. Justinian hat durch seinen Botschafter anklingen lassen, dass er sich darüber freuen würde, wenn König Wacho ihm 30 Krieger für seine Leibgarde zur Verfügung stellt. Er hat eine Vorliebe für große starke Männer, die für seinen Schutz sorgen", berichtete Audoin.

Siegbert sah sich plötzlich als Leibgardist am Kaiserhof Wache schieben. Was es bedeutete, konnte er sich als ehemaliger Angehöriger der Leibgarde des Thüringer Königs Herminafrid vorstellen. Dieser Dienst war etwas für junge Krieger, die unabhängig waren und in ihrem Leben noch etwas erreichen wollten. Seine Ziele waren andere. Er wollte seine Heimat von den Franken befreien und mithelfen, das Thüringer Königreich neu zu erschaffen. Diesem Ziel hatte er sich verschrieben und alles andere hintenangestellt.

Da Siegbert nichts dazu sagte, fuhr Audoin fort: „Ich habe dem König den Vorschlag gemacht, dass du diese Männer aus meinem Heerlager auswählst und sie ausbildest. Es wird keine leichte Aufgabe sein, doch da du nicht mehr der Thüringer Königin unterstehst und frei in deinen Entscheidungen bist, wäre das eine schöne Aufgabe für dich. Was sagst du dazu?"

Das klang besser als Siegbert anfangs gedacht hatte. Als Ausbilder würde diese Aufgabe mit der Übergabe der Leibgarde an den Prätorianerpräfekten Johannes der Kappadokier enden und er könnte sich wieder seinen eigentlichen Aufgaben in Carnuntum widmen. Es gab keine andere Möglichkeit als das Angebot anzunehmen. Wenn er es ablehnte, würde er Audoin verärgern. Das wollte er nicht, denn ihm lag viel an seinem Wohlwollen. Siegbert sagte zu und sie besprachen die weitere Vorgangsweise. Der Fürst hatte feste Vorstellungen, wie die Ausbildung der Krieger für die Leibgarde vonstattengehen sollte und diese deckten sich vollständig mit den seinen. Daher ließ Audoin ihm freie Hand und wollte nur von ihm über alle Vorgänge informiert werden.

Die Angelegenheit sollte weitgehend geheim gehalten werden, da Audoin keine Missgunst und Neid in den Reihen seiner Krieger aufkommen lassen wollte.

Es war spät geworden und sie trennten sich. Er begab sich in sein Zimmer und machte sich Notizen über das Gespräch. Danach schrieb er seine Überlegungen auf Pergament, was er bei der Ausbildung der Männer beachten wollte.

11. Die Auswahl der Krieger
Im September 538

Nach einem späten Frühstück ritt Siegbert ins Heerlager und suchte Reimund auf. Er informierte ihn über seine neue Aufgabe, die König Wacho ihm angeboten hat, doch verschwieg er, dass die Krieger in der kaiserlichen Leibgarde in Konstantinopel dienen sollten. Der Leutinger wollte wissen, was die Krieger können müssen, um den Anforderungen zu genügen.

„Dazu muss ich mir noch Gedanken machen und diese mit dem Fürsten besprechen. Es wird nicht leicht sein, geeignete Männer zu finden, die bereit sind für viele Jahre außerhalb des Langobardenreichs ihren Dienst zu verrichten."

„Mit einem hohen Sold kannst du den Zulauf bestimmen. Bei einer Verdopplung werden sich mehr melden als du benötigst. Über wieviel Krieger sprechen wir?"

„Ich dachte bis zu 50 Kriegern, mehr nicht."
Er hatte die Zahl höher genannt, da er nicht wusste, wieviel Männer bis zum Ende der Ausbildung durchhalten würden.

Der Leutinger spitzte die Lippen und fragte: „Können sich da alle Krieger in Audoins Heerlager melden?"

„Nein, nur Langobarden!"

„Das macht die Suche schon schwieriger. Gibt es weitere Einschränkungen?"

„Sie sollen eine Mindestgröße haben und ohne eigene Familie sein."

Reimund schwieg und sah auf den Kampfplatz zu den Kriegern, die sich im Schwertkampf übten.

„Du weißt, dass du mit diesen Anforderungen kaum eine Chance hast, jemanden zu finden. Die älteren und erfahrenen Krieger sind meist verheiratet und Hünen gibt es unter ihnen nicht so viele. Du müsstest sie vorher an einem Baum strecken, damit sie das Mindestmaß erreichen", entgegnete Reimund schmunzelnd.

Siegbert musste lachen und stellte sich vor wie sie mit Gewichten an den Beinen in den Ästen einer alten Eiche hingen, um die Glieder zu dehnten. Der Göttervater Odin hatte es auch geschafft neun Tage und Nächte an einem Ast des Weltenbaums Yggdrasil zu hängen, um das Rätsel der Runen zu erfahren, doch Dehnübungen machte er nicht.

Der Hauptmann verließ den Leutinger. Wie er ihn kannte, würde er sich nun viele Gedanken darüber machen und in den nächsten Tagen Vorschläge unterbreiten. Er ritt entlang der Hauptstraße, die durch das ganze Heerlager führte. Beidseits waren die Langhäuser der Krieger aneinandergereiht und dahinter befanden sich die Stallungen für ihre Pferde. Zur Zeit der Römer waren unter Kaiser Claudius die Legion XV Apollinaris mit etwa 6000 Mann in diesem Lager stationiert. Jetzt waren etwa 2000 Reiter in Carnuntum. Darunter müssten sich genügend Anwärter für die Leibgarde finden lassen. Wie konnte er unterscheiden welcher Stammesgruppe die Krieger angehörten, die in den Langhäusern lebten? Er fand es schnell heraus, denn die Hundertschaften hatten am Giebel ihres Langhauses ihr symbolisches Feldzeichen angebracht. Für die Langobarden war es ein Rabe, für die Hunnen eine Speerspitze mit Pferdeschweif, für die Slawen ein Eberkopf und die Rodewiner ein Widderschädel. Es gab auch noch weitere Feldzeichen, bei denen der Volksstamm, den sie verkörperten, nicht eindeutig erkennbar war. Unterhalb des Feldzeichens befand sich eine römische Zahl, die das Langhaus und somit die Hundertschaft kennzeichnete. Siegbert zählte die mit einem

Raben versehenen Langhäuser und multiplizierte sie mit 50. So konnte er die Zahl der langobardischen Krieger in Audoins Heerlager abschätzen, die für seine Auswahl infrage kämen. Sie bildeten den größten Kampfesverband und aus ihren Reihen müssten sich genügend Bewerber für die Leibgarde finden. Um festzustellen welche der Krieger am geeignetsten wären dachte er an einen Wettkampf, bei dem der beste Schwertkämpfer und Bogenschütze ermittelt werden soll.

Mit Audoin sprach er am Abend darüber und er fand es eine gute Idee. Das Großereignis sollte nicht nur für die beteiligten Krieger, sondern auch für die Zivilbevölkerung der Siedlungen um Carnuntum im ehemaligen römischen Amphitheater stattfinden.

Eine Woche hatten die Vorkämpfe gedauert, bis ein kleiner Kreis der Krieger für den Endausscheid übrigblieb. Wer es geschafft hatte, der konnte mit einer Silbermünze rechnen. Für die Sieger gab es Ehrenpreise. Siegbert hatte eines seiner Schwerter gestiftet.

Zu dem Endwettbewerb war auch Hedwig am Vortag angereist und saß mit Sigrid und dem Medicus in der Ehrenloge des Fürsten. Es war eine ortsgebundene Veranstaltung, die nur von den Kriegern mit ihren Familien und der Zivilbevölkerung von Carnuntum besucht wurde.

Der Wettkampf begann mit dem Pferderennen, das vom Vorplatz des Amphitheaters bis zum römischen Ehrenbogen und wieder zurück ging. In der Zwischenzeit suchten die Besucher ihre Plätze am Rande der Arena auf, um bei der Siegerehrung zusehen zu können. Ein Sprecher informierte laufend, wo sich die Reiter auf der Strecke befanden. Er stand auf einem Holzturm mit Ausguck und schrie in einen Sprechtrichter, damit ihn alle gut hören konnten. Als die Reiter nahe dem Ziel waren, wurde es ruhig. Die Spannung stieg und erreichte ihren Höhepunkt als die ersten Reiter in das Theater einritten. Die Menge geriet vor Begeisterung außer sich und jubelten dem Sieger zu. Der Fürst übergab dem Gewinner einen Ehrenpreis und der nächste Wettstreit begann. Es war ein Ringkampf zwischen großen und starken Männern. Ihre Namen und Kampfeinheit wurden aufgerufen und das Ringen begann. Dreißig Paare kämpften gegeneinander und die Sieger gegen die Sieger weiter. Zuletzt standen sich nur noch zwei Krieger gegenüber, die versuchten ihren Gegner in den Sand zu werfen und am Rücken liegend festzuhalten.

Es folgten weitere Wettkämpfe, die die Geschicklichkeit, im Umgang mit Waffen zeigten und am Nachmittag bildete der Schwertkampf den Höhepunkt des Wettstreites der Krieger. Dem Sieger überreichte der Fürst das Schwert von Siegbert und sagte noch ein paar verbindliche Worte zu dem Mann.

Damit war der Wettkampf beendet und der Fürst verließ mit seinem Gefolge das Amphitheater. Er hatte die höheren Beamten mit ihren Frauen, die Sieger in den Wettkämpfen sowie die persönlichen Gäste in seine Villa zu einem Festschmaus eingeladen. Da nicht alle geladenen Personen in dem Speiseraum der Villa Platz hätten, waren auf dem Hof Tische und Bänke aufgestellt worden, um die Gäste zu bewirten. Eine Gruppe von Gauklern erfreute sie mit ihren Darbietungen und danach musizierten Spielleute auf ihren Instrumenten. Der Fürst war zufrieden mit der Veranstaltung, die mit dem Festessen einen guten Ausklang fand.

Audoin begab sich nach der Verabschiedung seiner Gäste mit Siegbert und Hedwig ins Haus und sie ließen den Abend bei einem Becher Wein ausklingen. Er wollte von dem Thüringer wissen, welche Schritte er als nächstes vorhatte. Hedwig erfuhr erstmals von dem Vorhaben ihres Mannes und kam aus dem Staunen nicht heraus. Er erklärte die Vorgangsweise für die nächsten Tage. Am kommenden Tag sollte das Anwerben beginnen. Während der Wettkämpfe hatte der Hauptmann sich auf einer Teilnehmerliste Notizen gemacht, wen er gerne bei der Garde hätte. Es waren mehr als hundert Kandidaten, die in Frage kämen. Für die Unterkunft der Männer waren bereits Vorkehrungen getroffen worden. Zwei Langhäuser in unmittelbarer Nachbarschaft zu den Unterkünften der Rodewiner waren errichtet worden. Nur die Stallungen für die Pferde mussten noch fertiggestellt werden.

„Ich habe mir vor ein paar Tagen den Platz im Lager angesehen, wo du die Männer unterbringen willst. Liegt er nicht ein wenig zu abgelegen?", wollte Audoin wissen.

„Es ist Absicht, denn die Männer haben einen anderen Tagesablauf und dürfen nicht von den anderen abgelenkt werden. Wenn es dennoch passiert, könnten wir ihr Areal einzäunen."

„Ich sehe, du denkst an alles", bemerkte anerkennend der Fürst.

Er sah zu Hedwig und entschuldigte sich bei ihr, dass er ihren Mann durch die neue Aufgabe so stark in Beschlag nahm.

„Ich komme allein gut klar", wies sie die Bedenken selbstbewusst zurück.

„Dann ist es gut! Ich denke, dass es auch für deinen Mann nicht leicht ist, so lange von seiner Familie getrennt zu sein, deshalb mache ich dir den Vorschlag, dass du mit dem Kind in meiner Villa wohnen kannst. Platz genug habe ich."

Hedwig war von dem Angebot überrascht. Sie war es gewohnt, dass ihr Mann lange Zeit von zu Hause weg war, und ihr fiel das Alleinsein nicht schwer.

„Vielen Dank, mein Fürst, für das großzügige Angebot, doch meine Anwesenheit würde meinen Mann bei seiner wichtigen Aufgabe nur stören. Es genügt mir, wenn er mich hin und wieder besuchen kommt", erklärte sie lächelnd.

Audoin sah abwechselnd zu beiden und meinte: „Das müsst ihr wissen! Mein Haus steht euch immer offen und ein spielendes Kind in meiner Nähe täte mir bestimmt gut."

„Wenn ihr gestattet, möchte ich mich jetzt zurückziehen und nach meinem Baby sehen. Es wird seine Mutter bestimmt schon vermissen", entschuldigte sich Hedwig.

Der Fürst nickte ihr freundlich zu und sagte: „Ich bin auch müde. Vielleicht sehen wir uns noch zum Frühstück, bevor ihr abreist."

Hedwig nickte ihm zu und lief eilig in ihr Zimmer, um das Baby zu versorgen.

„Du hast ein gutes Weib! Es vergeht kein Tag, an dem ich nicht an meine Frau Rodalinde denke. Ich hatte nicht gedacht, dass es mir so schwerfällt, ohne sie zu leben. Nur die Hoffnung auf ein Wiedersehen macht mein Leben erträglich. Ich denke, es wird auch ihr so gehen."

Siegbert konnte den Schmerz des Fürsten verstehen und versuchte ihn zu trösten: „Vielleicht kommt alles zu einem guten Ende und die Königin kehrt mit ihren Kindern nach Vindobona zurück."

Audoin winkte enttäuscht ab und meinte resigniert: „Amalaberga wird unsere Verbindung niemals tolerieren."

Er stand auf und verließ wortlos den Raum.

Hedwig erwartete ihren Mann in dem geräumigen Schlafzimmer. Er berichtete ihr von den Sorgen Audoins wegen seiner Frau und der Hoffnung, dass die Königin nach Vindobona zurückkäme.

„Warum sollte sie das tun?", entgegnete Hedwig.

„Sie ist die Thüringer Königin und ein Großteil ihrer Untertanen leben hier."

„Sie war nie eine echte Thüringerin und das fühlte sie auch. Deshalb ist sie von hier weg und hat ihre Getreuen ihrem Schicksal überlassen", bemerkte Hedwig bitter.

„Du hast Recht! Sie war trotz der Warnungen vor den unkontrollierbaren Wirren im Ostgotenreich nach Ravenna weitergereist. Das hätte sie nicht tun dürfen, zumal ihr der Langobardenkönig ein Bleiberecht zugesichert hatte."

„Außer Audoin, gab es wahrscheinlich keinen Langobarden, der sich für sie interessierte und der Fürst tat es nur deswegen, da er ihre Tochter liebte und sie gern bei sich hätte", erwiderte Hedwig bissig.

Seine Frau war nicht gut auf die Königin zu sprechen. Vielleicht lag es daran, dass sie ihren Mann verstoßen und seines Amtes enthoben hatte, obwohl er für sie sein Leben riskierte.

Das Thema Königin war für Hedwig noch nicht beendet.

„Amalaberga ist eine bedauernswerte Person, die sich ihre schlimme Lage selbst verschuldet hatte. Es wird vom Ausgang des Krieges zwischen den Byzantinern und Ostgoten abhängen, was mit ihr passiert. Wenn sie Glück hat, gewinnt der Kaiser und sie darf in ihrer Villa bis an ihr Lebensende bleiben. Gewinnen jedoch die Ostgoten, dann werden die Franken sie einfordern und als Trophäe im Frankenreich vorführen oder umbringen. Ich habe kein Mitleid mit dem Weib!"

„Das darfst du nicht sagen, denn sie ist immer noch unsere Königin", erwiderte ihr Mann besänftigend.

„Meine ist sie nicht. Für mich ist sie nur die Frau des ermordeten Königs und nicht mehr. In keinem Thing wurde sie zur Königin gewählt. Das ist die Realität!", rief Hedwig erregt.

Siegbert widersprach ihr nicht, damit sie sich nicht noch mehr aufregte. Er legte sich schlafen. Als Hedwig ins Bett kam erinnerte sie ihn daran, dass er sie aufgeregt hatte und nun dafür sorgen soll, dass sie einschlafen konnte. Bald war der Friede wieder hergestellt und sie wandelten gemeinsam im Reich der Träume.

Nach dem Frühstück verabschiedete sich Hedwig und stieg in den Reisewagen, der sie und ihren Sohn ins Tullnerfeld bringen sollte. Sie drückte ihren Mann und flüsterte ihm zu, dass sie sehr stolz auf ihn sei.

Das Baby lag im Weidenkorb und schlief friedlich. Es hatte den Trubel in den letzten Tagen nicht mitbekommen. Hedwig fuhr zu Sigrid, die sie aufs Gut begleiten wollte. Der Medicus musste erneut in das Heerlager des Königs am See Pelso reisen, da dort seltsame Krankheitsfälle bei den Kriegern aufgetreten waren.

Die Wettkampftage hatten ein gutes Ende gefunden. Zufrieden ritt der Hauptmann in das Heerlager, um mit dem Leutinger zu sprechen. Er fand ihn auf dem Bauplatz für die neue Hundertschaft, die es noch nicht gab.

„Hast du deinen Schattenkriegern schon einen Namen gegeben?", fragte Reimund lachend.

„Sie werden nicht mehr lange unsichtbar sein. Heute werde ich mit der Rekrutierung beginnen. Wenn du willst, kannst du mich begleiten."

Sie ritten zu dem Langhaus, wo der Sieger im Schwertkampf wohnte. Er war nicht da und befand sich auf einem der vielen Übungsplätze des weitläufigen Lagers. An dem Feldzeichen mit der entsprechenden Nummer fanden die Thüringer gleich den Übungsplatz der

Hundertschaft. Der Schwertkämpfer zeigte seinen Männern, wie sie richtig ihre Waffe halten sollten. Sein Hunno stand am Rande des Platzes und sah den Übenden zu.

„Du hast einen guten Mann in deinen Reihen, der nur schwer zu besiegen ist", bemerkte Siegbert.

„Er glaubt, dass ihm keiner das Wasser reichen kann."

„Magst du ihn nicht?"

„Schau ihn dir an! Er könnte von den Jahren mein Sohn sein und führt sich auf, als wäre er der Hunno."

„Dazu gehört mehr als nur ein Schwert gut zu führen."

„Das sag mal dem Jungspund, der glaubt, der Beste zu sein."

„Soll ich ihm zeigen, wer der Bessere ist, dann erlaube mir einen Kampf mit ihm", bot der Hauptmann dem Hunno an.

„Mir soll es Recht sein, doch lass dich nicht von ihm verprügeln."

Sie gingen zusammen zu der Gruppe auf dem Übungsplatz und der Hunno erklärte den Männern, dass sein Begleiter, der Hauptmann der Rodewiner, gern mit dem Sieger des Wettstreits seine Klinge kreuzen würde. Überrascht und geringschätzig sahen die anderen auf den hageren Thüringer, der nicht wie ein großer Krieger aussah. Einige machten sogar abfällige Bemerkungen, die Siegbert einfach überhörte. Er zog sein Wams aus und nahm sich eines der Übungsschwerter.

„Von mir aus können wir beginnen", sagte er zu seinem Gegner, der in Position ging.

Die beiden Kämpfer standen einander gegenüber und musterten sich eine Weile. Dann sprang der Langobarde auf den Hauptmann zu und hieb mit dem Schwert wild um sich. Siegbert wich gekonnt den Schwertstreichen aus und ließ seinen Gegner austoben. Die umstehenden

Kameraden feuerten ihren Mann an und betrachteten ihn als Sieger. Für den Thüringer sah es schlecht aus. Sein Gegner gewann immer mehr an Boden. Doch plötzlich wendete sich das Blatt. Nach einer kurzen Finte schlug er ihm das Schwert aus der Hand. Erstaunt verstummten die Männer und wollten wissen, wie das passieren konnte.

„Der Kampf ist nicht der Grund, warum ich zu euch gekommen bin. Ich suche tapfere Männer für eine Hundertschaft von unbesiegbaren Kriegern. Sie bekommen eine besondere Ausbildung und müssen sich danach mehrere Jahre in einem fernen Land bewähren. Wer sich interessiert, der kann sich bei mir bewerben."

„Gibt es für den Dienst einen höheren Sold?", wollte einer der Männer wissen.

„Wer ausgewählt wird erhält den doppelten Sold."
Die Krieger berieten sich lautstark und es meldeten sich mehr als die Hälfte der Anwesenden.
Siegbert musterte sie und sagte: „Ich muss euch noch sagen, dass bestimmte Voraussetzungen notwendig sind. Es werden nur Langobarden aufgenommen, die nicht familiär gebunden sind, also keine Frau und Kinder haben. Zweitens müssen sie eine bestimmte Körpergröße besitzen, so wie euer Sieger bei dem gestrigen Schwertkampf und ihr müsst bereit sein eine harte Ausbildung mitzumachen, wie ihr sie euch nicht vorstellen könnt. Viele werden aufgeben, doch am Ende wird ein Kern von Unbesiegbaren Kriegern übrigbleiben. Wen meine Worte nicht abgeschreckt haben, der soll morgen früh zu mir auf den Bauplatz kommen und dann sehen wir weiter."
Der Hunno fragte sorgenvoll: „Was ist, wenn alle meine Männer davonlaufen? Hast du das mit dem Fürsten abgestimmt?"

„Sei ohne Sorge! Ich bin hier im Auftrag von Audoin, um geeignete Männer zu finden. Deine Hundertschaft wird wieder aufgefüllt werden."

Der Hunno schien beruhigt und bot sich an, bei der Suche nach geeigneten Kriegern in den Langhäusern der Langobarden behilflich zu sein. Das gefiel Siegbert und er lud ihn ein, am nächsten Morgen zu ihm zu kommen und die willigen Männer gleich mitzubringen.

Reimund sah, wie begeistert die Burschen waren und hatte Sorge, dass die vorbereiteten Unterkünfte für die Auszubildenden nicht ausreichen würden. Sie ritten zu dem Bauplatz auf dem viele Rodewiner werkten. Zwei Langhäuser für die Mannschaft waren fertig und bei den Rohbauten für die Ställe fehlten noch die Schilfdächer. Fuhrleute brachten Balken, Weidenhölzer, Lehm und Schilf.

„Wenn sich morgen Langobarden melden und sie den Aufnahmetest bestehen, werden wir sie gleich für den Bau der Stallungen mit einsetzen."

Reimund fragte überrascht: „Was stellst du dir für einen Test vor?"

Siegbert nahm ein kleines Pergament aus seiner Gürteltasche, faltete es auf und reichte es seinem Leutinger. Darauf waren die Punkte für den Test vermerkt. Reimund las laut vor: „100 Liegestütze, 50 Kniebeuge, 10 Klimmzüge, 5-mal um den Übungsplatz laufen, Speerwurf und Bogenschießen auf ein Ziel."

Die beiden ritten zu einem der Gasthäuser in der Handwerkerstraße und besprachen Einzelheiten der Ausbildung.

„Du hast dir viel vorgenommen. Am Ende bleibt keiner übrig, der diese Strapazen ertragen will", meinte Reimund.

„Der doppelte Sold wird sie locken. Ich denke, dass sich morgen früh bis zu 10 Langobarden auf unserem Platz einfinden werden. Hast du ihre glänzenden Augen gesehen, als ich von dem Vorhaben sprach."

„Es werden nur die Jungen und unerfahrenen Krieger kommen", mutmaßte Reimund.

Aus der Küche strömte ein unwiderstehlicher Duft nach Gesottenem. Die Gaststube füllte sich mit Handwerkern und Kriegern, die beim Wein, Gerstensaft und gutem Essen den Tag ausklingen ließen. Sie unterhielten sich laut über die Neuigkeiten des Tages. Es hatte sich in Windeseile herumgesprochen, dass eine Hundertschaft aus Elitekriegern zusammengestellt werden sollte und denen der doppelte Sold gezahlt würde. Die Rodewiner löffelten langsam ihre Suppe und hörten still zu. In den wesentlichen Punkten stimmten die Angaben. Die Männer wunderten sich, warum nur Langobarden aufgenommen wurden und auch die Körpergröße eine Rolle spielte. Wilde Spekulationen wurden angestellt und darüber gerätselt, wo der Einsatzort liegen könnte. Er musste weit weg sein, vielleicht im besetzten Reich der Vandalen oder bei den Ostgoten. Manche meinten, dass die Krieger an der Seite der Franken gegen die Sachsen kämpfen sollten und vieles mehr. Überall wo Kriege stattfanden, sollten sie in vorderster Linie mitkämpfen und für den Ruhm der gefürchteten Langobarden sorgen. Bei dem Gerede konnte Siegbert deutlich heraushören, dass zwischen den verschiedenen Stämmen Neid und Missgunst herrschte. Einige fühlten sich benachteiligt und je mehr sie tranken umso gereizter wurden sie. Die Thüringer verschwanden eilig aus dem Gasthaus, um nicht in eine Auseinandersetzung zu geraten. Sie waren noch nicht weit gekommen, als hinter ihnen ein mächtiges Getöse startete. Eine Schlägerei war entbrannt und mancher Krieger, der sich auf der Straße aufhielt, ging in das Gasthaus und mischte mit.

„Das passiert in der letzten Zeit oft im Lager. Die Männer sind nicht ausgelastet und suchen Streit", bemerkte der Leutinger.

„Was tun die Hunnos dagegen?"

Enttäuscht winkte Reimund ab und meinte: „Sie lassen sie gewähren, solange sie sich nicht umbringen."

Der Hauptmann ritt zur Villa und berichtete Audoin von den Erlebnissen des Tages. Bezüglich der Schlägerei war der Fürst nicht besorgt und meinte lapidar: „Die Raufereien stärken den Kampfesmut."

Damit war für ihn die Sache abgetan. Siegbert kam auf Pal zu sprechen und erzählte Audoin, dass sein Sklave bis über beide Ohren in eine seiner Sklavinnen verliebt sei.

„Wer ist die Glückliche?"

„Sie arbeitet in deinem Kontor. Wenn du sie mir verkaufen würdest, könnte ich sie als Schreibgehilfin Pal zur Seite stellen."

Audoin schmunzelte. Er konnte sich noch gut an den jungen Mann erinnern, der mit dem Sklaven von Arkadius ihm und seinen Männern auf der Reise ins Frankenreich durch ihre abendlichen Späße große Freude bereitet hatte.

„Gib mir ein Silberstück für sie. Ich sage Bescheid, dass man sie morgen in dein Kontor bringt."

Siegbert dachte daran, welche Freude er Pal damit machen würde.

Audoin informierte ihn, dass sich Prinz Amalafred bei König Wacho aufhielt.

„Kommt er nach Carnuntum?"

„Ich glaube nicht. Er begleitet einen Gesandten des Ostgotenkönigs und muss in dessen Nähe bleiben."

„Wollen die Ostgoten unseren Beistand in ihrem Krieg einfordern?"

„Sie brauchen alle Hilfe gegen den mächtigen Feldherrn Belisar und greifen wie Ertrinkende nach jedem Strohhalm. Unser König wird sie nicht unterstützen, denn dann bekäme er großen Ärger mit dem Kaiser. Es geht jetzt darum, dem Gesandten glaubhaft zu machen, dass wir gern helfen würden aber nicht können", erklärte der Fürst.

„Das dürfte König Wacho nicht schwerfallen. Er ist ein alter Fuchs."

„Das ist auch der Gesandte", erwiderte Audoin lachend.

Er erzählte von einer ähnlichen Situation im Jahr 530 als König Herminafrid die Hilfe der Langobarden benötigte und Wacho sie ihm nicht gewährte. In einer ähnlichen Situation befand sich diesmal der Ostgotenkönig, zu dem jedoch seitens der Langobarden eine geringere Bindung bestand als damals zu den Thüringern.

„Was wäre, wenn der Ostgotenkönig einen Teil seines Reiches im Osten, König Wacho anbieten würde?", fragte Siegbert.

„Es würde nichts ändern. Ich sehe den Krieg bereits als entschieden an. Nachdem Belisar die Vandalen in Nordafrika besiegt hatte und stetig Gebiete für Rom zurückerobert, ist es nur noch eine Frage der Zeit, bis Ravenna eingenommen wird und die Ostgoten besiegt sind."

„Du hast die Franken vergessen, die den Ostgoten helfen."

Audoin winkte ab und meinte: „Die Franken sind keine Gefahr für die Byzantiner. Sie kochen ihr eigenes Süppchen und legen sich nicht ernsthaft mit dem Kaiser an. Meine Sorge betrifft die Familie deiner Königin, wenn die

Byzantiner Ravenna eingenommen haben. Wie kann ich sie dazu überreden, noch bevor es dazu kommt, nach Vindobona zurückzukehren?"

„Es wird dir nicht gelingen. Amalafred hatte es in der Vergangenheit öfter versucht, seine Mutter umzustimmen, doch sie will davon nichts hören. Sie ist stur, wie ein Esel."

„Eine Eselin!", korrigierte Audoin lachend.

Der Fürst überlegte, ob er selbst unerkannt nach Ravenna reisen sollte, um Amalaberga zu überzeugen. Er hatte darüber bereits mit Wacho gesprochen, doch der lehnte ab. Siegbert hörte ihm noch lange zu, wie er unter der Trennung von seiner Frau und dem Sohn litt. Im Vergleich zum Fürsten ging es ihm sehr gut. Er hatte seine Familie in der Nähe und konnte sie jederzeit besuchen. Ihm wurde bewusst, dass er das nicht gebührend schätzte und zu wenig nutzte. Daher nahm er sich vor, gleich nach der Rekrutierung auf sein Gut im Tullnerfeld zu reisen.

12. Die Schwertschmieden
Im September 538

Die ersten Zeichen des nahenden Herbstes zeigten sich auf dem Weg ins Heerlager von Carnuntum. Die Blätter der Bäume verfärbten sich und einige fielen zu Boden. Siegbert erreichte den Bauplatz auf dem fleißig gearbeitet wurde. Reimund war bereits hier und informierte den Hauptmann, dass sich die ersten Bewerber eingefunden hatten und im Langhaus auf ihn warteten. Sie gingen zu ihnen und begrüßten sie. Es hatten sich mehr als 20 Krieger mit dem Hunno eingefunden und weitere kamen hinzu. Unter ihnen befand sich auch der Sieger des Wettstreits im Schwertkampf.

„Ich werde euch jetzt die Aufgaben erklären, die ihr erfüllen müsst. Wer eine nicht erfüllt, scheidet aus und geht zurück zu seiner Hundertschaft. Stellt euch alle auf dem Platz in einer Linie auf!", befahl Siegbert.
Er blieb am Türpfosten stehen und rief den Sieger im Schwertkampf zu sich.

„Stell dich neben den Pfosten!"
Mit seinem Gürtelmesser schnitt er eine Kerbe in das Holz. Sie lag eine Handbreit unter dem Körpermaß des Mannes.

„Das ist die Mindestgröße! Wer kleiner ist, braucht nicht antreten!", informierte er.
Einzeln kamen sie zu dem Pfosten. Reimund legte einen Winkel auf den Kopf eines jeden und verglich die Körperhöhe mit der Kerbe.
Alle hatten das Mindestmaß erfüllt.

„Wir kommen jetzt zur Feststellung eurer körperlichen Ertüchtigung. Dazu müsst ihr einzeln, der Reihe nach, verschiedene Aufgaben erfüllen", erklärte Reimund.

Der Hunno begann als erster und meisterte die Aufgaben in kurzer Zeit. Die Kraftanstrengung war ihm nicht anzusehen. Danach folgte der Schwertkämpfer, der die Aufgaben ebenso gut löste. Der dritte Kandidat schied aus, da er nur 6 Klimmzüge schaffte. Die nachfolgenden Kandidaten hatten keine Schwierigkeiten und bestanden die Tests.

Siegbert ernannte den Hunno zum Anführer der Gruppe und erklärte den Männern, wie er sich den zukünftigen Ablauf der Ausbildung vorstellte.

„Ihr werdet zu den besten Kriegern ausgebildet, die in Carnuntum sind. Euch steht ein hartes Training bevor, bis ihr dazu bereit seid im Frühjahr eingesetzt zu werden. Ab heute bekommt jeder den doppelten Sold, solange er in dieser Hundertschaft seinen Dienst versieht."

Einer der Männer warf scherzend ein: „Bleibt der doppelte Sold, wenn man ausscheidet?"

„Natürlich nicht! Wer geht, nimmt den Platz ein, den er zuvor im Heerhaufen bei den Langobarden hatte. Gründe für das Ausscheiden sind mangelnde Disziplin, Krankheit oder dass die geforderten Leistungen nicht erbracht werden. Gibt es noch Fragen?"

„Wie ist der Tagesablauf?", wollte einer der Krieger wissen.

„In eurem Langhaus habt ihr einen Hahn im Käfig. Sobald der zu Krähen anfängt, steht ihr auf, treibt Morgensport und frühstückt. Der Tagesablauf ist gedrittelt in Kampfübungen mit stumpfen Waffen, Kampfübungen zu Pferd und dem Erlernen der fränkischen und lateinischen Sprache. Die Hundertschaft wird in drei Gruppen unterteilt und jede Woche ändert sich die Reihenfolge der Übungen in der Früh, mittags und nachmittags. Nach dem Sonnenuntergang gibt es Essen und bis zur Nachtruhe hat jeder von euch Zeit die Therme zu besuchen und seine Ausrüstung zu pflegen. Die Einteilung zur Nachtwache übernimmt der Hunno. Er stellt täglich je zwei Mann vor das Tor der Umzäunung, dem Langhaus der Krieger und dem Langhaus für die Pferde. Ist damit deine Frage beantwortet?"

Nicht nur er, sondern auch seine Kameraden nickten bestätigend. Mit dem Hunno besprach Reimund, dass die ausgewählten Krieger beim Dachbau der beiden Langhäuser für die Pferde mit anpacken sollten.

„Was ist mit der Verpflegung? Sollen wir diese selbst zubereiten?", wollte der Hunno wissen.

Siegbert überlegte kurz und entschied: „Ich beschaffe euch eine Frau, die sich um die Essenzubereitung und die Wäsche kümmert. Bis dahin macht ihr alles selbst. Morgen früh komme ich wieder und hoffe, dass die Dächer dicht sind.

Der Hauptmann verließ mit dem Leutinger den Platz und sie gingen zu ihren Pferden. Reimund fragte, wieviel Krieger für die Ausbildung aufgenommen werden. Siegbert hob die Schultern.

„Ich weiß es nicht! Vielleicht genügen 100, da ich damit rechne, dass die Hälfte aufgibt oder ausscheidet. Dann bleiben 50 übrig, von denen ich 30 am Ende auswähle. Wenn sich mehr als 100 melden und die Aufnahmeprüfung bestehen, können die Krieger entsprechend der Reihenfolge auf der Bewerbungsliste nachrücken."

„Wo sollen die Männer später eingesetzt werden?", fragte Reimund.

„Ich darf es nicht sagen, doch eines verspreche ich dir, dass du der erste bist, der es erfährt."

Dem Leutinger gefiel es nicht, dass Siegbert ihn nicht ins Vertrauen zog, doch er kannte ihn schon aus der Zeit im Rebellenlager, dass er wichtige Dinge im Geheimen hielt.

Der Hauptmann ritt ins Kontor und wollte Pal informieren, dass er in den nächsten Tagen zu seinem Gut abreist. Er fand ihn am Tisch über einer Wegekarte gebeugt und erklärte der neuen Sklavin Rosamunde die Warenroute von Carnuntum bis nach Vratislavia. Die Strecke war ein gut ausgebauter Handelsweg, der von den Handelsleuten der Thüringer und Langobarden genutzt wurde. Die beiden hatten ihn nicht bemerkt. Die Liebesbeziehung schien nicht allein von Pal auszugehen, denn die Augen von Rosamunde strahlten.

Als sie den Herrn sahen, schreckten sie zusammen und standen wie versteinert da.

„Ich habe dich gestern vom Fürsten abgekauft, weil ich für Pal eine Hilfe bei seiner Arbeit benötige", sagte der Hauptmann zu Rosamunde.

Sie fiel vor ihm auf die Knie und senkte den Kopf. Er legte seine Hand auf ihr Haupt und zeigte damit an, dass er sie als Sklavin aufgenommen hatte.

„In zwei Tagen werde ich mit euch zu meinem Gut reiten und Rosamunde meiner Frau und den anderen vorstellen."

„Du kannst ab heute in einer der Kammern oberhalb des Kontors schlafen. Pal wird sie dir zeigen. Das wäre fürs erste alles. Hast du noch eine Frage?"

Rosamunde schüttelte verneinend den Kopf.

Siegbert verabschiedete sich und ritt zur Villa des Fürsten.

Beim Abendessen mit Audoin berichtete er über die Geschehnisse des Tages und dass er in zwei Tagen zu seinem Gut abreisen wollte. Der Fürst bedauerte es, da er gern mit ihm einen Jagdausflug in die Auwälder der Donau unternommen hätte.

„Ich werde in wenigen Tagen wieder zurück sein", sagte Siegbert.

Audoin war zufrieden und meinte: „Das ist gut, dann muss ich nicht die ganze Jagdsaison ohne dich sein. Meine Wildhüter haben mir berichtet, dass es viele Schweine gibt, die großen Schaden bei den Bauern anrichten. Ein paar von meinen Hauptleuten werden mich begleiten und wie ich hoffe, genügend Wildbret für die Küche erlegen."

„Wenn es die gleichen Männer, wie beim letzten Jagdausflug sind, werdet ihr mehr erlegen, als deine Speicher fassen können."

Audoin lachte laut auf, denn er hatte bei der Jagd seine hohen Beamten eingeladen, die nicht mit Pfeil und Bogen umgehen konnten und auch beim Speerwurf ihr Ziel verfehlten. Wenn nicht einige Hauptleute dabei gewesen wären, hätten sie kein erlegtes Wild mit nach Hause gebracht. Der Fürst erzählte noch ein paar Begebenheiten von vergangenen Jagdausflügen, die lustig endeten.

An den Tagen vor der Abreise war Siegbert sehr frühzeitig auf der Baustelle im Heerlager von Carnuntum. Er stellte fest, dass der Hunno die angeworbenen Krieger nach seinen Vorstellungen hart herannahm.

Die vorrangigste Aufgabe bestand jedoch darin, die Dächer der Langhäuser für die Pferde fertig zu decken.

Weitere Krieger meldeten sich, um in die Hundertschaft aufgenommen zu werden. Der Hunno trug jeden Bewerber auf einer Liste ein und vermerkte, wenn der Mann die Aufnahmeprüfungen bestanden hatte. Die Einträge beliefen sich bereits auf über 60 Krieger und ständig meldeten sich weitere. Auf der Liste des Hunnos war auch der

Grund vermerkt, warum der Krieger sich für die Aufnahme bewarb. Mehrheitlich bildete der doppelte Sold den Anreiz von der normalen Kriegerlaufbahn in die der Elite zu wechseln. Im Gespräch mit einigen Bewerbern stellte sich heraus, dass sie keine Vorstellungen davon hatten, wie schwer die Ausbildung sein könnte und welche Gefahren bei einem späteren Einsatz beständen. Siegbert teilte dem Hunno mit, dass er zu seinem Gut reitet und in spätestens 14 Tagen wieder zurückkäme. Der Hunno wirkte überrascht, doch traute er sich nicht seine Bedenken zu äußern. Es galt ständig neue Entscheidungen zu treffen und er wusste nicht, an wen er sich wenden konnte. Der Hauptmann verriet ihm nicht, dass genau dies seine Absicht war. Der Hunno sollte beweisen, selbständig zu handeln. Im Notfall konnte er zu dem Leutinger gehen, der ihn unterstützen würde.

Reimund traf er auf einem der Übungsplätze, die den Rodewinern vorbehalten waren. Er erläuterte ihm das weitere Vorgehen bei der Ausbildung der langobardischen Hundertschaft, die er „Winniler" nennen wollte.

„Wieso dieser Name?"

„Das ist die Bezeichnung für das Volk aus dem Norden, bevor Odin ihnen den Namen ‚Langobarden' gab", erklärte Siegbert."

Reimund kannte diese Geschichte nicht und ließ sie sich erzählen. Bei ihrer Unterhaltung sahen sie den Kriegern zu, wie sie im Zweikampf mit den Schwertern übten. Auf einmal zerbrach eines und die beiden Übenden sahen sich verdutzt um. Der Hauptmann sprang von seinem Sitz auf und rannte zu den Männern. Er betrachtete die Bruchstücke der Klinge und fragte den Krieger, woher er die Waffe hatte.

„Es ist ein Beutestück aus dem letzten Heerzug gegen die Illyrer", antwortete zögerlich der Mann. Er war verwundert, wieso sich Siegbert dafür interessierte.

Auch den zweiten Krieger fragte er, woher sein Schwert stammt.

„Ich habe es ebenso aus Illyrien mitgebracht", antwortete der Krieger und zeigte sein Schwert dem Hauptmann zur Begutachtung.

Es sah gut aus und lag ausbalanciert in der Hand. Die Verarbeitung wies äußerlich keinen Mangel auf. Siegbert sah sich nach einem Baumstamm um und fand einen am Rande des Übungsplatzes. Er zog sein Schwert aus der Scheide und zeigte es herum. Reimund und die anderen konnten keinen sichtbaren Unterschied zwischen den beiden Klingen feststellen. Die übrigen Krieger hatten ihre Übungen unterbrochen und kamen hinzu.

„Von dem Schwert hängt euer Leben ab. Deshalb ist es wichtig, dass es nicht zerbricht, wie das von eurem Kameraden. Ich zeige euch, wie ihr es testen könnt. Es darf nicht zu stark gehärtet sein, denn dann geht es entzwei, wenn es zu weich ist, verbiegt sich die Klinge und sie geht nicht mehr in ihre ursprüngliche Form zurück. Seht her!" Siegbert nahm sein Schwert und hieb beidhändig, wie mit einer Axt, schräg in den Baumstamm. Die Klinge drang tief in das Holz. Das Gleiche tat er mit dem zweiten Schwert. Auch dieses erreichte die gleiche Schnitttiefe.

„Und jetzt kommt der eigentliche Test. Ich schlage mit der Flachseite der Klinge auf den Baumstamm. Wenn sie zu stark gehärtet ist, zerbricht sie."

Der Hauptmann nahm sein Schwert und schlug zu. Die Klinge zeigte keine Veränderung in seiner Form.

„Hier seht ihr, was ein gutes Schwert ausmacht. Testet jetzt eure, wie ich es tat."

Die Ergebnisse waren verheerend, denn die Hälfte der Klingen zerbrachen oder verbogen sich. Reimund fand heraus, dass die meisten gebrochenen Schwerter Beutestücke von dem letzten Heerzug waren. Einige gab es jedoch auch von einem Schmied in Carnuntum, der preiswerte Waffen und Messer anbot.

Eine gebrochene Klinge packte Siegbert in eine Kuhhaut und ritt mit dem Leutinger in das Handwerkerviertel der Lagerstadt. Zwischen Gasthäusern und verschiedenen Handwerksbetrieben befand sich die Schmiede, aus der die Schwerter stammten. Auf einem Tisch vor dem Haus lagen viele Schwerter, Messer, Pfeilspitzen und andere Dinge, die ein Krieger benötigt. Eine rundliche Frau stand hinter dem Tisch und pries lautstark ihre Waren an. Die Rodewiner sahen sich die Schwerter an, die alle einen guten Eindruck machten.

„Kann ich deinen Mann sprechen?", fragte Siegbert die Frau in höflichem Ton.

„Was willst du von ihm?", entgegnete die Frau bissig.

„Das muss ich ihm selbst sagen!"

„In der Schmiede findest du ihn!", erwiderte unwirsch das Weib.

Sie gingen durch die Hauseinfahrt in den Hof und banden ihre Pferde an einer dafür vorgesehenen Stange an. Vor ihnen lag eine riesige offene Schmiedewerkstatt mit mehreren Schmiedefeuern, den dazugehörigen Blasebälgen und sechs Ambossen. Unzählige Werkzeuge hingen an den Wänden. In dem lang gestreckten Gebäude arbeiteten drei Männer an jedem Amboss, einer hielt mit der Zange das Schmiedestück und zwei andere schlugen abwechselnd mit ihren Hämmern auf das glühende Eisen ein. Nach dem Abkühlen wurde es in das Schmiedefeuer gegeben und die Glut mittels eines Blasebalgs angefacht. Es dauerte eine Weile, bis ein stämmiger Mann zu ihnen kam und fragte, was sie wollten. Er wirkte nicht so unfreundlich, wie die Frau vor dem Haus, doch zeigte er durch seine Art, dass er sich gestört fühlte und die Besucher wieder verschwinden sollten.

„Wir möchten gern wissen, ob dieses Schwert von dir stammt", fragte Siegbert den Mann.

Reimund reichte dem Schmied die gebrochene Schwertklinge. Er besah sich die Bruchstelle und danach den stumpfen Teil der Klinge, der an das Heft anschließt, der Fehlschärfe.

„Hier ist meine Punze zu sehen. Das Schwert kommt aus meiner Schmiede und ich kann an der Zahl sogar sagen, wer es von meinen Leuten gemacht hat", erklärte er und zeigte mit seinem rußbeschmierten Zeigefinger auf die Stelle unterhalb der Parier Stange.

Eine sternförmige Vertiefung war zu sehen und daneben eine römische Zahl.

„Was hast du mit dem guten Stück angestellt", fragte der Schmied verwundert.

„Es gehört einem meiner Männer und ist beim Übungskampf gebrochen. Nicht gerade ein gutes Zeichen für dein Handwerk."

„Ich habe es nicht selbst gefertigt", versuchte sich der Schmied zu rechtfertigen.

„Du bist der Meister und dafür verantwortlich, da es aus deiner Werkstatt kommt."

Verdutzt betrachtete der Schmied nochmals die beiden Teile der Klinge und sagte: „Ich gebe dir ein neues dafür. Kommt mit!"

Sie gingen ins Haus und betraten die Waffenkammer. An den Wänden hingen unterschiedliche Waffen. Der Schmied nahm ein Schwert und reichte es Siegbert.

„Garantierst du mir, dass es nicht bricht, wenn ich es flach auf Holz aufschlage?"

Der Schmied fasste das Schwert an der Spitze und am Heft an und versuchte es zu biegen. Es federte zurück.

„Das ist aus einem besseren Stahl gemacht und deshalb doppelt so teuer. Dein Krieger hat an der falschen Stelle gespart", behauptete der Schmied.

„Er verwendet es im Kampf und muss sich darauf verlassen können, dass es nicht bricht", entgegnete Siegbert erbost.

„Nicht alle, die ein Schwert bei mir kaufen, kämpfen damit in einer Schlacht. Ich bin der größte Schmied im Lager und fertige mehr als 1000 Schwerter pro Jahr. Noch nie hat sich ein Krieger beschwert, dass die Qualität nicht gepasst hätte."

„Lässt du zu, dass man es vor dem Kauf prüft?"
Der Schmied überlegte und antwortete gereizt: „Nein! Wo käme ich hin, wenn jeder das Schwert nach seinem Gutdünken vor dem Kauf ausprobiert und Kerben in die Schneide schlägt. Es würde keiner mehr haben wollen. Wenn du ein Schwert bei mir kaufst, musst du mir vertrauen oder zu einem anderen Schmied gehen. Hier nimm das oder lass es sein!"
Er reichte sichtlich verärgert dem Hauptmann das Schwert.
Auf dem Hof schlug Siegbert mit der flachen Klinge gegen einen Baumstamm, der als Amboss-Untersatz neben einem Holzstapel lag. Das Schwert federte zurück und zeigte keine Beschädigung.

„Glaubst du jetzt, dass es gut ist!", erwiderte der Schmied triumphierend.
Siegbert nickte ihm zu und wollte gehen.
Reimund fragte den Meister, ob er ihm auch die zerbrochenen Schwerter der anderen Krieger umtauscht. Das war zu viel verlangt. Mit geballter Faust wies er ihn von seinem Hof.

Dem Leutinger war so etwas noch nie widerfahren. Er konnte sich nicht beruhigen, bis sie in seinem Haus ankamen. Siegbert fand das Verhalten des Schmieds ebenso unpassend, doch hatte er ihm zumindest sein kaputtes Schwert ausgetauscht. Er sah ein, dass es nicht leicht für den Schmied war eine Garantie für seine Klingen abzugeben, doch er sollte es zulassen, dass jeder das Schwert vor dem Kauf nach einer vorgegebenen Art und Weise prüfen durfte.

Die Köchin stellte ungefragt zwei Holzschalen mit Gemüsesuppe auf den Tisch und hoffte, dass sich die Gemüter der beiden Herren beim Essen beruhigen würden. Reimund wollte sich in den nächsten Tagen bei anderen Schmieden umsehen und herausfinden, ob alle keinen Test vor dem Kauf zulassen. Es ärgerte ihn maßlos, dass der Schmied dem Umtausch der zerbrochenen Schwerter für die übrigen Krieger nicht zugestimmt hatte und er überlegte, was er dagegen tun könnte. Siegbert versuchte ihn zu beruhigen. Es sollte ihm genügen, wenn es sich herumsprach, dass Schwerter aus seiner Werkstatt bei einem Übungskampf nicht standhielten. Wenn die Käufer ausblieben, müsste der Schmied sein Verhalten überdenken.

Die beiden Thüringer begaben sich zum Übungsplatz. Sie hatten besprochen, dass Reimund in den nächsten Tagen regelmäßig die „Winniler" aufsucht und nach dem Rechten sieht. Siegbert erklärte ihm, wie er sich deren Ausbildung vorstellte. Zuvor wollte er noch mit dem Fürsten sprechen und ihn um seine Unterstützung bitten.

Bevor er zur Villa ritt, machte er einen Abstecher zum Kontor. Pal war auf dem Hof und ging ihm entgegen.

„Ist alles in Ordnung?"

„Ich habe für Rosamunde eine kleine ruhige Stute ausgesucht und sie heute Mittag kurz reiten lassen. Sie sagte mir, dass sie als Kind das letzte Mal auf einem Pferd saß", berichtete Pal.

„Dann werden wir morgen früh zeitig aufbrechen und in Vindobona übernachten. Sie wird die Ruhepause brauchen. Bereite alles vor!"

Siegbert ritt zur Villa, um mit Audoin zu sprechen, doch der Fürst war noch nicht da. So nutzte er die Zeit, in die Therme zu gehen. Im heißen Wasser entspannte er sich und dachte über vieles nach. Am liebsten würde er zur Wachoburg reiten, um Amalafred zu sehen, doch das ging leider nicht.

Audoin kam in die Therme und gesellte sich zu ihm.

„Wie war dein Tag?", wollte er wissen.

Siegbert berichtete von der Auseinandersetzung mit dem Schmied. Er machte den Vorschlag, dass bei den jährlichen Wettkämpfen der Krieger auch ein Wettbewerb für die besten Schmiede stattfinden sollte. Die Idee fand Audoin gut und sagte zu, diese beim nächsten Turnier umzusetzen. Er riet ihm, schon in diesem Winter einen Wettkampf nur für Schmiede zu organisieren und den besten von ihnen zu ermitteln. Eine solche Veranstaltung würde die lange Winterzeit verkürzen und bei den Kriegern wie bei der Bevölkerung der umliegenden Siedlungen gut ankommen.

Der Fürst kam auf etwas zu sprechen, das ihm in den letzten Wochen Sorgen bereitete. Es waren die zunehmenden Krankheitsfälle in den beiden großen Heerlagern. Niemand kannte die Ursachen und wie sie von einem zum anderen übertragen wurde. Vereinzelt gab es auch Todesfälle. Es war der Schrecken eines jeden Heerführers, wenn unter seinen Kriegern vermehrt die gleichen Krankheiten auftauchten. Im letzten Mond soll sich die Zahl verdoppelt haben. Das war besorgniserregend und auch der Medicus wusste in dieser Sache nicht weiter. An mangelnder Hygiene konnte es nicht liegen, denn die Krieger besuchten regelmäßig die römischen Bäder. Es war auch nicht feststellbar, dass ein Unterschied darin bestand, ob die Krieger im Lager lebten oder in den Zivilstädten bei ihren Familien waren.

Zwei Sklaven kamen, um Audoin und Siegbert zu massieren. Die Unterhaltung verstummte und danach waren sie zu müde sich weiter zu unterhalten und gingen schlafen.

Am nächsten Morgen waren Pal und Rosamunde früh in der Villa erschienen und sie frühstückten gemeinsam in der Küche. Die junge Frau konnte ihre Unsicherheit nicht verbergen. und Siegbert versuchte sie ruhig zu stimmen.

„Woher stammst du?"

Rosamunde berichtete, dass sie in einer gepidischen Siedlung geboren und aufgewachsen war. Dann kamen Krieger und brannten alle Häuser nieder. Mit den anderen Überlebenden wurde sie ins Ostgotenreich gebracht und auf einem Markt an einen Schreiber verkauft. Bei ihm lernte sie mit Feder und Tinte umzugehen. Vor drei Jahren eroberten das Heer von König Wacho die ostgotische Stadt und sie kam als Sklavin nach Carnuntum. Ein Beamter erkannte ihre Fähigkeiten und gab sie in die Handelsniederlassung des Fürsten.

„Ich denke, dass du dich bei uns bald einleben wirst und es dir gefällt. Jetzt reiten wir nach Vindobona und morgen zu meinem Gut im Tullnerfeld. Wir werden nur ein paar Tage bleiben und kehren bald nach Carnuntum zurück", erklärte Siegbert.

Mit Rücksicht auf Rosamunde ritten sie im Trab auf der ehemaligen Römerstraße nach Vindobona. Unterwegs machten sie oft eine Pause. Pal hatte Proviant eingepackt und die Köchin gab ihm einen Weinschlauch für die Reise mit.

Zur Mittagszeit rasteten sie am Ufer der Donau. Der Hauptmann genoss die wärmenden Strahlen der Sonne und das Plätschern des leicht dahinströmenden Flusses. Wie friedlich er vor ihm lag und wie gefährlich er sein konnte. Pal und Rosamunde hatten für die Schönheit der Natur keinen Blick. Sie sprachen miteinander und sahen sich glückselig an. Bei dem Tempo, das sie einhielten, war nicht damit zu rechnen, dass sie vor Sonnenuntergang in Vindobona eintreffen würden. Durch das Westtor ritten sie zum Prinzenhaus. Amalafreds Pferdeknecht nahm ihnen die Tiere ab und führte sie zum Stall. Sie gingen ins Haus und Hildegard kam aus der Küche geeilt. Sie begrüßte Siegbert freudig und beachtete Pal und die Frau nicht weiter.

„Wir sind hungrig Hildegard. Bitte bring uns etwas zu Essen und Wein in meine Kemenate."

Hildegard lief eilig in die Küche und schickte die beiden Mägde mit kalten Speisen und Brot zu den Gästen. Mit einem Krug ging sie zum Brunnen, der von der alten römischen Wasserleitung versorgt wurde und holte frisches Wasser.

Als Hildegard mit den Getränken in der Kemenate ankam, bat er sie sich zu ihnen zu setzen.

„Ich möchte mit dir etwas besprechen. In Carnuntum stelle ich eine Hundertschaft mit den besten langobardischen Kriegern zusammen. Sie sind in einem eigenen Areal in der Nähe der Behausung der Rodewiner untergebracht. Zur Betreuung der Männer brauche ich eine

Frau, die den Haushalt für sie führt und da habe ich an dich gedacht. Würde dir das zusagen?"

Hildegard war überrascht. Sie hatte sich inzwischen im Prinzenhaus gut eingerichtet, doch war es ihr ein wenig zu ruhig geworden, seitdem Amalafred nicht mehr in Vindobona lebte. Sie sehnte sich danach gebraucht zu werden und sagte Siegbert spontan zu. Den Zeitpunkt für den Beginn sollte sie noch erfahren. Bis dahin müsste sie eine Nachfolgerin für sich im Prinzenhaus gefunden haben.

Am nächsten Tag ritten die drei auf der Limesstraße flussaufwärts der Donau. Wo der Fluss einen großen Bogen macht, lag die kleine Siedlung Arrianis. Der Hauptmann hatte sich zuvor nie die Zeit genommen, den Ort anzusehen. An dieser Stelle konnte die Donau bei niedrigem Wasserstand zu Fuß überquert werden. Sie machten eine Pause und sahen sich in der Siedlung um. Es war Markttag und viele Bauern der Umgebung waren gekommen. Darunter befanden sich welche, die ihren Hof auf der anderen Donauseite im Norden hatten. Siegbert kam mit ihnen ins Gespräch und sie erzählten, zu welcher Jahreszeit der Übergang genutzt werden konnte. In der Siedlung gab es auch einen Schmied. Erfreut stellte der Hauptmann fest, dass er ein Thüringer war, der mit der Königin in Vindobona ankam und die verlassene Schmiede im Ort übernehmen durfte. Er fertigte ausschließlich Waren des täglichen Bedarfs an.

Der Mann in seinem Alter erzählte ihm, dass er in Thüringen in einer der königlichen Schmiede gearbeitet hatte, in der hauptsächlich Waffen gefertigt wurden.

In Arrianis gab es keinen Bedarf für Schwerter. Wer eines brauchte, besorgte es sich in Vindobona oder Carnuntum.

„Würdest du für mich ein Schwert fertigen, das nicht bricht und sich nicht verbiegt, wenn ich es teste?"

„Das lässt sich machen! Ich brauche etwa zwei Wochen, bis es fertig ist", antwortete der Schmied.

Danach brachen sie auf und ritten weiter zum Gut. Die Limesstraße von Vindobona war in schlechtem Zustand. Es gab keine Wegewarte, die für den Erhalt der Straße sorgten. Der Limesgrenzwall hatte keine militärische Bedeutung mehr und verfiel seit dem Abzug der Römer vor mehr als 100 Jahren. Das Gebiet jenseits der Donau hatte Siegbert noch nicht bereist, obwohl sich auch dort viele Familien aus der alten Heimat angesiedelt hatten. Es war wohl die Scheu, den Fluss mit einem Boot zu überqueren. Die Möglichkeit zu Fuß über den Fluss zu gelangen wollte er gelegentlich prüfen.

Am späten Nachmittag kamen sie auf dem Gut an. Hedwig kam ihnen auf dem Gutshof entgegen. Kinder hatten ihr das Herannahen einer Reitergruppe gemeldet und sie wünschte sich, dass ihr Mann dabei war. Der Hausherr stellte Rosamunde vor und sagte ihr, dass sie Pal bei seiner Arbeit unterstützte.

Die Essenzeit war beendet und die Knechte, Mägde und Sklaven kamen aus dem Gebäude neben dem Kornspeicher. Pal ging mit Rosamunde zu ihnen und wurde stürmisch von seinen Landsleuten begrüßt. Er war schon lange nicht mehr da gewesen und es gab viele Komplimente zu seinem Aussehen. Den ganzen Abend musste er von der Reise ins Frankenreich erzählen und auch Rosamunde lauschte interessiert seinen Ausführungen. Die meisten der Anwesenden waren Sklaven aus Illyrien. die sich auf dem Hof wohl fühlten. Sie erzählten ihr, dass es auf dem Gut die Möglichkeit gab zu heiraten und in eine der Sklavensiedlungen, nicht weit vom Gutshaus entfernt, zu ziehen. Die meisten bauten sich dort ein kleines Haus und hatten einen eigenen Garten in dem sie Gemüse, Kräuter und Blumen pflanzten. Die Gemeinschaft in diesen Sklavensiedlungen war sehr eng. Ihre Kinder wurden von den Frauen gemeinsam betreut, denen die Arbeit auf den Feldern zu schwer wurde. Rosamunde bat Pal, dass er ihr am nächsten Tag eine dieser Sklavensiedlungen zeigen möge. Die beiden waren bei Alban und seiner Frau im Anbau zum Pferdestall untergebracht. Bei ihnen lebte auch das Mädchen, das Siegbert aus den Fluten der Donau gerettet hatte.

Hedwig war sehr froh, dass ihr Mann gekommen war. Zum Julfest, der Zeit der Wintersonnenwende, erwartete sie ihr zweites Kind. Sigrid hatte ihr versprochen ein paar Wochen vor der Niederkunft zu ihr zu kommen. Bis dahin war sie allein und hatte niemand, mit dem sie reden konnte. Sie fragte ihren Mann, ob er bis zu Sigrids Ankunft bleiben könnte. Er hatte nur einen Kurzbesuch vorgesehen, um die umliegenden Schmiedewerkstätten zu besuchen, doch versprach er ihr mit Sigrid zu reden, ob sie früher kommen könnte. Wenn das nicht möglich wäre, wollte er öfter zu einem Kurzbesuch erscheinen.
Er erzählte Hedwig von der Idee, im Frühjahr einen Wettbewerb der besten Schmiedemeister zu veranstalten, bei dem sie ihre Waffen präsentieren und testen können.

„Wenn es dich interessiert, kannst du und Sigrid bei der Organisation mittun. Ich kümmere mich um den Wettkampf und ihr um das Essen und die übrigen Dinge, die bei einem Volksfest üblich sind", schlug Siegbert vor. Hedwig war einverstanden und freute sich auf das gemeinsame Vorhaben. Mit Bedacht auf ihre Niederkunft schlug sie den ersten Vollmond im Lenzing vor, da lag noch Schnee und die meisten Gewässer waren zugefroren. Sie wollte dann mit den Kindern im Schlitten nach Carnuntum reisen und würde bei ihrer Freundin Sigrid wohnen. Hedwig sprühte vor Ideen, die sie bei dem Fest verwirklichen wollte und sprach mit ihrem Mann darüber als wäre schon in den nächsten Tagen der Wettbewerb. Von ihrer Schwangerschaft war sie völlig abgelenkt und die kleinen Wehwehchen vergessen. Am liebsten hätte sie ihren Mann am nächsten Tag auf dem Ritt zu den Schmiedewerkstätten in der Umgebung begleitet, doch das erlaubte er nicht.

13. Der Jagdunfall
Im September 538

Siegbert war mit Pal und Rosamunde nach Carnuntum zurückgekehrt. In Vindobona hatte sich Hildegard ihnen angeschlossen, die als Haushälterin bei der neuen Hundertschaft beginnen wollte. Ihre frühere Aufgabe hatte sie an eine der beiden Mägde, die ihr unterstanden, für die Zeit, in der sie in Carnuntum benötigt wurde, abgetreten. Danach wollte sie wieder nach Vindobona zurückkehren. Der Hauptmann der Rodewiner war damit einverstanden und ritt mit ihr gleich zur Baustelle.

Die Arbeiten an den Langhäusern und Stallungen waren Großteils beendet. Mehr als 40 Krieger hatten bereits die Aufnahmeprüfungen bestanden und waren in eines der beiden Wohnhäuser eingezogen. Der Hunno bewohnte das zweite Langhaus, in dem sich die Ausrüstung für die Krieger befand. Dort quartierte sich Hildegard ein und machte dem Hunno klar, dass sie das Sagen in den Wohnhäusern hatte. Widerspruchslos nahm er es zur Kenntnis. Siegbert besprach mit ihm den Ablauf der Ausbildung und suchte danach den Leutinger auf. In den wenigen Tagen seiner Abwesenheit hatte sich im Lager nichts Besonderes ereignet. Ein Teil der „Rodewiner" übte gemeinsam mit den „Winnilern" und lernten dabei besondere Kampftechniken der Langobarden kennen. Das war ganz im Sinne des Hauptmanns und gefiel besonders den Heißspornen in seinem Heerhaufen. Es störte sie nicht, dass die Ausbildung viel härter war als üblich und auch der Sold nicht wie bei den Langobarden um das Doppelte angehoben wurde.

Nachdem alles besprochen war, ritt Siegbert zur Villa des Fürsten. Er übergab sein Pferd auf dem Hof einem

Sklaven, der ihn darüber informierte, dass der Herr einen schweren Jagdunfall hatte und krank im Bett lag. Schnell lief er zu Audoins Schlafzimmer. Die Tür stand weit offen.

„Komm herein!", rief ihm der Fürst zu.

„Was ist passiert?"

„Mich hat ein Eber angefallen. Plötzlich kam er aus dem Gebüsch und riss mir das Bein auf."

Der Hauptmann betrachtete die Wunde und bemerkte leise: „Sie sieht gefährlich aus!"

„Das ist sie auch!", bestätigte der Medicus.

„Wenn sich die Wunde nicht schließt, verliert der Fürst sein Bein. Sag du es ihm, vielleicht hört er auf dich mehr als auf mich", beschwerte sich der Medicus.

Sein Gehilfe legte einen frischen Verband an. Als er sich umdrehte, erkannte der Hauptmann die Frau des Medicus. Beide verließen nach der Behandlung wortlos den Raum.

„Wie kam es dazu?", wollte Siegbert wissen.

„Es war meine Schuld. Ich hatte den Eber zu spät gesehen und mein Speer traf ihn nicht tödlich. Einer meiner Männer brachte das verwundete Tier zur Strecke, doch da hatten mich die Hauer schon erwischt. Es lief alles unglaublich schnell ab", berichtete Audoin.

„Ich weiß, wie du dich fühlst. Mich hatte einst ein Wolf übel zugerichtet und es hat lange gedauert, bis die Wunde verheilt war. Hast du starke Schmerzen?"

Audoin winkte ab und bemerkte: „Ich spüre gar nichts, doch das kann an der Medizin liegen, die ich einnehmen muss."

Der Fürst wollte nicht länger über sein Bein und die Folgen reden und fragte, was es Neues gab. Siegbert berichtete von den Fortschritten beim Bau der Langhäuser für die Hundertschaft und dass sich mehr Anwärter gemeldet hatten als erwartet. Das gefiel Audoin und er war gespannt, wie seine Krieger die bevorstehende harte Ausbildung überstehen.

Die Medizin hatte den Fürsten ermüdet und er schlief plötzlich ein. Siegbert verließ den Raum. Er machte sich Sorgen was wäre, wenn der Fürst sein Bein verlieren würde. Dieser Gedanke war für ihn unerträglich und verfolgte ihn nachts in seinen Träumen. Schweißgebadet stand er auf als sich ein helles Band der aufgehenden Sonne am Horizont zeigte. Er ging in die Küche und traf dort nur die Magd, die das Herdfeuer entfachte. Sie wunderte sich, dass der Hauptmann schon aufgestanden war und fragte ihn, ob er einen Kräutertee haben möchte. Er nickte und hing seinen Gedanken nach, die sich um den Albtraum der vergangenen Nacht drehten. Gut konnte er sich an viele Einzelheiten erinnern, die mit dem Tod Audoins endeten. War der Traum eine Warnung, die ihm die Nornen schickten und was konnte er dagegen tun. Dem Fürsten gut zureden und ihn warnen zu früh das Bett zu verlassen sah er als einzige Möglichkeit. Ihm hatte der Medicus nach seiner Beinverletzung auch geholfen, doch spielte da die Angst vor dem Verlust des Beins eine große Rolle. Er sah seinen Bruder vor sich, der im Kampf ein Bein verloren hatte und in seinem Leben stark eingeschränkt war.

Nach dem Frühstück ritt Siegbert zu den „Winnilern" ins Heerlager. Reimund hatte sie in vier Gruppen aufgeteilt. Zwei befanden sich im Langhaus und wurden von im Ruhestand befindlichen Beamten in der fränkischen und lateinischen Sprache unterrichtet. Die beiden anderen waren auf dem Vorplatz innerhalb der Umzäunung und übten sich im Bogenschießen und Schwertkampf. Sein Leutinger stand in ihrer Nähe und sah ihnen zu. Der

Hauptmann ging zu ihm und fragte, ob es etwas Besonderes gäbe.

„Wie du siehst läuft alles bestens. Für die Bogenschützen habe ich zwei Hunnen als Ausbilder gewinnen können und den Schwertkampf üben meine besten Männer mit ihnen. Viermal am Tag wechseln die Gruppen, so dass die Männer stetig gefordert werden. Die Ausbilder sind nur den halben Tag im Einsatz, dadurch werden sie nicht überfordert. Komm mit! Ich habe einen Wochenplan erstellt, der im Langhaus aushängt und auf dem jeder sehen kann, wann was stattfindet", erklärte Reimund.

Er folgte dem Leutinger in das Langhaus. Hildegard winkte ihm schweigend zu. Sie stand allein an der Feuerstelle in der Mitte des Raums und bereitete Gemüse für die Suppe vor. In den beiden Hälften des langgestreckten Raums saßen je 8 Krieger an einem großen Tisch und Beamte lehrten ihnen die Fremdsprachen. Sie hatten Wachstafeln vor sich liegen und lernten das Alphabet.

Reimund ging zu einem breiten Brett, das an der Wand neben dem Eingang lehnte. Darauf waren zwei Pergamente befestigt. Das eine enthielt den wöchentlichen Ausbildungsplan und das zweite den Wochenplan für die Einteilung der Wachen. Reimund erklärte wie die Pläne zu verstehen waren. Siegbert lobte den Leutinger, der sich damit viel Mühe gegeben hatte.

Hildegard kam zu ihnen und fragte, ob sie zwei Mägde bekommen könnte, die ihr bei der Arbeit helfen. Reimund riet ihr, in das Verwaltungsgebäude zu gehen und sich dort zwei Frauen zuweisen zu lassen. Sie sollte dort nur sagen, dass sie die Wirtschafterin der „Winniler" wäre und dann hätte alles seine Ordnung. Eilig verschwand Hildegard und lief in eines der zentralen Lagergebäude, die sich durch ihre Bauweise von den Langhäusern der Krieger unterschieden.

Der Hauptmann sah auf dem Vorplatz den beiden Übungsgruppen zu und besprach mit Reimund offene Fragen zur Ausbildung. Sie sahen sich danach eine Pergamentrolle an, auf der in einer Liste alle Bewerber mit ihren besonderen Merkmalen aufgezeichnet waren. Über 100 Namen waren inzwischen darauf vermerkt. Wenn einer der Krieger die Hundertschaft verlassen müsste, würde der nächste auf der Liste nachfolgen.

Es war zu erkennen, dass die Ausbildung der „Winniler" bei Reimund in guten Händen war. Er brauchte sich nicht mit den Einzelheiten auseinandersetzen und könnte sich der Vorbereitung des Schmiedewettbewerbs widmen. Das deckte sich mit seiner Absicht zu Hedwig auf sein Gut zu reiten und bei ihr wie versprochen so lange zu bleiben, bis ihre Freundin Sigrid sie besuchen kommt. Er informierte Reimund, dass er schon am nächsten Tag Carnuntum verlassen wollte. Zuvor musste er noch den Schmieden im Lager und in den Siedlungen einen Besuch abstatten und sie über den Wettbewerb informieren.

Reimund fragte ihn, welche Preise er sich für die Sieger vorstellte.

„Ich habe aus Illyrien ein paar Beutestücke zu Hause, die einen hohen Wert darstellen. Es sind Silberbecher und Schalen mit Bildnissen von Göttern, die bisher jedem gefallen haben."

Reimund zog die Stirn kraus und meinte: „Fremde Götter könnten bei den Siegern vielleicht Missfallen finden. Besser wären Pokale und Schalen mit Motiven unserer Götterwelt."

Sie beschlossen, sich über die Bildnisse der Pokale weitere Gedanken zu machen.

Bevor Siegbert weg ritt, kam ihm Hildegard mit zwei Mägden entgegen.

„Die habe ich mir in der Küche aussuchen dürfen", sagte sie gutgelaunt.

„Es freut mich, dass du zufrieden bist. Ich werde morgen früh wegreiten. Wenn du Hilfe benötigst, wende dich an Reimund. Leb wohl, meine getreue Hildegard."

Allein ritt er zu den Schmieden im Lager.

Er hielt sich bei ihnen nicht lange auf und informierte kurz über den bevorstehenden Wettbewerb. Wer teilnehmen wollte, sollte ihm das mitteilen, damit er ihn auf einer Teilnehmerliste eintragen konnte. Die meisten waren begeistert und sagten spontan zu. Sie erkannten, dass sich bei einem Sieg die Verkaufszahlen erhöhen würden und sie bessere Preise für ihre Waffen fordern könnten. In den Gesprächen machten sie verschiedene Vorschläge, wie der Wettbewerb gut und gerecht ablaufen sollte.

Erst spät abends erreichte Siegbert die Villa. Der Fürst lag unleidig im Bett und Sigrid wechselte den Verband. An zwei Stellen der Naht trat noch Sekret aus.

„Wer hat die Wunde vernäht?", fragte Siegbert.

„Es war der Medicus, der Schlächter! Er hat die klaffende Wunde ohne Betäubung mit Zwirn und Nadel verschlossen, als wäre es ein Stück Leinen", beschwerte sich Audoin grinsend.

Der Fürst hatte wahrscheinlich absichtlich übertrieben und seinen Frust an Sigrid ausgelassen. Sie konnte sich nicht wehren, doch es schmerzte sie, wenn schlecht über ihren Mann gesprochen wurde. Mit einem Holzspatel trug sie Kräuterbrei auf die Nahtstelle und umwickelte das Bein mit einem sauberen Leinentuch. Nach Verrichtung der Arbeit lief sie aus dem Raum, ohne ein Wort zu sagen.

„Du hast sie gekränkt!"

„Wieso?", wollte Audoin wissen.

„Du hast ihren Mann einen Schlächter genannt."

„Das war nicht so gemeint. Ich weiß, dass es keinen besseren Medicus im ganzen Reich gibt. Vielleicht solltest du ihr nachgehen und es erklären", meinte Audoin.

Siegbert lief Sigrid nach und erreichte sie in der Diele. Er bemerkte, dass sie weinte.

„Was willst du?", fragte sie barsch.

„Der Fürst schickt mich, er möchte sich bei dir für seine unbedachten Worte entschuldigen. Sie waren nicht ernst gemeint. Er wollte deinen Mann nicht beleidigen."

„Das hätte er sich früher überlegen sollen. Wenn mein Mann nach dem Unfall nicht gleich zur Stelle gewesen wäre und die klaffende Wunde vernäht hätte, könnte der Fürst sein Bein an die Hunde verfüttern. Nur weil er ein Fürst ist, hat er kein Recht, so schlecht über meinen Mann zu sprechen", sagte Sigrid zornig.

Sie wischte die Tränen von den Wangen und versuchte sich zu beruhigen.

„Wann kommst du ins Tullnerfeld, Hedwig wartet schon ungeduldig auf dich. Ich werde morgen zu ihr reiten und bis zu deiner Ankunft bei ihr bleiben", informierte Siegbert.

„Es wird noch einige Tage dauern, bis ich wegkann, denn ich muss den Verband deines Fürsten wechseln", antwortete Sigrid verbittert.

Er drückte ihre Hand. Sie entzog sie ihm und lief eilig auf den Hof zu ihrem Pferd.

Audoin fragte, ob es ihm gelungen war, Sigrid zu beruhigen.

„Ich glaube nicht, du hast sie schwer gekränkt."

Audoin überlegte und flüsterte: „Da muss ich mir wohl etwas einfallen lassen. Was meinst du, wie ich sie versöhnen könnte?"

„Schenke dem Medicus deinen römischen Reisewagen mit Gespann, damit er in seinem Alter bequemer unterwegs ist", schlug Siegbert vor.

Der Vorschlag gefiel dem Fürsten, doch ging er nicht weiter darauf ein. Er ließ sich berichten, wie die Ausbildung der „Winniler" verlief und wie sich der Leutinger stark in der Sache engagierte.

„Das gefällt mir! Wenn er alles gut im Griff hat, wird es während deiner Abwesenheit keine Schwierigkeiten geben. Wie sieht es mit dem Schmiedewettbewerb aus?"

Siegbert berichtete von seinen Besuchen in den Werkstätten und der Zustimmung der Schmiedemeister für dieses Vorhaben. Der Fürst hoffte, dass durch den Wettbewerb die Waffen an Qualität gewinnen könnten. Das würde auch sein Handelsgeschäft mit den slawischen Stämmen verbessern. Bisher hatte er dem Waffengeschäft wenig Aufmerksamkeit geschenkt, doch das wollte er ändern.

Sie kamen auf Amalafred zu sprechen und der Fürst erzählte ihm, dass sich die ostgotische Abordnung noch immer in Kesthell aufhielt und auf die Unterstützung des Königs in ihrem Krieg gegen die Byzantiner hoffte. Der Prinz tat Audoin leid, da er in ein erfolgloses Unterfangen der Ostgoten einbezogen wurde. Welche Position er in der Gesandtschaft einnahm, konnte Audoin nicht sagen.

Er schwieg eine Weile. Seine Gedanken waren wieder bei seiner Frau Rodalinde in Ravenna. In der Folge sprach der Fürst nur noch von ihr. Es war ein nichtendendes Thema, das zu keinem Ziel führte und Audoin in eine tiefe Schwermut versetzte. Keiner konnte ihm helfen und er wusste selbst keinen Rat für sich. Das Einzige, was man tun konnte, war ihm still zuzuhören und das Gefühl zu vermitteln, dass man seinen Schmerz mit ihm teilt.

Es war spät am Abend. Audoin spürte den Wundschmerz und ließ sich von einem Diener die Medizin bringen, die ihm der Medicus überlassen hatte. Danach wurde er müde und schlief ein.

Das Wetter hatte sich verschlechtert. Es blies ein kalter Wind aus dem Osten und erinnerte an den baldigen Winter. Die ersten Blätter verfärbten sich und fielen zu Boden. Bis Vindobona war die Limesstraße in einem guten Zustand. Wie bei den Römern, achtete Audoin darauf, dass die wichtigen Verbindungen von seinen Kriegern erhalten wurden. Sie sicherten das schnell Vorankommen der Heeresteile.

Gegen Mittag erreichte der Hauptmann Vindobona und quartierte sich im Prinzenhaus ein. Hildegards Nachfolgerin kam ihm auf dem Hof entgegen und fragte, was er wünschte.

„Ich gehe in die Therme und danach werde ich in meiner Kemenate zu Abend essen. Gehe zu Arkadius und frage ihn, ob er mir Gesellschaft leistet", wies Siegbert die Magd an.

„Wer ist Arkadius?", fragte sie schüchtern.

„Er hat ein Handelshaus an der Straße nach Westen. Hast du dir den Namen gemerkt?"

Sie nickte.

Er hielt sich nicht auf und lief zum Badehaus. Dort hoffte er vom Bademeister neue Informationen über das Leben in der Stadt zu erhalten. Von ihm erfuhr er, dass sich die Stimmung unter den Thüringer Kriegern weiter verschlechterte. Die Hoffnung war groß, dass Königin Amalaberga noch vor dem Winter nach Vindobona zu ihrem Volk zurückkehren und dem Treiben von Gunnar Einhalt gebieten würde. Das Bad entspannte und regte den Appetit an.

194

Eilig lief er zum Prinzenhaus. In seiner Kemenate hatte die Magd verschiedene kalte Speisen und einen Krug mit Wein auf den Tisch gestellt. Sie informierte ihn, dass der Herr Arkadius nicht in Vindobona weilte. Er soll sich in Ratisbona aufhalten, wo er ein neues Handelshaus gegründet hatte.

„Du hast das Essen schön hergerichtet. Würdest du mir Gesellschaft leisten?“

„Das geht nicht mein Herr! Hildegard hat es mir verboten!“, erwiderte die Magd irritiert.

„Hildegard ist in Carnuntum und du solltest meine Wünsche respektieren. Drum setz dich zu mir an den Tisch und erzähle, wer du bist und wo du herkommst. An deiner Aussprache erkenne ich, dass du eine Thüringerin bist. Habe ich recht?“

Die Magd setzte sich ihm gegenüber an den Tisch und begann zu erzählen: „Ich heiße Gerda und gehöre zu den Waisenkindern, die in deinem Rebellenlager am Rynnestig gelebt haben.“

Erstaunt sah er die Frau an und meinte: „Dann sollte ich dich kennen.“

„Ich war damals noch ein Mädchen. Deine Frau Brunhilde hatte uns in der kalten Jahreszeit in Rodewin untergebracht.“

„Das stimmt!“, erwiderte Siegbert nachdenklich.

Er konnte sich noch gut an die große Kinderschar erinnern, die in seinem Rodewiner Haus lebte. Mit der Erinnerung kam auch die Trauer um den Tod seiner Frau Brunhilde zurück. Doch der Gedanke an sie schmerzte ihn nicht mehr so sehr, wie vor der Abreise der Rebellen nach Vindobona. Damals wollte er sterben und stürzte sich waghalsig in jeden Kampf, der sich ihm bot. Die Zeit hatte die Wunde geheilt, wie es ihm die Kräuterfrau voraussagte. Er war jetzt ein anderer, in einem zweiten

Leben. Mit Hedwig hatte er sein Glück gefunden und trauerte nicht länger dem Vergangenen nach.

Zögerlich knabberte die Magd an einem Stück trockenen Brot.

„Greif zu! In unserem Lager mussten wir oft hungern."

Mit einer Handbewegung forderte der ehemalige Rebellenführer die Frau auf, zuzulangen. Gerda erzählte von ihrem Leben, nachdem sie Vindobona erreichte und wie sie als Hilfsmagd in der Küche des Prinzenhauses zu arbeiten begann. Hildegard hatte sie später als Stubenmädchen eingestellt. Einmal im Jahr, zur Sommersonnenwende, trafen sich die ehemaligen Waisenkinder auf dem Thingplatz des Kahlen Berges bei Vindobona. Sie empfanden noch immer eine starke Bindung zueinander und unterstützten sich, wenn von ihnen jemand Hilfe benötigte.

Den ganzen Abend hörte ihr Siegbert aufmerksam zu. Sie erzählte ihm, wie sie ihre Eltern durch fränkische Krieger verloren hatte und in das Rebellenlager kam. An die Geschehnisse in dieser Zeit konnte sie sich gut erinnern und auch an die Not und den Hunger, den sie erleiden mussten. Über den Aufenthalt in Rodewin kam sie ins Schwärmen, als wäre es das Paradies. Dort gab es immer genügend zu essen und ein alter Mann lehrte sie die lateinische Sprache. Nicht alle Kinder beteiligten sich an dem Unterricht. Nur eine Handvoll nahm daran teil. Die meisten zogen es vor, durch den Wald zu ziehen und Reisig für die Feuerstelle zu sammeln.

„Hat dir das Lernen etwas genützt?"

„Das weiß ich nicht, doch es hat mir gefallen und seit dieser Zeit schreibe ich alles Wichtige auf was um mich herum passiert", erklärte Gerda.

„Dann musst du schon eine Menge Pergamentseiten besitzen.", erwiderte Siegbert schmunzelnd.

„Du lachst mich aus!", erwiderte sie beleidigt.

„Nein, das tue ich nicht. Ich freue mich, dass du alles notierst, was dir wichtig erscheint. An vieles, was du mir erzählt hast, kann ich mich kaum noch erinnern. Deshalb gebe ich dir ein Silberstück, mit dem du genügend Pergamente kaufen kannst und du schreibst mir deine Erlebnisse aus dem Rebellenlager auf. Ich werde sie meinen Kindern zeigen, damit sie nachlesen können wie schwer es die Waisenkinder im Thüringer Wald hatten."

Gerda war damit einverstanden und versprach schon bald damit zu beginnen.

Als Gerda die Kemenate verließ, dachte er an die Zeit als Rebellenführer zurück. Jeder sah das Leben in den Bergen aus seinem eigenen Blickwinkel. Für Gerda und die Waisenkinder waren damals andere Dinge wichtig. Für viele ging es ums reine Überleben und für die Mehrheit der Männer um den Kampf gegen die Franken. Nun im sicheren Vindobona waren die Gedanken an den ehemaligen Feind in der Heimat verdrängt. Selten sprachen die Krieger an den Feuern darüber. Ihr Denken und Handeln hatten sich gewandelt. Sie lebten in einer anderen Welt und hatten sich den neuen Gegebenheiten angepasst. Beute während der Kriegszüge und ein voller Bauch bedeuteten ihnen mehr als die Befreiung Thüringens. Siegbert vermutete, dass ihm nur wenige in die Heimat folgen würden, wenn Prinz Baldur sie zum Kampf gegen die Franken aufforderte.

Am nächsten Tag ritt er auf der Limesstraße weiter flussaufwärts. Es hatte geregnet und die schadhaften Stellen der Straße waren mit Pfützen übersät.

Völlig durchnässt kam Siegbert auf seinem Gut an. Hedwig freute sich und ließ ihm ein Bad herrichten. Sie brühte ihm Tee, damit er sich nicht verkühlte. Dabei erzählte sie, was sie sich bezüglich des Volksfestes am Tag des Schmiedewettbewerbs ausgedacht hatte. In keinem Punkt widersprach er ihr. Sie hatte sich alles gut überlegt, von den Essen- und Getränkehütten und den Verkaufsständen für Waren des alltäglichen Bedarfs bis hin zur Kleidung und Schmuck, wie auf einem Marktplatz. Die freie Fläche vor dem Amphitheater könnte dafür genutzt werden. Auch eine Tanzfläche stellte sie sich vor, wo sich die jungen Leute vergnügen konnten.

An den nächsten Tagen besuchte Siegbert die Schmieden der Umgebung und sprach mit den Meistern über den Wettbewerb. Die meisten sagten begeistert zu und wollten wissen, wann und wie der Wettkampf stattfinden sollte. Viele Fragen mussten noch abgeklärt werden.

Die Tage verrannen und Hedwig hatte das Gefühl, dass es ihren Mann zu seinen Kriegern nach Carnuntum zog. Wenn sie ihn danach fragte, stritt er es ab. Er glaubte, auf dem Gut nicht wirklich gebraucht zu werden. Die Langeweile schlich sich ein und es reichten ihm nicht irgendwelche Gelegenheitsarbeiten, die er verrichtete oder die Gespräche mit seinem Pferdesklaven Alban. Hedwig ging es gesundheitlich gut und sie benötigte seine Hilfe und Unterstützung nicht. Außer seiner Gesellschaft konnte er ihr nichts bieten. Er hatte seiner Frau versprochen bis zur Ankunft ihrer Freundin in ihrer Nähe zu sein, doch das erschien ihm wie eine Bürde. Sehnlichst wünschte er sich Sigrid herbei, die ihn aus der selbstgewählten Situation befreien konnte. Mit Hedwig wollte er nicht darüber sprechen, da sie ihn gleich nach Carnuntum zurückschicken würde. Doch da war sein Versprechen, das er nicht brechen wollte.

14. Der Prinz zu Besuch
Im Oktober 538

Ein warmer Föhnsturm blies durch das Tal der Donau. Siegbert saß auf der Bank neben der Linde am Rande des Gutshofs und sah in der Weite Staub aufwirbeln. Bald war ein Reisewagen zu erkennen, den er noch nie gesehen hatte. Wer konnte das sein?

Ein Rappengespann zog den Kastenwagen, der kleiner als der römische Reisewagen von Audoin war und weniger Personen Platz bot. Auf dem Bock saß ein Mann mit Mantel und Kapuze, der eine Weidenrute in der Hand hielt. Ein gesattelter Schimmel war am Wagen angebunden. Als sie den Hof erreichten, sprang der Wagenlenker vom Bock und öffnete die mit einem kleinen Fenster versehene Tür. Sigrid stieg mit ihrer Tochter im Arm aus dem Wagen und lief auf Hedwig zu, die durch die Geräusche auf dem Hof aufmerksam wurde und hinzukam. Die Freude des Wiedersehens war groß. Siegbert sagte zum Wagenlenker, dass er nach dem Versorgen der Pferde in die Küche kommen soll, um sich zu stärken. Er war im Begriff ins Haus zu gehen, da drehte er sich noch einmal um und sah zu dem Schimmel.

„Wem gehört der Hengst?", fragte er verwundert den Wagenlenker.

„Mir!", antwortete der Kapuzenmann und lachte.

Amalafred hatte seinen Freund überrascht.

„Mit dir habe ich nicht gerechnet. Es ist schön, dass du gekommen bist. Audoin sagte mir, dass du mit den Ostgoten bei König Wacho in Kesthell bist."

„Es stimmt, doch der König hat uns zu Audoin geschickt. Der Fürst soll entscheiden, ob die Langobarden den Ostgoten im Kampf beistehen."

199

Zwei Sklaven waren gekommen und führten die Pferde in den Stall.

„Unser Wiedersehen muss gleich begossen werden!" Sigrid hatte ihrer Freundin noch nicht gesagt, wer sie begleitete. Hedwig konnte es kaum fassen. Sie hieß Amalafred herzlich willkommen und schenkte ihm einen Becher Wein ein.

Der Prinz berichtete, wie es ihm seit seiner Abreise nach Ravenna ergangen war. Er erzählte von der angespannten Lage und dem Krieg zwischen den Ostgoten und Byzantinern.

„Ich begleite den Gesandten von König Witichis. Wir waren lange am See Pelso und Wacho schickte uns weiter zu Audoin. In Carnuntum wurde der Gesandte krank und ließ mich zu dir reisen. Wie lange er im Bett liegen muss, kann vielleicht Sigrid sagen."

Alle blickten zu Hedwigs Freundin. Sie meinte, dass er nicht vor einer Woche aufstehen kann und erzählte, dass die Krankheit bei mehreren Kriegern im Heerlager aufgetreten ist. Sie war in Sorge, dass sich auch ihr Mann mit der Krankheit anstecken könnte, da er sich lange Zeit bei den Kranken im Lagerhospital aufhielt. Die Ursache war nicht bekannt und es gab auch keine Medizin, die wirklich half. Ihr Mann hatte jedoch Mittel gefunden, die den Erkrankten Linderung verschaffte und den Heilungsprozess beschleunigte.

Amalafred berichtete, dass er auch von solchen Krankheitsfällen in Ravenna gehört hatte, doch eine gefährliche Seuche, die sich schnell ausbreitet, schien es nach seiner Meinung nicht zu sein. Die Frauen wollten wissen, wie es seiner Mutter, der Königin, in Ravenna ging und ob sie mit ihrem Leben in der Hauptstadt der Ostgoten zufrieden ist. Sie waren verwundert, dass ihr Hausarrest im Exil nicht aufgehoben wurde, auch nicht von ihrem Bruder

Theodahad, als er König der Ostgoten war. Amalafred berichtete von seinem Anwesen, das er von seinem Onkel Theodahad geerbt hatte und das nur zwei Tagesreisen südlich von Ravenna entfernt lag. Alle wollten mehr darüber hören und der Prinz berichtete, wie die Burganlage aussah und welche baulichen Veränderungen er vorhatte.

„Die Gebäude stehen auf einem Felsen und sind nur über einen Zugang zu erreichen. Ich habe dort einen großen privaten Wohnbereich mit einer herrlichen Aussicht über das Land, das mir gehört. Die meisten Felder sind an die Bauern verpachtet, die zum Großteil Wein anbauen."

„Leben die Leute sicher in dieser Gegend, es ist doch Krieg im Ostgotenreich?", wollte Hedwig wissen.

„Mein Land liegt abseits von den großen Römerstraßen und Fremde verirren sich nur selten dahin. Wenn sich die Lage verschlechtern würde, könnten die Menschen auf meiner Burg Schutz finden, doch so weit wird es nicht kommen. Der oströmische Feldherr Belisar wird bestimmt bald siegen oder mit dem ostgotischen König Witichis ein Friedensabkommen aushandeln. Dann ist der Krieg vorbei."

„Welche Rolle spielen die Franken, die den Ostgoten zu Hilfe kamen?", fragte Siegbert.

„Das ist noch nicht genau zu erkennen. Sie befinden sich in dem Gebiet nördlich des Flusses Po, plündern und brandschatzen. Für die frankenfreundlichen Ostgoten sind sie keine große Hilfe. Witichis hätte besser getan, sich von ihnen loszusagen, doch das ist nicht mehr zu bewerkstelligen. Der Krieg hat seine eigenen Gesetze und wer einst ein Verbündeter war, ist morgen schon dein Feind."

Die Sorge um die Königin und ihrer Familie war das bestimmende Thema in den weiteren Gesprächen und

Amalafred stellte am Ende fest, dass es keine absolute Sicherheit gab. Er hatte sich schon darüber Gedanken gemacht und glaubte, eine gute Lösung gefunden zu haben.

„Wenn Ravenna belagert würde, könnte ich meine Familie mit einem Schiff nach Rimini bringen. Von dort ist es nicht weit zu meiner Burg, in der sie und die anderen sicher wären."

Die Unterhaltung dauerte bis spät am Abend und Siegbert setzte sich danach noch mit dem Prinzen bei einem Becher Met zusammen. Sie sprachen über die Kriegshandlungen zwischen den Oströmern und Ostgoten.
Amalafred war beeindruckt vom Können des byzantinischen Feldherrn Belisar und würde gern an seiner Seite kämpfen. Begeistert erzählte er, wie der Feldherr Sizilien eingenommen hatte und weiter nach Rom vorrückte.

„Du berichtest von ihm, als wärst du selbst dabei gewesen."

„Gern wäre ich es, doch meine Mutter würde es mir niemals erlauben."

„Was will sie von dir?"

„Da ich einer der letzten Amaler bin, darf ich mich nicht in Gefahr begeben und soll standesgemäß heiraten. Sie ist noch immer auf der Suche nach einer passenden Frau für mich, doch bei den Ostgoten ist keine zu finden. Die meisten angesehenen Familien sind frankenfreundlich gesinnt und das schließt sie aus. Die Bräute der Langobarden oder Gepiden sind ihr auch nicht recht, also bleibt ihr nur noch sich in Konstantinopel nach einer Frau für mich umzusehen. Doch dahin kann sie wegen des Krieges nicht reisen."

„So wirst du ewig Junggeselle bleiben müssen, du Armer."

„Verspotte mich nur! Zum Glück hat sie mir den Umgang mit den Weibern nicht verboten und ich habe auf meiner Burg eine Frau, die mir alle Wünsche erfüllt und die ich liebe."

„Wirst du sie heiraten?"

„Ich täte es gern, doch es ist mir verboten. Meine Mutter würde es mir nie verzeihen und sich zu Tode grämen."

„Dann lass es lieber sein und genieße das freie Leben, solange du es kannst. Eine Frau an der Seite, die man nicht liebt, kann ich mir nicht vorstellen."

„Da siehst du, welches Glück du mit deiner Hedwig hast. Sie liebt dich, schenkt dir Kinder und führt vortrefflich den Haushalt, was willst du mehr."

„Ich weiß, dass ich großes Glück habe. Ob ich für sie die erste Wahl war, weiß ich nicht. Sie kam zusammen mit dem Sekretär von Hartwig nach Vindobona. Welche Beziehung zwischen den beiden bestand, weiß ich nicht und habe sie auch nicht danach gefragt. Der junge Mann hatte sich jedoch für einen jungen Sklaven von Audoin interessiert und ist mit ihm auf und davon."

„Das war bestimmt ein Schock für sie!"

„Ich denke, sie hatte ihn bald überwunden, schneller als ich den Tod meiner lieben Frau."

„Ich weiß nicht viel von ihr, wie ist sie gestorben?"

„Es zerreißt mir noch heute das Herz, wenn ich daran denke. Bei der Rettung eines kleinen Jungen auf dem tauenden Eis vom Schwemmteich in Rodewin war sie eingebrochen und ertrunken. Du kennst den Teich, denn wir waren öfter dort baden. Mit ihr war auch ein Teil von mir gestorben und ich dachte nicht mehr lieben zu können. Erst in Vindobona ist der Schmerz vergangen und die Erinnerung allmählich verblasst. Ich kann jetzt darüber reden, ohne dass es mir die Kehle zuschnürt."

„Du warst schon immer sensibel und deswegen mag ich dich. Jetzt wollen wir austrinken und dann schlafen gehen."

Sie stießen mit den Bechern an und schwankten in ihre Zimmer.

Am nächsten Morgen bekamen sie vor Müdigkeit kaum die Augen auf. Nachdem sie gemeinsam gegessen hatten, besichtigten sie die neuen Wirtschaftsgebäude und den Garten. Amalafred war beeindruckt, wieviel sich auf dem Gut verändert hatte.

„Das ist Hedwig zu verdanken. Sie ist die Macherin auf dem Gut. Ich bin die meiste Zeit in Carnuntum oder anderswo."

„Sei froh, wenn sie die Zügel in der Hand hält und du anderen Dingen nachgehen kannst. Wie weit bist du mit der Handelsroute gekommen? Gibt es neue Stützpunkte?"

Siegbert berichtete, dass er seinen Verwandten, den Kaufmann Arkadius, für die Handelsroute interessieren konnte.

„Machen meine Güter im Langobardenreich genügend Gewinne, um die Stützpunkte weiter ausbauen zu können?"

„Sie sind die Quelle für unser Vorhaben. Pal hat mich bei den Inspektionen begleitet. Ihm gelingt es in Windeseile nachzurechnen, wie viel Geld wir zur Verfügung haben und neu investieren können. Die Ausbildung der Handelsleute schreitet in Carnuntum gut voran und auch in Rodewin lehrt der Schreiber von Harald einigen Jungkriegern aus den Rebellenlagern schreiben und rechnen", berichtete Siegbert stolz.

„Es freut mich mein Freund, dass alles gut läuft. Du hast hervorragende Arbeit geleistet", lobte der Prinz.

Die Worte taten dem Rebellenführer gut. Er hatte das Gefühl, nicht genug getan zu haben und war in Sorge, dass die Handelsroute nicht schnell genug aufgebaut werden könnte, um Baldur bei der Flucht zu helfen. Amalafred beruhigte ihn. Er glaubte, dass sein Cousin nicht vor der Heirat seiner Schwester Radegunde bereit wäre zu fliehen. Bisherige Versuche hatte er abgelehnt. Mit der Hochzeit von Radegunde rechnete Amalafred erst in ein paar Jahren. Sie hätten bis dahin genügend Zeit, um die Vorbereitungen abzuschließen.

Die beiden Freunde ritten zu den Koppeln. Eine Gruppe weißer Pferde stand bei einer Baumgruppe im Schatten. Die Männer setzten sich ins Gras und sahen zu den Tieren.

Amalafred blickte zu seinem Freund und fragte mit ernster Miene: „Was ist mit unseren Kriegern los? Ich hörte in Vindobona, dass es Zerwürfnisse unter ihnen gibt. Hast du deine Hand im Spiel?"

„Keinesfalls! Ich werde mich da nicht einmischen. Viele Männer verlassen den Hauptmann Gunnar in Vindobona und wechseln zu den ehemaligen Rebellenkriegern in Carnuntum. Sie sagen sich von dem Thüringer Heeresteil deshalb los, weil der Hauptmann sie übervorteilt hat. Er steckt Geld, das ihnen zusteht, in seinen eigenen Geldbeutel."

„Das ist eine schwerwiegende Behauptung! Wer sagt das?", unterbrach ihn Amalafred.

„Meine Krieger in Carnuntum haben es mit eigenen Augen gesehen. Audoin und ich waren leider bei dem letzten Heereszug gegen die Illyrer nicht dabei. Mein Leutinger Reimund, der die abtrünnigen Krieger anführte, hat mir versichert, dass es so gewesen war. Bei der Aufteilung der Beutestücke sollen viele von Gunnars

Männern aufbegehrt haben. Sie wurden mit Bestrafung bedroht, wenn sie keine Ruhe geben würden."

Amalafred blickte sorgenvoll zu den Pferden.

„Das ist ein großes Vergehen von Gunnar. Den Vorgang muss ich meiner Mutter mitteilen. Wenn sie keine Lösung findet, wird es bald keinen Thüringer Heerhaufen in Vindobona mehr geben", erklärte Amalafred verärgert. Sie ritten zum Gut, um einen Brief an die Königin zu verfassen. Siegbert hielt sich zurück. Er wollte sich absichtlich nicht in dieser Angelegenheit einbringen. Inzwischen hatte er sich mit der Entscheidung der Königin abgefunden und sein Leben den neuen Gegebenheiten entsprechend angepasst. Er fühlte sich noch als Thüringer, obwohl er immer mehr in die Nähe zu den Langobarden rückte. Das lag wohl daran, dass Audoin es geschickt verstand, ihn in seine Pläne einzubinden.

Amalafred hatte das Schreiben beendet und zeigte es seinem Freund. Ein Bote des Fürsten soll es nach Ravenna befördern und der Königin übergeben.

An diesem Abend fand ein Festessen statt, zu dem Alban und seine Frau sowie der Priester eingeladen wurden. Die Unterhaltung, die sich ergab, war für alle interessant. Der Priester und Alban disputierten um Glaubensfragen. Sie stritten darüber, welches Göttergeschlecht das bedeutendere war. Der Priester meinte die Asen und Alban fand die Wanen besser. Er war der Meinung, dass sein Volk schon seit tausend Jahren an die Wanen glaubte. Je mehr Wein sie tranken umso heftiger wurden ihre Entgegnungen, doch wahrten sie ein gewisses Maß an Toleranz gegenüber der Meinung des anderen. Das Wortgefecht artete nicht in persönliche Beleidigungen und Vorwürfe aus. Es blieb ein Spiel der Worte.

Der Hausherr schaffte Frieden, indem er eine Göttergeschichte erzählte. Sie betraf den Friedensschluss

zwischen den Asen und Wanen nach dem ersten Welten-
krieg zwischen den Göttern.

„Vor langer, langer Zeit kam eine Frau nach Midgard,
der Welt der Menschen. Ihr Name war Gullveig, was so
viel wie Goldrausch bedeutet. Sie verschenkte Halsketten, Armreifen, Fingerringe und Spangen aus purem
Gold. Sie tat es, weil die Menschen dieses Metall nicht
kannten und sie von ihrem Überfluss etwas abgeben
wollte. Durch das edle Metall kam es in Folge zu Streit
unter den Menschen. Gier und Habsucht breiteten sich
aus. Als sich Männer und Frauen wegen des Goldes umbrachten, bemerkten es die Götter in Asgard. Sie kamen
nach Midgard und befragten Gullveig. Sie forderten sie
auf, mit dem Verteilen von Geschenken aufzuhören und
die Menschen in Frieden leben zu lassen. Die Frau, die
sich als Wanin bezeichnete, schürte jedoch den Streit um
das Gold weiter an. Deshalb wurde sie zu Odin nach Asgard gebracht. Der Göttervater hatte noch nie etwas von
dem Göttergeschlecht der Wanen gehört. Gullveig trug
viel goldenen Schmuck bei sich und verschenkte ihn unter den Asen. Das führte auch bei den Göttern zu Zwietracht und Streit. Wie bei den Menschen war die Gier
nach Gold nicht mehr auszutreiben. Die Verführerin
wurde von den Asen mit Speeren durchbohrt und auf einem Scheiterhaufen verbrannt, doch sie blieb am Leben
und versuchte die Sinne der Täter durch Zauber zu blen-
den. Odin suchte verzweifelt nach einer Lösung. Die Wa-
nen-Götter kamen zu ihm und verlangten als Buße wegen
der schlechten Behandlung einer ihrer Göttinnen die gleichen Rechte, wie sie für Asen galten. Odin wollte sie
ihnen nicht zugestehen und entschied sich für den be-
waffneten Kampf gegen die Wanen. Auf der weiten
Ebene, wo sich die beiden Heerhaufen begegneten warf

er seinen Speer gegen die Feinde und es begann ein grausamer Krieg. Einmal gewannen die einen, dann wieder die anderen. Der Göttervater erkannte, dass der Kampf zu keiner Lösung des Konflikts führte und bot Friedensverhandlungen an. Die Wanen waren damit einverstanden und es wurden Geiseln ausgetauscht. Zu den Asen gingen die Wanengötter Njörd und seine Kinder Freyr und Freya. Die Asen entsandten zu den Wanen den starken und schönen Hönir und den weisen Riesen Mimir. Die Geiseln sollten in Zukunft den Frieden zwischen den beiden Göttergeschlechtern bewahren. Anstatt eines Friedensvertrags auf Pergament wurde ein Kessel aufgestellt, in den die Asen und Wanen hineinspukten. Sie mischten den Speichel und daraus erwuchs ein Mann, den sie Kvasir nannten. Er war ein Weiser, der durchs Land zog und alle Fragen, die an ihn gestellt wurden, beantwortete."

Amalafred applaudierte und die anderen schlossen sich ihm an. Er wollte von seinem Freund wissen, woher er die Göttergeschichte kannte. Siegbert verriet, dass er als Kind seinem Vater gut zugehört hatte. Jeden Abend nach dem Essen erzählte er eine Geschichte. Amalafred schlug vor, diese Familientradition für die Zeit seines Besuchs beizubehalten. Damit waren alle einverstanden und gingen frohgestimmt schlafen.

In der Nacht hatte es in Strömen geregnet. Die Männer warteten im Speiseraum auf die Frauen. Das Wetter war zu schlecht, um auszureiten, deshalb zogen sie sich in die Schreibstube zurück.
In einem Regal stand ein Buch, das von den Römern berichtete. Auf einer Karte war das römische Reich während seiner größten Ausdehnung zu sehen. Es war

Siegberts Lieblingsbuch und er bekam Fernweh beim Lesen. Amalafred stimmte ihm zu und sie phantasierten davon, wie schön es wäre, wenn sie an der Seite Belisars gegen die Ostgoten und Franken kämpfen könnten.

Amalafred berichtete weiter über Belisar, was er über ihn wusste. Siegbert war begeistert von den Ausführungen seines Freundes. Gern würde er ihm ins Ostgotenreich folgen, doch er hatte eine Familie im Tullnerfeld und Aufgaben in Carnuntum, die erledigt werden mussten.

Gegen Mittag traf der Wachmann des ostgotischen Gesandten Cassius auf dem Gut ein und meldete dem Prinzen, dass sich sein Herr gesund fühlte und abreisen wollte. Amalafred konnte nicht länger bleiben. Mit Wehmut im Herzen verabschiedete er sich von den Frauen und freute sich, dass ihn sein Freund nach Carnuntum begleitete.

Am Abend erreichten sie Vindobona. Von einer Gasthaustour riet Siegbert ab. Amalafred hätte dann Gunnar dazu einladen müssen und das würde kein gutes Licht auf ihn werfen. Daher blieben sie im „Prinzenhaus" und ließen sich von Gerda kulinarisch verwöhnen. Sie hatte als ehemalige Küchenmagd noch die Schlüssel zur Küche und zauberte ein paar wohlschmeckende Gerichte aus der Thüringer Heimat.

Im Kamin der Kemenate brannte das Feuer. Die schweren Häute vor den Fensteröffnungen wedelten bei jeder Böe, die der eiskalte Sturm aus dem Osten verursachte. Gerda hatte Wein in einer Kanne neben dem Kamin erwärmt und ihn mit Honig gesüßt. Er schmeckte den beiden Männern ausgezeichnet und sie tranken mehr davon als gut war. Betrunken schliefen sie am Tisch ein und

Gerda legte eine Decke über ihre Schultern, damit sie in der Nacht nicht froren.

Das Wetter hatte sich am nächsten Tag nicht gebessert. Zu dem Regen mischten sich Schneeflocken und erinnerten an den baldigen Winter. Am liebsten wäre Amalafred in Vindobona geblieben, doch er wusste, dass es Cassius eilig hatte und die Reise über den Gebirgspass des Birnbaumer Waldes von Tag zu Tag beschwerlicher werden würde. Von Kopfschmerzen geplagt machte er sich mit seinem Freund und dem Wachmann auf den Weg nach Carnuntum.

Am Abend trafen sie völlig erschöpft in Audoins Villa ein. Amalafred begann zu husten und schleppte sich mühsam auf sein Zimmer. Er bekam Gliederschmerzen und Schüttelfrost und der Medicus musste kommen. Bei dem Prinzen traten die gleichen Symptome auf, wie bei dem Gesandten. Der Medicus verabreichte dem Prinzen zwei Pulver. Zitternd und schweißgebadet lag der Kranke unter mehreren Decken und glaubte dem Tode nahe zu sein. Wadenwickel sollten das Fieber senken. Siegbert tupfte seinem Freund den Schweiß von der Stirn und redete beruhigend auf ihn ein. Die Pulver schienen zu wirken und Amalafred schlief ein. Um Mitternacht begann er zu röcheln. Der Medicus musste ein zweites Mal kommen, da es so aussah, als würde der Prinz sterben. Alle blickten sorgenvoll auf ihn.

„Wir müssen eine Weile warten, wie das Medikament wirkt, das ich ihm gegeben habe. Ich denke, dass er das Schlimmste überstanden hat und nach drei Tagen sich sein Zustand bessern wird", erklärte der Medicus.

Den Rest der Nacht schlief der Prinz ruhig und das Fieber schien zurückzugehen.

Zeitig am Morgen kam der Gesandte, um sich nach Amalafreds Zustand zu erkundigen. Er stellte sich dem Hauptmann vor und erklärte, dass die Zeit drängte, zurück nach Ravenna zu reisen. Er war sehr ungehalten, weil der Prinz durch seine Krankheit die Rückreise verzögerte. Die Anwesenden schüttelten verständnislos den Kopf.

Den ganzen Tag und die folgende Nacht wich Siegbert nicht von dem Krankenbett. Er hatte sich einen Holzsessel neben das Bett gestellt und hielt dort Wache. Viele Gedanken gingen ihm durch den Kopf. Was wäre, wenn der Prinz stürbe? Das gemeinsame Unternehmen mit der Befreiung von Prinz Baldur wäre gefährdet. Mit der Unterstützung der Königin konnte er nicht rechnen und es war auch kein anderer da, der ihm dabei helfen würde. Sein Bruder Hartwig hatte es in der Vergangenheit versucht und war leider gescheitert. Ob er in seiner hohen Position am fränkischen Königshof noch dazu bereit wäre, war zu bezweifeln. Wenn es dennoch gelingen würde, den Prinzen freizubekommen und sicher nach Carnuntum zu geleiten, wäre das große Ziel noch nicht erreicht. Ein Heer müsste aufgestellt werden, dass gegen die Franken in der Heimat kämpft, doch wer von den Kriegern würde folgen. Vom Gaugraf Gunnar konnte er keine Unterstützung erwarten, solange die Königin nicht den Befehl dazu gäbe. Das war kaum zu erwarten. Oftmals kam jedoch Hilfe aus einer Richtung, an die man vorher nicht dachte oder die sich einfach ergab. Der oströmische Kaiser war kein Freund der Franken und ihm käme ein Konflikt zwischen den Merowingern und Thüringern gelegen. Das Ziel für Kaiser Justinian war klar erkennbar. Er wollte das römische Imperium in den alten Grenzen wieder herstellen. Die Franken waren dabei die Hauptgegner. Wenn ein Teil ihrer Krieger in einem anderen Konflikt gebunden wäre, würde sie das schwächen. Leider bestand keine Verbindung der Thüringer zu den Byzantinern, die das Interesse des Kaisers für das Nebelland wecken könnte. Als König Herminafrid noch lebte kamen hin und wieder byzantinische Händler nach Thüringen und kauften vor allem weiße Pferde aus seiner edlen Zucht, doch mit dem Niedergang des Reichs war auch der Pferdehandel völlig abgebrochen.

Während Siegbert vor sich hin sinnierte ging die Sonne auf und schien durch das Fenster auf Amalafreds Bett. Er strich ihm über die Stirn und stellte fest, dass sie nicht mehr heiß war. Der Prinz schlug bei der Berührung die Augen auf und lächelte.

„Ich habe Durst!", flüsterte er.

Auf dem Tisch stand eine Kanne mit kaltem Tee. Hastig trank er den Becher leer und verlangte mehr.

„Ich hole dir frisch gebrühten Tee!"

In der Küche hatte die Magd das Herdfeuer entfacht und einen Kessel mit Wasser über die Flammen geschoben. Der Hauptmann bat sie einen Tee für den Prinzen zu brühen. Er wusste jedoch nicht welche Teemischung die Richtige war und der Medicus hatte ihm keine überlassen. Die Magd winkte ab und sagte: „Ich weiß schon was für ihn gut ist. Mein Sohn hatte vor zwei Monden die gleiche Krankheit und lag lange auf der Krankenstation im Heerlager. Sie entnahm aus verschiedenen Tongefäßen in einem Regal getrocknete Blätter und Beeren, die sie in einem Mörser zerkleinerte. Das pulverisierte Gemisch gab sie in das siedende Wasser und goss den Tee in eine saubere Kanne.

„Gib ihm davon, soviel er trinken mag. Es schwämmt die Krankheit aus dem Körper und du wirst sehen, dass er bald wieder auf den Beinen steht", erklärte die Magd.

Amalafred hatte die Augen geschlossen. Der Duft des Tees weckte seine Sinne und er blickte mit gläsernen Augen um sich.

„Ich dachte gestern, dass ich sterben werde. So etwas habe ich noch nie erlebt, selbst nach einem wüsten Saufgelage fühlte ich mich nicht so schlecht", flüsterte Amalafred.

„Trink den Tee, dann geht es bald aufwärts mit dir." Der Medicus kam ins Zimmer und fragte, wie es dem Prinzen ging. Er sah ihm in die Augen und strich über seine Stirn und die Hände.

„Bald wirst du die Krankheit überstanden haben, denn du bist jung und stark. Achte aber darauf, dass du dich in den nächsten Tagen schonst."

Nach den eingenommenen Pulvern schlief der Prinz tief und fest ein. Das Zimmermädchen blieb bei dem Prinzen. Sie sollte ihm Tee reichen, wenn er danach verlangte. Siegbert ging zu Audoin, der im Bett frühstückte.

„Wie geht es Amalafred?", wollte er wissen.

„Den Umständen entsprechend gut. Er hat kein Fieber mehr und wird in ein paar Tagen wieder auf den Beinen sein."

„Hast du schon gefrühstückt?"

Ohne eine Antwort abzuwarten, rief er einem Diener zu, dass er eine Schale Haferbrei für seinen Gast bringen soll.

„Was sagst du zu dem neuen Reisewagen des Medicus?", fragte der Fürst.

„Ich habe ihn bewundert als Sigrid zu uns auf den Hof fuhr. Er ist leicht gebaut und bietet Platz für vier Personen. Es ist das richtige Gefährt, um größere Strecken zurückzulegen. Wenn du mir auch einen bauen lässt, werde ich auf kein Pferd mehr steigen", scherzte Siegbert.

„Das kann ich nicht zulassen. Ich brauche dich im Sattel. Hast du schon von dem Reitervolk der Awaren gehört?"

„Sind das die ‚weißen Hunnen‘, die sich im Osten zusammenrotten?"

„Nein es ist ein anderes Volk, das ich meine. Sie haben ein riesiges Reich unter ihre Hufe gebracht. Ich habe diese Informationen von Kaufleuten, die weit in den Osten reisten und mich warnten. Mit dem König hatte ich schon vor einem Jahr darüber gesprochen, doch er sieht keine Gefahr, die von ihnen ausgehen könnte. Auch seine Berater bliesen ins gleiche Horn. Trotzdem beunruhigt mich die Sache, weil ich keine sicheren Nachrichten von dort bekomme. Jemand müsste zu ihnen reisen und sich ein wenig umsehen. Da habe ich an dich gedacht, denn dir vertraue ich", erklärte Audoin.

„Es ehrt mich, doch ich kenne die Reiche im Osten nicht und spreche auch nicht deren Sprachen, wie soll ich da zuverlässige Informationen erhalten", gab Siegbert zu bedenken.

Audoin winkte ab.

„Das weiß ich! Es ist keine Angelegenheit, die schon morgen gelöst sein muss. Die Awaren haben noch Jahre mit sich selbst zu tun, doch wenn sich ihre Position gefestigt hat, könnten sie sich nach Westen wenden, um Beute zu machen. Die Hunnen haben uns gezeigt, wie das abläuft."

„Wenn sie so übermächtig sind, wie vor hundert Jahren die Hunnen, dann haben wir keine Chance sie aufzuhalten."

„Deshalb müssen wir wissen, mit wem wir es zu tun haben", entgegnete der Fürst entschlossen.

Er dachte daran, eine Gesandtschaft zu ihrem Khan zu senden und erlesene Geschenke zu überreichen. Das größere Problem bestand jedoch darin, dass dieser Besuch im Geheimen erfolgen musste, da König Wacho in dieser Sache keinen Handlungsbedarf sah und nichts darüber erfahren sollte. Deshalb kam für den Fürsten nur Siegbert in Frage. Er könnte die Reise mit seinen Handelsgeschäften verbinden und die Handelsroute entlang der Via Regia von Vratislavia bis Kiew verlängern.

„Ich denke, dass das meine finanziellen Möglichkeiten überschreitet", wand der Hauptmann zögernd ein.

„Es soll dich nichts kosten, im Gegenteil. Ich gebe dir Geld aus meiner Schatulle, soviel du dafür benötigst. Es kommt mir nur darauf an, dass du mir sichere Informationen lieferst", erklärte Audoin.

Das Angebot klang interessant. Es wäre eine Reise ins Unbekannte und derartige Unternehmungen liebte er. Obwohl ihn die Aufgaben in Carnuntum voll ausfüllten, lag doch ein gewaltiger Reiz in der Sache. An die Erweiterung der Handelsroute nach Osten hatte er schon selbst gedacht. Sie würde ihm jedoch viel Zeit kosten, die er nicht hatte. Der Fürst bemerkte das Zögern von Siegbert und gab ihm Bedenkzeit. Er sollte den Vorschlag mit Hedwig besprechen und ihm dann Bescheid geben. Dass die erweiterte Handelsroute nach Osten zur Informationsbeschaffung dienen sollte, musste geheim bleiben.

Bevor der Hauptmann ins Heerlager Carnuntum ritt, sah er nach seinem Freund. Amalafred schlief tief und dürfte die Krankheit schneller überstanden haben als der Gesandte.

Der Weg zum Heerlager war durch den Regen stark aufgeweicht. In dem eingezäunten Areal der Winniler herrschte reges Leben. Die Krieger trainierten den Zweikampf mit unterschiedlichen Waffen. Siegbert ging zu Reimund, der am Rand des Kampfplatzes stand und

Anweisungen gab. Als er ihn bemerkte, hielt er inne und ging auf ihn zu.

„Manche begreifen nicht, wie sie mit dem Schwert umgehen sollen. Es ist zum Haare ausreißen", beschwerte sich der Leutinger.

„Du übertreibst! Gedulde dich, es sind junge Burschen, die noch etwas Schliff brauchen, den du ihnen verpassen sollst. Sie gehören zu den besten Kriegern der Langobarden und werden von Tag zu Tag besser." Gemeinsam sahen sie ihnen bei den Übungen zu und Reimund berichtete von den Vorkommnissen der letzten Tage. Zwei von den Anwärtern hatten aufgegeben und an ihre Stelle rückten zwei Krieger von der Liste nach. Siegbert war zufrieden, was die Männer leisteten, obwohl Reimund ständig etwas auszusetzen hatte. Er erzählte, dass Amalafred mit einer ostgotischen Gesandtschaft in Carnuntum sei und ihn auf dem Gut besucht hatte.

„Wieso hat er sich nicht bei uns sehen lassen? Meidet er uns, weil wir uns von Gunnar abgewandt haben?"

„Er liegt krank in der Villa von Audoin."

„Ich habe von einer Seuche gehört, die sich im Lager ausbreitet und schon mehrere Krieger erfasst hat. Von den Rodewinern ist noch keiner erkrankt. Ich achte darauf, dass sich die Männer in der Therme körperlich sauber halten und das Wasser abgekocht ist, das sie trinken."

„Das ist gut!"
Siegbert berichtete von seinen Besuchen bei den Schmieden im Tullnerfeld und dass viele von ihnen zugesagt haben, beim Wettbewerb anzutreten. Reimund schien ihm nicht mehr zuzuhören. Er war zu sehr abgelenkt von der schwachen Vorstellung, die mancher Krieger auf dem Übungsplatz bot und er schrie sie immer wieder an. Der Hauptmann verabschiedete sich von ihm und warf einen Blick in das Langhaus, in denen die lateinische und

fränkische Sprache unterrichtet wurde. Eine Weile hörte er ihnen zu und bemerkte die unterschiedliche Begabung in ihren Reihen. Geduldig bemühten sich die beiden Beamten, den jungen Männern ihr Wissen beizubringen, doch bei manchen hatte es wenig Sinn. Enttäuscht nahm er es zur Kenntnis. Er glaubte jedoch, dass es ausreichen würde, da im Wachdienst andere Fähigkeiten gefragt waren. Hildegard stand an der Feuerstelle und rührte fleißig die Suppe für die Abendmahlzeit. Er ging zu ihr und fragte sie, ob sie mit ihrer neuen Arbeit zufrieden sei. Sie nickte und rührte fleißig weiter.

Vom Heerlager ritt Siegbert ins Kontor. Pal und Rosamunde waren in ihre Arbeit vertieft und erschraken, als ihr Herr plötzlich im Kanzleiraum stand.

„Ich will euch nicht bei der Arbeit stören. Könnt ihr mir sagen, wo unsere Auszubildenden zu finden sind?"

„Im Kontor des Fürsten,", antwortete Pal.

Nur ein paar hundert Schritte entfernt war das Handelshaus von Audoin. Die Rodewiner Krieger, die sich für den Handelsberuf beworben hatten und hier ausgebildet wurden, standen an den Pulten und schrieben fleißig Zahlenkolonnen auf Wachstafeln. Siegbert sah ihnen dabei zu und stellte Fragen. Gern erklärten sie ihm, was sie taten und wozu diese Zahlenreihen dienten. Sie ermittelten die Bestände in den Stützpunkten und konnten sagen, welche Waren sie nachliefern mussten. Zwei von ihnen schienen besonders talentiert. Sie konnten ihre Tätigkeit gut erklären und hatten feine Manieren. Es waren Zwillingsbrüder, die einst im Thüringer Rebellenlager lebten und ihm ins Langobardenreich folgten. Um sie wollte er sich in Zukunft mehr kümmern. Er fragte, was sie dazu bewegte, sich im Kaufmannsberuf ausbilden zu lassen. Sie antworteten freimütig auf seine Fragen. Er erkannte, dass der Hauptgrund das Fernweh war. Sie wollten andere Länder und fremde Völker kennenlernen. Der Verdienst kam bei ihnen erst an zweiter Stelle. Vielleicht wären sie geeignet mit ihm eine Reise von Vratislavia in Richtung Osten zu unternehmen. Das Gebiet war für viele ein Land, das sich unter dem Schleier des Unbekannten verbarg. Die Römer hatten einst seine Heimat auch so gesehen und fürchteten sich vor den undurchdringlichen Wäldern und Sümpfen der Germanen. Furcht empfand er nicht, eher eine starke Neugier, was ihn im Osten erwarten könnte.

In Audoins Villa galt sein erster Besuch Amalafred. Er war munter und sah seinen Freund mit trüben Augen an.

„Wie fühlst du dich?"

„Wie erschlagen oder besser gesagt, als hätte mich eine Pferdeherde niedergetrampelt", erwiderte der Prinz gedrückt.

„Cassius hat gestern nach dir gesehen und gemeint, dass er bald abreisen will. Vielleicht lässt er dich zurück, wenn du nicht schnell gesund wirst."

„Wenn er sich dazu entscheidet, soll es mir recht sein. Wir könnten dann zur Jagd gehen oder anderes gemeinsam machen. Wäre das nicht schön?"

„Das würde mir auch gefallen, doch ich habe jetzt viel zu tun. Für König Wacho muss ich eine Hundertschaft bis zum Frühjahr ausbilden und Audoin möchte, dass ich eine Handelsroute von Vratislavia nach dem Osten erkunde."

„Erzähle mir mehr davon", forderte ihn Amalafred auf.

Sein Freund berichtete von den beiden Vorhaben, die von Wacho und Audoin ausgingen. Unter dem Siegel der

Verschwiegenheit verriet er Amalafred auch den Grund, wem die Hundertschaft dienen soll.

„Wirst du die langobardische Leibwache nach Konstantinopel begleiten?"

„Darüber ist nicht gesprochen worden, doch wer sollte es sonst tun? Zumindest stelle ich mich darauf ein und tue es gern."

„Dann wirst du vielleicht dem Kaiser begegnen. Du hast viel Glück!"

Am Abend ließ sich Cassius wieder am Krankenbett sehen und wollte wissen, wann sie abreisen könnten. Siegbert fand dieses Ansinnen unverschämt und rücksichtslos. Er erzählte Audoin davon, der seiner Meinung war, doch auch den Gesandten in gewisser Weise verstehen konnte. Der Fürst bot seinen Reisewagen an, mit dem Amalafred bis Kesthell zu König Wacho bequem reisen konnte.

Drei Tage später ging es dem Prinzen leidlich gut und die Gesandtschaft verließ Carnuntum. Amalafred saß in Felle gehüllt im römischen Reisewagen und winkte seinem Freund ein letztes Mal zu. Die Reise des Gesandten war nicht von Erfolg gekrönt. Am See Pelso wollte er ein letztes Mal König Wacho sprechen und hoffte noch immer, dass dieser ihm Hilfe im Kampf gegen Belisar zusagt. Amalafred betrachtete die Angelegenheit realistischer und teilte die Meinung der Langobarden. Darüber sprach er jedoch nicht mit dem Gesandten. Er wollte nur schnell wieder gesund werden und nach Ravenna kommen, bevor die Schneestürme den Gebirgspass unzugänglich machten.

15. Das Fest der Schmiede
Im März 539

Im Spätherbst und Winter hatte sich Siegbert die meiste Zeit selbst um die Ausbildung der Männer für die Leibgarde des Kaisers gekümmert. Er fand viel Freude daran mitzuerleben, wie die Auswahl der Langobardenkrieger ihre Fertigkeiten mit den unterschiedlichsten Waffen verbesserten. Sein Leutinger Reimund war inzwischen mit zwei Hundertschaften der Rodewiner von einem Vergeltungszug gegen die Gepiden erfolgreich zurückgekehrt. Sie hatten die herumziehenden und plündernden Gepidenkrieger, die in das Langobardengebiet eingedrungen waren, hinter ihre Landesgrenze zurückgetrieben. Eine Hundertschaft der Langobarden, die sich in dieser Gegend gut auskannten, begleitete sie. Beute war dort nicht zu machen, da sie hauptsächlich auf langobardischem Territorium agierten, doch der Fürst ließ ihren Sold für diese Zeit verdoppeln.

Der Lenzing zeigte sich von seiner besten Seite. Im Wald und auf den Wiesen taute der Schnee und zarte Frühlingsboten, wie Veilchen und Schlüsselblumen reckten sich der Sonne entgegen. Kraniche und andere Vögel kehrten aus ihren Winterquartieren in die Brutgebiete zurück und die Kröten suchten ihre Laichgewässer auf.
Der Wettbewerb der Schmiede stand kurz bevor und war zur Tag- und Nachtgleiche, dem Frühlingsanfang, festgesetzt. Hedwig hatte sich nach der Geburt einer Tochter vor dem Julfest gut erholt und gemeinsam mit ihrer Freundin Sigrid organisierte sie das „Schmiedefest", wie sie es nannten. 16 Meister dieses Gewerbes hatten sich gemeldet, um am Wettbewerb teilzunehmen, ihre

Schwerter vorzuführen und begutachten zu lassen. Es sollte der Sieger ermittelt werden, der vom Fürsten geehrt würde.

Am Tag vor dem Fest fanden sich die Akteure gegen Mittag im Amphitheater ein. Die Schmiedemeister waren mit einer Auswahl, der von ihnen gefertigten Waffen angereist. Die Wagen waren auf dem Vorplatz zum Theater aufgereiht, so dass die Besucher bequem zwischen den Ständen spazieren gehen und die Waren ansehen konnten.

Viele Helfer aus der Beamtenschaft des Fürsten und von Siegberts Gut sorgten für Ordnung. Sie trugen ein weißes Halstuch, damit sie gut zu erkennen waren. Auf dem Vorplatz zum Theater bestimmte Hedwig das Geschehen des Festes. Sie platzierte die Händler, Suppenküchen und Getränkeverkäufer auf die für sie vorgesehenen Stellflächen und kümmerte sich darum, dass die Latrinen und Wasserstellen in sauberem Zustand waren. Es hatten sich auch Gaukler und Musikanten angemeldet, die in den Pausen und am Ende der Vorstellungen auftreten wollten.

Im Theater fanden sich alle Schmiedemeister ein und stellten sich in einem Halbkreis auf. Der Hauptmann stand in der Mitte und erläuterte ihnen den morgigen Tagesablauf und die Regeln. Jeder Schmied bekam in der Reihenfolge seiner Anmeldung eine Nummer, mit der sein Schwert gekennzeichnet wurde, das er für den Wettbewerb einreichte. Es gab Unstimmigkeiten, wie die Schwerter getestet werden sollten. Die einen waren für eine schonende und die anderen für eine harte Prüfung, bei der die Klinge Schaden nehmen könnte. Mit viel Geschick gelang es Siegbert eine Einigung zu erzielen, wie die Beurteilung vorgenommen wird. Per Los wurde eine Jury von drei Schmiedemeistern und drei Hunnos bestimmt, die nach bestem Wissen bis zu 10 Punkte für jeden Test vergeben konnten. Wer am Ende des Wettbewerbs die höchste Punktezahl erhielt, wäre Sieger. Diese Form der Beurteilung fanden alle gerecht. Der Wettbewerb sollte nach Sonnenaufgang stattfinden und gegen Mittag mit der Siegerehrung enden. Im Anschluss gäbe es noch einen Schaukampf, bei dem unterschiedliche Waffen zum Einsatz kämen. Wer miteinander kämpfen würde blieb ein Geheimnis und war als Überraschung gedacht.

Die angereisten Gäste und Darsteller verbrachten den letzten Winterabend bei den großen Lagerfeuern in der Nähe des Vorplatzes. Die Suppenküchen versorgten sie mit Essen und Musikanten spielten auf. Nach Sonnenuntergang wurde ein großer Holzstapel angezündet. Das Feuer vertrieb symbolisch den Winter. Im Rhythmus der Musik tanzten die Jungen um die brennenden Holzstapel und die Alten sahen amüsiert zu. Niemand störte sich daran, dass es ein heidnischer Brauch war die Tag- und Nachtgleiche zu feiern, obwohl die meisten der Anwesenden inzwischen arianische Christen waren.

Hedwig und Sigrid hatten den Festplatz zeitig verlassen. Sie mussten sich um ihre Kinder kümmern. Der Hauptmann und Reimund blieben bis in die Nacht. Es ergaben sich interessante Gespräche mit den Schmiedemeistern, die sich nicht nur mit Schwertern befassten. Durch Händler aus Byzanz kamen sie an Waffen, deren Handhabung nicht klar war. Auch die anwesenden Hunnos hatten viele der Wurf-, Hieb- und Stichwaffen noch nie gesehen.

Siegbert übernachtete im Langhaus von Reimund, da es in der Nähe des Amphitheaters lag und beide bei Sonnenaufgang am Festplatz sein mussten. Sie waren mit dem vergangenen Tag zufrieden. Es hatte sich vieles gefügt, was sie zuvor als schwerlösbar vermuteten. Besonders erfreut waren sie über die Einigung der Schmiedemeister hinsichtlich der Regeln. Da hatten sie mit mehr Schwierigkeiten gerechnet. Mit Spannung erwarteten sie den nächsten Morgen, an dem der Wettbewerb stattfinden sollte.

Über dem Auwald der Donau ging langsam die Sonne auf. Der Leutinger bemerkte während des Frühstücks, dass sein Hauptmann schweigsam war und wollte den Grund von ihm erfahren.

„Der Fürst hatte mich in den letzten Tagen immer wieder angesprochen, ob die Vorführungen der Winniler gelingt. Vielleicht will er sie bald einsetzen?"

„Ihre Ausbildung ist noch nicht abgeschlossen. Es kommt darauf an, wohin er sie schicken will", bemerkte Reimund.

Siegbert schwieg eine Weile. Er fand den Zeitpunkt passend, seinem Freund den Einsatzort der Winniler zu verraten.

„Die Männer reiten nach Konstantinopel."

„Was tun sie dort?"

„Den Kaiser bewachen!"

Erstaunt hielt Reimund seine Hand vor den Mund und meinte: „Kommen sie zur kaiserlichen Garde?"

Der Hauptmann nickte.

Schweigend aßen sie ihren Brei und ein jeder hing seinen Gedanken nach.

„Wirst du sie dorthin begleiten?", wollte Reimund wissen.

„Ich denke ja! Der Fürst hat mit mir noch nicht darüber gesprochen."

„Dann wirst du lange wegbleiben und nicht am nächsten Heerzug teilnehmen können."

„Du wirst mich gut vertreten. Die Winniler zum Kaiserhof zu geleiten, ist von größter Wichtigkeit. Aber jetzt müssen wir uns beeilen, sonst kommen wir zu spät zum Wettkampf der Schmiede."

Der Föhnwind blies von den Bergen im Westen durch das Donautal. Siegbert und Reimund galoppierten zum Festplatz. Dort herrschte schon reges Treiben. Die Anwesenden hatten in eigenen Zelten übernachtet und die Frauen kümmerten sich um das Frühstück. An den Ambossen der Feldschmieden standen die Männer und zeigten den umstehenden Besuchern ihre Schmiedekunst. Eine Fanfare ertönte. Es war das Zeichen, dass der Wettkampf begann. Die Schmiedemeister stellten sich im Amphitheater in einer Reihe auf und der Leutinger verlas nochmals die Regeln für den Ausscheid und forderte zur Disziplin auf. Es wurde still und alle sahen gebannt zu den Akteuren.

Ein Schmied nach dem anderen trat vor die Jury und übergab sein Schwert, mit einer Nummer versehen den Juroren.

Die auf der langen Tafel liegenden Schwerter wurden als erstes begutachtet, wie sie handwerklich ausgeführt waren und ob sie gut in der Hand lagen. Dafür gab es eine Bewertung von bis zu zehn Punkten. Reimund schrieb die Ergebnisse sorgsam auf eine Wachstafel.

Danach erfolgte der Schnitttest, bei dem mit mehreren Hieben auf ein Bündel Weidenäste und auf einen Eichenstamm eingeschlagen wurde. Den Höhepunkt bildeten jedoch die Tests, bei denen das Schwert Schaden nehmen konnte. Bei dem einen wurde versucht, Kerben in die Klinge zu hauen. Gegenstück bildete ein Amboss mit einer scharfen Kante. Der letzte Test sollte zeigen, dass es nicht bricht. Dazu wurde das Schwert mit der Breitseite auf die Ambosskante geschlagen.

Bei diesen beiden Tests stellte sich heraus, ob es ein hochwertiges Schwert aus einem besonders guten Stahl war.

Die Zuschauer applaudierten von ihren Steh- und Sitzplätzen, wenn das Schwert den Belastungen standgehalten hatte.

Nach jeder Testreihe wurde eine kurze Pause eingelegt. Inzwischen waren Hedwig und Sigrid gekommen, die sich um die Menschen auf dem Vorplatz zum Theater kümmerten. Der Fürst hatte zugesagt, bis spätestens mittags zu erscheinen, doch sein Platz auf der Tribüne blieb leer. Besorgt prüfte Siegbert den Sonnenstand und hoffte, dass Audoin rechtzeitig erscheinen würde, um die Siegerehrung vorzunehmen.

Die Prüfungen gingen zu Ende und der Sieger stand fest. Es begann ein ungeduldiges Warten. Da erschien in der Ferne der Reisewagen des Fürsten mit einer großen Begleitmannschaft. Viele wunderten sich, dass Audoin nicht geritten kam. Seine Jagdverletzung war inzwischen ausgeheilt und es gab keinen Grund, dass er mit dem Wagen anreiste. Er fuhr auf den Vorplatz und heraus stieg der Fürst und nach ihm König Wacho. Das war eine große Überraschung für alle.

Wohlwollend nahm Wacho die Huldigungen der Besucher entgegen und ließ sich zur Tribüne geleiten. Hedwig durfte an seiner Seite Platz nehmen und ihm Gesellschaft leisten. Die Siegerehrung begann. In einem Halbbogen hatten sich die Schmiedemeister vor der Ehrentribüne aufgestellt und hielten ihr geprüftes Schwert in der Hand. Es wurde still als der Hauptmann die Namen der Teilnehmer verlas und die erreichte Punktezahl nannte. Der

Sieger mit der höchsten Punktezahl musste vortreten und Audoin überreichte ihm einen silbernen Pokal als Anerkennung. Der Hauptmann schloss sich mit einem silbernen Teller, auf dem Kampfszenen abgebildet waren, an. Auf der Tribüne wurde es unruhig. Ein Krieger von Wachos Leibgarde lief eilig auf Audoin zu. Er hielt ein Schwert in der Hand, das er dem Fürsten übergab. Audoin hob die Hand und forderte zur Ruhe auf. Mit lauter Stimme rief er in die Menge: „Unser gnädiger und wohlwollender König gestattet mir, dem Sieger des Wettbewerbs dieses königliche Schwert zu überreichen."

Die Zuschauer tobten vor Begeisterung. Es war nicht zu erkennen, ob die Jubelrufe dem Sieger oder dem König galten. Der Schmied fiel auf die Knie und sah verwundert zur Tribüne, wo König Wacho stand und ihm huldvoll zuwinkte.

Alle Schmiedemeister bekamen einen Silberbecher aus den königlichen Werkstätten als Trostpreis überreicht, auf denen das Datum des Wettbewerbs eingraviert war und sie verließen geordnet die Arena.

Nach einer kurzen Pause nahmen die Winniler Aufstellung. Sie trugen ein blaues Wams, das mit vielen silberglänzenden Metallplatten bedeckt war und in denen sich die Sonne spiegelte. Ihre Kopfbedeckung bestand aus einem Spangenhelm mit Wangenklappen und Kettengeflecht als Nackenschutz. Die weißen Wadenwickel waren, wie bei allen langobardischen Kampfverbänden, mit schmalen Lederriemen umwunden. Wie diese edlen Krieger stellte man sich die Einherjer in Asgard vor, die gemeinsam mit Odin tafelten.

Aus den Reihen der Winniler traten zwei Krieger vor und begannen mit dem Schwertkampf. Nach einer kurzen Vorführung wechselten die Männer und wählten andere Waffen. Die kurzen Schaukämpfe erfolgten in einem hohen Tempo und zeigten, wie gut die Krieger mit den verschiedenen Waffen umgehen konnten.

Nach den ersten 10 Vorführungen, preschte ein Reiter auf einem Pferd in die Arena und schoss mit einem Hunnenbogen seine Pfeile auf eine in der Mitte der Arena aufgestellte Strohpuppe ab. Die Zügel waren im Sattel eingehängt, damit der Krieger ungehindert mit Pfeil und Bogen umgehen konnte und eine schnelle Schussfolge erreichte. Seine Pfeile trafen aus jeder Richtung das Ziel, ob er nach vorn oder nach hinten schoss.

Ihm folgte ein Reiter, der verschiedene Kunststücke auf seinem galoppierenden Pferd vollführte. Er hängte sich seitlich an den Sattel, als wollte er in einem Gefecht den feindlichen Pfeilen entgehen.

Ein dritter Reiter folgte im Stehen auf zwei Pferden, die nebeneinander in die Arena galoppierten und sogar über ein aufgestelltes Hindernis sprangen, ohne dass der Krieger die Balance verlor und abstürzte.

Lautstark erklärte Siegbert bei den Vorführungen die Techniken und wo sie eingesetzt wurden, denn nicht jeder männliche Zuschauer hatte an einem Kriegszug im Heer des Königs teilgenommen.

Mit der Reitervorführung war die Vorstellung beendet. Der König erhob sich und dankte allen Akteuren für die wunderbare Leistung, die sie gezeigt hatten. Ganz besonderen Dank sprach er denen aus, die für die Ausbildung der Männer verantwortlich waren und er nannte den Grund und Einsatzort der Winniler.

Das Erstaunen war bei allen groß. Niemand hätte sich vorstellen können, dass den Langobarden eine solche Ehre zuteilwerden würde.

„Ich sehe dich mit deiner Frau heute Abend an der Festtafel des Fürsten und bringe deinen Leutinger mit", rief der König beim Weggehen dem Hauptmann zu.

Nachdem Wacho mit Audoin davonfuhr, brachen alle Teilnehmer ihre Zelte ab und zogen heimwärts.

Mit der Kampfvorführung der langobardischen Hundertschaft wurde den Zuschauern gezeigt, was die Krieger leisten konnten. Noch nie hatten sie zuvor eine solche Darbietung gesehen, die an Schnelligkeit kaum übertroffen werden konnte.

Hedwig und Sigrid fuhren in dem kleinen Reisewagen des Medicus zu dessen Haus. Auch er hatte eine Einladung zum abendlichen Festmahl in der Villa des Fürsten erhalten. Die Frauen waren verunsichert, welches Gewand sie zu diesem Anlass tragen sollten. Da sie die gleiche Körpergröße hatten, probierten sie alle Kleider aus Sigrids Truhen an.

Siegbert und der Leutinger ritten zum Haus des Medicus. Sie erzählten ihm, wie das Schmiedefest ablief und wie die Vorführungen der Winniler den König und die übrigen Zuschauer beeindruckten. Der Medicus wollte wissen, ob der Hauptmann die Krieger zum Hof des Kaisers nach Konstantinopel begleiten würde.

„Ich denke, dass mich der König mit dieser ehrenvollen Aufgabe betrauen wird und stelle mich auf eine lange Reise ein, die mehrere Monde dauern könnte.", erklärte er stolz und der Medicus gratulierte ihm.

Die Frauen hatten inzwischen ein passendes Gewand gefunden und drängten die Männer, sich zu beeilen. Sie wollten rechtzeitig an der Tafel erscheinen und nicht durch Zuspätkommen unangenehm auffallen. Auf dem Hof der Villa herrschte Chaos. Einige der Tausendschaftsführer und Beamten hatten ihre Ehefrauen mitgebracht und warteten darauf, von den Dienern zu ihren Plätzen an der Tafel geführt zu werden. Die Tische waren u-förmig aneinandergereiht und Schemel zu beiden

Längsseiten aufgestellt. Siegbert erkannte die Anführer von Audoins Tausendschaften und die meisten seiner hohen Beamten. Die wenigen Begleiter des Königs waren ihm fremd. Sie mussten jedoch einen hohen Rang besitzen, da sie sehr gut gekleidet waren und ihnen die Plätze an der Stirnseite der Tafel zugewiesen wurden. Nach langem Warten erschien der König in Begleitung des Fürsten. Er nahm Platz und sah zufrieden in die Runde. Dann stand er auf und hielt eine kurze Ansprache. Er würdigte die Leistungen aller Anwesenden im nördlichen Teil seines Reiches und im Besonderen die des Fürsten bei der Erstellung eines Trupps zur Verstärkung der persönlichen Garde des Kaisers Justinian. Sie sollte ein Ehrengeschenk für den Herrscher des oströmischen Reiches sein und Wacho erhoffte sich erfolgreiche Verhandlungen und einen Bündnisvertrag zwischen beiden Reichen. Mit den Franken war es ihm gelungen, einen zu schmieden und durch die beabsichtigte Heirat seiner jüngsten Tochter mit dem Sohn des Frankenkönigs Theudebert zu bekräftigen. Eine weitere Tochter konnte er nicht anbieten, doch 30 seiner besten Krieger für die Leibgarde des Kaisers dürften Justinian ebenso gefallen.

Nach der Rede wurden die Speisen aufgetragen und ein zünftiges Schmausen begann. Der Wein aus der Nähe von Carnuntum schien dem König gut zu schmecken und er hob jedes Mal seinen Becher zum Dank, wenn einer der Gäste einen Trinkspruch ihm zu Ehren aussprach. Als die Huldigungen abebbten, gab er Siegbert ein Zeichen, sich neben ihn zu setzen.

Ohne Umschweife kam er auf sein Anliegen zu sprechen: „Audoin sagte mir, dass du den Weg für eine Handelsroute von Vratislavia bis weit in den Osten erkunden willst. Mir ist sehr daran gelegen, mehr über diese Völker zu erfahren und vielleicht gelingt es dir, zu dem einen oder anderen Fürsten Kontakte zu knüpfen. Von Reisenden erfuhr ich, dass sich dort ein starkes Reitervolk festsetzt. Man nennt sie Awaren und sie scheinen ebenso gut mit Pfeil und Bogen umgehen zu können, wie einst die Hunnen. Du musst herausfinden, ob sie uns eines Tages gefährlich werden können. Mach ihren Stammeshäuptlingen feine Geschenke und frage sie nach ihren Absichten."

Siegbert war enttäuscht, dass Fürst Audoin das Vorhaben frühzeitig mit dem König besprochen hatte. Er fühlte sich bedrängt, denn sein naheliegendes Ziel war Konstantinopel und nicht Kiew.

Wacho fuhr in seinen Ausführungen fort: „Du hast dir bestimmt gewünscht, die Winniler an den Hof des Kaisers zu begleiten, doch dafür habe ich einen erfahrenen Beamten vorgesehen, der am byzantinischen Hof einen Bündnisvertrag aushandeln soll. Du verstehst, dass du dafür nicht der Richtige bist. Lieber hätte ich dich bei dem nächsten Heerzug gegen die Illyrer an meiner Seite, doch die Erkundung des Ostens ist mir noch wichtiger. Als kleine Entschädigung und als Dankeschön für die gute Ausbildung der Männer für die Kaisergarde schenke ich dir meinen Hengst mit Sattelzeug. Es ist ein edles Tier und stammt von den Hunnenpferden ab. Er wird dir auf deiner weiten Reise zu dem Khagan gute Dienste leisten und dich nie im Stich lassen."

Wohlwollend sah der König Siegbert an und sie leerten ihre Weinbecher mit einem Zug.

Dieser große Schluck war wohl zu viel für Wacho, denn er wurde blass und fühlte sich nicht wohl. Der Wein hatte ihm sehr zugesetzt. Seine Stimme wurde schwach und unklar. Zwei Männer seiner Leibwache halfen ihm beim Weggehen. Nachdem der König den Raum verlies, gingen auch die Gäste.

Zuhause angekommen ließ der Medicus aus seinem Weinkeller eine Amphore bringen, die einen köstlichen Tropfen enthielt, der an den Hängen der Berge von Vindobona angebaut und gekeltert wurde. Er übertraf den Wein, den sie vor Kurzem bei dem Fürsten serviert bekamen. Unbedacht der möglichen Folgen am nächsten Tag leerten die Männer das große Gefäß. Siegbert ertrank seine Enttäuschung, dass er die Winniler nicht mit nach Konstantinopel begleiten durfte, in dem edlen Wein. Das Geschenk des Königs konnte seinen Kummer nicht wettmachen. Der Leutinger und Medicus versuchten ihm Trost zu spenden, doch es half nichts. Betrunken schliefen alle drei auf dem Fußboden ein. Die Frauen hatten ihnen in weiser Voraussicht mehrere Decken auf dem Fußboden ausgebreitet damit sie sich nicht verkühlten.

Siegbert wachte nach alter Gewohnheit frühzeitig auf. Er stellte überrascht fest, dass der übermäßige Weingenuss diesmal zu keinen Kopfschmerzen geführt hatte. Ein wenig benommen setzte er sich auf einen Schemel am Tisch und sah sich um. Seine Trinkgefährten schliefen noch. Er ging in die Küche, wo die Magd das Feuer anfachte, und setzte sich an den Tisch. Ohne ein Wort zu sagen, ging sie ihrer Arbeit nach, hängte einen Kessel mit frischem Wasser über die Flammen und bereitete den Frühstücksbrei zu. Ungefragt stellte sie ihm eine Schale des süßen Breis auf den Tisch. Er löffelte bedächtig und dachte über den vergangenen Abend nach. Es schmerzte ihn noch immer, dass er die Winniler nicht nach Konstantinopel begleiten durfte. Gern hätte er die Stadt gesehen und mit viel Glück wäre er dem Kaiser begegnet. Der König entschied jedoch anders und nüchtern betrachtet hatte er Recht. Die Vertragsverhandlungen hätte er nicht führen können, da war einer der hohen Beamten besser geeignet und auf der gefährlichen Reise konnten sich die 30 Krieger selbst gut schützen. Die Sache war somit abgetan. Er musste sich auf die neue Aufgabe konzentrieren, die Wacho als wichtig erachtete, und die ihn persönlich sehr interessierte. Die Reise in den Osten barg große Gefahren, da es von dort nur wenige Informationen gab. Gerüchte hatten sich verbreitet, dass sich das Reitervolk der Awaren über weite Gebiete ausbreiteten und die sesshaften Stämme der Slawen unterdrückten. Wacho wollte erfahren, ob er sich gegen die wilden Horden wappnen musste. Sie könnten zur Gefahr werden, wenn sie eines Tages gemeinsam mit den Gepiden im Langobardenreich einfielen. Die Angst vor den Hunnen war allen Menschen in Pannonien noch gegenwärtig.

Die Lebensgeister erwachten nach dem Genuss des heißen Haferbreis. Im Wohnraum waren Geräusche vernehmbar. Der Leutinger wachte auf und setzte sich zu ihm. Er gähnte laut und rieb sich die Augen.

„Bist du schon lange munter?", fragte er schlaftrunken.

„Eine geraume Weile! Mir gehen so viele Gedanken durch den Kopf, dass ich keine Ruhe finde."

„Du trauerst doch hoffentlich nicht länger Konstantinopel nach?"

„Nein, meine Gedanken sind schon auf der Reise nach dem Osten. Ich muss bald aufbrechen, damit ich mich den Handelsleuten in Vratislavia anschließen kann, die jedes Jahr im Wonnemond nach Osten aufbrechen. Sie kennen den Weg und die Gefahren, die dort lauern. Ich denke, dass ich mehr als ein halbes Jahr unterwegs sein werde und nicht am nächsten Heerzug teilnehmen kann. Du wirst mich gut vertreten und die Rodewiner als mein Leutinger anführen."

Reimund nickte ihm bestätigend zu.

Der Medicus gesellte sich zu ihnen. Verwundert fragte er, warum er nicht im Bett bei seiner Frau lag. Ab dem Zeitpunkt, als sie die zweite Amphore mit Wein öffneten, konnte er sich an nichts mehr erinnern. Nur schwer hielt er sich auf den Beinen und zog es vor, seinen Schlaf in dem ehelichen Bett fortzusetzen.

Die Frauen waren aufgestanden und kamen in die Küche. Hedwig wollte wissen, was der König mit ihrem Mann besprochen hatte. Betrübt nahm sie zur Kenntnis, dass er zur Erkundung des Ostens bis an den Fluss Dnepr reisen sollte.

„Wie lange wirst du weg sein?"

„Ich kann es nicht genau sagen, vielleicht ein halbes Jahr."

Hedwig wollte mehr wissen und fragte ihn weiter aus, doch Siegbert stand am Anfang der Vorbereitungen und konnte ihre Fragen nicht beantworten.

Die Männer ritten ins Heerlager. Für die Winniler stand die baldige Abreise bevor. Die Auswahl für die Leibgarde des Kaisers, richtete sich nach der Reihenfolge in der Bewerbungsliste und den gezeigten Leistungen bei der Ausbildung. Zwei Männer aus der Leibwache des Königs waren anwesend. Sie hatten den Befehl, die 30 Krieger für die Garde abzuholen. Sie sollten König Wacho auf der Heimreise bis Kesthell begleiten. Der langobardische Hundertschaftsführer hatte den Männern befohlen ihre Rüstung anzulegen. Auf dem Übungsplatz stellten sie sich auf und gaben ein prächtiges Bild ab. Der Hauptmann nahm die Verabschiedung vor und bedankte sich bei jedem Einzelnen für seinen Einsatz. Er wünschte ihnen auf ihrer Reise nach Konstantinopel und im Dienst am Hof des Kaisers alles Gute. Bis zur Villa des Fürsten begleitete er die Krieger und übergab sie dem König.

Wachos Augen strahlten, als er die Männer sah und dankbar überreichte er Siegbert sein hunnisches Pferd.

„Ich habe erkannt, dass man in meinem Alter besser in einem Reisewagen unterwegs ist. Sei gut zu meinem Hengst, er hat mir gute Dienste geleistet", sagte Wacho leise und bestieg den römischen Reisewagen. Huldvoll winkte er aus dem kleinen Fenster seinen Untertanen zu.

Der Hengst des Königs tänzelte auf dem Hof. Siegbert besah sich das edle Tier von allen Seiten. Ihm war unerklärlich, warum sich der König von diesem schönen Pferd trennte. Bewundernd strich er über das braune Fell. Der Sattel war aus feinstem Leder und die Metallteile vergoldet. Ihm kam plötzlich in den Sinn sich in den Sattel zu schwingen. Unruhig begann der Hengst zu tänzeln, doch schon bald akzeptierte er den Reiter und stand still. Mit beiden Pferden ritt Siegbert im Trab zum Lager.
Der Übungsplatz der Winniler war leer als hätte dort nie etwas stattgefunden. Im Langhaus saß Hildegard mit ihren beiden Mägden an dem langen Esstisch und unterhielten sich verhalten.

„Was ist mit euch los? Ihr seht traurig aus!"
Hildegard hob den Kopf und sagte: „Die beiden jungen Dinger haben sich in zwei von den Kriegern verliebt und nun sind sie plötzlich weg. Ich schicke sie zurück in ihre früheren Häuser und werde nach Vindobona ins Prinzenhaus gehen, wenn du gestattest."
Siegbert winkte ab.

„Warte damit noch ein Weilchen, vielleicht bekommt ihr neue Männer."
Verwundert sahen ihn die Frauen an.
Der Hauptmann blieb ihnen eine Antwort schuldig und ritt zum Langhaus des Leutingers. Reimund kam ihm entgegen und betrachtete das Pferd des Königs.

„Es ist wahrlich ein prächtiges Tier, das dir Wacho geschenkt hat. Wenn du deinen Schimmel nicht mehr benötigst, nehme ich ihn dir gerne ab."

„Ich werde ihn als Deckhengst auf mein Gut im Tullnerfeld geben. Ein wenig Ruhe hat er sich verdient. Wo sind die restlichen Winniler hin?"

„Die verbliebenen Männer sind zurück zu ihren ursprünglichen Hundertschaften. Was soll mit ihren beiden Langhäusern und dem Übungsplatz geschehen?"

„Ich werde mit dem Fürsten darüber sprechen. Wenn er keine Verwendung hat, würde ich gern ein paar unserer Männer in gleicher Weise wie die Winniler ausbilden. Sie könnten bei Veranstaltungen, wie dem Schmiedewettbewerb mit ihren Kampfkünsten glänzen.
Dem Leutinger gefiel dieser Vorschlag und sie besuchten die Rodewiner auf ihren Übungsplätzen.

Am Nachmittag ritt Siegbert zum Haus des Medicus. Die Frauen hatten das Essen vorbereitet und er musste ihnen von der Verabschiedung des Königs und der Winniler erzählen. Voller Stolz zeigte er ihnen sein neues Pferd. Sie bestaunten mehr den Sattel und das Zaumzeug als das Tier. Der Medicus hatte für beides keinen Zugang. Er saß nie gern im Sattel und bevorzugte den kleinen Reisewagen, den er vom Fürsten geschenkt bekam. Dieser war gefedert und schützte vor Wind und Regen. Darauf legte er in seinem Alter mehr Wert, doch brauchte er dazu einen Pferdeknecht, der sich um alles kümmern musste und der ihn dorthin fuhr, wohin er wollte. Als fürstlicher Medicus war er wohlhabend und konnte ihn sich leisten. Während des Essens erzählte Siegbert weiter über die Vorkommnisse des Tages und der Idee, die Ausbildungsstätte der Winniler für eine Hundertschaft der Rodewiner zu nutzen. Den Schmiedewettbewerb wollte er jedes Jahr

abhalten und mit der Vorführung der Kampfkünste ab-
schließen. Hedwig und Sigrid begrüßten diesen Vorschlag und berichteten von Begebenheiten während der
Vorbereitungen und Durchführung der Veranstaltung
auf dem Vorplatz. Alle, mit denen sie sprachen, wünschten sich eine Wiederholung im nächsten Frühjahr.

Mit dem Frühling kam das Hochwasser der Donau und
ihrer Nebenflüsse. Weite Gebiete wurden überschwemmt und viele Straßen und Wege unpassierbar.
Nach dem Essen ritt Siegbert zu seinen Männern, die im
Handelshaus des Fürsten als Kaufleute ausgebildet wurden. Er musste eine Auswahl treffen, wer ihn auf dem
neuen Handelsweg begleiten sollte.
Im Kontor traf er Pal, und besprach mit ihm die bevorstehende Reise und die Gefahren, die unterwegs lauerten.
Sein Sklave riet ihm, wer als Begleiter von den Auszubildenden am geeignetsten wäre. Dem Hauptmann kam es
darauf an, dass sie freiwillig folgten und Durchhaltever-
mögen besaßen. Die jungen Männer hatten lange Zeit an
keinen Kampfübungen mehr teilgenommen und die Arbeit an den Schreibpulten ließ die Muskeln schrumpfen.
Es war schon dunkel als die Burschen in die Kanzlei der
Thüringer kamen, wo sich in den Obergeschossen ihre
Schlafplätze befanden. Die Köchin hatte eine gutduf-
tende Gemüsesuppe mit Fleischeinlage zubereitet und
sah ihren Schützlingen zu, wie sie hastig ihre Schüsseln
leerten. Als sie fertig waren, ging Siegbert zu ihnen und
erzählte von der bevorstehenden Unternehmung. Aufmerksam hörten sie ihm zu und als er nach Freiwilligen
fragte, meldeten sich alle.

„Zeigt mir in welcher körperlichen Verfassung ihr
seid. Ich will sehen, wieviel Klimmzüge und Liegestütze
ihr schafft", forderte er die Burschen auf.

Sie gaben ihr Bestes und Siegbert war überzeugt, dass ein jeder geeignet wäre, mit ihm auf die Reise zu gehen. Dem Rat Pals folgend bestimmte er die beiden Zwillingsbrüder, die ihm vor geraumer Zeit schon aufgefallen waren. Die anderen waren enttäuscht und ließen es sich anmerken.

Die Ausgewählten waren Otto und Oskar, die einst in Thüringen bei den Rebellen lebten. Der Hauptmann hatte sie aus einem Gefangenentransport der Franken befreit. Die Männer waren groß und kräftig. Sie hatten ein sicheres Auftreten und waren sehr intelligent. Besonders leicht fiel ihnen das Erlernen fremder Sprachen, das ein Vorteil bei Reisen in ferne Länder sein konnte.

Ihre Ausbildung im Kontor des Fürsten wurde ausgesetzt. Sie sollten die Zeit bis zur Abreise dazu nutzen, die vorhandenen Wegekarten und Routenbeschreibungen mit Pal zu studieren.

Es war spät geworden als Siegbert zum Haus des Medicus zurückritt. Ein Bote hatte dort eine Einladung des Fürsten überbracht, mit der Bitte sich am nächsten Morgen in der Villa einzufinden. Einen Grund nannte er nicht.

Zeitig am Morgen ritt der Hauptmann zur Villa Audoins. Er war gerade aufgestanden und bot an, mit ihm zu frühstücken und sprach davon, wie begeistert der König von der Vorführung der Winniler nach dem Schmiedewettkampf war.

„Am liebsten wäre ich selbst nach Konstantinopel gereist, um die Verhandlungen zu führen, doch denke ich, dass es der Beamte am Königshof ebenso gut kann. Er ist ein Verwandter des Königs, mit dem ich den Vertrag mit dem Frankenkönig ausgearbeitet hatte. Ich muss mich um den nächsten Heerzug kümmern. Der König wird nicht daran teilnehmen."

„Ich habe bemerkt, dass er stark gealtert ist. Liegt es daran, dass seine junge Frau ihn zu sehr fordert."

„Ich glaube nicht. Er leidet seit mehreren Jahren an einer Verletzung, die er sich in einem Gefecht zugezogen hatte. Es wissen nur wenige davon und er spricht nicht darüber."

Audoin stand vom Tisch auf und ging zu einem Regal. Er nahm ein Lederfutteral und reichte es Siegbert.

„Was ist das?"

„Das ist der eigentliche Grund, warum ich dich heute Morgen hergebeten habe. Es ist eine Nachricht von deiner Königin. Einer meiner Männer hat sie aus Ravenna für dich mitgebracht."

In dem ledernen Behältnis befand sich ein Schreiben, das an ihn gerichtet war. Er brach das Siegel auf und las die Zeilen. Wortlos reichte er das Pergament Audoin.

In dem Brief bekundete die Königin ihre Absicht, den verstoßenen Rebellenführer wieder als ihren Stellvertreter aller Thüringer im Langobardenreich einzusetzen, damit er ihre Krieger eint und sie bekundete die Absicht, ihn zum Grafen zu ernennen."

„Das ist das, was du dir wünschst. Du bist wieder in Amt und Würden und für alle Thüringer Krieger zuständig, wie vor der Verstoßung", bemerkte Audoin begeistert.

Siegbert entgegnete bissig: „Sie hält es nicht für nötig, sich bei mir in dem Schreiben zu entschuldigen."

„Das kannst du von einer Königin nicht erwarten. Sie hat erkannt, dass Gunnar nicht die rechte Wahl war und versucht nun, zu retten was zu retten ist."

„Nicht mit mir! Soll sie selbst herkommen und ihre Krieger befehligen. Ich bin jetzt ein freier Mann und werde mich nicht mehr in ihre Abhängigkeit begeben."
Audoin antwortete nicht darauf. Der Gedanke, dass die Königin mit ihrer Familie nach Vindobona zurückkäme, gefiel ihm. Er würde dann seine Frau und Sohn in seiner Nähe haben und sie wären in Sicherheit.

„Was hast du nun vor?", wollte der Fürst wissen.

„Ich antworte nicht auf ihr Schreiben. In ein paar Tagen reite ich nach Vratislavia. Dort treffe ich mich mit den Handelsleuten, die nach dem Osten reisen und schließe mich ihnen an."
Der Fürst versuchte nicht, den Hauptmann umzustimmen.

„Ich gebe dir einen Geleitbrief mit, der dich als Gesandten des Langobardenkönigs ausweist. Vielleicht kannst du ihn brauchen."
Der Fürst setzte sich an seinen Schreibtisch und stellte das Dokument aus. Er entnahm aus der Schublade des Tisches einen Lederbeutel und gab beides Siegbert.

„Was ist in dem Beutel?"

„Es sind Goldmedaillons mit dem Konterfei unseres Königs. Du kannst sie als Geschenk für die Stammesführer verwenden, wenn du ihnen begegnest."
Die Medaillons waren wie Münzen geprägt. Das entsprach der Eitelkeit von Wacho.
Siegbert steckte den Geleitbrief und den Lederbeutel in sein Wams.

„Um eines wollte ich dich noch bitten, bevor ich gehe. Kann ich die Ausbildungseinrichtungen der Winniler für eine Auswahl der Rodewiner im Heerlager verwenden?"
Audoin sah ihn verwundert an und meinte: „Willst du dir eine eigene Leibgarde, wie die Winniler, aufbauen?"

„Das habe ich nicht vor, doch für den nächsten Schmiedewettbewerb brauche ich einen Trupp, der die Kampftechniken vorführt."

„Dann tu, was dir gefällt. Wir werden uns lange nicht sehen. Ich reite morgen ins südliche Heerlager, um den nächsten Kriegszug gegen die Illyrer mit den Hauptleuten abzustimmen. Wenn ich zurückkehre, wirst du bereits unterwegs sein. Ich wünsche dir viel Glück und Erfolg auf deiner Erkundungsreise und komme gesund wieder zurück."

Mit einem festen Handschlag verabschiedeten sie sich.

Im Heerlager von Carnuntum suchte der Hauptmann seinen Leutinger und fand ihn auf einem der Übungsplätze. Er teilte ihm mit, dass er von den Rodewinern einen ähnlich starken Trupp wie die Winniler zusammenstellen und ausbilden soll. Reimund war begeistert und sie besprachen die Einzelheiten. Hildegard und ihre Mägde waren froh, als sie erfuhren, dass sie bleiben konnten und begannen, die Räumlichkeiten für die Rodewiner herzurichten. Einen Namen mussten sie für diese Krieger noch finden. Nach vielen Überlegungen entschieden sie sich für „Bärenkrieger", in Erinnerung an ihren großen Ausbilder im Rebellenlager am Rynnestig.

16. Reise nach Osten
Im April 539

In Begleitung von Otto und Oskar ritt Siegbert nach Norden auf einem Abschnitt der Bernsteinstraße. Jeder führte ein Packpferd an der Leine mit sich. Die Wege waren durch die Überschwemmungen der Flüsse und mancher Bäche nur schwer passierbar. Die drei kamen trotzdem schnell voran und erreichten nach wenigen Tagen Vratislavia. In der Thüringer Handelsniederlassung stiegen sie ab und stärkten sich von der anstrengenden Reise. Der Verwalter des Kontors informierte sie, dass die Handelskarawane nach Kiew in zwei Tagen aufbrechen wollte. Erleichtert atmete Siegbert durch. Es hatte sich der schnelle Ritt gelohnt. Noch am gleichen Abend besuchte er das Gasthaus, in dem sich die Händler trafen. Sie erkannten ihn wieder und baten ihn an ihren Tisch zu kommen, um Neuigkeiten aus dem Langobardenreich zu erfahren. Über den Krieg im Ostgotenreich waren sie sehr besorgt, da er auch ihre Geschäfte im Frankenreich beeinflusste. Die Preise für die Waren stiegen und die Absätze wurden geringer, keine guten Aussichten für das Handelsgeschäft. Trotzdem wollten sie sich nicht von der einmal im Jahr stattfindenden Reise nach Kiew abbringen lassen. Dort hofften sie wertvolle Pelze gegen Waren aus dem Frankenreich eintauschen zu können, die sie in den Handelsplätzen entlang der Via Regia erworben hatten. Die Königsstraße endete an der Elbe und konnte von dort noch bis Vratislavia an der Oder mit Ochsenkarren befahren werden. Weiter zum Fluss Dnepr führte kein fester Weg mehr. Deshalb mussten die Waren auf Packpferden mitgeführt werden. Das erschwerte den Handel und nur wenige Männer waren bereit, die Strapazen auf sich zu nehmen.

Die Siedlung Kiew am Dnepr war ein Umschlagplatz für Waren aus dem Baltikum und Byzanz. Die Handelsmänner waren froh, dass sie bald abreisen konnten, doch leider gab es einen zeitlichen Verzug. Der Fürst von Vratislavia hatte darum gebeten, dass seine Tochter mit der Karawane reisen durfte. Sie war dem Fürsten von Kiew als Ehefrau versprochen. Diese Bitte konnte der Karawanenführer nicht ablehnen, denn es zahlte sich für ihn aus. Um sich der Karawane anzuschließen, musste Siegbert eine Gebühr entrichten. Das tat er gern, denn ohne einen ortskundigen Führer käme er nicht so leicht ans Ziel.

Der Rodewiner ritt in die eigene Handelsniederlassung zurück. Sie bestand aus der Kanzlei und dem Speicherhaus für die Waren zwischen Carnuntum im Süden und Erphesfurt im Westen. Ein versehrter Rodewiner, dem bei einem Heerzug die linke Hand abgeschlagen wurde, tat dort seinen Dienst. Siegbert kannte ihn gut und fragte nach den Besonderheiten, die es in den letzten Monden gab.

Am nächsten Tag besuchte er den Bernsteinschleifer, dessen Nichte Libussa er vor zwei Jahren zu ihren Eltern am Fluss Elbe gebracht hatte. Die Wiedersehensfreude war groß und der Mann erzählte, dass seine Nichte inzwischen geheiratet und einen Sohn bekommen hatte. Das Geschäft mit dem Bernsteinschmuck ging bei ihm gut, so dass er noch zwei weitere Schleifer einstellen konnte. Die Anhänger und Halsketten waren in Byzanz bei den Frauen sehr begehrt. Man sagte ihnen Heilkräfte nach und dass sie sogar bei Kinderwunsch helfen könnten. Bevor Siegbert den Mann verließ, kaufte er von ihm mehrere ausgewählte Stücke von bester handwerklicher und künstlerischer Qualität. Der Bernsteinschleifer gab ihm noch drei kleinere dicht verschlossene Lederbeutel und sagte grinsend: „Das ist Bernsteinpulver. Wenn du jemanden beeindrucken willst, kannst du es ins Feuer schütten und wirst Begeisterung auslösen."

Den übrigen Tag verbrachten die Thüringer damit, die Listen der Lagerbestände zu kontrollieren. Nach dem Abendessen sahen sie nach den Pferden, ob sie gut versorgt wurden und danach legten sie sich zeitig nieder.

Am nächsten Morgen ritten sie vor Sonnenaufgang zu der Herberge, wo sich die Handelsleute auf dem Hof versammelt hatten. Alle waren da, nur die Prinzessin, die Tochter des Fürsten von Vratislavia, fehlte. Die Sonne zeigte sich im Osten und der Karawanenführer blies zum Aufbruch. Die Rodewiner sollten am Ende des Zugs reiten und darauf achten, dass sie nicht zurückfielen. Bevor sie durch das Stadttor kamen, erschien die Prinzessin. Zwei Begleiter mit Packpferden folgten ihr. Sie waren kleidungsmäßig nicht von den Kaufleuten zu unterscheiden und in graue Wollumhänge gehüllt. Der Karawanenführer ritt auf sie zu und sagte ihr verärgert, wie sie sich unterwegs verhalten sollte und dass sie seine Anweisungen unbedingt zu befolgen hätte. Die Prinzessin nickte stumm und nahm mit ihren Begleitern den angewiesenen Platz am Ende der Karawane ein. Im Trab ritten sie dahin und wollten in sieben Tagen die erste größere Siedlung Krakau erreichen. Sie gehörte zum Besitztum des Fürsten von Vratislavia und lag in südwestlicher Richtung. Die Karawane kam gut voran. Sie machten öfter eine kurze Rast, damit sich die Pferde und Reiter erholen konnten.

Am Nachmittag kamen sie zu einem Gehöft und baten den Bauern, auf dem Hof ihre Zelte zum Übernachten aufstellen zu dürfen. Jedes Jahr waren die Handelsleute bei ihm eingekehrt und zahlten gut für die Lebensmittel und den Lagerplatz. Das Anwesen war klein und die Menschen lebten in Grubenhäusern, die bis zur Hüfte eines erwachsenen Mannes in den Boden eingetieft waren. Ihre Dächer stützten sich auf dem Erdboden ab und waren mit Schilf und Moos abgedeckt. Neugierig sahen die Bewohner der Siedlung dem Treiben auf dem Hof zu.

Die Handelsleute entfachten mehrere Feuer und bereiteten Fleischsuppe als Abendmahlzeit. Sie hatten zur Sicherheit den Proviant für die gesamte Reise bis nach Kiew bei sich. Über einen Mond lang mussten sie damit auskommen können. Es reichte aus, wenn die Bauern ihnen unterwegs ein wenig Fleisch und Gemüse verkauften. Die Rodewiner hatten sich mit der Prinzessin abgestimmt, eine gemeinsame Feuerstelle zu betreiben. Nach dem Essen zog sie sich mit ihren beiden Begleitern in ihr Zelt zurück. Der Karawanenführer gesellte sich zu den Rodewinern und erkundigte sich nach dem Wohlbefinden.

„Sind wir zu schnell unterwegs?"

„Für mich und meine Männer nicht. Ich weiß jedoch nicht, ob die Prinzessin die Reise überstehen wird", meinte Siegbert und schmunzelte vielsagend.

„Da mache ich mir keine Sorgen. Ihr Vater hat mir versichert, dass sie es mit jedem unserer Männer leicht aufnehmen kann. Bedenken hätte ich bei ihrem Schreiber, der solche Strapazen nicht gewohnt ist", bemerkte der Karawanenführer.

„Wieso hat sie ihn bei sich?"

„Sie lernt die Sprache der Awaren, damit sie sich mit ihrem zukünftigen Ehemann unterhalten kann. Er ist ein bedeutender Stammesführer und herrscht über ein viel größeres Gebiet als unser Fürst. Vor mehreren Jahren habe ich die Ehe arrangiert. Obwohl der Aware schon zwei Eheweiber hat, wird die Prinzessin einen angesehenen Platz an seiner Tafel einnehmen. Sie ist gut für diese Aufgabe vorbereitet und hat es gelernt, sich durchzusetzen."

„Wer ist der zweite Begleiter von ihr mit dem vernarbten Gesicht?", wollte Siegbert wissen.

„Es ist ihr Leibwächter. Er ist immer an ihrer Seite und hat ihr beigebracht, wie man mit verschiedenen Waffen kämpft. Mit ihm solltest du dich nicht anlegen, wenn dir dein Leben wert ist."

„Das habe ich auch nicht vor, doch ist es gut zu wissen, mit wem man es zu tun hat."
Der Karawanenführer stocherte mit einem Stock in der Glut und sprach sorgenvoll: „Ich bin froh, dass er bei uns ist. Mir wurde berichtet, dass eine Räuberbande zwischen dem Nebelland und Fluss Dnepr ihr Unwesen treibt. Mit einem Krieger an unserer Seite, wie er es ist, brauchen wir keine Angst vor ihnen zu haben."

„Was sind das für Leute, die raubend umherziehen?"

„Es sind meist junge Männer, die sich zusammenrotten und die Händler auf dem Dnepr bestehlen. Von den Bauern in den zerstreuten Siedlungen können sie nicht viel holen, die haben selbst nicht genug zu essen. Obwohl die Böden ertragreich sind, bleibt nach der Ernte nicht genug zum Leben. Viele von ihnen sind bei ihrem Landesherrn verschuldet, der erbarmungslos die Pacht einfordert. Manche von ihnen ziehen dann in das nicht kontrollierte Grenzgebiet, dem Nebelland. Es ist eine Zone zwischen den nomadischen Reiterstämmen aus dem Osten und den slawischen Fürstentümern oder Clans. In diesem Gebiet gibt es keinen Herrscher, der sie knechtet."

„Wer ist ihr Anführer?"

„Sie haben keinen Herrn. Jeder Clan sorgt für sich selbst und respektiert seine Nachbarn. Der schwer zugängliche Wald ist auf ihrer Seite. Kein Weg führt hinein und heraus. Sie leben wie auf Inseln im weiten Meer und versorgen sich selbst."

„Das ist schlecht für den Handel."

„Da hast du recht, aber zum Glück gibt es an anderen Orten Menschen, die unsere Waren kaufen wollen."

Der Karawanenführer ging zurück zu seinem Zelt. Otto stand auf, um nach den Pferden zu sehen. Siegbert unterhielt sich mit Oskar über die Zeit im Rebellenlager. Das Erlebte von damals war ihnen noch gegenwärtig, obwohl viele Monde seitdem vergangen waren. Oskar war müde und ging ins Zelt, um sich schlafen zu legen. An den anderen Feuern wurde es ruhig. Die Männer legten sich nieder, denn am nächsten Tag erwartete sie ein anstrengender Ritt. Siegbert genoss die friedliche Stille und legte ein paar Holzscheite in die Glut. Im Dunkeln tauchte ein Mann auf, der etwas Schweres über seiner Schulter trug und ließ seine Last neben der Feuerstelle fallen. Mürrisch sagte er: „Wenn sich dein Bursche noch einmal nachts dem Zelt der Prinzessin nähert und lauscht, schneide ich ihm ein Ohr ab."

Dann drehte er sich um und ging.

Otto lag ohnmächtig im Sand. An seinem Hinterkopf war eine Platzwunde erkennbar, die leicht blutete. Mit einem nassen Tuch wischte es Siegbert weg. Der Bursche wachte auf und rief: „Was ist passiert?"

„Das wollte ich dich fragen."

Stockend antwortete Otto, dass er an der Rückseite des Zeltes der Prinzessin gelauscht hatte und vom Leibwächter niedergeschlagen wurde. Siegbert machte ihm Vorwürfe, wie er das tun konnte und warnte ihn, dass der Leibwächter ihm das nächste Mal ein Ohr abschneiden würde.

Sie gingen ins Zelt und legten sich schlafen. Am nächsten Morgen sprach niemand von dem Vorfall. Ob die Prinzessin davon wusste, war nicht erkennbar. Zumindest ließ sie sich nichts anmerken.

Die erste Nacht verlief ruhig. Wachen brauchten nicht aufgestellt werden.

Jeden Tag ging Mila, die Fürstentochter, gleich nach dem Abendessen in ihr Zelt. Siegbert hatte von dem Schreiber erfahren, dass er sie vor dem Schlafengehen in der awarischen Sprache unterrichtete. Otto, der etwa gleichaltrig war, fragte die Prinzessin, ob er an dem Unterricht teilnehmen dürfte. Sie erlaubte es ihm überraschenderweise. Wenn die Karawane im Schritt ritt und in den Ruhepausen, versuchte Otto sein neu erworbenes Sprachwissen dem Bruder zu vermitteln. Siegbert, der den beiden zuhörte profitierte davon und lernte ungewollt mit. Sie machten sich einen Spaß daraus, wer die meisten awarischen Wörter kannte. Der Leibwächter hatte sein Misstrauen gegen Otto noch nicht abgelegt. Es schien in seiner Natur zu liegen, dass er jeden Menschen, der in die Nähe der Prinzessin kam als Bösewicht und Gefahr einschätzte.

Wenn die Prinzessin Lust hatte, übte sie am Abend mit ihrem Leibwächter das Fechten. Bewundernd sahen ihnen die Männer zu. Sie glänzte durch Schnelligkeit und gekonnt verstand sie es den Hieben auszuweichen. Einige der jungen Kaufleute wagten es mit ihr die Klingen zu kreuzen, doch sie gaben bald kläglich auf. Otto und Oskar versuchten es ebenso. Sie hielten länger durch, doch hatten auch sie keine Chance, gegen die Prinzessin zu gewinnen. Da sie nicht so kläglich versagten wie die Handelsleute, durften sie bei den gelegentlichen Übungsstunden mit dem Leibwächter teilnehmen. Siegbert hielt sich zurück und überließ das Übungsfeld allein den Jungen.

Die Karawane erreichte nach sechs Tagen Krakau, eine gut ausgebaute Siedlung, die mit einem Palisadenzaun und aufgeschütteten Wall geschützt war. Vor einem großen Holztor kontrollierten Wachen die Reisenden. Der Karawanenführer zeigte ihnen einen Passierschein, den er vom Fürst erhalten hatte und sie konnten ungehindert in die Stadt gelangen. In der Nähe des Marktplatzes befand sich eine große Herberge, zu der sie ritten. Der Wirt kam aus dem Langhaus und erkannte den Karawanenführer. Freudig ging er auf ihn zu, umarmte ihn wie einen alten Freund und wies seine Sklaven an, den Gästen zu helfen. In dem Langhaus, mit den Unterständen für die Pferde, konnten sie auf dem Dachboden ihr Nachtlager errichten. Separate Räume für die Gäste gab es nicht, doch befand sich am anderen Ende des Hofs ein Badehaus, das sie nutzen konnten. Darauf hatten sich die Rodewiner schon lange gefreut. Noch bevor sie in die Gaststätte gingen, um sich zu stärken, nahmen sie ein heißes Bad. Ihnen schlossen sich auch einige der Handelsleute an. Sie erzählten, dass sie auf den Badegenuss viele Tage verzichten müssten. Erst hinter dem Nebelland würden sie erneut Gelegenheit zum Reinigen haben. Sie berichteten, wie dort die Badehäuser aussehen und dass andere Sitten herrschten als entlang der Via Regia. Otto wollte es genauer wissen und fragte einen der Handelsleute, der schon oft in Kiew war. Der beschrieb in Einzelheiten, wie freizügig die Bademägde mit ihren Kunden umgingen und dass sie alle Wünsche erfüllten, die man sich nur denken konnte.

„Im letzten Jahr hatten mich gleich drei hübsche Mägde im Zuber verwöhnt und nach dem Badespaß meine Kleider gewaschen und am Feuer getrocknet.

Mit offenem Mund hörten die Brüder dem Erzähler zu. Sie konnten nicht einschätzen, was davon übertrieben war, da sie bisher nur wenig von der Welt gesehen hatten.

Als sich alle aus der Badestube entfernt hatten, wurde der Raum für die Prinzessin hergerichtet. Das Wasser in dem großen Bottich wurde gewechselt und weiße Tücher ausgelegt. Der Leibwächter kontrollierte die Gegebenheiten und holte danach die Prinzessin ab. Nur zwei Mägde durften sich in der Badestube aufhalten und warmes Wasser nachgießen. Es war ein Ort der Ruhe. Otto hatte seine Mütze im Bad vergessen, er betrat die Badestube durch einen Nebeneingang und fand sie auf einem Holzschemel.

„Willst du mir Gesellschaft leisten?", hörte er eine leise Stimme. Die Mägde erschraken, weil sich ein Mann in die Badestube verirrt hatte, und schoben den verunsicherten Otto schnell durch die Tür, aus der er gekommen war. Der Leibwächter hatte zum Glück von alledem nichts mitbekommen, da er vor dem Haupteingang Wache hielt. Wie benommen und geblendet von der Schönheit der Prinzessin ging Otto in die Gaststube und setzte sich an den Tisch neben seinen Bruder.

„Wo kommst du her? Ich habe dich schon überall gesucht."

„Wenn ich es dir sage, glaubst du es mir nicht."

„Sprich endlich!", drängte Oskar.

„Ich hatte meine Mütze im Badehaus vergessen und sie geholt."

„Was ist daran besonders?", erwiderte Oskar halblaut. Otto schwieg und sah sich nach allen Seiten um.

„Die Prinzessin saß im Zuber und hat mich eingeladen, mit ihr zu baden."

„Du spinnst! Wenn es wahr wäre, würde dir der Leibwächter die Augen ausstechen."

„Er hat nichts gesehen, weil er vor dem Haupteingang
stand."

„Da hast du großes Glück gehabt. Sprich mit niemand
darüber, es könnte dir das Leben kosten."
Oskar war völlig aufgelöst und sah seinen Bruder schon
tot neben sich liegen. Das Essen wurde aufgetragen und
der köstliche Schweinebraten konnte seine Stimmung
nicht verbessern. So beschloss er, den Schreck mit Bier
zu ertränken. Da trat die Prinzessin mit ihrem Leibwächter in den Raum und setzte sich an den Tisch, wo ihr
Schreiber auf sie warteten. Sie saß so, dass sie Otto im
Blick hatte und schien ihn zu beobachten. Er war verunsichert und hielt es nicht lange aus. Eilig verließ er die
Gaststube und Oskar folgte ihm nach draußen. Der
Schreiber kam zu Siegbert und bat ihn, sich mit an den
Tisch der Prinzessin zu setzen. Sie fragte nach seiner Herkunft und wollte Einzelheiten über seine Begleiter wissen. Besonders schien sie sich für Otto zu interessieren.
Siegbert erzählte, dass sie aus Carnuntum kamen und sich
als Handelsleute versuchen wollten.
Der Schreiber erinnerte die Prinzessin daran, die Sprach-
übungen fortzusetzen und beide verließen die Gaststube.
Siegbert versuchte, mehr über den Leibwächter zu erfahren und versuchte ihn vorsichtig auszufragen. Dem Mann
konnte man das Misstrauen ansehen, das er gegen den
vermeintlichen Langobarden hegte. Er erzählte ihm, dass
er vor vielen Jahren in einem slawischen Heerhaufen des
Fürsten Audoin kämpfte und schlechte Erfahrungen mit
den Langobarden gemacht hatte. Als er schwer verwun-
det auf dem Felde lag, wurde er nicht geborgen und geheilt. Man hatte ihn einfach übersehen und geglaubt, dass
er im Kampf gefallen wäre. Frauen aus der Gegend, die

sich um die Toten kümmerten, fanden ihn und versorgten seine Wunden. Danach ging er zu dem Fürsten von Vratislavia und diente ihm als Leibwächter. Ein innerer Groll gegen die Langobarden blieb zurück. Siegbert sagte ihm, dass er ein gebürtiger Thüringer war, und das stimmte ihn milder. Ab diesem Abend sprachen sie öfter ein Wort zusammen.

Nach wenigen Tagen kamen sie in das Nebelland, das zwischen dem Nordhang des Karpatengebirges und der Ostsee lag. Dieses Gebiet war hauptsächlich von Slawen bewohnt, die als Bauern weit voneinander ihre Siedlungen hatten und als Freie eingebettet in einem riesigen Urwald lebten. Die Schwierigkeiten mit dem Vorankommen auf den nur schwer erkennbaren Wegen nahmen zu. Außer Tierpfaden, umgestürzten Bäumen, Sträuchern zwischen den Baumriesen, kleinen Bächen und Lichtungen, die das Licht bis zu dem Waldboden dringen ließen, gab es nichts. Die Landschaft erinnerte die Rodewiner an ihre alte Heimat im Thüringer Wald. Siegbert ritt jetzt öfter an der Spitze der Karawane und konnte dem Anführer wichtige Hinweise beim leichteren Überqueren von Bächen geben. Da sich das Landschaftsbild von Jahr zu Jahr veränderte, war die Orientierung im Waldgebiet schwierig. Bäche hatten die Biber in Teichlandschaften verwandelt und markante Bäume wurden vom Sturm niedergerissen.

Der Karawanenführer beruhigte die Zweifler, die meinten, dass sie sich im Wald verirrt hätten. Am nächsten Tag erreichten sie eine kleine verlassene Siedlung.

„Hier übernachten wir!", ordnete der Karawanenführer an.

Siegbert fragte verwundert: „Was ist hier passiert? Die Hütten und Grubenhäuser sind leer und unversehrt."

„Die Bewohner sind nach Süden gezogen, da durch die Wetterverschlechterung vor wenigen Jahren das Saatgut auf den Äckern verfaulte und viele Menschen verhungerten. Diese dunklen Jahre haben das von den Slawen besiedelte Nebelland stark ausgedünnt."

Die Handelsleute richteten sich in den flachen Grubenhäusern ein. Holz zum Heizen gab es genügend. Es war zu kreisrunden Türmen hinter den Häusern aufgestapelt. Nach mehreren Tagen erreichten sie Rzeszow, eine größere leere Siedlung, die am Ende eines kleinen Tals an einem See lag. Der Karawanenführer beschloss, einen Ruhetag einzulegen, damit sich die Pferde auf den angrenzenden Wiesen satt fressen und ausruhen konnten. Die meisten Handelsleute nutzten die Zeit zum Fischen in dem Bach, dessen klares Wasser in einen See mündete. Die Prinzessin wollte jagen gehen und die eintönigen Mahlzeiten durch Wild aufbessern. Sie hatten auf dem Weg bis Rzeszow keine Tiere gesehen. Siegbert vermutete, dass die Karawane zu laut unterwegs war und das Wild verscheuchte. Er fragte den Leibwächter, ob sie sich dem Jagdausflug anschließen durften. Dieser hatte nichts dagegen, daher starteten sie am nächsten Morgen sehr früh und liefen einen Trampelpfad talaufwärts.

„Vielleicht sollten wir lieber Forellen im Bach angeln", meinte Oskar, der keine Freude mit dem Ausflug zu haben schien.

„Ein Stück Fleisch zwischen den Zähnen ist mir lieber. Stell dir einen Wildschweinbraten oder eine Rehkeule vor. Bei dem Gedanken läuft mir jetzt schon das Wasser im Mund zusammen", schwärmte Otto.

Die Sonne schien, doch ihre Strahlen drangen kaum durch das Blätterwerk. Sie hatten bisher kein Wild gesehen, obwohl sie sich sehr leise verhielten. Gegen Mittag erreichten sie einen kleinen Teich, der keinen Zufluss zu haben schien. Eine starke Quelle am Grund speiste ihn. Hier wollten sie eine Rast machen. Otto prüfte die Wassertemperatur und fragte, ob sich noch jemand zu einem Bad entschließen könnte. Keiner meldete sich. Er fand in dem seichten Gewässer bald die Stelle, an der die Unterwasserquelle sein musste. Forellen standen ruhig in der Strömung mit dem Kopf der Austrittsstelle zugewandt. Otto näherte sich von hinten einer besonders großen, legte seine Handflächen behutsam an ihren Leib und packte kräftig zu. Der Fisch versuchte seiner Umklammerung zu entkommen, doch es gelang ihm nicht. Stolz trug Otto seinen Fang zum Ufer und legte den zappelnden Fisch in den Sand. Die Prinzessin war begeistert und wollte selbst eine Forelle fangen. Ihr Leibwächter untersagte es ihr, doch sie beachtete ihn nicht. Schnell zog sie ihr Knabengewand aus und stieg ins Wasser. Otto zeigte ihr die Stelle, wo die Forellen standen und wie man sie fängt. Ihr erster Versuch gelang und die Prinzessin strahlte überglücklich. Am Ufer errichtete Oskar eine Feuerstelle und trug trockenes Holz zusammen. Siegbert und der Leibwächter schnitzten aus Weidenästen Bratspieße, auf die sie die entschuppten und ausgenommenen Fische steckten. Die Prinzessin und Otto brachten eine Forelle nach der anderen zum Ufer, mehr als sie benötigten. Sie wollten den Rest mit in die Siedlung nehmen. Alle setzten sich rund um das Feuer und hielten ihre Forelle über die Flammen. Es dauerte nicht lange, bis sie gar waren und genüsslich verspeisten sie den frischen Fang. Danach gönnten sie sich einen kurzen Mittagsschlaf, die älteren legten sich in den Schatten und die drei Jungen auf die Wiese in die gleißende Sonne.

Plötzlich schrie die Prinzessin auf und zeigte in Richtung des Waldes. Ein riesiger Braunbär bewegte sich in hohem Tempo aus dem Unterholz auf sie zu. Er musste die gebratenen Fische gerochen haben. Der Leibwächter griff nach seinem Schwert und näherte sich der Bestie. Die blieb kurz vor ihm stehen, richtete sich auf und schlug mit der Pranke auf seinen rechten Unterarm. Das Schwert flog in hohem Bogen in den Sand und der Leibwächter stürzte zu Boden. Der Bär stand über ihm und wollte zubeißen, doch da traf ihn Siegberts Schwertklinge tödlich. Er zog den Verletzten unter dem Tier hervor und sah nach seinem Unterarm. Er war gebrochen und die Krallen hatten das Fleisch zerfetzt. Die Prinzessin wusch die Wunde ihres Beschützers aus und Otto bandagierte den Unterarm zusammen mit den übriggebliebenen Weidenstöcken zur Stabilisierung. Die Bruchstelle war damit ruhiggestellt.

Der Schreck war allen anzusehen.

„Wir müssen schnell zurück in die Siedlung, kannst du laufen?", fragte Siegbert den Leibwächter.

Der nickte mit schmerzverzerrtem Gesicht.

„Dann lasst uns gehen! Otto und Oskar ihr bastelt eine Trage für den Bär und die Prinzessin fädelt die restlichen Fische auf eine Schnur und hängt sie sich über die Schulter. Ich helfe dem Leibwächter. Er kann jeden Moment vor Schmerzen ohnmächtig werden."

Jeder wusste, was er zu tun hatte und eilig traten sie den Rückweg an. In der Siedlung herrschte großes Erstaunen wegen des großen Jagdglücks. Niemand kümmerte die Verletzung des Mannes, der sich der Bestie entgegengestellt hatte. Es war ein männliches Tier, ein Rammbär, der von jedem Respekt abforderte. Ihm wurde das Fell abgezogen und sein Fleisch zerteilt. Es würde für den Rest der Reise reichen. Die Prinzessin kümmerte sich rührend um ihren Beschützer und kühlte den Knochenbruch. Otto bot sich an, ihr zu helfen. So verbrachten sie die nächsten Tage viel Zeit zusammen, worüber Oskar sich ärgerte. Es war keine Eifersucht, sondern die Sorge, dass sich sein Bruder in die Frau verlieben könnte und eine Dummheit beging. Die Prinzessin war dem Khagan von Kiew versprochen worden. Das war wie ein Handelsgeschäft, bei dem die Ware unbeschädigt übergeben werden musste. Ob seinem Bruder das bewusst war, bezweifelte er. Erfahrungsgemäß würde Otto auch nicht auf ihn hören. In der Vergangenheit hatte er sich durch unüberlegtes Handeln oft in Gefahr begeben. Diesmal könnte es seinen Tod bedeuten. Mit Siegbert sprach er darüber und bat ihn seinen Bruder zu ermahnen. Am Abend ergab sich die Gelegenheit dazu. Otto reagierte verwundert über die Vermutung, dass sich zwischen ihm und der Prinzessin etwas anbahnen könnte. Er verschwieg nicht, dass er eine enge Bindung zu ihr verspürte, doch ihm war bewusst, dass er seine Gefühle zu ihr im Zaum halten musste. Die Einsicht des Burschen beruhigte Siegbert und für ihn war die Angelegenheit abgetan.

17. Im Reich der Awaren
Im Juni 539

Früh am Morgen brach die Karawane auf. Alle waren froh, dass sie bald die Wildnis hinter sich lassen konnten und freuten sich, andere Menschen zu treffen.

Am fünften Tag erreichten sie die Siedlung Lwiw, die bewohnt war. Sie gehörte zum Einflussgebiet des Khagans von Kiew. In dem Dorf lebten nur Slawen, die ihren Landesherrn noch nie zu Gesicht bekommen hatten. Einmal im Jahr, nach der Ernte, mussten sie einen geringen Teil an Getreide und ein paar Hühner in der Marktsiedlung Riwne abliefern. Diese Abgaben waren eine Schutzgebühr an den Landesherrn, der sie vor Überfällen durch Räuber bewahrte. Sie waren nicht zu hoch und die viertägige Reise in die Marktsiedlung eine willkommene Abwechslung im Alltag. Auf dem Markt konnten sie Pelze und Felle gegen Kleidungsstücke und Werkzeuge tauschen. Es war aber auch eine Gelegenheit Neuigkeiten aus aller Welt zu erfahren und Kontakte zu Menschen in weit entfernten Nachbarsiedlungen zu knüpfen. Mancher Ehehandel kam da zustande, bei dem auch die Betroffenen mitentscheiden konnten.

Nach dem langen Ritt durch die Wildnis sehnten sich alle nach einem heißen Bad. Die Menschen in dem Dorf kannten die Bedürfnisse der Händler und bereiteten das Badehaus am See vor.

Große Kieselsteine wurden in der Glut einer offenen Feuerstelle erhitzt und in einen steinernen Bottich, der sich in der Badestube befand, gegeben. Daneben stand ein Eimer, aus dem mit einer Holzkelle kaltes Wasser auf die heißen Kieselsteine geschüttet wurde. Dampf verbreitete sich im Raum und heizte ihn auf. Als die Temperatur hoch genug war, gingen die Männer in die Badestube und begannen zu schwitzen. Junge Frauen kamen mit trockenen Bündeln Birkenreisig und schlugen die Oberkörper der Männer damit ab. Sie waren dabei nur leicht bekleidet und manche fremde Hand landete dort, wo sie nicht hingehörte. Das Vergnügen war auf beiden Seiten. Nach einer kurzen Weile war die Hitze fast unerträglich. In diesem Moment stürmten alle nach draußen und sprangen in das kalte Wasser des Teichs.

Diese Prozedur wiederholten sie dreimal und begaben sich danach zu dem Langhaus, in dem für sie Essen und Getränke bereitstanden. Sie speisten und tranken nach Herzenslust und bald waren die Entbehrungen, die sie in den letzten Tagen ertragen mussten, vergessen.

Während sich die Handelsleute im Langhaus aufhielten, besuchte die Prinzessin allein das Badehaus. Der Leibwächter fühlte sich nicht wohl. Die Verletzung am Unterarm machte ihm zu schaffen. Daher bat er Otto, seinen Schützling zu begleiten. Zwei Bademädchen hatten die Kieselsteine erneut erhitzt und in den Trog gelegt. Mit einem großen Leinen war die Sitzbank abgedeckt. Otto stand vor der Tür und achtete darauf, dass kein Unbefugter den Raum betrat. Mila entkleidete sich, übergab den Bademädchen das verschmutzte Gewand und bat es gleich zu reinigen. Sie goss selbst kaltes Wasser über die Steine und achtete darauf, dass es nicht zu heiß in dem Raum wurde. Mit einem neuen Bündel Birkenreisig versuchte sie ihren Oberkörper abzuschlagen. Sie rief nach einem Mädchen, das ihr dabei helfen sollte. Otto antwortete vor der Tür, dass beide weggegangen wären.

„Kannst du mir mit den Birkenreisern behilflich sein?", rief sie ihm zu.

Otto überlegte, wie er sich verhalten sollte. Er hatte versprochen, die Prinzessin zu beschützen und nicht ihr im Dampfbad behilflich zu sein. Die Bademädchen waren weggegangen und niemand anderes in der Nähe. Nach einer zweiten Aufforderung betrat er vorsichtig die Badestube. Dampf hüllte ihn ein und er konnte nichts sehen. Vorsichtig tastete er sich vor und berührte ihre Schultern.

„Zieh dich aus, sonst wird dein Gewand nass!", forderte ihn Mila auf und half ihm, das Hemd über den Kopf zu ziehen.

In dem Moment vergaß Otto, wo und weshalb er hier war. Die Prinzessin umarmte ihn und beide sanken auf die Bank. Sie genossen die Zeit, bis die Hitze unerträglich wurde und kühlten sich danach im Teich ab. Es war niemand in der Nähe, der sie beobachtet hatte. Inzwischen war die Sonne untergegangen, sie stiegen aus dem Wasser und trockneten sich im Badehaus ab. Mila nahm aus ihrer Tasche ein neues Gewand und zog es an. Otto roch an seinem Hemd und stellte fest, dass es stank. Er musste es dennoch anziehen, da er kein anderes zum Wechseln bei sich hatte. Die Prinzessin machte einen zufriedenen Eindruck und küsste ihn auf den Mund.

„Was passiert ist, muss unser Geheimnis bleiben. Du darfst mit niemand darüber sprechen, auch nicht mit deinem Bruder", flüsterte sie ihm ins Ohr, als könnte es jemand hören.

„Das schwöre ich bei meinem Leben!"

„Lass uns jetzt zu den anderen gehen, sonst bekommen wir nichts mehr von den Speisen ab und müssen uns hungrig niederlegen", bemerkte sie trocken und zog Otto an der Hand mit sich fort.

An dem darauffolgenden Ruhetag mahnte der Karawanenführer, die eigenen Sachen in Ordnung zu bringen.

Das lederne Zaumzeug wurde gefettet, die Warensäcke der Packtiere gereinigt und die Kleidung gewaschen. Sie sollten, einen guten Eindruck bei den Bewohnern der Siedlung hinterlassen. Die Menschen waren den Handelsleuten sehr zugetan und für ihre Gastfreundschaft machten sie ihnen kleine Geschenke. Am meisten freuten sie sich über Messer oder andere Gebrauchsgegenstände. Besonders beliebt waren Glaskugeln, die sie sich mit Schnüren um den Hals hängten.

Die Weiterreise erfolgte auf ausgefahrenen Waldwegen, was die Orientierung erleichterte. Ein Bursche aus der Siedlung hatte sich der Karawane angeschlossen. Er sagte seinen Eltern, dass er den Handelsleuten den richtigen Weg zeigen wollte. Es ging ihm jedoch darum, die Erlaubnis zu bekommen, in die große Marktsiedlung zu reisen.

Der Karawanenführer hatte nichts dagegen, zumal der junge Mann sehr gesprächig war und viel über das Leben in den Siedlungen des Khaganats berichtete. Die Marktgemeinde, die sie in vier Tagen erreichen wollten, war das Zentrum für mehr als zwölf Gemeinden, wie die von Lwiw. Das Oberhaupt war dort ein Verwalter, der vom Khagan ernannt wurde. Er befehligte einen Trupp von Reiterkriegern, die dafür sorgten, dass sich in dem Gebiet keine Räuberbanden festsetzen konnten. Teile dieses Trupps waren auch bei den Scharmützeln, die der Khagan gegen feindlich gesinnte Nachbarn an seiner Ost- und Südgrenze führte, beteiligt. Ein Drittel der Bevölkerung waren Awaren, die sesshaft wurden. Sie gehörten zu den Vermögenden und bestimmten das Leben in der Marktgemeinde.

Einige der Awarenkrieger waren mit Frauen aus slawischen Clans verheiratet und hatten deren Sitten und

Bräuche angenommen. Spannungen zwischen den beiden Volksgruppen gab es nicht, da jede ihr gutes Auskommen hatte. Auf halber Strecke nach Riwne gestand der Bursche, dass er sich als Reiterkrieger bewerben wollte. Wer gut im Sattel saß bekam auch als Slawe die Chance, in der Kriegerschar des Khagans zu dienen. Erfahrungen in der Kriegskunst hatte er keine. Mit Pfeil und Bogen glaubte er gut umgehen zu können, doch ein Schwert hatte er noch nie in den Händen gehalten. Siegbert tat der Bursche leid, der so voller Hoffnung war eine Kriegerkarriere bei den Horden der Awaren starten zu können. Unterwegs zeigte er ihm, wie man mit einem Schwert umgehen musste. Ungeschickt stellte sich der Bursche nicht an. Oskar nahm sich seiner an und sie nutzten die Zeit in den Ruhepausen zum Üben.

Dem Leibwächter der Prinzessin ging es immer schlechter. Die Wunde am Unterarm hatte sich braun verfärbt und nässte. Es gab keine Hoffnung, auf Heilung und er entschied sich, für die Amputation des Arms. Der Karawanenführer riet, bis zur Ankunft in Riwne damit zu warten und hoffte, dass sich in dem Ort jemand fände, der sich in solchen Dingen auskennt. Alle waren in Sorge, dass er es bis dahin nicht schaffen könnte. Otto ritt mit ihm auf einem Pferd und hielt ihn fest, damit er nicht aus dem Sattel fiel.

In Riwne angekommen, erkundigte sich Siegbert nach einem Kräuterweib, das dem Mann helfen konnte. Sie hatten Glück und fanden eine awarische Schamanin, die bereit war den Mann zu behandeln. In ihrer Jurte wurde der Leibwächter auf ein Fell am Boden gelegt. Die Frau gab ihm einen Trank, der ihn bewusstlos machte. Dann reichte sie Siegbert ein Hackbeil, mit dem man Fleisch von Schlachttieren zerteilt und deutete ihm, dass er den Arm des Mannes abhacken soll. Sie legte ein Holzklotz unter den Oberarm und markierte die Schnittstelle mit einer braunen Flüssigkeit. Ihm blieb nichts anderes übrig als den Arm abzutrennen. Statt dem Beil nahm er sein Schwert und hieb den Arm des Mannes ab. Der Leibwächter erwachte aus seinem Rausch und schrie laut auf. Die Schamanin hatte in der Feuerstelle ein Stück Eisen bis zur Glut erhitzt und brannte damit die Trennstelle aus. Diesmal fiel der Patient vor Schmerzen in Ohnmacht und lag da, wie tot. Nachdem sie die Wunde verbunden hatte, begann sie einen Beschwörungstanz, der böse Geister von ihm fernhalten sollte. Alle Umstehenden sahen ihr gespannt zu. Der Schreiber konnte die Frau verstehen und erklärte den Umstehenden, dass sie, bis auf die Prinzessin, die Jurte verlassen sollten. Bedrückt entfernten sich die Männer und suchten schweigend die Herberge auf.

Der Karawanenführer ordnete für den nächsten Tag einen Ruhetag an und hoffte, dass sich der Zustand des Leibwächters verbesserte. Er hatte dem Khagan versprochen, die Prinzessin mit ihren beiden Begleitern unbeschadet nach Kiew zu bringen und nun war dieses große Malheur passiert. Ihm blieb nichts anderes übrig als abzuwarten.

Die Rodewiner nutzten den Ruhetag, um sich in der Siedlung umzusehen und auf die letzte Etappe der Reise nach Kiew vorzubereiten. In sieben Tagen müssten sie dort ankommen. In der Nähe des Verwaltungsgebäudes befanden sich die Unterkünfte für eine Hundertschaft der Awaren-Reiter geschützt von einem Palisadenzaun mit Wachtürmen. Zutritt wurde den Rodewinern nicht gewährt, doch konnten sie von außen genug erkennen. Die Krieger lebten in Jurten zu jeweils zehn Personen und ihre Pferde standen im Freien angebunden. Vom Aussehen waren die Männer höher gewachsen als Hunnen,

doch trugen sie die gleiche Kleidung. Um keinen Argwohn zu erregen, gingen die Rodewiner zum Marktplatz
und betrachteten die Waren, die von Bauern der Umgebung und Kaufleuten angeboten wurden. Es waren Getreide und Gemüse, Obst und Kräuter, Fische und
Fleisch in beachtlicher Menge, die vom Karren herunter
verkauft wurden. Die Händler boten Güter für den täglichen Bedarf, wie Küchengeräte und Kupferkessel, Messer und Handwerkszeug, Kleidung und Stoffe an. Pelze,
Schmuck und Waffen konnten sie nicht entdecken.
Die Rodewiner kamen spät zur Herberge zurück und alle
schienen auf sie zu warten.

„Was gibt es?", fragte Siegbert besorgt. Der Karawanenführer gebot Ruhe und sprach: „Ich habe euch noch
vor dem Essen zusammengerufen, da ich mit euch eine
wichtige Angelegenheit besprechen will. Ihr alle wisst,
dass der Leibwächter der Prinzessin seinen Arm verloren
hat und krank in der Jurte der Schamanin liegt. Ich hatte
unserem Fürsten versprochen, seine Tochter und ihre
Begleiter zum Khagan von Kiew zu bringen. Das eheli-
che Bündnis soll den Frieden zwischen den beiden Fürstentümern bewahren und sichert somit auch unser Handelsgeschäft. Der Schreiber der Prinzessin sprach mich
an, dass es notwendig sei, einen neuen Leibwächter zu
finden. Er muss aus unseren Reihen stammen und gut
mit dem Schwert umgehen können. Ich frage euch daher,
wer übernimmt freiwillig dieses Amt in den Diensten unseres Fürsten."
Jeder einzelne der Handelsleute wurde angesprochen,
doch sie sagten ab. Als Grund gaben sie mangelnde Erfahrungen im Umgang mit Waffen an. Im Prinzip
stimmte es, doch hatten die meisten eine Familie in der
Heimat, die sie nicht verlassen wollten oder die neue Aufgabe schien ihnen persönlich nicht attraktiv. Es half auch

kein eindringliches und ermahnendes Zureden durch den Schreiber.

Einer aus dem Kreis der Handelsleute meldete sich und wollte wissen, warum die Rodewiner nicht gefragt wurden. Verwundert sahen alle zu Siegbert.

„Es ist richtig! Auch wenn ihr von der Abstammung Thüringer seid, so steht ihr uns Slawen doch sehr nahe. Ich frage euch daher, ob einer dazu bereit wäre, als Leibwächter der Prinzessin zu dienen."

Zunächst folgte betretenes Schweigen, das Otto plötzlich unterbrach.

„Wenn sich keiner dazu bereitfindet, würde ich es tun", sprach er zögerlich.

Siegbert war dagegen. Er begab sich mit dem Karawanenführer und Schreiber in einen anderen Raum und sie diskutierten lange Zeit miteinander. Am Ende kam eine Einigung zustande. Der Karawanenführer sagte zu, dass Siegbert ein Handelshaus in Kiew gründen darf und der Fürst für alle Kosten aufkommen würde. Während des Essens bat Oskar ebenfalls in Kiew bleiben zu dürfen, da er in der Nähe des Bruders sein wollte. Sie kamen überein, dass Oskar das Handelshaus als Verwalter übernehmen würde.

Die Weichen waren gestellt und alles Wichtige besprochen. Die letzten Reisetage verliefen schnell. Von weitem sahen sie die Stadt, die aus mehreren bebauten Flächen bestand. Auf einem Hügel war ein riesiger Holzbau zu sehen, der einer Jurte glich. Das Dach strahlte golden im Sonnenlicht. Am Hang des Hügels waren zahllose Jurten kreisförmig aneinandergereiht. Zur Ebene hin befanden sich drei Siedlungen, die mit einem Palisadenzaun geschützt waren. Der Weg führte zu einem bewachten Tor, das sie problemlos passieren durften. Sie ritten zu einem Hof, der von drei Langhäusern eingefasst war.

„Dies ist mein Handelshaus", sprach der Karawanenführer freudig zu Siegbert, „und für dein Haus finden wir auch einen geeigneten Platz."

Die Rodewiner hatten sich die Siedlung nicht so groß vorgestellt und dabei war das nur ein Teil, den sie zu sehen bekamen. Aus der Schmiede trat ein muskulöser Mann und begrüßte die Ankommenden. Er kannte die meisten von den Handelsleuten und führte die Prinzessin mit ihren Begleitern ins Wohnhaus, dass innen in mehrere Räume untergliedert war. Mägde kümmerten sich um den hohen Gast.

Die Pferde wurden auf dem Hof entladen und die Packsäcke im Speicher verstaut. Im Obergeschoß befanden sich mehrere Schlafräume. Die Rodewiner hatten einen eigenen und lagerten dort ihre Tauschwaren und die Geschenke für den Khagan. Nachdem die Tiere versorgt waren, trafen sich alle zum gemeinsamen Speisen in der Markthalle. Das war ein Raum in einem der Langhäuser, der im unteren Stockwerk nicht durch Wände abgetrennt war und in dem sich eine langgezogene Feuerstelle befand. Über ihr hing ein Eisenkessel, in dem Krautsuppe mit Fleischeinlage köchelte. Ihr Duft brachte die hungrigen Mägen zum Knurren. Dazu gab es Brot und Bier für den Durst. Die Männer unterhielten sich angeregt beim Essen und Siegbert erfuhr, dass der Schmied, der über Haus und Hof bestimmte, ein Thüringer Sklave des Karawanenführers war. Er hatte ihn auf einem fränkischen Sklavenmarkt gekauft und mit auf die Handelsreise entlang der Via Regia genommen. Unterwegs fand er heraus, dass er ein guter Schmied war und alle Pferde der Händler beschlug. Mit dem Erwerb des Handelshauses in Kiew brauchte er einen Verwalter und seitdem erledigt der

Schmied diese Aufgabe zu seiner vollen Zufriedenheit. Er war verheiratet und hatte zwei Töchter. Die Ehefrau stammte aus dem Baltikum und war ebenfalls eine Sklavin, die der Karawanenführer auf dem Kiewer Sklavenmarkt von einem Händler kaufte. Sein Schmied war damals dabei und hatte sich die Frau aussuchen dürfen. Sie war für den häuslichen Bereich zuständig und bestimmte auch, was auf dem Hof und den Feldern passierte. Zahlreiche Knechte, Mägde und Sklaven verrichteten unter ihrer Anleitung die Arbeit. Ihr Mann kümmerte sich nur um das Handelsgeschäft und die Schmiede.

Am folgenden Morgen erschienen Krieger des Khagans auf dem Hof der Karawanserei. Sie waren gekommen, um die Prinzessin in einer Sänfte abzuholen. Es dauerte den ganzen Vormittag, bis sie reisefertig war. Die Überraschung war groß, als sie aus dem Haus trat. Sie trug ein langes rotes Kleid und war mit viel Schmuck behangen. Siegbert hatte sie nicht wiedererkannt, wie sie langsam zu der Sänfte in der Mitte des Hofes schritt. Was war das für eine Frau, dachte er sich, die von einem Tag zum anderen eine solche Wandlung vollzogen hatte. Gestern war sie von einem Handelsburschen nicht zu unterscheiden und heute schreitet sie wie eine Herrin daher. Die Eheschließung sollte am Abend erfolgen und alle Handelsleute sowie die Rodewiner waren dazu eingeladen. Gemeinsam mit dem neuen Leibwächter Otto und dem Schreiber, die neben der Sänfte herliefen, setzte sich der Brautzug in Richtung der Jurten Ansiedlung in Bewegung.

Die Eingeladenen bereiteten sich auf den Festabend vor. In ihren besten Gewändern ritten sie zu dem Hügel, wo die Hochzeitsfeier stattfinden sollte. An der höchsten Stelle des abgeflachten Berges befand sich der Holzbau, der in seiner Form einer Jurte glich und ein goldenes

Dach besaß. Auf dem großen Vorplatz hatten sich die geladenen Gäste eingefunden. Sie lagerten in kleinen Gruppen halbkreisförmig vor einem Podest, auf dem der Khagan mit seiner Familie, dem engsten Kreis seiner Gefolgsleute und den Ehrengästen Platz genommen hatte. Die Feierlichkeiten fanden im Freien statt. Kleine Holzfeuer brannten verteilt auf dem Festplatz, um die sich die Gäste lagerten. Sie saßen auf ledernen Kissen und hielten Grillstäbe mit Fleischstücken in die Flammen. Dabei hörten sie den Musikanten zu, die Lieder aus ihrer alten Heimat, der mongolischen Steppe, spielten. Die Handelsleute wurden von Bediensteten auf verschiedene Gruppen, die in vorderster Linie platziert waren, aufgeteilt. Nur dem Karawanenführer kam die Ehre zuteil, auf dem Podest in der Nähe des Khagans zu sitzen. Die Gäste warteten geduldig auf die Braut. Inzwischen begrüßte der Khagan die Festbesucher und nahm die Geschenke und Huldigungen entgegen. Siegbert übergab eine silberne Schatulle mit ausgewählten Schmuckstücken aus den langobardischen Werkstätten. Sie wurde von einem Beamten entgegengenommen und unbeachtet zu den Geschenken der anderen Gäste auf einen dafür vorgesehenen Tisch gestellt. Der Khagan wirkte angespannt. Er war ein drahtiger Mann in den 50-ziger Jahren mit Narben im Gesicht, die von Kämpfen herrührten. Er trug einen kostbaren Mantel, der mit einem goldenen Gürtel gefasst war und einen Hut aus Zobelfellen. Seitlich von ihm befand sich ein Metallständer mit hölzerner Querstrebe, auf der ein Adler saß. Die vielen Menschen und Geräusche konnten das Tier nicht aus der Ruhe bringen. Es war der Lieblingsgreifvogel des Khagans erklärte der awarische Krieger, der neben Siegbert saß. Sie verständigten sich in einem Mix aus awarischer und slawischer Sprache. Wenn das nicht half, versuchten sie es mit Griechisch, das in Konstantinopel gesprochen wurde. Der awarische Anführer einer Hundertschaft war, wie er sagte, im letzten Jahr mit einer Abordnung des Khagans in der Hauptstadt des oströmischen Reiches, um zu erkunden, ob dem Kaiser die Awaren als Bundesgenossen willkommen wären. Sie hatten wenig Erfolg und nutzten die Zeit, die Wehranlagen der Stadt zu erkunden. Nachdem der Aware von seiner Reise nach Byzanz berichtet hatte, wollte er wissen, mit wem er sich unterhielt. Siegbert stellte sich als Handelsmann aus dem Langobardenreich vor, der die Absicht hatte, den Handel entlang der Via Regia bis nach Kiew zu erweitern. Das gefiel dem Krieger und er lobte die Säbel und Schwerter der Franken, die niemals brachen. Flink zog er seine Waffe.

„Sieh her! Diesen Säbel habe ich aus Kiew. Dort gibt es einen fränkischen Schmied, der hat ihn gefertigt. Ist das nicht ein prächtiges Stück?"
Die Klinke war aus Damaszenerstahl und Siegbert betrachtete sie mit Kennerblick. Der Aware nahm ein Stück Pergament aus seinem Wams und schnitt es in der Mitte durch.

„Damit kannst du im Kampf dem Feind den Bart stutzen", meinte er lachend und steckte den Säbel zurück in die mit Silberblech verkleidete Holzscheide.
Trommelwirbel schreckte alle auf. Mehr als hundert Männer hatten sich vor dem Podest mit großen Trommeln aufgestellt und schlugen mit Schlägeln rhythmisch auf das Schlagfell. Es hörte sich an, als würde eine Herde Pferde auf den Platz stürmen. Von der hölzernen Jurte kamen zwei Frauen mit ihren Dienerinnen zu dem Podest und setzten sich neben den Khagan.
Der Aware verriet Siegbert, dass es sich um die beiden Ehefrauen des Khagans handelte und die Braut bald erscheinen müsste. Es dauerte nicht lange und sie kam im

Gefolge des Dolmetschers und ihres Leibwächters aus der hölzernen Jurte. Das Gesicht war nicht zu erkennen, da sie einen Schleier trug. Gemessenen Schrittes steuerte sie auf den Khagan zu und verbeugte sich. Er stand auf und fasste ihre Hand. Der Trommelwirbel nahm an Lautstärke zu. Ein Schamane beschwörte irgendwelche Götter und Geister. Was er sagte, ging in dem Trommellärm unter. Plötzlich wurde es still und der Khagan trat mit der Braut an den Rand des Podestes und stellte seine dritte Ehefrau vor. Alle Gäste und Gefolgsleute stießen unklare Laute aus, die Siegbert wie Kampfgeschrei vorkamen. Es war ihre Art die neue Ehefrau zu begrüßen. Dann traten aus der Jurte Bedienstete, die riesige Weinschläuche auf ihren Schultern trugen. Sie gingen damit zu jeder Feuerstelle und legten die schwere Last nieder. Behänd machten sich zwei Männer ans Werk, fertigten aus drei Holzstangen einen Dreibock und hängten den Schlauch hinein. Kunstvoll getriebene Silberschalen hingen an einem Lederriemen. Sie waren nach dem Gebrauch als Geschenk für die Gäste gedacht. Einer der Krieger verteilte sie im Kreis und öffnete vorsichtig die Verschnürung des Schlauchs. Eine milchige Flüssigkeit strömte langsam heraus und wurde in die Schalen gegossen. Begeistert schrien die Männer auf. Sie nickten den Handelsleuten zu und forderten sie auf, mitzutrinken. Siegbert nahm einen kleinen Schluck und blickte in die erwartungsvollen Gesichter. Er ließ sich nicht anmerken, dass er das alkoholische Getränk abscheulich fand und grinste verlegen seinen Nachbarn an.

Der Aware fragte: „Schmeckt es dir?"

„Was ist das?"

„Es ist Airag und wird aus vergorener Stutenmilch gewonnen. Wenn du zu viel davon trinkst, fällst du aus dem Sattel."

Die übrigen Krieger lachten und genossen das Getränk.
Der Aware erzählte, dass seine Frau die alte Tradition in
Kiew, der neuen Heimat, beibehielt. Sie lebte in der Zi-
vilsiedlung und hatte einen kleinen Hof mit Landwirtschaft. Acht Pferde besaß er, ausschließlich Stuten mit ihren Fohlen, die regelmäßig gemolken wurden, um Airag
herzustellen. Durch eine besondere Verarbeitung konnte
der Alkoholgehalt erhöht oder gesenkt werden. Er lud die
Rodewiner am nächsten Tag auf seinen Hof ein und
wollte ihnen den selbst gemachten Airag kosten lassen.

Nachdem sich der Khagan am späten Abend in die höl-
zerne Jurte zurückgezogen hatte, war die Hochzeitsfeier
beendet. Alle verließen den Festplatz und begaben sich in
ihre Jurten oder ritten in eine der drei Zivilstädte am Fuße
des Hügels.
Der Karawanenführer war zufrieden mit dem Ausgang
des Abends. Er hatte alle Verpflichtungen gegenüber seinem Fürsten erfüllt und die Eheschließung der Prinzessin
mit dem Khagan war erfolgreich abgelaufen. Nun konnte
er sich entspannen und lud alle Handelsleute und die Rodewiner zu einem Umtrunk ein. Der Schmied brachte
mehrere Fässer, des von ihm gebrauten Biers und seine
Frau sorgte dafür, dass niemand hungrig schlafen gehen
musste. Kalter Braten, vom Schwein und Geflügel, geräu-
cherte Würste, Salzgurken, in Essig eingelegte Zwiebeln
und vieles mehr, tafelte sie mit ihren Mägden auf. Diese
Nachfeier der Hochzeit fanden alle besser als das Festessen bei dem Khagan. Es war niemand unter ihnen, dem
die vergorene Stutenmilch geschmeckt hatte und sie äu-
ßerten sich abwertend über die Bewirtung beim Festmahl
des Khagans.
Der Karawanenführer gebot Einhalt und sprach: „Redet
nicht so schlecht über die Ess- und Trinkgewohnheiten

der Awaren. Sie kommen von weit her aus dem Osten, wo sich die weiten Steppen befinden und außer Gras nichts wächst. Die meisten von euch würden dort verhungern. Als junger Mann bin ich mit einem Hunnentrupp weit in den Osten gezogen und lebte ein Jahr unter ihnen. Ich weiß, wovon ich spreche, und habe großen Respekt vor den Reiterkriegern."

Einer der Handelsleute stand auf und meldete sich zu Wort: „Es sind doch nur wilde Horden, die Brandschatzen und plündern. Sollen die doch in der Mongolei bleiben, wo sie hingehören. Wir Slawen haben sie nicht gerufen. Sie unterdrücken seit Jahren unser Volk."

„Nicht alle sind, wie du sagst. Fest steht, dass sie bessere Krieger sind als wir und wenn es die Awaren nicht gäbe, die an der Ostgrenze die gefährlichen weißen Hunnen und andere wilde Reiterscharen zurückdrängen, wäre das Leben für unser Volk viel schlechter als jetzt. Ihr habt gesehen, wie gut es den Menschen in unseren Siedlungen entlang des Handelsweges geht und auch hier in Kiew brauchen sie nicht klagen. Die beiden Volksgruppen werden irgendwann miteinander verschmelzen."

„Dann müssen wir uns wie die Awaren kleiden und Bänder in unsere langen Haare flechten. Darauf kann ich verzichten", beschwerte sich ein anderer Handelsmann.

„Solange dir nicht der Kopf geschoren wird, kannst du zufrieden sein. Dir bliebe immer noch das Nebelland mit den undurchdringlichen Wäldern."

Das Bier löste die Zungen und die Gespräche zeigten die tiefe Kluft, die zwischen den Awaren und Slawen herrschte.

Siegbert zog sich mit Oskar zum Schlafen zurück. Die Sorgen der Slawen waren nicht die ihren. Sie konnten ihren Drang nach Freiheit verstehen, doch wer sollte sie vor noch gefährlicheren Reiterscharen, als es die Awaren schon waren, schützen. Sie selbst hatten nicht die Kraft dazu und das wussten sie. Es blieb kein anderer Weg als sich zu verbünden und in Frieden miteinander zu leben.

Die Nacht war kurz, denn sehr früh am Morgen hatte sich der awarische Anführer einer Hundertschaft auf dem Hof eingefunden und wollte Siegbert sein Gut zeigen. Sie ritten eine ziemliche Strecke und kamen in eine kleine Siedlung am Rande der Stadt mit mehreren Grubenhäusern. In der Mitte des Siedlungsplatzes stand eine Jurte, vor der die Frau des Awaren mit ihren Kindern auf die Gäste wartete. Bevor sie die Jurte betraten, bot sie ihnen in einer Holzschale Airag als Willkommenstrunk an. Er schmeckte besser als der vom Vorabend. Die Jurte war wohnlich eingerichtet. An den Wänden hingen Wollteppiche mit Ornamenten und Tierbildnissen und der Boden war mit einem dicken Teppich ausgelegt. In der Mitte befand sich die Feuerstelle und der Rauch zog durch die Öffnung im Dach ab. Möbel gab es keine, nur zwei Kisten standen an der Wand, in denen sich die Kleider und Habseligkeiten befanden. Der Aware hielt sich nicht lange auf und zeigte seinen Gästen die Stuten, von denen sie die Milch für das traditionelle Getränk der Awaren herstellten. Siegbert betrachtete interessiert die Pferde. Sie glichen denen der Hunnen und hatten einen stabilen Körperbau. Mägde molken die Tiere. Sie entnahmen jedoch nur so viel Milch, dass sie für die danebenstehenden Fohlen noch reichte. Die Männer unterhielten sich über Pferdezucht und Siegbert berichtete von den weißen Thüringer Pferden, die er auf seinem Gut an der Donau züchtete.

„Bei uns gibt es auch weiße Pferde, doch verwenden wir sie nicht auf Kriegszügen, da sie in der Steppe schon

von weitem erkannt werden könnten", erzählte der A-
ware.

„Was macht ihr mit ihnen?"

„Wir schlachten sie oder die Kinder lernen auf ihnen
reiten."

„Könntest du mir welche beschaffen?"

„Ich werde mich umsehen und wenn ich welche finde
bringe ich sie zu dem Schmied, bei dem du wohnst."
Der Aware musste zurück ins Lager zu seinen Kriegern.
Für den nächsten Tag hatte der Khagan den Abritt befohlen, da er einen wilden Reiterstamm im Osten zurückdrängen musste.
Die Rodewiner ritten allein zum Hof des Schmieds und
waren überrascht, dass alle Handelsleute wach waren, obwohl manche bis zum Morgengrauen durchgezecht hatten. Sie kümmerten sich um ihre Tauschwaren und legten
sie in der Markthalle zur Begutachtung aus. Händler aus
dem Ort und der Umgebung kamen zum Hof, um die
Waren zu begutachten. Die meisten boten kostbare Felle,
die sie von Jägern aus dem Norden und Osten erhielten
oder kostbare Gegenstände aus Edelmetall, die von den
Kriegs- und Raubzügen der Awaren stammten. Begehrt
waren für die Kiewer hochwertige Haushaltswaren,
Stoffe aus dem Frankenland, modischer Schmuck und
Gewänder. Da diese Waren selten auf den Märkten angeboten wurden, war ihr Preis hoch.
Der Karawanenführer ritt mit den Rodewinern durch die
Siedlungen und sie sahen sich nach einem geeigneten
Platz für ein Handelshaus um. Der Khagan hatte ihm
während der Hochzeitsfeier die Erlaubnis dazu erteilt
und das erleichterte den Weg bei der örtlichen Verwal-
tungsbehörde. Am Nachmittag fanden sie einen geeigneten Platz, der am Rande der Stadt an einem Bach lag und
sich nicht allzu weit entfernt vom Hof des Schmieds

befand. Sie meldeten den Bauplatz in der Verwaltung an und bekamen gegen eine Gebühr ein Dokument ausgehändigt das Siegbert als Eigentümer des Grundstücks auswies. Bis weit in die Nacht saßen sie zusammen und entwarfen die Gebäude mit dem Waren- und Wohnhaus, den Stallungen und Grubenhäusern für die Knechte, Mägde und Sklaven. Oskar brachte seine Vorschläge mit ein, denn er würde das Handelshaus verwalten.

Am nächsten Tag organisierte der Karawanenführer Handwerker, die er mit den Bauarbeiten beauftragte.
Die Fundamente waren bald fertiggestellt und die Rohbauten folgten. Jeden Tag besuchten die Rodewiner die Baustelle und freuten sich über die Fortschritte.
Bei Neumond, in fünf Tagen, wollte der Karawanenführer wieder zurückreisen. Da der Schmied über das Jahr hinweg Felle von Jägern aufgekauft und gelagert hatte, waren die Handelsleute nicht auf die lokalen Händler angewiesen.
Oskar beaufsichtigte den Bau und wollte bis zur Fertigstellung in der Herberge des Schmiedes wohnen bleiben.
Bevor die Karawane abreiste, erschien der einarmige Leibwächter der Prinzessin. Er wollte nicht mit der Karawane zurückreisen und lieber in der Nähe der Prinzessin bleiben. Der Schmied fragte ihn, ob er sich bei ihm nützlich machen wolle und der Leibwächter nahm gern das Angebot an.

18. Die Heimreise
Im September 539

Die Rückreise erfolgte auf dem gleichen Weg, den sie nach Kiew genommen hatten. Die Packpferde waren mit Proviant und kostbaren Fellen beladen. Der Anführer ritt mit dem Thüringer an der Spitze der Karawane. So konnten sie sich gut unterhalten und die Reise dauerte gefühlsmäßig nicht so lange, wie in die andere Richtung.

Nach einem Mond kamen sie in Vratislavia an. Bevor Siegbert nach Carnuntum weiterreiste, wurde er vom Fürsten in den Palast eingeladen und geehrt. Sie sprachen über die Reise und der Fürst wollte von seinem Gast wissen, ob es sich lohne, die Handelsroute vom Westen bis Kiew weiter auszubauen.

„Die Via Regia ist eine Königsstraße, die von Paris bis zur Elbe mit Wagen und Karren befahrbar ist. Wenn es gelingen könnte, die Strecke von der Elbe bis nach Kiew befahrbar zu machen, würden die Siedlungen und das Umfeld entlang dieser Straße erblühen und den Ruhm der Herrscher, durch deren Reich der Weg führt, vermehren", erklärte Siegbert.

Der Fürst runzelte die Stirn und meinte: „Die Verlängerung ist sehr teuer, das muss man bedenken."

„Das ist wahr, doch seht, wie es die Franken in dem besetzten Gebiet von der Saale bis zur Elbe gemacht haben."

„Ihr Reich ist größer als meines und sie haben mehr Geld zur Verfügung. Wie könnte ich das finanzieren?"

„Indem ihr für die Benutzung Gebühren einhebt. Der Wegebau finanziert sich fast von selbst und wirft in weiterer Zukunft hohe Gewinne ab."

„Das mag sein, doch ich habe keine Leute, die sich im Straßenbau auskennen."

„Da kann ich dir raten, den Gaugrafen des Elbkniegaus zu befragen. Er kann dir sagen, wie er es bewerkstelligt hat."

Der Fürst begann nachzudenken. Ihn interessierten mehr die Gebühren, die er für die Benutzung der Straße von den reichen Händlern einheben könnte. Die Bernsteinstraße war dafür ein gutes Beispiel. Als er sie instand setzen ließ, erhöhte sich die Nutzung durch die Händler. Die Einnahmen waren beträchtlich und machten nur einen kleinen Teil der Kosten für die Wartung aus. Ähnlich könnte es sein, wenn es eine Verbindung bis zum Fluss Dnepr gäbe, der in das Schwarze Meer mündet. Es könnten die Waren aus Byzanz über den Wasserweg bis Kiew gelangen und von dort auf dem Handelsweg nach Vratislavia weiter transportiert werden. Seine Hauptstadt würde ein großer Handelsknotenpunkt werden und ihm zu Ruhm verhelfen. Darüber hinaus würde sie den Geldkorb des Fiskus füllen. Der Karawanenführer bot dem Fürsten an, sich mit dem Gaugrafen vom Elbkniegau zu beraten und ihm eine Kostenaufstellung zu erarbeiten.

Am nächsten Tag ritt Siegbert weiter nach Carnuntum. Als er dort ankam, suchte er sogleich Audoin auf, der sehr zufrieden mit dem Ergebnis der Reise war. Er hatte nun eine zuverlässige Informationsquelle inmitten des Awaren Reiches und würde rechtzeitig Maßnahmen treffen können, wenn Gefahr von ihnen drohte. Es war der östlichste Punkt seines ausgedehnten Netzwerkes und die Kosten für die Erhaltung schienen geringer als vermutet. Siegbert hielt sich nicht lange auf und wollte gleich zu seiner Frau ins Tullnerfeld weiterreiten.

Hedwig war im Kräutergarten als ihr Mann durch das Hoftor ritt. Sie eilte ihm entgegen und ein paar Tränen der Freude benetzten ihre Wangen. Fast vier Monde war er von zu Hause fort und mit jedem Tag erhöhte sich die Sorge, dass ihm etwas passiert sein könnte. Sie gingen ins Haus. Dort spielte das Kindermädchen mit seinem Sohn. Hedwig ging in die Küche, um Siegberts Leibspeise zu bereiten. Es war ein Kuchen, der mit einer Masse aus gerösteten Zwiebeln und Speckwürfeln belegt war. Die Küchenmagd half ihr dabei und teilte ihre Freude, dass der Hausherr wohlbehalten nach langer Zeit zuhause ankam. Er berichtete von der Reise zu den Awaren und was sie für gute Krieger waren. Am meisten interessierte die Frauen die Geschichte der Prinzessin und wie die Hochzeitsfeier ablief. Bald wäre der Kuchen verbrannt, weil sie durch die Erzählung abgelenkt waren.

Alban erschien in der Küche. Er hatte gehört, dass der Gutsherr angekommen war und wollte ihn begrüßen.

Siegbert berichtete ihm von der Reitkunst der Awaren.

„Bei ihnen habe ich eine Neuerung des Sattelzeugs gesehen, die ich gerne ausprobieren möchte. Sie nennen es Steigbügel und es soll dem Reiter einen sicheren Sitz im Sattel verleihen. Kannst du mir welche fertigen?"

„Du musst mir nur genau aufzeichnen, wie sie aussehen."

Hedwig reichte den Männern ein Stück Pergament und eine Feder mit Tinte. Ihr Mann versuchte den Gegenstand zu skizzieren, doch fand er seine Zeichnung zu schlecht, um etwas damit anfangen zu können. Trotzdem hatte Alban begriffen, worum es ging und er versprach, sich darum zu kümmern und ein Modell zu fertigen. Inzwischen war der Zwiebelkuchen fertig und sein Duft stieg in die Nasen. Hedwig legte ein Schnitzbrett auf die

Tischseite ihres Mannes und gab ein großes Stück des noch dampfenden Kuchens darauf.

„Möchtest du probieren?", fragte er Alban.

Er lehnte ab, doch probierte er nach mehrmaliger Nötigung ein kleines Stück. Der Kuchen schien ihm zu schmecken, denn er sah verstohlen zu dem Rest, der in einer flachen Kuchenform am Ende des Tisches lag.

„Greif zu!", forderte ihn Siegbert auf und Alban ließ es sich nicht zweimal sagen. Sie aßen den ganzen Kuchen auf und für Hedwig blieb kein Stück davon übrig. Als sie es bemerkten, entschuldigten sie sich bei ihr, doch es freute sie, dass er den Männern so gut geschmeckt hatte.

An den nächsten Tagen erholte sich Siegbert gut von der Reise. Er fertigte mit Alban Modelle der Steigbügel an und sie probierten mehrere Varianten aus. Die einfachste Lösung war zwei Lederriemen, die wie Schlingen beidseitig an dem Sattel befestigt wurden. Der Nachteil bestand darin, dass man sich mit dem Fuß schnell verfangen konnte und bei einem Sturz fatale Folgen hätte. Besser erschienen Steigbügel aus Holz oder Metall, die den Schuhen angepasst waren. Sie hingen an Lederriemen, doch waren sie so weit ausgeformt, dass der Fuß leicht herausgleiten konnte. Begeistert stellte Alban fest, dass es mit diesem Hilfsmittel leichter war, in den Sattel zu steigen. Er war klein von Statur und hatte bei Pferden mit höherem Stockmaß Schwierigkeiten aufzusitzen.

Den Hauptmann erfasste eine innere Unruhe. Er wollte nach Carnuntum, zurück zu seinen Kriegern. Hedwig verstand ihn und packte ein paar Leckerbissen für die Reise ein. Zeitig am Morgen brach er auf und ritt ohne Zwischenaufenthalt in Vindobona, direkt nach Carnuntum. Spät kam er in der Villa des Fürsten an. Audoin war im römischen Bad und freute sich, auf seine Gesellschaft. Er konnte ihn dazu überreden, in drei Tagen an der Jagd teilzunehmen. Nach dem Jagdunfall war der Fürst vorsichtig geworden und hielt sich beim Verfolgen des Wildes zurück.

Zeitig am Morgen ritt Siegbert ins Heerlager und besuchte seinen Leutinger. Er war auf dem Übungsplatz der Rodewiner und sah ihnen beim Training zu. Freudig begrüßten sich die Männer und Reimund berichtete von den Vorkommnissen der letzten Monate. Der Kriegszug nach Illyrien war erfolgreich abgelaufen und die Beute beträchtlich. Die Aufteilung erfolgte, wie im letzten Jahr und damit waren alle Krieger einverstanden. Gefallene gab es keine, doch hatten drei Rodewiner schwere Verletzungen an ihren Gliedmaßen, die sie in Zukunft daran hinderten, im Heer von König Wacho mitkämpfen zu können. Für sie hatte der Hauptmann eine eigene Versorgung eingerichtet. Nach ihrer Gesundung sollten sie in einem der neu gegründeten Handelsstützpunkte als Verwalter eingesetzt werden, wenn es die Schwere der Verletzung zuließ.

Mittags stärkten sie sich mit Gemüsesuppe, die Hildegard im Langhaus der ehemaligen Winniler zubereitet hatte und die langsam über dem Feuer köchelte. Anschließend ritt der Hauptmann zu Pal ins Handelskontor. Er traf ihn dort mit den auszubildenden ehemaligen Rebellen und erzählte von der Reise nach Kiew. Sie staunten über den Mut von Otto und Oskar im Reich der Awaren zu bleiben. Im nächsten Jahr sollten zwei von ihnen die erneute Chance erhalten, sich der Karawane von Vratislavia nach Kiew anzuschließen.

Ein Meldereiter stieß die Tür zum Kontor auf und sah sich kurz um. Zu Siegbert gewandt sagte er: „Der Fürst wünscht euch dringend zu sprechen!"

Was war passiert? Es musste sich um eine sehr dringliche Angelegenheit handeln, dass Audoin nach ihm suchen ließ. Sofort brach er auf und folgte dem Meldereiter zur Villa. In der Bibliothek hatten sich mehrere Personen eingefunden und standen mit dem Rücken zur Tür gewandt. Ein stattlich gekleideter Mann drehte sich um.

Überrascht rief Siegbert aus: „Wo kommst du denn her?" Amalafred stand vor ihm und die beiden Freunde fielen sich in die Arme.

„Ich komme direkt aus Konstantinopel und will nach Ravenna weiterreisen. Es ist ein kleiner Umweg, den ich genommen habe, doch dein überraschtes Gesicht zu sehen, ist es mir wert."

Der Prinz stellte seine Reisegesellschaft vor und Audoin bat alle in den Speiseraum. Amalafred erzählte von seinem Aufenthalt in Konstantinopel und dem Leben in der großen Kaiserstadt. Sein Freund kam aus dem Staunen nicht mehr heraus. Bis weit in die Nacht saßen sie zusammen und hörten dem Prinzen zu.

Amalafred ritt am nächsten Tag allein mit seinem Freund Siegbert an das Ufer der Donau und erzählte Einzelheiten von seiner Reise, die nicht für andere Ohren bestimmt waren. Er war in geheimer Mission des Ostgotenkönigs Witichis ins Sassanidenreich gereist, um den Großkönig Chosrau zu einem Angriff auf das oströmische Reich zu bewegen. Damit sollten die Byzantiner von dem Angriffskrieg gegen die Ostgoten geschwächt und abgelenkt werden. Es kam jedoch anders als vorgesehen. Auf der Heimreise wurde Amalafred krank und seine Gefährten ließen ihn in einem Fischerdorf am Eingang zu den Dardanellen zurück. Sie waren sich sicher, dass er sterben würde, doch er erholte sich und arbeitete bei einem Medicus in Konstantinopel. Von ihm lernte er viel und begleitete ihn bei seinen täglichen Besuchen der Kranken. So lernte er auch die Kaiserin Theodora kennen, die Rückenprobleme hatte und von ihm von ihren Beschwerden befreit wurde.

„Ist sie wirklich so schön, wie man berichtet?", wollte Siegbert wissen.

„Sie ist nicht nur schön, sondern sehr klug. Man sagt, dass sie dem Kaiser in nichts nachsteht und große Macht im Reich besitzt."

„Du musst mir noch mehr vom Kaiserhof erzählen. Wie lange wirst du bleiben?"

„Nur wenige Tage, ich will den Pass über die Berge noch vor dem Kälteeinbruch erreichen."

„Soll ich dich begleiten?"

„Nein, ich werde es selbst schaffen. Du musst dich um unsere Krieger kümmern."

„Wie meinst du das?"

„Ich habe mich gestern mit Audoin allein unterhalten und er sagte mir, dass du das Angebot meiner Mutter abgelehnt hast. Warum nur?"

„Sie hat sich in dem Schreiben nicht bei mir entschuldigt."

„Ich wusste nicht, dass du eine Mimose bist. Sie ist die Königin und braucht sich nicht für ihre Entscheidungen zu rechtfertigen, auch wenn sie falsch sind. Ich schlage vor, wir reiten zurück und bringen den Karren auf die richtige Spur."

„Wie meinst du das?"

„Wie ich es gesagt habe. Du wirst der Befehlshaber für beide Heerhaufen, den Vindobonensern und Rodewinern."

„Warum sollte ich das tun. Ich bin jetzt mein eigener Herr und kann entscheiden, wie ich will."

„Das ist nicht so! Unsere Aufgabe ist es, Baldur zum König von Thüringen zu verhelfen und ihm unsere Krieger zur Verfügung zu stellen. Das haben wir uns vorgenommen."

„Warum machst du es nicht selbst?"

„Du weißt, dass das nicht geht. Willst du denn alles zunichtemachen, was wir gemeinsam begonnen haben und wofür wir stehen. Wenn du das Angebot der Königin nicht annimmst, ist alles verloren. Überlege es dir!"

Wütend und enttäuscht ritt Amalafred allein zurück zur Villa. Siegbert begann darüber nachzudenken. Die Kränkung der Königin hatte bei ihm tiefe Wunden hinterlassen. Sie waren inzwischen vernarbt und er konnte damit leben. Gefühlsmäßig befand er sich in einer Art Niemandsland zwischen den Thüringern und Langobarden. Gedankenversunken saß er am Ufer und starrte auf das fließende Wasser. Wie sollte er sich entscheiden? Die Jahre als Rebellenführer hatten ihn am stärksten geprägt. Es gab kein anderes Ziel als die Franken aus der Heimat zu vertreiben. Mit seiner Entscheidung die Rebellenkrieger vor dem Hungertod zu bewahren und in das Langobardenreich zu führen widersetzte er sich dem Wunsch der Königin. Sie kannte die wahren Verhältnisse in ihrem besetzten Königreich nicht. Deshalb entschied sie anders als er es sich erwartete und wünschte. Siegbert überlegte, welchen Eindruck es auf die Thüringer macht, wenn er die hohe Stellung als Befehlshaber annimmt. Wie reagiert der Gaugraf Gunnar und dessen Anhänger darauf. Würden sie ihm folgen? Er könnte sie aus dem Heerhaufen ausschließen, doch das würden viele als Schwäche ansehen. Die Entscheidung war schwer, doch musste sie getroffen werden so lange Amalafred in Vindobona weilte.

Nach langem Abwägen entschied Siegbert, dem Wunsch des Prinzen und der Königin nachzukommen. Er ritt zur Villa zurück und teilte seinen Entschluss Amalafred mit.

Der Prinz war froh, dass sein Freund sich in seinem Sinne entschieden hatte, und sie besprachen die weitere Vorgangsweise. Gemeinsam ritten sie nach Vindobona und kamen nachmittags im Prinzenhaus an. Amalafreds hunnischer Pferdeknecht lief erfreut auf beide zu. Er übernahm die Hengste und brachte sie in den Stall.

Hildegards Nachfolgerin Gerda sah den Prinzen auf dem Hof und lief den Männern entgegen.

„Herzlich willkommen, die Herren! Das ist eine große Freude. Ich werde sofort alles herrichten lassen", rief sie und blieb wie gebannt stehen.

„Bring uns etwas zu essen in meine Kemenate!", befahl der Prinz und lief zur Treppe, die in das erste Stockwerk führte.

Das Zimmer des Prinzen war gut aufgeräumt und gesäubert. Bald erschienen zwei Mägde aus der Küche mit kalten Speisen und Gerda folgte ihnen mit einem Weinkrug. Amalafred trug ihr auf, zum Hauptmann Gunnar zu gehen und ihn zu sich zu bitten.

„Nichts hat sich hier verändert, das ist beruhigend für mich", stellte Amalafred fest und betrachtete versonnen die Einrichtungsgegenstände in seiner Kemenate.

„Gunnar wird es gar nicht gefallen, dass er sein Amt verliert und aus dem Kriegsdienst ausscheidet", bemerkte Siegbert.

„Er kann froh sein, dass ich ihn nicht unehrenhaft entlasse. Wegen seiner Vergehen könnte ich ihn in den

Kerker werfen, doch das will ich nicht. Er hatte meiner Mutter viele Jahre treu gedient und so mancher Thüringer hört noch auf ihn", erklärte der Prinz.

„Es stört mich nicht, wenn er als Hauptmann bleibt, solange er sich an meine Anweisungen hält und keine weitere Zwietracht zwischen die Thüringer sät. Wann willst du den Willen der Königin bekannt geben?"

„Ich denke daran, ein Thing in drei Tagen auf dem Kahlen Berg einzuberufen. Es ist besser, wenn ich es ihnen sage, als dass Zweifel aufkommen, wenn du nach meiner Abreise es ihnen verkündest. Die Versammlungen werde ich für die Krieger zukünftig abschaffen", sagte Amalafred mit finsterer Miene.

„Das werden sie nicht zulassen. Es ist ihr Stammesrecht."

„Das Recht bezieht sich nur auf freie Männer. Meine Krieger sind es nicht, sie stehen unter Sold und werden für den Kriegsdienst bezahlt, wie einst die Legionäre bei den Römern. Somit haben sie kein Recht, über meine Entscheidungen oder die der Königin mitzubestimmen. Bei den Bauern und Handwerkern, die mit uns nach Vindobona gezogen sind, ist das anders. Sie waren und sind freie Männer, solange sie nicht von anderen abhängig werden und ihre Steuern für den Landesherrn pünktlich entrichten."

Die Argumente seines Freundes verstand Siegbert, doch es waren nicht alle Zweifel beseitigt. Der Prinz lehnte das Thing als nicht zeitgemäß ab. Er hatte schlechte Erfahrungen gemacht. Es begann damit, dass er nach der Ermordung seines Vaters von den Gaugrafen nicht als neuer König im großen Thing gewählt wurde. Der Grund hierfür wurde erst später bekannt. Die siegreichen Franken hatten die Mehrheit der Thüringer Gaugrafen mit Geld bestochen. Ob Gunnar dazu gehörte, wusste niemand. Auch bei der Bestellung von Amalafreds Nachfolger in Vindobona zeigte sich die Mitsprache und Entscheidung im Thing als falsch. Gunnar mochte ein guter Hauptmann sein, doch als Vertreter von Amalafred und der Königin in Vindobona war er ungeeignet.

Gerda informierte, dass Gunnar gleich erscheinen würde.

Es dauerte nicht lange und er kam sichtlich außer Atem durch die Tür. Amalafred und Siegbert begrüßten ihn freundlich als wäre nichts zwischen ihnen vorgefallen. Der Prinz bat Gunnar zu berichten, was während seiner Abwesenheit vorgefallen war und ob der letzte Kriegszug große Beute brachte. Der Gaugraf erzählte ausführlich von den Vorkommnissen und vergaß auch nicht zu erwähnen, dass viele seiner Krieger zu den Langobarden in Carnuntum übergelaufen waren und als sogenannte „Rodewiner" unter dem Kommando von Fürst Audoin kämpften. Dabei sah er misstrauisch zu Siegbert, der sich seine Verärgerung nicht anmerken ließ. Der Wein, den ihm Amalafred immer wieder nachschenkte machte den sonst so wortkargen Gaugrafen redselig. Warum ein Teil seiner Krieger sich von ihm abwandte, sprach er nicht an und Amalafred fragte nicht direkt danach. Er wollte herausfinden, ob Gunnar seine Verfehlungen erkannte. Der Gaugraf fühlte sich bei allen seinen Entscheidungen im Recht und gab den abtrünnigen Kriegern die Schuld für die Schwächung des Thüringer Heerhaufens. Amalafred beließ es dabei und teilte ihm mit, dass er in drei Tagen alle Thüringer Krieger, die Vindobonenser und Rodewiner, zu einem Thing einberufen will und er das veranlassen soll. Dienstbeflissen verabschiedete sich Gunnar, um sofort mit den Vorbereitungen für die Versammlung zu beginnen.

Amalafred war davon überzeugt, dass der Gaugraf aus dem Kriegsdienst entlassen gehörte. Siegbert riet ihm jedoch davon ab, da das einer Ächtung durch die Königin gleichkäme. Er meinte, dass Gunnar noch großen Einfluss bei vielen Thüringern hatte und er bei den Kriegszügen in Wachos Heer als Hauptmann die Vindobonenser weiterhin anführen sollte.

„Es ist deine Entscheidung. Du musst wissen, ob du mit diesem Floh in deinem Pelz leben willst. Ich sehe ihn als Gefahr an, da er nur darauf bedacht ist, seinen persönlichen Vorteil aus seinem Amt zu ziehen", erklärte Amalafred und schlug vor, die Therme zu besuchen.

Die Sonne war untergegangen und das Badehaus fast leer. Die meisten Krieger waren zu dieser Zeit in den Gasthäusern anzutreffen. Der Bademeister freute sich über den unerwarteten Besuch und versuchte sein Bestes, um die beiden Thüringer zufrieden zu stellen. Von ihm erfuhren sie viele Details von den Vorkommnissen in der Stadt im letzten Jahr.

Amalafred hatte seinen Freund gebeten mit ihm am nächsten Morgen ins Tullnerfeld zu reiten. Die Reiter wählten einen Weg über die Berge des Wiener Waldes. Vor ihnen lag die Ebene, in der die Donau flankiert von den breiten Überschwemmungsgebieten lag. Von weitem konnten sie das schöne Gutshaus mit den Nebengebäuden sehen.

Hedwig stand auf dem Hof, als sie die Reiter von weitem kommen sah. Sie begrüßte ihren Mann und den Prinzen und bat sie ins Haus zum Abendessen. Amalafred beglückwünschte Hedwig zur Geburt der Tochter, die gesund und wohl genährt aussah. Die Köchin informierte, dass das Essen fertig sei und aufgetragen werden könnte. Sie gingen in die große Wohnstube, wo die Mägde verschiedene Speisen, wie sie in Thüringen zubereitet wurden, auf den Tisch stellten. Hedwig schenkte die ersten Becher mit Met ein und der Prinz berichtete von der Reise in das Sassanidenreich. Er erzählte auch von dem Aufenthalt in Konstantinopel und sein Wirken bei dem Medicus. Hedwig bedauerte, dass die Männer schon am nächsten Tag nach Vindobona zurückreiten mussten, um das Thing vorzubereiten.

Nach dem Frühstück ritten sie los und wählten den Weg entlang der Donau. Am späten Nachmittag kamen sie im Prinzenhaus an. Gunnar wartete bereits auf sie. Er berichtete, dass alle wehrfähigen Thüringer und auch die „Rodewiner" informiert wurden, übermorgen zur Mittagszeit auf dem Thingplatz des Kahlen Berges zu erscheinen. Er wollte wissen, was Amalafred in der Versammlung besprechen wollte. Der Prinz hielt sich bedeckt und meinte, dass er noch früh genug erfahren würde, was er zu sagen hätte. Gunnar fühlte sich verunsichert und konnte seinen Ärger nur schwer verbergen. Er war der Vertreter der Königin in Vindobona und ihr Sohn hielt ihn im Unklaren über das, was auf dem Thing besprochen werden soll. Sein Argwohn gegen den ehemaligen Rebellenführer war geweckt, da er sich immer in der Nähe des Prinzen aufhielt und er überlegte, wie er der Allianz der Beiden begegnen könnte. Eilig verabschiedete er sich und berief in seinem Langhaus eine geheime Besprechung seiner Getreuen ein. Sie sollten ihm versprechen, ihn in allen Entscheidungen im Thing zu unterstützen.

Amalafred erzählte Siegbert beim Abendessen, dass er der Kaiserin versprochen hatte, ihr 30 Leibgardisten zur Verfügung zu stellen. Sie sollten aus den Reihen der Thüringer Krieger stammen und besser aussehen als die

Langobarden in Justinians Leibgarde. Er stellte sich vor, dass sie von großem Wuchs sind und keinen langen Bart tragen durften. Über die Gewandung war sich Amalafred noch nicht im Klaren. Der Prinz schlug vor, dass sie wie edle Thüringer gekleidet sein sollten. Sie dürften jedoch keine weißen Gamaschen tragen, an denen man die Langobarden erkannte. Siegbert meinte, dass es besser wäre, wenn sie Kettenhemden trügen, um wie Krieger auszusehen. Nach einigem Hin und Her stimmte Amalafred zu. In einem waren sie der gleichen Meinung, dass die Männer auf weißen Pferden ihren Dienst bei der Kaiserin Theodora antreten sollten. Das Problem war jedoch, dass nicht genügend weiße Hengste zur Verfügung standen. Aus den Beständen von Amalafreds und Siegberts Zucht könnte etwa die Hälfte der notwendigen Tiere aufgebracht werden. Wo sollten sie die übrigen Tiere hernehmen?

Amalafred hatte die Idee, die fehlenden Tiere in Thüringen einzukaufen. Darum sollte sich sein Freund vorrangig kümmern.

19. Das Thing
Im Oktober 539

Am Tag der Versammlung strömten viele Thüringer zu dem Platz auf dem Kahlen Berg, wo die Priester die germanischen Feste abhielten. Es kamen die Krieger aus Vindobona mit ihrem Hauptmann Gunnar und die „Rodewiner" aus Carnuntum mit ihrem Leutinger Reimund an der Spitze. Im Gefolge erschienen alle Sippenältesten der Thüringer Siedlungen. Gunnar hatte mehrere Feuerstellen errichten lassen, an denen in großen Kesseln Fleischbrühe kochte und einen angenehmen Duft über das ganze Gelände verbreitete.

Priester bereiteten den Thingplatz vor und organisierten die Aufstellung der Personen im Halbkreis. Innen standen die Anführer und hinter ihnen nahmen die Krieger und Sippenältesten Aufstellung. In der Mitte des Platzes befand sich ein ovaler Stein, auf dem ein Stuhl mit einer Lehne stand. Er war Prinz Amalafred vorbehalten, der als Vertreter der Thüringer Königin hier anwesend war. Es dauerte eine Weile, bis es ruhig wurde.

Der Prinz stand auf und sprach zu den Anwesenden. Zunächst überbrachte er die Grüße der Königin und dankte für den Eifer der Ausgewanderten, die sich im Langobardenreich eine neue Existenz aufgebaut hatten. Die Anwesenden applaudierten durch Schlagen ihrer Schwerter auf die Schilde und mit lauten Hochrufen. Amalafred erwähnte die Sorgen der Königin und berichtete von dem Krieg zwischen den Byzantinern und Ostgoten.

Er drückte seine Dankbarkeit gegenüber den Langobarden und insbesondere König Wacho aus, die überall halfen, wo es nötig war. Auch hier erntete er große Zustimmung. Nun kam er auf den Zwist unter den Thüringern zu sprechen, der die Königin sehr betrübte. Er nannte keinen Schuldigen, sondern gab die Entscheidung der Königin bekannt, dass ab nun sein Schwertführer Siegbert, als der Vertreter der Königin über alle Thüringer im Langobardenreich bestimmen soll und er von ihr in den Grafenstand erhoben wurde. Dazu erhielt er die Güter des Prinzen im Langobardenreich als Lehen.

Gunnar war anzusehen, dass ihn diese Entscheidung, wie ein Faustschlag traf. Er wurde blass im Gesicht und stützte sich auf sein Schwert. Weiter bestimmte Amalafred, dass das Thing der Thüringer ab nun abgeschafft werde und sie sich den Gepflogenheiten der Langobarden anpassen müssten. Als Grund gab er an, dass alle wehrhaften Männer unter Sold standen und damit keine eigenmächtigen Entscheidungen treffen könnten.

Eine lautstarke Diskussion begann. Es dauerte lange, bis sich die Menge wieder beruhigt hatte. Amalafred ließ die Diskussion zu und nahm in seinem Sessel Platz. Als es ruhiger wurde, stand er auf und alle Anwesenden durften Fragen an ihn stellen, die er beantwortete.

Der Prinz übergab Graf Siegbert das Wort und bat ihn, die Versammelten darüber zu informieren, wie er sich die Zukunft für die Thüringer Krieger vorstellte. Der neue Befehlshaber erklärte, dass es ihm darum ging, die Kluft zwischen den „Vindobonensern" und „Rodewinern" zu schließen. Nach dem Willen der Königin waren die „Rodewiner" keine Abtrünnigen, sondern ein Teil der Thüringer Gemeinschaft. Siegbert rief alle auf, hierfür ihren Beitrag zu leisten. Reimund fragte, welchen Platz der bisherige Vertreter der Königin Gunnar in Zukunft einnehmen würde. Der Graf erklärte, dass er für die Krieger in Vindobona als Hauptmann weiterhin zuständig sei. Auf seine Verfehlungen ging er nicht ein, obwohl diese allen bekannt waren.

Am Ende bekundeten einige Hunnos und Sippenältesten ihre Zufriedenheit mit der Entscheidung der Königin und baten Amalafred ihr das auszurichten.

Ein Hunno machte den Vorschlag, Amalaberga mit einer Steuer finanziell zu unterstützen. Er dachte, dass sie ein Zehntel der Kriegsbeute für sie hergeben sollten. Der Vorschlag wurde mehrheitlich angenommen. Es war der letzte Beschluss, der im Thing gemeinschaftlich getroffen wurde. Amalafred schlug vor, das Geld für eine Burg in der Nähe des Kahlen Berges zu verwenden, in der die Königin residieren könnte, wenn sie nach Vindobona zurückkäme. Dieser Vorschlag rief besonders bei den älteren Kriegern, die einst ihre Königin auf der Flucht von Thüringen nach Vindobona begleiteten, große Begeisterung hervor.

Mit Genugtuung betrachtete Amalafred den Ausgang des Things und hoffte, dass es keine Aufwiegler geben würde, die im Nachhinein versuchten, diese Entscheidung rückgängig zu machen. Die bisherigen Versammlungen hatten ihm nur Sorgen bereitet und Probleme geschaffen. Audoin riet ihm sehr früh, sie abzuschaffen, doch er hatte immer wieder gezögert und die Tradition gewahrt.

Zum Schluss flehten die Priester Thor und andere wichtige Götter in Asgard um Beistand an. Auf provisorisch errichteten Tischen wurden Kessel mit Fleischbrühe und frisches Brot gestellt und als Getränk gab es Wein, der in den umliegenden Siedlungen angebaut und gekeltert wurde. Die Gemüter hatten sich langsam beruhigt. Selbst Gunnar war nicht anzusehen, dass ihn seine Absetzung ärgerte und er insgeheim auf Rache aus war.

Am Abend kehrten Amalafred und Siegbert nach Vindobona zurück. Bei einem Becher Wein ließen sie den Tag ausklingen. Beide waren mit dem Ablauf des Things zufrieden.

„Es gelingt dir immer wieder mich zu überraschen. Deine Idee mit dem Bau einer Burg, finde ich großartig", erklärte Siegbert anerkennend.

Amalafred schmunzelte und meinte: „Sie kam mir ganz plötzlich. Die Begeisterung der Männer für ihre Königin durfte nicht klanglos verhallen. Sie ist schon zu lange von ihrem Volk getrennt. Ich werde versuchen, dass sie bald nach Vindobona zurückkehrt. Wacho und Audoin sind auch dafür. In den Kriegswirren ist ihre Sicherheit in Ravenna nicht mehr gewährt."

Siegbert war nicht so zuversichtlich, wie sein Freund.

„Ich sehe es wie du, doch glaube ich nicht, dass sie deinem Rat folgt. Sie fühlt sich in ihrer Villa sicher und hofft, dass alles ein gutes Ende nimmt. Deshalb wird sie unter allen Umständen bleiben wollen, selbst dann, wenn Witichis sie reisen ließe."

Amalafred stimmte seinem Freund zu. Die Chance, dass seine Mutter Ravenna verlassen würde, war gering.

Der Prinz wollte schon am übernächsten Tag abreisen. Siegbert sollte sich um die Leibgarde für die Kaiserin kümmern und die Männer selbst nach Konstantinopel begleiten.

Mit einem schnellen Ende des Krieges im Ostgotenreich rechnete Amalafred nicht. Er hatte große Achtung vor Witichis, dem Feldherrn der Ostgoten, der mit seiner Cousine Matasuntha verheiratet war. So gesehen bestand ein weitläufiges Verwandtschaftsverhältnis zwischen ihnen.

Am nächsten Morgen ritten sie nach Carnuntum und berichteten Audoin von dem Thing. Er war erleichtert, dass sich die Kluft zwischen den beiden Heerhaufen nicht vertiefte. Amalafred sprach über sein Vorhaben, der Kaiserin eine Leibgarde mit Thüringer Kriegern zu überlassen. Er erzählte, wie er Theodora kennenlernte und dass sie ihm gegenüber, diesen Wunsch geäußert hatte.

„Sie wird unsere prächtigen Winniler gesehen haben, die in der Leibgarde des Kaisers dienen", vermutete Audoin begeistert.

„Das wird der Grund sein", bestätigte Amalafred.

Der Fürst versprach dem Prinzen, in dieser Sache behilflich zu sein.

Bevor der Prinz nach Ravenna abreiste, wollte er am letzten Tag die „Rodewiner" im Heerlager von Carnuntum besuchen. Die Männer befanden sich bereits auf den Übungsplätzen und fochten miteinander. Ihre Hunnos hatten viel zu tun und korrigierten die Krieger in der Handhabung der Waffen.

Eine Pause wurde angeordnet. Siegbert rief die Männer zu sich. Er teilte ihnen mit, dass sein Leutinger Reimund zum Hauptmann der Rodewiner ernannt wurde.

Im Anschluss wollte er von ihnen wissen, ob sich Freiwillige für den Dienst in der Leibgarde der Kaiserin gemeldet hatten. Mit Verwunderung stellte er fest, dass sich fast alle unverheirateten Männer auf einer Bewerbungsliste eintragen ließen. Sie kannten den Modus von den Winnilern und hatten eine gute Vorstellung davon, was von ihnen erwartet wurde. Der Hunno erklärte dem Prinzen, wie das harte Training ablaufen würde. Amalafred war sehr zufrieden. Siegbert berichtete, dass der Hunno die Männer für die langobardische Leibgarde des Kaisers mit ausgebildet hatte und einige Rodewiner Krieger damals dabei waren. Sie hatten somit Erfahrungen, wie die Ausbildung ablief. Die Besoldung sollte die gleiche sein, wie bei den Winnilern. Das Einzige, was noch fehlte war ein Name für die Männer. Sie baten Amalafred, ihnen einen zu geben. Der Prinz war erfreut und fühlte sich geehrt. Bis zu seiner morgigen Abreise wollte er einen zutreffenden Namen finden.

Siegbert bat Reimund, zwei Krieger auszuwählen, die den Prinzen auf der Reise nach Ravenna begleiten sollen. Amalafred war froh darüber, doch bestand er darauf, dass es Freiwillige waren und dass sie familiär ungebunden sein mussten. Er erklärte, welche Gefahren auf der Reise bestanden und dass er eine sichere Rückkehr der Männer nicht garantieren konnte.

Es war alles besprochen, was notwendig war. Amalafred wollte zurück zur Villa und den Rest des Tages entspannen. Er gestand seinem Freund, dass die Sorge um seine Familie stetig wuchs und böse Vorahnungen die Gedanken erfüllten. Hinzu kamen Bedenken wegen des nahenden Winters und der Überquerung des Passes südlich der Julischen Alpen. Er kannte die Tücken des Wetters in dieser Bergregion. Schnell konnte es zu Schneeverwehungen kommen und dann wäre die Weiterreise erschwert und unmöglich.

„Soll ich dich nicht doch begleiten", bot Siegbert nochmals seine Hilfe an.

„Du wirst hier dringender gebraucht und musst dich um die weißen Hengste kümmern. Prächtig sollen sie sein, denn die Kaiserin liebt schöne Dinge. Mir ist sehr daran gelegen, dass sie zufriedengestellt wird."

Sie kamen in der Villa an und suchten Audoin auf. Er war im römischen Bad und genoss das warme Wasser. Der Fürst berichtete von den neuesten Informationen, die er aus Ravenna erhalten hatte. Die Situation wurde immer kritischer und es herrschte dort Kriegszustand mit allen Folgen, die ihn begleiteten. Amalafred war zuversichtlich, dass er seine Mutter davon überzeugen konnte, das Ostgotenreich zu verlassen. In Vindobona hätte sie bei dem Brudervolk der Langobarden eine gute Aufnahme und die Angst vor dem Zugriff der Franken würde verfliegen. Er konnte sich auch vorstellen, dass die Königin einer offiziellen Heirat ihrer Tochter Rodalinde mit dem Fürsten Audoin zustimmen würde. Siegbert war diesbezüglich skeptisch, doch er äußerte sich nicht dazu. Manchmal war Amalafred ein Träumer, der die harte Realität übersah, doch es war eine seiner guten Eigenschaften. Er strahlte Optimismus aus und sein Umfeld eiferte ihm nach. Das gute Verhältnis zwischen dem Prinzen und ihm bestand schon seit Kindheitstagen. In seinem Geburtsort Rodewin verbrachten sie viel Zeit zusammen und die gemeinsamen Erlebnisse hatten sie verbunden. Sie waren immer ehrlich zueinander und es bestand ein tiefes Vertrauensverhältnis.

Nach dem Bad aßen sie gemeinsam und unterhielten sich bis spät am Abend. Siegbert mahnte Amalafred zur Bettruhe, da er wusste, dass er ein Langschläfer war. Er hatte eine weite Reise vor sich und sollte ausgeruht starten. Es beruhigte ihn, dass zwei seiner besten Rebellenkrieger den Prinzen begleiteten. Vom Wein beschwipst suchten die Thüringer ihre Schlafräume auf.

Am nächsten Morgen erschien Amalafred erwartungsgemäß spät zum Frühstück. Der Prinz konnte nur schwer seine Augenlider offenhalten. Jeden Moment schien er vom Schemel zu fallen.

„Soll ich dich ein Stück des Wegs begleiten?"
Der Prinz winkte ab und sagte: „Das ist nicht notwendig, mein Freund! Wenn ich im Sattel sitze, spüre ich keine Müdigkeit mehr. Ich werde meinen Hengst dem Hunno

der Leibgarde überlassen. Ich weiß nicht, was mich bei den Ostgoten erwartet. Lass für mich eines der Hunnenpferde satteln!", entschied der Prinz.

Siegbert lief in den Pferdestall und wählte eines der besten Pferde Audoins mit hunnischer Abstammung aus. Gesattelt führte er das Tier auf den Hof. Amalafred umarmte ein letztes Mal seinen Freund und schwang sich in den Sattel. Der Hengst tänzelte auf einer Stelle und war kaum zu halten.

„Ich wollte dir noch sagen, dass ich den Namen ‚Bärenkrieger' für die Leibgarde der Kaiserin passend finde. Sie erinnern an den Riesen im Rebellenlager, der deine rechte Hand war und nicht besiegt werden konnte. Als Erkennungszeichen sollen sie Bärenfellmützen tragen, die einen Fuß hoch über den Kopf hinausragen. Die wilde Schönheit dürfte der Kaiserin gefallen", rief Amalafred lachend seinem Freund zu und galoppierte mit den Begleitern davon.

Es gefiel Siegbert, dass der Prinz die aufregende und schwere Zeit in den Rebellenlagern des Thüringer Waldes mit diesem Namen in Erinnerung brachte. Ein Bärenfell hatte er schon, das als Feldzeichen verwendet werden konnte. Es stammte nicht aus Thüringen, sondern aus den slawischen Wäldern, doch das minderte nicht seine Bedeutung. Wie die Uniformen der Gardisten aussehen sollten, wollte er mit Hedwig und Sigrid noch besprechen.

Gedankenversunken brachte Siegbert den weißen Hengst von Amalafred in den Stall. Es war ein schönes Tier und er strich ihm mit der Handfläche über das silbern glänzende Fell. Dreißig Hengste musste er innerhalb eines halben Jahres beschaffen. Das war keine Kleinigkeit, doch mit Pals Hilfe glaubte er es zeitgerecht schaffen zu können.

Im Handelskontor fand er seinen Sklaven in der großen Schreibstube. Drei weitere Männer standen an Pulten und notierten Zahlen in Listen. Pal freute sich, seinen Herrn zu sehen und ging ihm entgegen. Er verbeugte sich tief und fragte nach dem Grund des Besuchs.

„Ich will sehen, was es Neues gibt."

Pal brachte zwei Listenbücher, in denen die Einnahmen und Ausgaben des letzten Jahres zusammengefasst waren. Die Bilanz sah gut aus und die Gewinne waren höher als erwartet. Er berichtete, dass ihre Handelsroute bis Erphesfurt funktioniere und ausreichend Stützpunkte eingerichtet waren. Sie lagen eine Tagesfahrt mit einem Ochsengespann auseinander und wurden meist von einheimischen Händlern betrieben. Von Carnuntum wurden große Mengen an Getreide nach Thüringen transportiert und aus der Gegenrichtung kamen fränkische Güter für gehobene Ansprüche. Die meisten Thüringer konnten sich diese Waren nicht leisten, doch im Reich der Langobarden galten sie als sehr begehrenswert. Es waren Stoffe, Haushaltsgegenstände, Waffen und andere Dinge, die preislich günstiger gehandelt wurden als die Waren aus Byzanz.

Viele Thüringer Krieger bezahlten Waren in Carnuntum und diese wurden von den Handelshäusern in Erphesfurt und Lipsia an die Adressaten ausgeliefert. Für die Ausgewanderten war es die einzige Möglichkeit ihre Sippen in der Heimat zu unterstützen. Über die Handelsroute wurden auch Informationen und Nachrichten übermittelt. Mancher Krieger erfuhr, dass in den Jahren der Wetterverschlechterung ein Großteil seiner Sippe in der Heimat verhungert war.

Die Verlängerung der Handelsroute von Erphesfurt nach Westen bis Reims entwickelte sich schleppend. Die Ursachen dafür waren unterschiedlich. Es bestanden zwischen den großen Städten bereits Handelsverbindungen einzelner großer Familien, die eine starke Konkurrenz darstellten. Die ansässigen Handelshäuser hatten sich untereinander abgestimmt und für neue Unternehmen waren die Schwierigkeiten groß, um Fuß zu fassen.

Der Graf erklärte Pal, dass sie in den nächsten Wochen weiße Pferde aus der Zucht der Thüringer beschaffen mussten und sie deshalb baldmöglichst die Güter von Amalafred inspizieren sollten. Pal nahm aus dem Regal eine ledergebundene Mappe, in der sich viele Listen befanden und sagte: „Das sind die Auflistungen aller Bestände der Güter des Prinzen. Wir können sofort sehen, wo sich weiße Hengste befinden und wie alt sie sind."

„Das ist wunderbar!", rief Siegbert begeistert.

Für jedes Gut gab es eine Bestandsliste. Er sortierte die Listen aus, wo Pferde vermerkt waren. Neben der Anzahl der Tiere hatte Pal die Rasse, das Geschlecht und Geburtsdatum angegeben. Sie beschlossen, noch am gleichen Tag zu den Gütern zu reisen und sich die Hengste anzusehen.

Das erste Gut war nicht weit entfernt. Sie erreichten es am späten Nachmittag und ritten mit dem Verwalter zu den kleinen Herden, die auf weit voneinander angelegten Koppeln standen. Nach den Angaben in den Listen müssten vier Hengste vorhanden sein, die sie begutachten konnten. Sie sahen jedoch nur zwei. Der Verwalter versuchte die Unstimmigkeit zu erklären. Er gab zu, zwei Hengste an umliegende Bauern verkauft zu haben. Siegbert forderte ihn auf, die Tiere umgehend zurückzufordern. Die Verwalter der Güter waren nicht berechtigt, eigenmächtig Pferde abzugeben. Die Zucht war alleinige Sache des Prinzen oder seines Stellvertreters. Das falsche Handeln würde Folgen für ihn haben. Der Verwalter versprach, gleich am nächsten Tag zu den Käufern der Pferde zu reiten und hoffte, die Tiere zurückkaufen oder gegen andere Tiere eintauschen zu können.

Pal und Siegbert ritten weiter und erreichten am späten Abend das zweite Gut. Es war schon zu spät, um zu den Koppeln zu reiten. Der Verwalter lebte mit seiner Familie in einem Langhaus. Es war zweigeteilt. Im vorderen Teil befanden sich die Wohn- und Schlafräume, die Küche und ein großer Vorratsraum. Der hintere Teil war für die Kühe bestimmt. Die zahlreichen Sklaven lebten in Erdhütten neben den Stallungen der Pferde, Schweine und Kleintiere.

Nach dem Rundgang berichtete der Verwalter, dass ihm in diesem Jahr die Trockenheit auf den Feldern zu schaffen gemacht hatte. Deshalb legte er ein Bewässerungssystem an und staute einen Bach auf. In diesem züchtete er Fische und ein Teil des ablaufenden Wassers ließ er auf die Felder umleiten. Er pflanzte hauptsächlich Gemüse an und erzielte damit hohe Gewinne. Am nächsten Morgen wollte er auf dem Weg zu den Koppeln den Teich mit dem Bewässerungssystem zeigen.

In einem der kleinen Schlafzimmer legten sie sich zur Ruhe. Es waren bescheidene Verhältnisse, in denen der Verwalter mit seiner Frau und den sechs Kindern lebte, doch die Familie schien glücklich zu sein.

Vor Sonnenaufgang stand Siegbert auf und ging in die Küche. Die Hausfrau bereitete den Frühstücksbrei. Er nutzte die Gelegenheit, zu erfahren, wie sie das Leben auf dem Gut empfand.

„Ich war einst Sklavin. Mein Ehemann hatte mich vor sieben Jahren von einem Gut des Königs gekauft. Seitdem geht es mir gut und ich muss keinen Hunger mehr leiden."

Die Männer kamen hinzu und frühstückten zusammen. Danach ritten sie zu den Koppeln für die Pferde. Unterwegs kamen sie an dem großen Fischteich vorbei. Der Verwalter erklärte stolz, wie das Bewässerungssystem funktionierte.

Das Gut besaß große Weideflächen, auf denen Kühe grasten. Die Koppeln für die Pferde lagen weiter weg, auf kargen Böden. Baumgruppen und Streifen mit Sträuchern grenzten sie ein. Obwohl die Vegetation geringer war als auf den Weideflächen der Rinder, sahen die Pferde gut genährt aus. Der Verwalter meinte, dass er die Tiere beobachtet hatte, wo sie sich am liebsten aufhielten. Danach hatte er die Zäune und Hecken angelegt.

Die jungen Hengste standen in einer Gruppe zusammen und sahen argwöhnisch zu den Neuankömmlingen. Als Siegbert versuchte, sich ihnen zu nähern, liefen sie weg.

„Ich schicke dir Krieger, die sie einfangen und abholen. Den Hengsten wird es gut gehen. Sie sind als Paradepferde für die kaiserliche Leibwache vorgesehen."

„Wieviel werdet ihr mitnehmen?", wollte der Verwalter wissen.

„Am liebsten alle, doch zwei Deckhengste lasse ich da. Es reicht, um die Zucht erfolgreich fortzusetzen."
Zufrieden ritten sie zum Hof zurück und brachen bald zum nächsten Gut auf, das sie besuchen wollten.

Zwei Wochen benötigten die beiden, um alle Güter aufzusuchen, von denen sie junge Hengste bekommen konnten. Es waren 18 Tiere, die sie fanden. Den Rest mussten sie aus Thüringen beziehen. Doch wie sollten sie das anstellen? Die Angelegenheit wollte er mit Audoin und den Hauptleuten besprechen.

Im Heerlager in Carnuntum standen 50 „Rodewiner" bereit, die für die Leibgarde ausgebildet werden sollten. Die

Anwärter waren in den Unterkünften der Winniler untergebracht und Hildegard versorgte sie mit ihren Mägden.
Ihr Tagesablauf war der Gleiche wie für die Ausbildung
der Winniler. Er begann mit dem Konditionstraining zu
einer Zeit als die anderen Krieger im Lager noch schliefen
und hörte abends mit den Kampfübungen auf. Schon
bald zeigte sich, dass einige die großen Anstrengungen
nicht durchhalten konnten und aufgaben. Aus der Liste
der Freiwilligen rückten dann die nächsten nach.

20. Die weißen Hengste
Im Oktober 539

Audoin kam mit einer seiner Hundertschaft und zahlreichen Gefangenen nach Carnuntum zurück. Sie hatten die räuberischen Einfälle der Gepiden an der Ostgrenze unterbunden. Wer von den Räubern nicht getötet wurde, den traf das Los der Sklaverei auf den Gütern des Königs. Die Krieger Audoins machten bei derartigen Aktionen keine Beute und erhielten für die Zeit ihres Kampfeinsatzes den doppelten Sold.

Der Fürst bedauerte, dass Prinz Amalafred nicht länger in Carnuntum bleiben konnte. Gern wäre er mit ihm jagen gegangen und hätte mehr über seine abenteuerliche Reise in das Sassanidenreich erfahren. Doch verstand er die Sorge des Prinzen um seine Familie und hoffte auf eine baldige Übersiedlung der Königin nach Vindobona. Mit seinen Bauleuten unterstützte Audoin die Errichtung der Burg auf dem Kahlen Berg, die als zukünftiger Wohnsitz für die Thüringer Königsfamilie dienen sollte. Seinen besten Baumeister hatte er mit dem Bau der Burg beauftragt.

Siegbert informierte den Fürsten über den Stand der Ausbildung der Krieger für die Leibwache der Kaiserin. Mit Hengsten der Thüringer Rasse konnte Audoin nicht aushelfen, doch versprach er, für die Kettenhemden der Männer zu sorgen. Er besaß eigene Werkstätten, in denen die Waffen und Rüstungen für seine eigenen Krieger hergestellt wurden. Bis zur Abreise sollten sie für die Bärenkrieger fertiggestellt sein.

Graf Siegbert ließ Gunnar aus Vindobona kommen, um mit ihm und dem Hauptmann der „Rodewiner" das weitere Vorgehen zur Beschaffung der Hengste zu besprechen. Inzwischen trafen die ersten Pferde von Amalafreds Gütern, die ihm als Lehen zugeeignet waren, ein. In den Stallungen der Winniler wurden sie in Boxen untergebracht und der Hunno der Leibwache teilte sie den erfolgreichsten Auszubildenden zu. Das Training wurde jedoch vorerst mit eingerittenen Hunnenpferden aus der Zucht des Fürsten durchgeführt. Es würden noch viele Tage vergehen, bis sich die weißen Hengste an den Sattel und die Reiter gewöhnten.

Gunnar kam nach Carnuntum und war erstaunt, wie gut die Ausbildung der Männer für die Leibwache vorangeschritten war. Die Beschaffung der Hengste sah er auch als ein vorrangiges und schwierig zu lösendes Problem. Obwohl Franken nach dem Sieg über die Thüringer, viele Pferde ins Frankenreich bringen ließen, gab es noch große Bestände in den heiligen Hainen der Thüringer. Es wäre deshalb erforderlich, dass einige Krieger als Händler verkleidet sich vor Ort umsähen.
Ehemalige Rebellen kamen für diese Aufgabe nicht infrage, da ihnen verboten war, in die Heimat zurückzukehren. Daher kamen nur Krieger in Frage, die im Gefolge der Königin nach Vindobona zogen.
Gunnar schlug vor, selbst mit einer Auswahl von Männern nach Thüringen zu reiten. Es sollten so viele Männer sein, wie sie Hengste benötigten. Ihre hunnischen Reitpferde wollten sie gegen die weißen Thüringer eintauschen. Mindestens zehn Tiere sollten es sein. Gunnar erzählte, dass sich sein ehemaliger Gau an der Grenze zu einem großen königlichen Waldgebiet befand, in dem vor seiner Abreise viele Herden der weißen Pferde frei herumliefen. Er war der Ansicht, dass die Franken diese wild lebenden Tiere nicht eingefangen hatten. Thüringer

Bauern trauten sich nicht in den Hain, da das Waldgebiet nur den Herrschern, Priestern und ihren Göttern vorbehalten war. Für die Franken war das Waldgebiet unheimlich. Böse Geister, Riesen und Hexen sollten dort leben und den inneren Teil vor Eindringlingen beschützen. Gunnar hatte als ehemaliger Gaugraf Zugang zu allem und wollte die notwendige Anzahl Hengste einfangen. Siegbert freute sich über diese Zusage und bot ihm Hilfe durch sein Handelshaus in Erphesfurt an. Für die Beschaffung der Pferde, könnte er dort das notwendige Geld abholen. Dazu stellte er ihm eine Vollmacht aus. Es war alles Wichtige besprochen und der Hauptmann der Vindobonenser ritt noch am gleichen Tag zurück, um die Vorbereitungen für seine Abreise zu treffen.

Auf Wunsch des Fürsten musste der Graf ihn in den nächsten Tagen zur Jagd begleiten. Das Erlegen von Wild hatte dem Rodewiner nie Freude bereitet. Er tat es nur, wenn die Küche danach verlangte. Der Prinz wäre da ein besserer Begleiter gewesen, denn er hatte in den vergangenen Jahren oft an den Jagden in den Auwäldern der Donau teilgenommen.
Audoin kannte das besondere Talent von Siegbert, der auf weite Entfernung mit dem Pfeil sicher traf. So kamen sie jeden Tag mit großer Jagdbeute nach Hause.

Nach einer Woche erhielt der Fürst ein Schreiben von König Wacho, der ihn zu sich bat. Der Graf war froh darüber und ritt am Tag darauf ins Tullnerfeld. Unterwegs blieb er einen Abend in Vindobona und wollte mit dem Gaugrafen über seine Reise nach Thüringen sprechen, doch Gunnar war schon abgereist. Er hatte fünfzehn seiner Krieger mitgenommen und den gleichen Weg gewählt, auf dem er mit der Königin nach Vindobona kam. Es war die kürzeste Verbindung ins ehemalige Thüringer Königreich, doch auch die Beschwerlichste. Das Land entlang der Moldau war wegen der Wetterverschlechterung in den letzten Jahren Großteils unbewohnt. In kurzer Zeit hatte sich überall die Wildnis ausgebreitet. Wer diese Reiseroute nahm, konnte unterwegs nicht mit Hilfe rechnen. Lebensmittel und Futter für die Pferde mussten mitgeführt werden. Siegbert war im Zweifel, ob das dem Hauptmann der Vindobonenser bewusst war.

Während seiner Abwesenheit hatte Gunnar den Hunno Adalwin zu seinem Stellvertreter ernannt. Der Graf kannte ihn aus alten Zeiten und traf sich mit ihm am Abend. Der Hunno freute sich seinen früheren Weggefährten zu sehen und lud ihn zum Essen in ein Gasthaus ein.

„Ich bin angenehm überrascht, dass dich Gunnar zu seinem Stellvertreter gemacht hat."

„Er hat keinen Schlechteren gefunden", scherzte Adalwin.

„Du konntest früher das Schwert führen, wie kein anderer und ich habe dich dafür bewundert."
Adalwin freute sich, dass sein Freund sich noch daran erinnerte. Es gab keinen in der königlichen Leibgarde von Herminafrid, der es mit ihm aufnehmen konnte.
Beide Männer tauschten Erinnerung an ihre gemeinsame Zeit aus. Siegbert erzählte Adalwin, dass er selbst nach Thüringen reisen wollte und bot seinem Freund an, einen Abstecher in seiner Heimatsiedlung zu machen. Adalwin war damit einverstanden und berichtete, dass beide Eltern noch lebten und er seiner Sippe größere Mengen an Getreide auf dem neuen Handelsweg zukommen ließ. Die Handelsroute von Carnuntum über Vratislavia bis zur Saale wurde von vielen seiner Männer genutzt, um

ihre Familien in der alten Heimat zu unterstützen. Über diese Route gelangten auch Informationen hin und her, so dass die Krieger gut über die Verhältnisse und Ereignisse daheim informiert waren.

Im Laufe des Abends kamen sie auf Gunnar zu sprechen. Siegbert wollte wissen, in welchem Maße sich der Gaugraf bereichert hatte. Was Adalwin berichtete, übertraf seine Vermutungen.

„Ihn verzehrt die Gier nach Reichtum und Macht. Im Süden von Vindobona hat er sich mehrere Güter gekauft auf denen nicht nur Sklaven, sondern viele verarmte Thüringer arbeiten müssen. Nicht allen unseren Landsleuten ist es gelungen im Langobardenreich neu anzufangen. Manche verschuldeten sich oder verloren ihren Ernährer durch Krankheit oder auf den Kriegszügen mit König Wacho. Die hat er aufgefangen und unter dem Deckmantel der Nächstenliebe lässt er sie auf seinen Gütern schuften. Sie bekommen keinen Lohn und hausen in Hütten, in denen sich nicht einmal die Schweine wohlfühlen würden. Es ist eine Schande, das mit ansehen zu müssen", berichtete Adalwin.

„Was sagen die Sippenältesten in den Nachbarsiedlungen dazu?"

„Die trauen sich nicht aufzubegehren. Wenn sie es täten, wären ihre Tage gezählt. Mancher ist im Donaustrom ertrunken, obwohl er schwimmen konnte."

„Das sind schwere Vorwürfe, die du äußerst. Kannst du seine Schuld beweisen?"

„Ich könnte es, doch ich würde es nicht tun. Der Hauptmann hat eine eingeschworene Gefolgschaft, die für ihn jede Untat begehen würde. Es ist ein Trupp, der ihn nach Thüringen begleitet. Ich habe die Männer auf den Kriegszügen erlebt und wenn ich vor jemanden Angst hätte, dann vor ihnen."

Siegbert wurde nachdenklich und meinte: „Es ist gut, dass du mir das gesagt hast. Ich werde in Zukunft Gunnar im Auge behalten. Amalafred riet mir, ihn abzusetzen, doch ich fand es nicht notwendig."

„Es wäre besser gewesen, wenn du es getan hättest. Sei vorsichtig, damit du nicht auch in den Wogen der Donau untergehst", riet Adalwin.

Sie beendeten den Abend und begaben sich in ihre Unterkünfte.

Die Worte Adalwins gingen dem Grafen nicht aus dem Sinn. Gunnar war ein verschlagener und gefährlicher Mann, den er nicht unterschätzen durfte. Vielleicht hatte der Prinz seine Gefährlichkeit erkannt, als er ihn vor ihm warnte.

In der Nacht plagten Siegbert arge Albträume. Er befand sich in einem Boot auf der Donau. Gunnar hatte das Ruder in der Hand und brachte das Boot zum Kentern. Er sah sich auf den Grund des Flusses hinab sinken und erwachte schweißgebadet. Was hatte das zu bedeuten?

Er beeilte sich zu seinem Gut zu kommen. Lange wollte er nicht dortbleiben. Mit Alban musste er sich beraten, auf welche Junghengste sie für die Zucht verzichten konnten. Die Tiere sollte sein Pferdesklave bis zum Lenzmond zureiten.

Hedwig freute sich, dass ihr Mann plötzlich auftauchte und ging mit ihm zu den Kindern, die von einer Amme betreut wurden. Es war Essenszeit. Die Köchin stellte einen Kupfertopf auf den Tisch, der bis zur Hälfte mit Bohnensuppe und gepökelten Fleischstücken gefüllt war.

„Wie lange wirst du bleiben!", fragte Hedwig neugierig.

„Nur ein paar Tage! Ich muss nach Erphesfurt."

„Wir haben bald Winter, da ist das Reisen gefährlich. Verschiebe es doch bis zum Frühling", riet Hedwig.

„Wir benötigen dringend weiße Hengste für die Leibgarde der Kaiserin. Vielleicht kann ich von meinem Bruder Harald und deinem Vater ein paar kaufen. Ich werde die Leibgardisten der Kaiserin auf ihren weißen Pferden im Sommer selbst nach Konstantinopel begleiten."

Hedwig schöpfte ihrem Mann die Holzschale bis zum Rand voll und legte eine Scheibe Brot daneben. Gemeinsam fingen sie an zu essen.

„Wenn du im Winter reitest, werde ich dich begleiten", sagte Hedwig in einer Art, die keinen Widerspruch zuließ.

Siegbert fand das nicht lustig. Er wusste, dass seine Frau gern ihre Familie im Elbkniegau besuchen würde. Den Wunsch hatte sie jedoch zuvor nie laut geäußert.

Ratlos sah er Hedwig an und versuchte sie von der absurden Idee abzubringen.

„Das ist unmöglich! Du musst die Kinder versorgen und auf das Gut aufpassen."

„Für die Kinder habe ich die Amme und auf das Gut passt Alban auf. Im Winter gibt es ohnehin nicht viel zu tun", argumentierte seine Frau gelassen.

Was sollte er darauf erwidern. Ihm war der Appetit vergangen. Entrüstet stand er auf und lief zum Pferdestall. Dort traf er Alban. Der Pferdesklave merkte ihm an, dass es Ärger gegeben hatte und fragte nach dem Grund. Wütend erzählte der Gutsherr, was Hedwig vorhatte und dass sie das Heimweh drückte. Alban riet ihm, nachzugeben und bot ihm an, sich um das Gut zu kümmern und sein Weib würde die Kinder betreuen.

Inzwischen war es dunkel geworden und er ging ins Haus zurück. Hedwig tat, als wäre nichts geschehen und sprach nicht von der Reise. Die Kinder schliefen in ihren

Betten und die Amme saß neben der Wiege. Er nahm ein Bad und Hedwig gesellte sich zu ihm. Sie umschmeichelte ihn wie eine Katze und ging mit ihm danach wohlgestimmt ins Bett. Sie verbrachten eine schöne Liebesnacht und wurden am Morgen von den ersten Sonnenstrahlen geweckt. Sein Entschluss war gereift, dass es besser wäre ihr nachzugeben. Als er es seiner Frau sagte, umarmte sie ihn überglücklich Der Hausfrieden war wieder hergestellt und Hedwig begann sofort mit dem Packen, als wollte sie am nächsten Tag aufbrechen.

„Bleib ruhig meine Liebe, so schnell geht es nicht!"

„Meinst du es nicht ernst damit, dass ich mitkommen darf?", entgegnete sie gereizt.

„Es bleibt dabei, doch ich muss noch einige Vorbereitungen in Vindobona und Carnuntum treffen. Am Tag nach der Wintersonnenwende werden wir abreisen, wenn nichts dazwischenkommt."

Mit einem festen Termin konnte sich Hedwig abfinden.

Zurück in Carnuntum sprach Siegbert mit Audoin darüber. Der Fürst bot ihm an, einen Schlitten bauen zu lassen, in dem Hedwig bequem reisen konnte.

„Was machen wir mit ihm, wenn der Schnee geschmolzen ist?"

„Das lass nur meine Sorge sein. Ich habe geeignete Wagenbauer, die das richtige Gefährt für dich herstellen werden. Sie hatten bereits den Reisewagen für den Medicus gefertigt. Er ist sehr zufrieden damit und würde nur ungern in den Sattel steigen."

Mehr Details wollte der Fürst über den Wagen noch nicht verraten.

Im Kontor sprach er mit Pal über das Vorhaben, der ihm betrübt zuhörte.

„Was ist mit dir? Freut es dich nicht frische Luft zu schnuppern?"

„Rosamunde ist dann lange allein", gab Pal kleinlaut zu.

„Dann nehmen wir sie mit. Sie kann dir bei der Kontrolle der Warenlisten in den Handelsstationen helfen." Pals Gesicht hellte sich auf, denn auf der Reise könnte er seiner Geliebten zeigen, wie weltgewandt und unabkömmlich er für seinen Herrn war.

Was auf der Reise mitgenommen werden musste, darum wollte sich Pal kümmern.

Bevor Siegbert ins Tullnerfeld zurückritt, besuchte er die Rodewiner im Heerlager und sah ihnen beim Training zu. Das Bärenfell aus dem Slawenland hatten sie zu einem Feldzeichen gestaltet und Hildegard nähte aus einem Teil des Fells eine Mütze. Stolz zeigte sie ihre Kreation und erhielt lauten Beifall. Sie benötigte noch mehr Felle von erlegten Bären, um die sich Reimund kümmern wollte.

Ein kalter Wind wehte vom Osten über das Land und brachte den ersten Schnee. In wenigen Tagen war das Fest der Wintersonnenwende, das bei allen Thüringern groß gefeiert wurde. Siegbert ritt zeitig zu seinem Gut im Tullnerfeld, um die letzten Vorbereitungen zu treffen. Auf einem Hügel, in der Nähe des Gutshauses ließ er einen riesigen Scheiterhaufen aus Holzstämmen errichten. Die Frauen backten Honigkuchen und andere Leckereien, die am Abend nach dem Tanz um das Feuer verteilt werden sollten. Sigrid war mit ihrem Mann und der Tochter aus Carnuntum gekommen und sie wollte längere Zeit im Tullnerfeld bleiben. Hedwig hatte sie heimlich darum gebeten, damit sie auf die Kinder während ihrer Abwesenheit aufpasst.

Am Festtag fanden sich schon nachmittags viele Menschen auf dem Hügel ein und begannen zu musizieren und zu singen. Ein Teil des Backwerks wurde verteilt und mit Honig gesüßter Tee ausgeschenkt. Noch bevor es dunkel wurde näherte sich ein eigenartig aussehender Wagen, der von zwei Pferden gezogen wurde, dem Festplatz. Er erregte großes Staunen. Plötzlich öffnete sich die Tür und heraus stieg der Fürst und winkte huldvoll den staunenden Menschen zu.

„Darf ich mich zu eurem Fest einladen?", fragte er Hedwig.

Sie sah ihn überrascht an, doch gewahrte sie gute Haltung.

„Gern, mein Fürst! Euer Besuch ist für uns eine große Ehre. Bitte nehmt neben dem Feuer Platz, denn es ist schon winterlich kalt."

„Davon habe ich in dem Reisewagen nichts gespürt. Darf ich ihn euch zeigen?", erwiderte er schmunzelnd.

Hedwig folgte Audoin und er half ihr beim Einsteigen.

„Wie sitzt es sich darinnen?" fragte er neugierig.

„Sehr bequem und gut geschützt vor dem Schneetreiben."

„Das ist auch der Sinn. Er soll euch gute Dienste auf der weiten Reise in den Elbkniegau leisten."

Hedwig war so sehr überrascht und erfreut, dass sie nicht sprechen konnte und ihr ein paar Tränen die Wangen herunterrannen. Audoin erklärte, wie die Holzkufen an der Seite des Wagens genutzt werden konnten. Bei Schnee war der Wechsel von Rädern zu Kufen mit wenigen Handgriffen zu bewerkstelligen.

Nach dem Betrachten des Wagens nahm Audoin an dem Tisch in der Nähe des lodernden Feuers Platz. Die Überraschung war ihm gelungen und darüber freute er sich. Seine Handwerker hatten ihr Bestes gegeben und den

Wagen nach seinen Wünschen gestaltet. Auf dem Weg von Carnuntum über Vindobona ins Tullnerfeld hatte er ihn ausprobiert und für gut befunden.

Er fühlte sich unter den Thüringern wohl und leerte mit ihnen bis spät an dem Abend so manchen Becher Met. Anfangs war er wegen des Tranks skeptisch, doch nach jedem Schluck schmeckte er ihm besser. Die Frauen hatten schon bald den Festplatz verlassen, da es ihnen trotz des Feuers zu kalt wurde. Hedwig und Sigrid durften den Wagen benutzen, um zum Gutshaus zu gelangen. Sie fanden, dass er besser gefedert war als der alte römische Reisewagen des Fürsten. Der Kutscher spannte die Pferde aus und stellte sie in den Stall.

Am nächsten Morgen ritt Audoin mit seinen beiden Leibwächtern nach Carnuntum zurück. Zuvor befahl er dem Kutscher, gut auf die Herrin während der Reise zu achten und sie wohlbehalten ins Tullnerfeld zurückzubringen.

Hedwig hatte die ganze Nacht kein Auge zugetan. Sie war aufgeregt und störte ihren Mann ständig beim Schlafen. Schlecht gelaunt stand er auf und suchte mittags einen Platz im Heu, um auszuruhen.

Am Abend fragte er seine Frau, ob sie die Kinder im Wagen mit zu ihren Eltern nehmen möchte. Damit hatte Hedwig nicht gerechnet, dass ihr Mann dies erlauben würde. In dem Wagen war für vier Personen Platz und die Fenster konnten gegen Wind und Wetter geschlossen werden. Siegbert erklärte ihr, dass die Amme sie auf der Reise begleiten dürfte und in Vindobona noch die Freundin von Pal zusteigen würde.

Auch die kommende Nacht gab es für ihn keinen Schlaf und er wunderte sich, wie Hedwig das durchstand. Sie war aufgewühlt und quirlig wie ein junges Fohlen, das zum ersten Mai auf die Weide kam.

Beim Abschied dankte Hedwig dem Medicus, dass er mit seiner Frau gekommen war und sie auf ihre Kinder aufpassen wollten. Nun war es anders gekommen und Hedwig war sehr froh darüber. Nach langer Zeit würde sie ihre Eltern wiedersehen und die Kinder zeigen können. Ihre Freude übertrug sich auch auf Siegbert. Anfangs hatte er Bedenken, dass die Reise zu schwer für die Frauen und Kinder sein könnte, doch Audoin hatte ihm gut zugeredet. Er erinnerte ihn an die vielen Bauern, die mit ihm im Winter entlang der Moldau bis nach Vindobona gereist waren und welche Mühen diese Leute auf sich genommen hatten und ihm folgten. Unter ihnen waren auch viele Frauen und Kinder, die bedeutend schlechtere Reisebedingungen vorfanden.

21. Reise nach Thüringen
Im Februar 540

In Vindobona wartete Pal und Rosamunde mit zwei Burschen aus seinem Kontor. Sie hießen Richard und Roland und waren Kameraden von Otto und Oskar, die in Kiew geblieben waren. Sie sollten Pal bei der Kontrolle der Warenbestände in den Handelsstationen helfen und hatten zwei Packpferde bei sich, die mit Proviant für die Reise und Pelzmänteln gegen die Winterkälte beladen waren.

Über Nacht blieben sie im Prinzenhaus und überquerten am nächsten Morgen bei Sonnenaufgang mit einer Fähre die Donau. Die Seitenarme des Flusses waren zugefroren und da bewährten sich die Kufen. Es hatte über Nacht wenig geschneit und sie kamen auf den ausgefahrenen Wegen gut mit den Rädern voran. Bevor die Sonne unterging, erreichten sie ein Gehöft zum Übernachten. Es war ein Thüringer Bauer, der mit der Königin an die Donau kam. Das abendliche Gespräch war für alle sehr interessant. Der Bauer berichtete, wie es ihm seit seiner Ankunft an der Donau ergangen war und er keinen Tag bereute, seitdem er mit seiner Frau und den beiden Töchtern im Langobardenreich lebte.

Am zweiten Tag erreichten sie nachmittags eine kleine Siedlung nördlich des Auwaldes. Der Bauer war ein Slawe, der sich vor einem Jahrzehnt hier niederließ und eine Familie gründete.

„Die Langobarden unterstützten mich damals nicht so sehr, wie euch Thüringer. Alles musste ich mit meinen eigenen Händen schaffen und hatte nur wenig Hilfe von den Nachbarn", berichtete er.

„Wie ich sehe, hast du ein großes Haus und Vieh."

„Willst du meine Rinder sehen?"

Siegbert nickte und folgte dem Bauern in den hinteren Teil des Langhauses. Dort standen drei Kühe, die an einer Raufe angebunden waren und fraßen. Ein Dutzend Hühner liefen frei herum und scharrten in jeder Ecke. Der Bauer sah in die Nester an der Hauswand, ob sich Eier darin befanden. Er hatte Glück und hielt zwei Eier in den Händen. Sie gingen zurück in den Wohnbereich des Langhauses. Dort hatte sich die ganze Familie um die offene Feuerstelle geschart und wartete, dass die wohlduftende Suppe in dem großen Kessel bald verteilt wurde. Der Bauer lebte mit seinen Schwiegereltern, der Frau und vier Kindern in dem Haus.

„Sind die Ernten gut? Du hast eine große Familie zu ernähren."

Der Bauer verzog den Mund zu einer Grimasse.

„Wenn ich nicht meinen Beruf hätte, kämen wir nicht über den Winter."

„Bist du Handwerker?"

„Nein, ich arbeite als Holzfäller im Auwald. Viel verdient man nicht doch es reicht, um zu überleben.

Am Tisch hatten die Gäste Platz genommen und bekamen als erstes eine Holzschüssel mit Fleischbrühe und Gemüseeinlage serviert. Angespannt sahen die Kinder zu ihrer Mutter und sorgten sich, dass bei so vielen Essern noch etwas für sie übrigblieb. Der Kessel war jedoch gut gefüllt, dass alle satt wurden.

Der Bauer erzählte von dem Leben in seiner alten Heimat am Baltischen Meer und wie er auf der Bernsteinstraße mit einem Sack gelber Steine, die er am Strand gefunden hatte, nach Süden zog. In Vratislavia verkaufte er die meisten auf dem Markt und wollte sich dort niederlassen. Der Händler riet ihm jedoch, bis ans Ende der Handelsstraße zu ziehen, wo ein noch größeres Meer lag und er als Fischer Arbeit finden könnte. Bei Hochwasser kam er an der Donau an und lernte seine Frau kennen, die mit ihren Eltern in einer der Siedlungen bei Carnuntum lebte. Auf ihr Anraten kaufte er ein Stück Land an einem der Donauarme und bebaute es.

Nach dem Essen legten sich alle zeitig nieder und nur die Männer saßen am Tisch und hörten dem Bauer zu, als er von dem Leben an dem Baltischen Meer berichtete.

Die ganze Nacht hatte es heftig geschneit. Siegbert war besorgt, dass sie unterwegs im Schnee steckenbleiben könnten und überlegte nach Vindobona umzukehren und abzuwarten. Er sprach mit Hedwig darüber, doch sie wollte davon nichts wissen. Keiner hätte sie davon abbringen können weiterzureisen, ganz gleich was sich ihnen in den Weg stellte oder die Fahrt beschwerte. In Gedanken war sie schon im Elbkniegau bei ihren Eltern und Geschwistern, die sich über ihren Besuch genauso freuten, wie sie es tat. Bisher gestand sie es sich nicht ein, dass sie Heimweh hatte. Dieses Gefühl unterdrückte sie seit Jahren und glaubte nicht daran, ihre Heimat wiederzusehen. Siegbert erkannte die unbeugsame Einstellung bei seiner Frau und sprach nicht mehr vom Umkehren.

Die Fahrt ging weiter nach Nordosten und sie stießen auf die Bernsteinstraße. Sie war besser ausgebaut als die Wege parallel zur Donau. Am Nachmittag erreichten sie den ersten Stützpunkt ihrer Handelsroute. Dort konnten sie sich aufwärmen und ausruhen. Beim gemeinsamen Abendessen saßen sie im Langhaus um die Feuerstelle herum und der einhändige Verwalter erzählte, wie es zu seiner Verwundung kam. Die Hausfrau hatte eine wohlschmeckende Krautsuppe gekocht, bei der sie nicht mit Fleisch sparte. Ihr Mann war ein ehemaliger Rebellenkrieger vom Rynnestig, der auf einem Heerzug von König

Wacho gegen die Illyrer eine Hand verlor. Deshalb schied er aus dem Kriegsdienst aus und betrieb den Handelsstützpunkt mit seiner Frau, den beiden Mädchen sowie zwei Sklaven, die sie von Händlern auf der Bernsteinstraße gekauft hatten. Der Verwalter freute sich, dass er aufmerksame Zuhörer hatte, die sich für seine Geschichten aus der fernen Heimat interessierten. Unter den Erzählungen waren viele aus der Rebellenzeit. Er berichtete von den Überfällen auf die Güter der Franken oder der Befreiung von Landsleuten aus der fränkischen Gefangenschaft. Zu ihnen gehörte auch er. Die fränkischen Krieger hatten ihn gefangen genommen, weil er sich weigerte, die hohen Steuern für den König zu entrichten. Sie forderten nach der Ernte fast das gesamte Getreide und ließen ihm kein Saatgut für den Frühling übrig. Als er mit anderen Gefangenen zu einem fränkischen Gut gebracht wurde, sagte man ihm, dass er im Frankenreich als Sklave verkauft würde. Sein Schicksal schien besiegelt und er fand sich, wie die anderen, damit ab. Eines Nachts stürmten die Rebellen unerwartet das Gut und befreiten alle Gefangenen. Auf seinen Hof konnte er nicht mehr zurück und schloss sich daher den Rebellen an. Später erfuhr er, dass seine Familie im darauffolgenden Winter verhungerte, weil ihnen die Franken nicht nur das Korn, sondern auch alle Tiere weggenommen hatten. Er hasste die Besatzer über alles und war, wie die meisten seiner Kameraden zu allem bereit, um ihnen zu schaden.

„Würdest du wieder zurückkehren, um gegen sie zu kämpfen?", wollte Siegbert wissen.

„An deiner Seite würde ich mitziehen, auch wenn ich nur eine Hand habe", antwortete der Verwalter und trank mit einem Zug seinen Bierbecher aus.

„Das wollte ich von dir hören. Ich bin im Zweifel, ob alle so denken wie du."

„Ich kenne keinen, der für dich nicht sein Leben riskieren würde. Sag, wann soll es losgehen?"

„Gedulde dich, wenn die Zeit gekommen ist, wirst du es erfahren. Männer, wie dich brauche ich an meiner Seite im Kampf gegen die Franken."

Der Verwalter stand auf und holte sein Schwert.

„Sieh dir die Klinge an, wie scharf sie ist. Jeden Abend schleife ich sie mit meinem Wetzstein. Die verbliebene Hand genügt mir, um wie ein Berserker zu kämpfen und am Ende nach Walhall zu reiten. Vielleicht finde ich dort meine zweite Hand, die ich in Illyricum verloren habe", meinte der Verwalter grinsend.

Er glaubte fest daran, dass er einmal dort hinkäme. Doch das erreichte er nur als heldenhafter Krieger, am besten in einer Schlacht. Von sich aus hätte er nicht den Heeresdienst aufgegeben, doch die Langobarden zahlten keinen Sold für Versehrte. Trotzdem gab es für ihn kein anderes Lebensziel als im Kampf zu sterben und für die Rückgewinnung der Heimat würde er sein Leben geben.

Wie an diesem Tag verliefen die weiteren Tage ohne besondere Vorkommnisse bis Vratislavia. Sie hatten Glück, dass es nicht weiter schneite und der Wind nachließ. Tagsüber schien die Sonne und kein Wölkchen zeigte sich am Himmel. Die Reise auf der Teilstrecke der Bernsteinstraße bis Vratislavia machte viel Freude. Hedwig interessierten besonders die abendlichen Erzählungen an der Feuerstelle. Sie machte sich kurze Notizen. Siegbert fiel es auf und fragte, warum sie das tat.

„Ich schreibe die Geschichten auf, um sie später unseren Kindern vorzulesen. Irgendwann wird sich keiner mehr daran erinnern, doch auf dem Pergament werden sie alle Zeiten überdauern."

„Du bist eine umsichtige Frau und ich bin froh, dass ich dich mit auf die Reise genommen habe."

Hedwig freute, was er sagte. In den letzten Jahren hatten sie wenig Zeit zusammen verbringen können, doch auf dieser Reise bildeten sie eine Einheit.

Für die Strecke zwischen Carnuntum und Vratislavia benötigten sie wegen des Wagens doppelt so viele Tage. Es störte nicht, da niemand in Thüringen auf sie wartete. Die Gespräche mit den Verwaltern waren für Siegbert wie eine Reise in die Vergangenheit. Die Männer konnten sich noch an viele Dinge aus der Rebellenzeit erinnern, die er vergessen hatte. Die Einzigen, die das Rebellenleben auch miterlebt hatten, waren Richard und Roland. Die beiden Burschen kamen als Waisenkinder ins Lager, wie so viele andere, die ihre Eltern im Krieg verloren hatten. Sie waren dankbar, dass sie dortbleiben durften und täglich etwas zu Essen bekamen.

Von weitem sahen sie die Stadt Vratislavia, den Sitz des Fürsten vom westslawischen Stamm der Slezanen. Die Stadt befand sich auf einer Insel, die von zwei Flussarmen der Oder eingeschlossen war. Einer der Arme war zugefroren und hätte mit dem Schlitten befahren werden können, doch Siegbert wählte den Umweg über die Holzbrücke, weil er der Tragfähigkeit des Eises nicht traute. Vor ihnen lag der Palisadenwall aus Eichenstämmen, der die Stadt vor Angriffen schützen sollte. Ein Stück weiter lag das Tor, das weit offenstand. Beidseits befanden sich Holztürme, aus denen zwei Wächter traten und den Schlitten betrachteten. Ein solches Gefährt hatten sie noch nie gesehen und sie interessierten sich besonders für die Kufen unter den Rädern. Als sie ihre Neugierde gestillt hatten, winkten sie alle durch. Pal ritt an der Spitze durch die engen Gassen bis zum eigenen Kontor, das sich am Rande der Siedlung befand. Inzwischen hatte der Verwalter neben dem Speicher eine Herberge für Kaufleute eingerichtet und bot in der Gaststube Essen und Getränke an. Sie brauchten deshalb nicht zu Audoins Kontor, das einer Karawanserei glich, weiterziehen.

Es wurde bald dunkel. Siegbert wollte sich in der Stadt umsehen. Hedwig und die beiden Burschen schlossen sich ihm an. Sie liefen zu dem Marktplatz, der gut ausgeleuchtet war. Überall standen Feuerkörbe in denen brennende Holzscheite Licht und Wärme spendeten. Die Bauern beeilten sich ihre Verkaufsstände abzubauen und mit ihren Ochsenkarren nach Hause zu fahren. Nur die Frauen der Handwerker priesen noch lautstark ihre selbstgefertigten Waren an und auch die fahrenden Händler versuchten noch zu später Zeit ihr Glück. Das bunte Treiben gefiel Hedwig und sie betrachtete interessiert die ausgelegten Waren. Besonders interessierte sie sich für den Bernsteinschmuck und bat ihren Mann für die Lieben in der Heimat einen geschliffenen Stein als Geschenk zu kaufen. Siegbert ging mit ihr zu seinem bekannten Bernsteinschleifer und die Männer begrüßten sich herzlich. Während sie sich Neuigkeiten austauschten, wählte Hedwig die Schmucksteine allein aus, die ihr angeboten wurden. Sie legte die schönsten Stücke in eine Schale und wollte die letzte Entscheidung ihrem Mann überlassen. Der Gehilfe des Bernsteinschleifers riet ihr zu diesem und jenen und nannte den Preis. Am Ende rechnete sie zusammen und die Kaufsumme erschien ihr zu hoch. Ratlos sah sie zu Siegbert, damit er ihr bei der Auswahl helfen sollte. Die Männer unterbrachen ihr Gespräch und wanden sich Hedwig zu. Sie war verwundert, dass der Meister den Inhalt der Schale in einen großen Lederbeutel füllte. Noch mehr verblüffte sie der Preis für ihre Auswahl. Er betrug nicht einmal die Hälfte von dem, was sie selbst ausgerechnet hatte. Ihr Mann nahm den Beutel und sie verabschiedeten sich von dem Bernsteinschleifer.

Auf dem Heimweg kamen sie an der Burg des Fürsten vorbei und betrachteten die Anlage von außen. Sie war mit einem eigenen Palisadenzaun geschützt und die Langhäuser hatten die Größe, wie sie in Thüringen üblich waren. In der Mitte der Anlage stand ein Holzturm mit einer Glocke, von dem Wächter weit ins Land blicken konnten und bei Gefahr die Bürger der Stadt warnten. Siegbert fragte seine Frau, ob sie dem Fürsten einen Besuch abstatten möchte, doch sie lehnte dankend ab. Sie wollte zurück zur Herberge und nach den Kindern sehen. Um ihre Versorgung machte sie sich keine Sorge, doch der mangelnde Schlaf zehrte an ihren Kräften. Die Tochter schlief in der Nacht noch nicht durch und weckte die Frauen öfter als zu Hause.

Die Reise in die alte Heimat schien für Hedwig sehr wichtig zu sein. Sie sprach den ganzen Abend darüber, wen sie besuchen wollte und welches Geschenk sie für die Lieben zugedacht hatte. Ihr Mann dachte an die Sicherheit auf der Reise und die Möglichkeiten, Hengste zu beschaffen. Er hoffte, dass sein Schwiegervater Weibel mehrere Tiere abgeben könnte. Auch sein Bruder Hartwig hatte eine Pferdezucht. Ob er ihn diesbezüglich ansprechen würde, wusste er noch nicht. Wahrscheinlich war er auch nicht anwesend, denn er hielt sich seit vielen Monden in der Nähe von König Theudebert im Süden des Frankenreichs auf.

Die Sonne war noch nicht aufgegangen, da stand Hedwig wie gewohnt auf. In der Küche fand sie die Hausfrau an der Feuerstelle, die den Frühstücksbrei für die Gäste anrührte. Sie hätte gern geholfen, doch die Frau winkte freundlich ab. Siegbert war, wie gewohnt schon lange wach. Sie suchte und fand ihn im Pferdestall. Dort traf sie Pal, der zusammen mit einem Burschen die Pferde für die Reise fertig machte. Sie kannte den Sklaven nur flüchtig, doch wusste sie, dass er eine Sonderstellung bei ihrem Mann einnahm. Auf dem Gut war er nur selten zu sehen. Die meiste Zeit schien er sich im Kontor in Carnuntum aufzuhalten. Hedwig half ihm die Pferde zu striegeln und versuchte sich mit ihm zu unterhalten. Zurückhaltend antwortete er auf die Fragen. Das Gespräch blieb einseitig und sie gab auf.

In der Küche fanden sich alle ein und löffelten in Ruhe ihren Brei. Kaum hatte sie ihre Schale geleert, drängte sie ihren Mann gleich abzureisen. Während des Frühstücks wollte er seine Ruhe haben und ärgerte sich über ihr Gebaren.

Als sie allein waren, sagte er zu ihr im ernsten Ton: „Hör mich an, mein liebes Weib! Damit wir uns auf der weiteren Reise gut verstehen, nimm zur Kenntnis, dass ich bestimme, was wann geschieht. Ich mag nicht, wenn ich ständig bedrängt werde. Handhabe es so, wie früher als wir zusammen unterwegs waren und du als meine Gehilfin das getan hast, was ich dir anschaffte."

Hedwig sah ihren Mann mit offenem Mund entgeistert an. Er merkte, dass seine Worte die gewünschte Wirkung erzielten und wurde noch deutlicher.

„Wenn du jedoch meinst, dass du als meine Frau auf dieser Reise das Sagen hast, kannst du gern zurück ins Tullnerfeld fahren. Wir sehen uns dann in einem halben Jahr wieder."

Weinend lief Hedwig aus der Küche. Ihr Mann aß seinen Brei in Ruhe auf. Als seine Frau davonrannte, bereute er bereits die scharfen Worte. Doch an diesem Morgen war ihm der bestimmende Tonfall seiner Frau zu viel. Frühs wollte er seine Ruhe haben und das hatte sie nicht erkannt.

Es ging weiter in Richtung Westen. An dem Fluss Nisa lag ein großer Handelsstützpunkt mit einer Fährstation über den Fluss. Dort legten sie einen Ruhetag ein. Leomir und Libussa begrüßten sie herzlich. Sie hatten das Anwesen von den verstorbenen Großeltern übernommen. Ihre Siedlung war stark angewachsen und mehrere Handwerker ließen sich dort nieder. Ihre Waren bildeten einen Teil des Sortiments im Handelsstützpunkt.

Libussa betrieb die Herberge, während sich Leomir um das Handelsgeschäft und den Fährbetrieb kümmerte. Das Gasthaus war wenig besucht. Es übernachteten Boten und Händler, die auf der Ost-West-Route unterwegs waren. Libussa zeigte Siegbert voller Stolz ihr neues Haus. Es hatte ein Obergeschoss mit mehreren Zimmern für die Gäste.

Sie öffnete die Tür zu einem der Räume und sagte: „Das ist mein bestes Zimmer, das ich dir anbieten kann. Gefällt es dir?"

Er sah sich um. Ein großes Bett stand in der Mitte des Raums und vor dem kleinen Fenster befand sich ein Tisch mit zwei Schemeln. Eine Keramikschale mit einem Wasserkrug stand daneben auf einer Bank.

„Das Bett ist sehr geräumig. Da hätten mehrere Leute Platz zum Schlafen", sagte er zu Libussa.

Sie schloss hinter sich die Tür und warf sich ihm an den Hals.

„Was soll das, Libussa! Wir sind beide verheiratet und es schickt sich nicht", wies er die junge Frau zurück.

„Du weißt, dass ich dich liebe und daran wird sich mein Leben lang nichts ändern", versicherte die Frau.

„Was würde dein Mann sagen, wenn er von unserer Beziehung wüsste?"

„Er wird es nie erfahren", beschwichtigte Libussa.

Siegbert traten die Schweißperlen auf die Stirn. Er überlegte, wie er sich aus der Umarmung befreien konnte. Jemand kam die Treppe zum Obergeschoss herauf. Dies war die Rettung. Libussa ließ von ihm ab und ging zur Tür. Leomir suchte seine Frau, da die Gäste hungrig waren und sie in der Küche gebraucht wurde. Eilig folgte sie ihrem Mann.

Wie konnte er dem Verlangen von Libussa ausweichen? Er versuchte deshalb in der Nähe von Hedwig zu bleiben. Sie war sein Schild gegen die Anwandlungen der wilden Libussa. Bis spät am Abend saßen alle beim Bier zusammen und Leomir berichtete, wie er die Siedlung zum Erblühen brachte. Er wurde von der Gemeinschaft als Sippenältester gewählt. Schmiede, Zimmerleute, Bootsbauer, Schreiner, Küfer und andere Handwerker siedelten sich an und belebten die Siedlung. Der Handelsstützpunkt mit dem Gasthaus bildete das Zentrum. Leomir hatte viel zu tun und war auf Erweiterung bedacht. Die Händler, die auf dem unbefestigten Weg zwischen Vratislavia und Meisa ihre Waren transportierten, machten bei ihm Halt und legten eine Ruhepause ein.

Alle hatten sich früh am Abend niedergelegt. Die anstrengende Fahrt durch den Schnee machte ihnen mehr zu schaffen als sie anfangs vermuteten.

Ein Käuzchen war zu hören. Es bedeutete, dass jemand im Sterben lag. Sein Lockruf „Ku-witt, ku-witt" hörte sich an wie „Komm-mit, komm-mit ins Totenreich, zu Hel". Es war ein schlechtes Omen auf der Reise. Wen würde Siegbert verlieren oder betraf es jemand aus der Familie? Seine Mutter war schwer krank und er hatte keine Meldung bekommen, wie es ihr erging. Mit trüben

Gedanken schlief er ein und der Albtraum des untergehenden Fährbootes ließ ihn schweißgebadet aufwachen. Die Überfahrt mit dem Schlitten über das Eis des Flusses sollte früh erfolgen. Ob der Traum damit im Zusammenhang stand? An Weiterschlafen war nicht zu denken. Er stieg die Treppe hinab und ging in die Küche. Libussa stand an der Feuerstelle und bereitete den Frühstücksbrei für die Gäste.

„Du bist zeitig wach, konntest du nicht schlafen?", wollte Libussa wissen.

„Mich plagen manchmal Albträume, die mich aufschrecken und nicht weiterschlafen lassen."
Libussa rührte bedächtig weiter. Er fragte sie, ob sie und ihr Mann Kinder hatten. Sie nahm ihn an der Hand und ging mit ihm zu einer Kammer, die neben ihrem Schlafzimmer lag. Vorsichtig öffnete sie die Tür und flüsterte: „Dort schläft mein Sonnenschein."

„Ist es ein Mädchen oder ein Junge?"

„Es ist ein Junge, er ist dein Sohn!", antwortete sie ruhig.

„Wieso mein Sohn?"

„Ich habe Leonid geheiratet, als ich merkte, dass ich von dir schwanger war", erklärte sie.
Siegbert ging zurück zum Tisch und setzte sich. Libussa rührte weiter den Brei. Sie erzählte, dass sie in ihrer Ehe nicht glücklich sei. Ihr Mann konnte nicht verstehen, dass sie kein weiteres Kind bekam, obwohl sie ihr Möglichstes taten. In ihrer Not hatte sie sich mit ein paar Männern eingelassen, die auf der Durchreise waren, doch auch dies half nichts. Eine Schamanin hatte ihr aus der Hand gelesen und gesagt, dass sie drei Kinder haben würde, die aus der gleichen Quelle stammten.

„Das geht nicht! Wir reisen heute Morgen weiter."

„Du bist es mir und Leonid schuldig", erwiderte sie fordernd und hob ihren Rock.

Siegbert wusste nichts darauf zu erwidern. Er stand auf und ging auf den Hof. Der kalte Wind blies ihm ins Gesicht. Er musste nachdenken. Es betrübte ihn, dass Libussa unglücklich war. Sie schien sensibler zu sein als er dachte. Möglicherweise hatte sie das stetige Fragen ihres Mannes nach weiterem Kindersegen entmutigt und sich von ihm abgewandt. Nach außen hin stellten die beiden ein glückliches Paar dar, doch im Inneren sah es ganz anders aus.

In der Nacht hatte es leicht geschneit. Siegbert ging zum Ufer und prüfte die Tragfähigkeit des Eises. Seine erste Frau war in einem Teich ertrunken als sie einbrach, um ein Kind zu retten. Wird die Eisschicht stark genug sein den Schlitten und die Reiter zu tragen. Leonid hatte ihm gestern versichert, dass keine Gefahr bestände und er selbst mit einem Handelswagen am Vortag darüber gefahren war.

Ob das Käuzchen ihn davor gewarnt hatte. Im gleichen Moment ärgerte er sich, dass er dem Aberglauben so viel Spielraum gab. Vor dem Tod hatte er sich noch nie gefürchtet, doch sehnte er ihn sich im Kampf herbei. Nur so würde er nach Walhall gelangen und seinen gefallenen Vater wiedersehen können. Er war schon lange nicht mehr bei einer Schamanin, die in die Zukunft sehen konnte. Sie könnte ihm sagen, was der Albtraum in Verbindung mit dem Käuzchen bedeutete.

Die Überfahrt auf dem Eis war einfacher als anfangs vermutet. Leonid half dabei und trieb auf dem Kutschbock die Pferde mit der Peitsche an.

Meisa erreichten sie nach wenigen Tagen. Die Siedlung lag auf der Westseite des Flusses Elbe auf einem Berg. Sie war schon von weitem zu sehen. Auf der Ostseite des Flusses befand sich eine Fischersiedlung und am Ufer war ein großes Fährboot vertäut. Den Eigentümer der Fähre kannte Siegbert gut, es war Libussas Vater. Er erkundigte sich zuerst nach seiner Tochter, die er schon ein halbes Jahr nicht gesehen hatte. Der Fährmann lud sie zu sich in sein Haus ein und beköstigte sie gut. Beim Abendessen berichtete er vom Bau der Via Regia, der Königsstraße, die fast fertiggestellt war. Zwischen den Flüssen Saale und Elbe gab es Teilstücke, die bereits genutzt wurden. Die Kaufleute und Händler wünschten sich, dass auch die Strecke bis Vratislavia einmal angegangen wird. Bisher war daran noch nicht zu denken, da die Kosten für den Wegebau immens hoch waren und seitens der Franken kein Bedarf bestand.

Hedwig bat ihren Mann, dass er keinen Ruhetag einlegt, da sie so schnell wie möglich in den Elbkniegau zu ihren Eltern kommen wollte. Er war damit einverstanden.

Sie ritten am nächsten Tag nach dem Übersetzen des Elbe Flusses gleich weiter.

In Lipsa überraschte Hedwig ihren Vater mit ihrem Besuch. Weibel befand sich in seiner Amtsstube. Er konnte vor Ergriffenheit die Tränen nicht zurückhalten. Siegbert ließ beide allein und sah sich in der Siedlung um. Auch hier hatte sich vieles seit seinem letzten Besuch verändert. Sie war um das Doppelte gewachsen und besaß einen Marktplatz, auf dem allerlei Waren angeboten wurden. Die meisten Einwohner schienen Slawen zu sein, die aus dem Osten kamen und sich in den dünnbesiedelten Gebieten westlich der Elbe angesiedelt hatten. Viele Handwerker waren unter ihnen, die beim Bau der Königsstraße mitwirkten.

Die Bauern klagten über die zu hohen Steuern, die von den Franken erhoben wurden. Weibel musste sie eintreiben und wurde von vielen Thüringern angefeindet. Er war für sie ein Verräter, doch versuchte er stets das Beste für seine Landsleute herauszuholen. Am deutlichsten zeigte es sich als er in den „dunklen Jahren", wo sich die Sonne im Sommer nicht zeigte und die Ernten ausfielen, die Straßenbauer durch Lieferungen mit Schlachtvieh unterstützte. Viele Thüringer und Slawen hatte er durch diese Zuwendungen vom Hungertod bewahrt. Doch das war schnell vergessen.

Auf dem Marktplatz sprach Siegbert mit einigen Bauern, die sich wegen der hohen Steuern ausgebeutet fühlten und die Zustände, wie im früheren Thüringer Königreich herbeisehnten. Es gab die Schweinesteuer, doch die war nur eine Rute im Fenster und sollte den Thüringern zeigen, dass sie besiegt wurden und nun zum Frankenreich gehörten. Er erfuhr vieles, weil er sich als langobardischer Kaufmann ausgab. Sein Vollbart und die mit weißen Wadenbinden umwickelten Unterschenkel deuteten darauf hin. Die Menschen sprachen offen über ihre Probleme und niemand vermutete in ihm den ehemaligen Rebellenführer der Thüringer. Würde er erkannt, könnte es seine Gefangennahme und den Tod bedeuten. Dieses Risiko wollte er nicht eingehen.

Pal begleitete ihn auf dem Rundgang durch die Siedlung. Mit ihm besprach er den weiteren Ablauf der Reise. Der Sklave sollte mit Rosamunde und den beiden Burschen gleich am nächsten Tag nach Erphesfurt ins Kontor weiterreisen und sich informieren, ob Gunnar die Hengste besorgen konnte. Am nächsten Vollmond wollten sie sich im Handelshaus treffen und die Heimreise mit den gekauften Tieren besprechen. Siegbert beabsichtigte zuvor mit seiner Frau in den Elbkniegau zu fahren und wollte danach allein die Sippe in Rodewin besuchen.

Sie kamen zum Amtsgebäude zurück. Weibel hatte beschlossen am nächsten Morgen Hedwig zum Gut in den Elbkniegau zu begleiten und freute sich auf die großen Augen, die alle machen würden, wenn die Jüngste der Töchter plötzlich auftauchte.

„Wir werden die Hochzeitsfeier nachholen", schlug Weibel vor. Sein Schwiegersohn riet davon ab, da niemand außer dem engsten Familienkreis wissen durfte, dass er sich in Thüringen aufhielt. Weibel hielt diese Geheimhaltung für übertrieben, doch gab er nach.

Am nächsten Tag starteten sie bei Sonnenaufgang. Der Gaugraf ritt der Gruppe voran. Es waren viele Jahre vergangen, dass die Tochter das Elternhaus verließ und den Sekretär von Hartwig nach Vindobona begleitete. Der Kontakt zu ihr riss vollkommen ab und die Familie fand sich damit ab. Der Mann an ihrer Seite wurde als Kaufmann und Freund der Familie vorgestellt, dem sich Hedwig auf der Reise anschließen konnte. Es verwunderte niemand, als er schon nach drei Tagen nach Erphesfurt weiterreiste. Weibel begleitete ihn bis Lipsa und sie konnten auf dem Ritt alles bereden, was notwendig und interessant war. Von Lipsa ging es auf der neuen Straße weiter in Richtung Erphesfurt. Unterwegs nahm Siegbert Quartier in den neuen Handelsstützpunkten, die Pal eingerichtet hatte. Da es entlang der Via Regia mehrere Unterkunftsmöglichkeiten gab, entschieden sich die meisten Händler und Boten für die Herbergen, die von den Gutsverwaltern geschaffen wurden. Sie boten den Komfort, wie sie ihn im Frankenreich gewohnt waren.

22. Die alte Heimat
Im April 540

Nach wenigen Tagen erreichte Siegbert Erphesfurt und ritt zum Handelskontor. Es befand sich am Rande der Stadt und hatte sich zu einem zentralen Umschlagplatz der Waren, die aus Carnuntum kamen und dorthin gingen, entwickelt. Die Erweiterung der Handelsroute bis Reims war angedacht, doch nur in wenigen Abschnitten realisiert.

Im Kontor traf er Pal mit Rosamunde und den Burschen Richard und Roland, die an den Schreibpulten standen und Warenlisten prüften. Sein Sklave berichtete ihm, was es Neues gab.

„Hauptmann Gunnar hatte nach seiner Ankunft einen hohen Betrag für den Pferdekauf ausgefasst, doch bisher noch nichts von sich hören lassen. Die Wareneinund -ausgänge haben wir kontrolliert und ich finde, dass der Verwalter unseres Handelshauses sehr genau und vertrauenswürdig ist."

„Das freut mich! Den Mann hast du ausgesucht und wie immer eine glückliche Hand bei deiner Wahl gehabt. Ich werde gleich nach Rodewin weiterreiten und in zwei Wochen zurückkehren. Bis dahin wird sich hoffentlich Gunnar gemeldet haben."

„Soll ich ihm etwas von dir ausrichten?"

„Sage ihm, dass er die Hengste so bald wie möglich nach Carnuntum bringen soll!", rief ihm der Graf zu und schwang sich auf sein Pferd, um nach Rodewin zu reiten.

Der Schnee begann zu tauen und die Wege waren aufgeweicht. Siegbert ritt allein von Erphesfurt nach Rodewin. Die Gegend schien wie ausgestorben. Regenwolken zogen auf und es fing an zu nieseln. Als er den Wilberg erreichte, goss es in Strömen. Schutz suchte er unter einer großen Eiche. Der Regen schien nicht aufhören zu wollen und die Dunkelheit gewann die Oberhand. Da war wieder ein Käuzchen zu hören. Der Wind nahm an Heftigkeit zu und eine Unterkunft in der Nähe gab es nicht. Es blieb ihm nichts anderes übrig als die Widrigkeiten des Wetters zu erdulden und im Trab weiter zu reiten. Endlich sah er in der Ferne ein Licht, doch es war noch ein weiter Weg bis zur Siedlung. Völlig durchnässt kam er in Rodewin an. Sein lederner Umhang hatte ihn nur wenig geschützt. Siegbert betrat das Haus seines Bruders Harald. Alle sahen ihn entsetzt an. Zu dieser späten Stunde und bei dem schlechten Wetter hatte niemand mit einem Gast gerechnet.

Harald stand auf und humpelte auf seinen jüngsten Bruder zu. Er umarmte ihn stumm.

„Sei uns willkommen Bruder! Man könnte meinen, die Raunächte hätten begonnen, dabei sind sie lange vorbei. Lass dich erst einmal trockenreiben damit du dich nicht erkältest", riet Harald.

Heidrun zog ihren Schwager zu der Feuerstelle. Sie legte ein paar Holzscheite nach, damit er sich aufwärmen konnte. Dann brachte sie eine Hose und Hemd von ihrem Mann und half dem Schwager, sich umzuziehen. Rosa, ihre Sklavin, hängte die nasse Kleidung über eine Stange neben der Feuerstelle zum Trocknen.

„Was treibt dich zu dieser Jahreszeit hierher?", wollte Harald wissen.

„Lass ihn erst einmal zu Kräften kommen!", mischte sich Heidrun ein.

Der Pferdeknecht Jaros stand auf, stülpte sich ein Schaffell über den Kopf und ging auf den Hof. Dort stand geduldig das Pferd im Regen. Er brachte es in den Stall und versorgte es.

Rosa wärmte in einem Krug Bier und stellte es auf den Tisch. Das heiße Getränk schien die Lebensgeister des Erschöpften zu wecken. Er berichtete, dass er auf Inspektionsreise sei und erst gegen Mittag in Erphesfurt ankam. Dass es so früh dunkel wurde hatte er unterschätzt. Die Kinder wollten wissen, ob er mit König Wacho wieder auf einem Heerzug war. Siegbert verneinte und berichtete von seiner Reise nach Kiew in das Awarenreich. Nach der Kurzfassung der Geschichte mussten sie ins Bett.

Heidrun zeigte ihrem Schwager die Kammer, in der er schlafen konnte. Die beiden Brüder unterhielten sich bis spät in die Nacht hinein. Harald wollte wissen, wie sich die Thüringer im Langobardenreich eingelebt hatten und wie es Hedwig erging. Er war verwundert, dass sie im Winter die anstrengende Reise zu ihren Eltern zusammen mit den Kindern unternommen hatte.

„Du kennst die Frauen besser als ich. Wenn sie sich etwas in den Kopf setzen, sind sie nur schwer davon abzubringen. Ich hatte versucht, es ihr auszureden, doch das Heimweh war stärker."

Harald erwiderte lachend: „Heidrun würde sich auch nicht abhalten lassen. Sie ist manchmal störrisch, wie ein Esel."

Er füllte den Becher seines Bruders mit dem warmen Bier nach.

„Wie geht es unserer Mutter?"

Haralds Miene versteinerte sich und er sprach betont langsam: „Vor einem halben Jahr ist sie zu Hel gegangen. Sie lag lange krank im Bett und war froh, dass ihr Leben ein Ende hatte. Ich war bei ihr als sie starb und sie wünschte ihren Söhnen, dass sie eines Tages ihren Vater in Walhall wiedersehen werden."

Siegbert war betrübt über die Nachricht, doch auch gefasst. Bei seinem letzten Besuch lag die Mutter schon krank im Bett und er hatte sich von ihr verabschiedet.

Harald beschrieb die letzten Tage an ihrem Sterbebett und berichtete, wie aufopfernd Heidrun und Rosa sie pflegten. Es war für alle eine schwere Zeit mit ansehen zu müssen, wie die Mutter unter starken Schmerzen litt und niemand ihr helfen konnte. Auch die Kräuterfrau wusste keinen Rat mehr und ihre Tinkturen wirkten kaum.

Die Brüder sprachen über Erlebnisse mit ihrer Mutter im Kindesalter. Sie war immer für sie da gewesen und half, wo es ging. Gegenüber dem gestrengen Vater war sie wie ein Schutzschild für sie. So manche Erinnerung wurde wachgerufen, die im Reich des Vergessens verborgen lag. Nach dem Gespräch wünschten sich beide eine gute Nacht und gingen schlafen.

Am Morgen schien die Sonne. Ein herrlicher Frühlingstag kündigte sich an. Siegbert wartete auf Harald, der verschlafen hatte. Es war zu viel Bier am Vorabend durch seine Kehle geronnen, meinte Heidrun. Ihr Schwager unterhielt sich mit ihr, währenddem sie den Frühstücksbrei in einem kleinen Kessel über dem offenen Feuer rührte. Von ihr erfuhr er Einzelheiten was in der Siedlung passiert war und dass die Anzahl der jungen Burschen aus dem Rebellenlager, die von dem Schreiber unterrichtet wurden, stetig zunahm.

„Dein Bruder ist wie besessen, dass sie etwas lernen. Er beliefert zusätzlich das Rebellenlager mit Lebensmitteln und übersieht, dass bei uns die Speicher fast leer sind. Vielleicht kannst du einmal mit ihm sprechen und ihn zur

Mäßigung mahnen, denn auf mich hört er nicht", jammerte Heidrun.

„Ich verstehe dich, liebe Schwägerin. Es ist eine schwere Zeit. Leider gibt es kaum noch Bauern, die unsere Rebellen unterstützen. Wir können sie in den Lagern nicht allein lassen. Wie sollen sie sich versorgen? Raubzüge sind vertraglich untersagt, ein Großteil von ihnen hat keine Familie und Verdienstmöglichkeiten gibt es für sie nicht. Wenn eines Tages Prinz Baldur aus der Gefangenschaft heimkehrt, werden sie seine ersten Krieger sein."

Heidrun konnte er nicht überzeugen. Sie musste dafür sorgen, dass alle in der Sippe satt wurden. Das Getreide, das sie ernteten, reichte gerade für den Eigenbedarf. Früher hatten sie ein oder zwei Pferde verkaufen können, doch in den letzten Jahren blieb die Nachfrage aus. Selbst die Franken brauchten keine mehr. Der Pferdehandel kam seit Beginn der Wetterverschlechterung völlig zum Erliegen und hatte sich noch nicht erholt. Damit war die Haupteinnahmequelle für die Sippe weggefallen.

Siegbert reichte Heidrun einen ledernen Beutel und sagte: „Das ist für die Rebellen. Sage davon nichts zu Harald. Er würde es ablehnen, doch es hilft dir Getreide zu kaufen und weiterhin Gutes zu tun."

Heidrun warf einen Blick in den Beutel. Er war gefüllt mit fränkischen Silbermünzen. Freudig umarmte sie ihren Schwager und dankte ihm für die großzügige Unterstützung.

Nach dem Frühstück ritten die beiden Brüder zu der Koppel am Schwemmteich. Dort stand die größte Pferdeherde, es waren ein Hengst mit mehr als zehn Stuten und ihren Fohlen. Sie sahen gut genährt aus und waren der ganze Stolz des Züchters. Harald berichtete, wie schwer es für ihn war, die Tiere über die Jahre der

Futternot durchzubringen. Er hatte auf den sandigen Böden mit der Rinderzucht begonnen. Milch, Käse und Rindfleisch brachten auf dem Markt in Erphesfurt noch etwas ein. Seit dem letzten Jahr hatte er kein einziges Pferd mehr verkauft. Die alten Bräuche waren weggefallen als Pferde noch Statussymbole waren, denn um heiraten zu können musste ein Bräutigam dem Brautvater neben anderen Dingen auch ein Pferd schenken. Das konnten sich die meisten verarmten Thüringer nicht mehr leisten. Ob sich das irgendwann bessern würde, war nicht absehbar.

Harald sah seinen Bruder prüfend an und fragte: „Was ist der Grund für dein Kommen? Die Inspektion eures Handelshauses in Erphesfurt kann es nicht sein, denn dafür hast du Pal, der ein guter Kaufmann zu sein scheint."

„Ja, ich kann mich voll auf ihn verlassen. Du hast es richtig erraten, es gibt einen anderen Grund. Amalafred hat der Kaiserin 30 Krieger als Leibgarde versprochen und für die Männer muss ich ebenso viele weiße Hengste beschaffen. Mehr als zehn benötige ich noch aus Thüringen. Deswegen ist einer meiner Hauptleute hier, der welche im Haingebiet, dem ehemaligen königlichen Wald, kaufen will. Von Weibel bekomme ich zwei Hengste und vielleicht hast du auch einen für mich übrig?"

Harald spitzte die Lippen.

„Ich könnte dir auch zwei abgeben. Sie stehen auf einer anderen Weide. Wenn du sie sehen willst, reiten wir hin."

Sie erreichten die Rinne vor dem Sandberg und sahen eine Gruppe junger Hengste am Rand des Waldes grasen.

„Die sind scheuer als die Stuten und noch nicht eingeritten. Dort oben die beiden hätten das richtige Alter", erklärte Harald.

Sie ritten näher an die Hengste heran.

„Es sind Prachttiere! Die nehme ich gern. Sage mir den Preis und ich werde nicht mit dir handeln."

„Wie willst du die Tiere nach Vindobona bringen?"

„Der Hauptmann der Vindobonenser hat genügend Männer bei sich, die das erledigen. Ich treffe sie in zwei Wochen in Erphesfurt und dann geht es auf unserer Handelsroute bis Vratislavia und weiter nach Carnuntum.

„Wirst du bis dahin bei uns bleiben?", wollte Harald wissen.

„Ich möchte das Maifest bei den Rebellen verbringen. Wenn ich hierbliebe, könnte mein Aufenthalt in Thüringen schnell bekannt werden. Du würdest Ärger bekommen, wenn du den ehemaligen Rebellenführer unter deinem Dach beherbergst."

„Ich denke, dass du bei den Franken in Vergessenheit geraten bist. Das ist schon Jahre her als du ihnen das Fürchten lehrtest."

Die Brüder ritten nach Hause und besprachen unterwegs, wie die beiden Hengste zum Handelshaus nach Erphesfurt gebracht und dort der Kaufvertrag mit dem Verwalter abschlossen werden soll. So hätte das Geschäft seine Richtigkeit und Harald gleich sein Geld.

Nach der Ankunft auf dem Hof ging Siegbert in sein Langhaus, das er mit seiner ersten Frau Brunhilde bis zu ihrem Tode bewohnte. Vor einem Pult saß der römische Schreiber.

„Wie geht es dir und wo sind deine Schützlinge?"

Der Schreiber sah auf und antwortete lächelnd: „Sie sind alle ausgeflogen. In ihrem Lager wollen sie sich mit den anderen auf das Maifest, die ‚Hohe Maien', vorbereiten."

„Wie kommst du mit deinem Buch voran?"

Auf einem Tisch lagen viele gleichgroße, beschriebene Pergamentseiten zu kleinen Stapeln geordnet.

„Ich habe wenig Zeit, um mich damit zu befassen. Wenn die Burschen hier sind, ist zu viel Trubel.", entgegnete der Schreiber und hob bedauernd die Schulter.

„Denke daran, dass du mir eines versprochen hast." Sie verabschiedeten sich, denn die Kinder warteten schon ungeduldig auf dem Hof und wollten mehr von der Reise zu den Awaren hören.

Jaros wartete auf den ehemaligen Rebellenführer vor dem Langhaus. Er hatte das bepackte Handpferd an der Leine und drängte aufzubrechen. Sie ritten eine weite Strecke durch unwegsames Gebiet und hofften bis zum Dunkelwerden das Lager zu erreichen. Jaros wählte den kürzesten Weg und bestimmte das Tempo in Richtung Rynnestig, dem Bergkamm des Thüringer Waldes. Von dort war es nicht mehr weit bis zum Lager der Rebellen.

Die beiden Reiter waren schon längst von den Jungkriegern gesichtet worden, die alle Wege kontrollierten. Es hatte sich nur wenig seit dem letzten Jahr verändert. Der Bärenkrieger stürmte auf Siegbert zu und schloss ihn in die Arme. Alle sahen bei dem Wiedersehen der alten Freunde zu. Es wurde ein großes Willkommensfest am nächsten Tag beschlossen, zu dem der ehemalige Rebellenführer zu den Burschen sprechen sollte. Den Abend seiner Ankunft wollte der Bärenkrieger nicht mit den anderen teilen. Sie mussten sich mit Jaros zufriedengeben, der von der Reise zu den Awaren berichtete, als wäre er selbst dabei gewesen.

Zeitig in der Früh stand Siegbert auf und stieg zu seiner ehemaligen Behausung den Berg hinauf. Dort hatte er schöne Stunden mit Brunhilde verbracht. Seine erste Frau war nirgendwo so stark in seiner Erinnerung als an diesem Ort. Die Holzhütte war in gutem Zustand.

Vermutlich hatte der Bärenkrieger für den Erhalt gesorgt. Von der Bank betrachtete er den Sonnenaufgang, wie vor längst vergangenen Zeiten und Bilder der Erinnerung wurden wach. Die Langhäuser der Rebellen und der Übungsplatz der Jungkrieger lagen wie auf einem Präsentierteller vor ihm. Aus den Dachfirsten der schilfgedeckten Häuser quoll Rauch von den Feuerstellen.

Einige Jungkrieger konnten es nicht erwarten, mit ihren Kampfübungen zu beginnen. Die Vorprüfungen der angehenden Jungkrieger sollten an diesem Tag abgeschlossen werden. Zum Maifest würden sie feierlich in der Gemeinschaft der Krieger aufgenommen werden. Das war der größte Tag für jeden Rebell, auf den er sich mehrere Jahre vorbereitet hatte. Als Jungkrieger bekam er eine Stimme im Thing und durfte Waffen tragen. Dies war ihnen jedoch nur hier im Wald erlaubt, denn in den von den Franken kontrollierten Gebieten war der Waffenbesitz für Thüringer verboten und wurde mit dem Tode bestraft. Der Bärenkrieger kam zu Siegbert und setzte sich zu ihm auf die Bank. Schweigend betrachteten sie den Himmel, wie sich die dünnen Wolken auflösten und die Sonne am Horizont aufstieg. Der Bärenkrieger und jetzige Anführer der Rebellen erzählte von den besonderen Vorkommnissen seit dem letzten Jahr. Die Ausbildung der Knaben zum Jungkrieger lief gut voran. Neben den Fertigkeiten im Umgang mit dem Schwert und dem Speer mussten sie diese Waffen zu Fuß und zu Pferd beherrschen. Der Umgang mit Pfeil und Bogen folgte erst in den Wochen nach der Prüfung. Das gezielte Werfen mit der Franziska, einer fränkischen Axt, war neu hinzugekommen, ebenso verschiedene Techniken mit Messern oder der Sax, einem einschneidigen Hiebmesser. Wenn die Rebellen sich außerhalb ihres Gebietes aufhielten, konnte ihnen schon das Tragen eines Gürtelmessers als

Waffe ausgelegt werden. Wer gefangen genommen wurde fand sich bald darauf auf einem Sklavenmarkt im inneren Frankenreich wieder. Deshalb wurden außerhalb des Übungsprogramms auch Kampftechniken ohne Waffen geübt. Es fehlte jedoch ein guter Ausbilder dafür. Die Kenntnisse darüber hatte der Bärenkrieger aus Darstellungen in einem Buch gefunden. Siegbert berichtete ihm, dass seine Krieger in Carnuntum diese Techniken beherrschten und von Männern aus dem Osten ausgebildet wurden. Er wollte mit den „Rodewinern" sprechen, ob sich einer von ihnen dazu entschließen könnte, das Kriegerleben bei den Langobarden mit dem Lagerleben in den Thüringer Bergen einzutauschen.

Nach dem Frühstück begannen die Prüfungen. Sie dauerten den ganzen Tag an. Am Ende schlug der ehemalige Rebellenführer vor, in einem Schaukampf zu zeigen, wie seine Männer an der Donau die Gegner besiegten. Er rief in die Runde, ob jemand bereit wäre, sich mit ihm zu messen. Es fanden sich nur wenige die in den Innenkreis der Schaulustigen traten. Sie wurden begeistert bejubelt. Es waren ausschließlich Ausbilder, die gegen den ehemaligen Rebellenführer antraten. Die Wahl der Waffen durfte jeder für sich selbst wählen.
Die Einzelkämpfe dauerten nicht lange. Siegbert blieb der Sieger und wurde bejubelt. Er forderte, die Gegner auf, gemeinsam gegen ihn anzutreten. Auch dabei gewann er. Als letztes ermutigte er alle Jungkrieger, sich mit einem Stock zu bewaffnen und ihn anzugreifen. Es bildete sich ein Kreis und die Burschen stürmten mit ihren erhobenen Stöcken auf den ehemaligen Rebellenführer los. Er ließ sie nah an sich herankommen. Plötzlich kreiste er wie ein Wirbelwind und schlug die Stöcke der Burschen aus ihren Händen. Diese Vorstellung zeigte

allen, was möglich war und wie viel sie noch zu lernen hatten. Viele der Knaben und Jugendlichen kannten den ehemaligen Anführer nicht. Er war für sie eine Legende, über dessen Leben und Taten an den Lagerfeuern gesprochen wurde. Nun stand er unter ihnen und zeigte sein Können. Nichts wünschten sie sich sehnlicher als ihm nachzueifern.

Die Zeremonie, bei der die Prüflinge in den Jungkriegerstand erhoben wurden, fand vor der priesterlichen Eröffnung der Maifeierlichkeiten statt. Siegbert nahm die Ehrung vor und überreichte den neuen Jungkriegern als äußeres Zeichen ein Kurzschwert. Ab nun hatten sie im Thing eine Stimme und waren Waffenträger. Um Krieger zu werden, müssten sie sich erst noch im Kampf bewähren. Dazu gab es jedoch keine Möglichkeit und alle hofften, dass Prinz Baldur nach seiner Rückkehr aus der Gefangenschaft sie im Kampf gegen die Franken anführen würde. Vor dem Tod hatten sie keine Angst, denn sie waren davon überzeugt, dass sie einen Platz in Walhall einnehmen werden.

Gemeinsam wurde der Maibaum aufgestellt und mit einem Kranz aus Birkenreisern geschmückt. Die Jungkrieger stellten sich in einer Reihe auf und starteten den Mailauf, einen Wettlauf über eine weite Distanz. Der Sieger wurde zum Maikönig ernannt und durfte sich aus der Schar der jungen ledigen Frauen eine Braut auswählen, der er ein Jahr versprochen war. Die übrigen Maibräute suchten sich einen Partner unter den Jungkriegern und tanzten mit ihm ausgelassen die ganze Nacht hindurch um den brennenden Scheiterhaufen herum. Mit dem Fest wurde der Fruchtbarkeitsgott Freyr geehrt und es endete erst am frühen Morgen, wenn sich die Burschen und

Mädchen nackt im taubenetzten Gras herumwälzten. Sie glaubten daran, dass sich die Fruchtbarkeit der Natur auf sie übertragen würde. Die Älteren sahen ihnen vergnügt zu und dachten versonnen an ihre Jugend zurück.

Von den Franken wurde dieser Brauch strengstens untersagt. Sie waren Katholiken und wollten die heidnischen Sitten auf ihrem Gebiet ausmerzen. Deshalb waren auch keine weiteren Feuer im Umland zu sehen. Da sich der Festplatz auf dem höchsten umliegenden Berg befand, konnte der Feuerschein bis weit in das Thüringer Land beobachtet werden. Es spendete den Unterdrückten Hoffnung und Zuversicht im Glauben an ein freies Thüringen.

Der Bärenkrieger hatte sich mit dem Rebellenführer am frühen Abend in seine Hütte zurückgezogen und kramte aus einer Truhe ein verschlossenes Tongefäß hervor, das einer Amphore glich. Er schenkte seinem Freund einen Becher davon ein und sie prosteten sich zu. Es war Met, den er vor Jahren als Geschenk von Harald erhielt.

„Wie lange kannst du bei uns bleiben?", wollte der Bärenkrieger wissen.

„Ich habe eine Woche vorgesehen und möchte noch ein paar Tage in der Wachstation auf dem ‚Roten Stein' verbringen."

„Es freut mich, dass du so viel Zeit für uns hast. Morgen werde ich mit dir zu unserem heiligen Hain reiten und dir die Pferdeherden zeigen, die sich frei bewegen können. Thor wird das sehr gefallen. Ich glaube, dass ich ihn schon einmal dort von weitem gesehen habe", berichtete der Bärenkrieger.

„Ich hatte noch nicht so viel Glück. Mir haben die Götter manches Mal geholfen, wenn ich in Not war, doch zeigten sie sich nie."

„Sie geben sich nur dem zu erkennen, der fest an sie glaubt. Dein Umfeld ist zu sehr gemischt mit Menschen, die andere Götter verehren und das mag Thor nicht."
Über Götter und Pferde fand ihre Unterhaltung kein Ende. Spät um Mitternacht schliefen sie am Tisch ein.

Die Tage im Lager verliefen für Siegbert viel zu schnell. Er musste jeden Tag von seinen Erlebnissen in der Fremde erzählen und sah den Kampfübungen der Knaben und Jugendlichen zu. Nach einer Woche nahm er Abschied und ritt mit Jaros zum „Roten Stein", auf dem sich eine Wachstation befand. Seinen Freund Ulf, der als Burghauptmann dort lebte, traf er nicht an. Nach einem Besuch des Grabhügels seiner Frau trennte er sich von Jaros und ritt allein nach Erphesfurt weiter. Bald erreichte er Arnberg, wo sich ein großes fränkisches Gut befand. Niemand erkannte ihn. Im Schritt ritt er durch die Siedlung, die sich zu einem großen Dorf entwickelt hatte. In einem Gasthaus übernachtete er und hörte den Männern zu, die ihr abendliches Bier in der Schenke tranken. Vieles hatte sich verbessert. Handwerker siedelten sich an und belieferten die Bauern mit ihren Waren. Sie hatten sich an die fränkische Herrschaft gewöhnt, die auf der Kevernburg ihren Verwaltungssitz hatte. Ein Ministeriale stand ihr vor, der den umliegenden Gauen die größtmögliche Freiheit gewährte. Er regierte nicht mit harter Hand und ließ den Thüringern ihre gewohnte Eigenständigkeit. So nahmen der Wohlstand und die Zufriedenheit zu. Siegbert stellte sich die Frage, ob die Menschen sich ihr früheres Königreich zurückwünschten. Wie würden sie reagieren, wenn Prinz Baldur aus der Gefangenschaft käme und zum Widerstand gegen die Besatzer aufriefe? Würden sie ihm folgen? Satte Bürger mögen keine Veränderungen. Doch repräsentierten die Männer in der Gaststube nicht die Mehrheit der Bevölkerung.

Den Bauern ging es nach wie vor schlecht, obwohl die Ernten besser wurden. Ihre Abgaben für den fränkischen König waren zu hoch und sie verschuldeten sich zwangsweise. An den Gesprächen hätte sich Siegbert gern beteiligt, doch ließ er Vorsicht walten, um nicht erkannt zu werden.

Bis Erphesfurt war es nicht mehr weit. Siegbert war neugierig, in welcher Verfassung die Hengste waren, die Gunnar im Gebiet des großen Hains aufkaufen wollte. Wie er ihm sagte, befand sich am Rande des Waldgebiets einst sein Gut, das zu dem Gau gehörte, von dem er Gaugraf war. Vielleicht könnte er ihm sein früheres Anwesen zeigen, bevor sie gemeinsam von Erphesfurt nach Hause ritten.

In der Mittagszeit erreichte der Graf den Hof des Handelshauses, das von Speichern und Ställen gesäumt war. Pal hatte ihn gesehen und kam auf ihn zugeeilt. Er blickte sich nach allen Seiten um, als würde er beobachtet und sagte leise: „Herr, bitte komm gleich ins Haus. Dein Schwiegervater wartet auf dich. Es ist etwas Schlimmes passiert."
Ohne weiter zu fragen, folgte ihm Siegbert ins Kontor. In einem Nebenraum saß Weibel. Sein erster Gedanke war, dass Hedwig oder den Kindern etwas zugestoßen sein könnte. Weibel stand auf und ging auf seinen Schwiegersohn zu.
„Nimm Platz! Du musst sofort aus Thüringen verschwinden", sprach er in ernstem Ton.
„Was ist passiert?"
Sie setzten sich auf eine Bank und Weibel berichtete aufgeregt von den Vorkommnissen der letzten Tage.

Ein königlicher Gerichtsbeamter aus Reims war mit einem Trupp Krieger in Erphesfurt erschienen und suchte den ehemaligen Rebellenführer. Pal war im Haus und sagte, dass der Betreffende in Richtung Westen weitergeritten war. Er wollte damit Zeit gewinnen. Siegbert stand noch immer auf der fränkischen Fahndungsliste der Personen, die zum Tode verurteilt waren. Sein Hauptmann Gunnar hatte die Gebietsverwaltung der Westthüringischen Provinz darüber informiert, dass sich der ehemalige Rebellenführer in Erphesfurt aufhielt. Ein Bote wurde nach Reims entsandt. Der königliche Gerichtsbeamte kam und ließ die Sache untersuchen. Dabei fand er heraus, dass der ehemalige Gaugraf mit seinen Männern im königlichen Hain Pferde gestohlen hatte. Ortsansässige Komplizen halfen ihm dabei. Daraufhin wurde Gunnar mit seinen Kriegern und die Komplizen eingekerkert und verhört. Pferdediebstahl wurde mit Erhängen bestraft. Gunnar wollte sich freikaufen, doch der Richter war unerbittlich. Er verurteilte ihn und die anderen Beteiligten zu lebenslanger Strafe als Ruderer auf Kriegsschiffen des Königs.

Der Gerichtsbeamte konnte den ehemaligen Rebellenführer nicht finden und zog mit den Pferdedieben nach Reims. Er beauftragte den Gebietsverwalter nach dem Rebellenführer zu suchen und ihn festzunehmen. Darüber hinaus sollte er die eingefangenen Pferde verkaufen und den Erlös der Reichsverwaltung in Reims zukommen lassen. Der Verwalter fühlte sich überfordert und hatte seinen Amtsbruder von Ostthüringen um Hilfe in dieser Sache gebeten. Weibel kaufte die eingefangenen Hengste von ihm auf und versprach, nach dem Gesuchten in seinem östlichen Zuständigkeitsgebiet zu fahnden.

„Was ist mit den Hengsten?"

„Sie stehen auf meiner Weide im Elbkniegau. Schicke mir jemand von den Langobarden, dem ich die Pferde übergeben kann. Es darf kein Verdacht bestehen, dass der Händler mit dir in Verbindung steht", erklärte Weibel besorgt.

„Was geschieht mit meiner Frau und den Kindern?"

„Sie sind nicht in Gefahr und können mit dem Händler zusammen nach Carnuntum reisen", beschwichtigte Weibel seinen Schwiegersohn.

Es war eine gefährliche Situation, in der sich der Rebellenführer und die beiden Burschen, Richard und Roland, befanden. Zu dritt ritten sie gleich los und übernachteten in den eigenen Handelsstützpunkten. Überall ließen sie Vorsicht walten, obwohl sie wie langobardische Kaufleute gekleidet waren und keinen Verdacht erregten. Siegbert war von Gunnar sehr enttäuscht. Ihn traf die gerechte Strafe. Sein Motiv lag klar auf der Hand. Der Hauptmann wollte seine frühere Stellung in Vindobona zurückerlangen. Er hatte jedoch nicht mit der Gründlichkeit der fränkischen Beamten gerechnet, die den Fall nach allen Seiten hin untersuchten. Das Geld für den Kauf der Hengste hatte Gunnar bekommen und wahrscheinlich mit seinen Komplizen geteilt. Für die Pferde musste ein zweites Mal bezahlt werden. Wen sollte er zu seinem Schwiegervater schicken? Zunächst galt es mit den Burschen heil das Ostufer der Elbe zu erreichen. Erst dann konnten sie sich sicher fühlen. In Vratislavia wollte der Graf Männer finden, denen er die Hengste anvertrauen konnte.

Nach wenigen Tagen erreichten sie den Fluss Nisa und Leomir setzte sie mit seiner Fähre über den Fluss. Der Verwalter des Handelsstützpunktes war verwundert, dass Siegbert ohne die weißen Pferde erschien.

„Was ist passiert?"

„Wir mussten vor den Franken fliehen. In Vratislavia suche ich Männer, die meine Pferde vom Elbkniegau nach Carnuntum bringen."

„Es wird nicht leicht sein, so viele Pferdeknechte zu finden", gab Leomir zu bedenken.

„Das weiß ich, doch ich muss es versuchen. Eine andere Lösung sehe ich nicht."

„Ich könnte dir helfen, wenn du erlaubst", bot Leomir an.

„Wie? Für jeden Hengst benötigst du einen Reiter."

„Ich könnte in den Siedlungen fragen, ob sich Burschen finden, die deine Pferde abholen."
Siegbert war skeptisch, doch er hatte auch keine bessere Lösung parat.

„Ich bin einverstanden! Deine Männer sollen gut dafür bezahlt werden, wenn sie die Pferde heil nach Carnuntum bringen."

„Wie kommen sie von dort zurück?"

„Jeder bekommt ein Hunnenpferd, mit dem er zurückreiten kann. Es ist Teil der Bezahlung."

„Ich denke, dass ich damit jemand gewinnen kann. Morgen früh reite ich los!"

Leomir gelang es, genügend Männer in den umgebenden Siedlungen zu finden, die mit ihm in den Elbkniegau reiten wollten. Sie sahen das als guten Zuverdienst an.
In Leomirs Abwesenheit wollte sich Siegbert um den Betrieb des Handelsstützpunktes kümmern und er war froh, dass der Fährbetrieb von einem Knecht erledigt wurde.
Das Gasthaus war zu dieser Jahreszeit meist leer, da in der beginnenden Regenzeit die reisenden Kaufleute ausblieben. Die meisten Wege waren aufgeweicht und konnten nur schwer mit Karren und Wagen befahren werden. Die wenigen Gäste wurden von einer Magd verköstigt,

die Libussas Aufgaben übernahm, denn die Hausfrau war mit ihrem Kind zu Besuch bei ihrem Onkel in Vratislavia und Leomir konnte nicht sagen, wann sie zurückkehren würde.

Der Graf machte sich Sorgen, dass alles gut ausging und die Pferde wohlbehalten nach Carnuntum kämen. Einmal in der Woche lieferte er zusammen mit den Burschen Waren zum nächsten Stützpunkt. Der Karren war mit Dingen beladen, die auf einer Liste standen. Ebenso kam einmal in der Woche der Händler des nahegelegenen östlichen Stützpunktes und brachte Waren, die auf seiner Lieferliste standen. So ging es im Austausch Woche für Woche. Neben dem Lagerhaus befand sich auch ein Laden, in dem viele Waren ausgestellt und von den Siedlern gekauft werden konnten. Die meisten Bauern hatten jedoch kein Geld und tauschten mit Waren, die sie selbst auf ihrem Hof produzierten. Für Siegbert war es anfangs schwer, den Wert für die angebotenen Sachen abzuschätzen und er tauschte oft zu seinem, beziehungsweise Leomirs Nachteil.

23. Die Pferde der Kaiserin
Im Mai 540

Nach langem Warten trafen Leomir und seine Männer mit den weißen Hengsten in der Siedlung an der Nisa ein. Hedwig und die Kinder waren in ihrem Gefolge. Ihr ging es nicht gut. Siegbert fragte nach der Ursache und sie gestand ihm, dass sie schwanger war.

„Seit wann wusstest du es?", wollte ihr Mann wissen. Als sie zugab, dass sie es vor ihrer Abreise nach Thüringen wusste, machte er ihr Vorwürfe. Hedwig sagte nichts dazu. Sie war in sich gekehrt und wollte nur schnell heim. Nach wenigen Wochen erreichten sie zusammen mit den Pferden Carnuntum. Die Reiter von Leomir wurden ausgezahlt und bekamen aus den Beständen des Fürsten Hunnenpferde als Teil des Lohns damit sie nach Hause reiten konnten.

Hedwig war mit dem Wagen gleich zum Haus des Medicus gefahren der sie untersuchte und der Meinung war, dass ihr die Reise nicht geschadet hatte. Sie sollte sich zu Hause Ruhe gönnen und erholen. Sigrid bot sich an, sie zu begleiten. Der Graf war froh darüber, denn er konnte nicht mitkommen, da ihn der Fürst wegen einer dringlichen Angelegenheit zu sich rief. Eilig ritt er zur Villa und fand Audoin in seiner Bibliothek.

Nach dem Bericht von der Reise übergab ihm der Fürst ein ledernes Futteral.

„Ein Bote von deiner Königin brachte mir heute den Brief, doch ich kann nichts damit anfangen. Er enthält nur Geschwafel."

Siegbert öffnete den Behälter und zog ein zusammengerolltes Pergament heraus. Amalafred teilte mit, dass der Brief für den Fürsten bestimmt sei und beschrieb das

Wetter in Ravenna. Es standen noch weitere banale Informationen in dem Schreiben.

„Was soll das? Gibt es nichts Wichtigeres aus Ravenna zu berichten?", sagte Audoin enttäuscht.

Mit dem Gürtelmesser schnitt Siegbert das Lederfutteral auf und breitete es auf dem Tisch aus. Die Innenseite war mit Runenzeichen beschrieben.

„Kannst du es lesen?", fragte der Fürst überrascht.

„Amalafred schreibt, dass Ravenna von den Byzantinern eingenommen wurde und sie als Gefangene nach Konstantinopel verschifft werden sollen."

Wütend blickte Audoin um sich. Er beschimpfte die Königin wüst, weil sie sich nicht für eine rechtzeitige Flucht entschieden hatte und somit Rodalinde und ihr gemeinsames Kind in Gefahr brachte.

„Was können wir jetzt tun? Wahrscheinlich sind sie auf einem byzantinischen Schiff nach Konstantinopel unterwegs oder in den Kriegswirren umgekommen."

Der Fürst wirkte verstört und lief in der Bibliothek aufgeregt hin und her.

„Du musst bald nach Konstantinopel reiten. Wenn die Königin und ihr Gefolge dort ankommen, brauchen sie unsere Hilfe."

„Es wird gut sein, wenn ich Theodora die versprochene Leibgarde bald übergebe. Ihre Fürsprache beim Kaiser wird notwendig sein, die Haftbedingungen zu erleichtern."

Der Vorschlag gefiel Audoin. Sie besprachen, wie die Vorbereitung der Abreise beschleunigt werden könnte. Die Leibwächter waren ausgebildet und genügend Hengste vorhanden. Nur die glitzernden Kettenhemden fehlten noch. Der Fürst hatte zugesagt, diese in seinen Werkstätten fertigen zu lassen. Nach seiner Kenntnis würden sie frühestens in sechs Wochen fertig sein.

Es blieb somit genügend Zeit, die Vorbereitungen für das Schmiedefest in Ruhe zu treffen.

Zeitig am Morgen suchte Siegbert den Hauptmann Reimund im Heerlager auf und erzählte ihm von den Neuigkeiten in Ravenna. Nach seiner Ansicht war die Ausbildung der Leibwächter abgeschlossen und die Männer könnten jederzeit abrücken. Nur die Hengste brauchten noch etwas Zeit, sich an die Reiter zu gewöhnen.

„Wieviel ausgebildete Männer stehen zur Verfügung?"

„Es sind 56 Krieger, ohne dem Hunno", antwortete der Hauptmann.

„Ich werde die Männer selbst nach Konstantinopel begleiten und nehme 33 Bärenkrieger einschließlich dem Hunno mit. Zwei von ihnen kommen mit mir nach Carnuntum zurück, wenn es keine Ausfälle unterwegs gibt."

„Was ist mit dem Schmiedefest? Willst du es noch durchführen?", fragte Reimund.

„Ich denke, dass es ein guter Abschluss ist. In drei Wochen werden wir es durchführen. Meine Frau wird sich wie im letzten Jahr um den Tross kümmern. Dann kann nichts schiefgehen."

„Was ist mit Gunnar? Was soll ich meinen Männern sagen, wenn sie fragen?"

„Erzähle ihnen, dass der Gaugraf mit seinen Männern in fränkische Gefangenschaft geriet und sie als Galeerensklaven ins Frankenreich gebracht wurden. Es entspricht in etwa der Wahrheit. Von seinem Verrat darf niemand erfahren."

Reimund war einverstanden und sagte zu, sich um den Schmiedewettkampf zu kümmern.

Am gleichen Tag ritt Siegbert nach Vindobona. Er beorderte Adalwin zu sich und teilte ihm mit, dass Gunnar mit seinen Männern in fränkische Gefangenschaft geraten war und er jetzt der Hauptmann der Vindobonenser sei. Die Ernennung gab er ihm schriftlich auf einem Pergament.

„Auf deine Beförderung musst du einen ausgeben und mich in ein Gasthaus auf einen Becher Wein einladen."

Adalwin ließ sich nicht ein zweites Mal bitten und sie starteten eine Weintour durch die Vindobonenser Gasthäuser. Diesmal brauchten sie keine Sorge haben, von angetrunkenen Kriegern belästigt zu werden. Da das Thing für die besoldeten Krieger abgeschafft war, genügte es, die Entscheidung den Hunnos am nächsten Tag mündlich mitzuteilen. Gunnars Vermögen sollte in die Kriegskasse der Vindobonenser fließen und zugunsten gefallener oder schwer verwundeter Krieger verwendet werden.

Am frühen Morgen hatte Adalwin die Hundertschaftsführer im Langhaus des ehemaligen Hauptmanns versammelt. Der Graf kam hinzu und informierte sie über die Veränderung in der oberen Befehlsebene. Ohne Murren wurden die Entscheidungen akzeptiert und jeder ging zu seiner Hundertschaft zurück. Adalwin kannte seine Männer gut, er war selbst einer von ihnen. Unstimmigkeiten hätte es möglicherweise gegeben, wenn ein Rodewiner zu ihrem Vorgesetzten ernannt worden wäre. Zum Schicksal von Gunnar gab es keine Fragen. Die meisten schienen froh zu sein, dass er fort war.

Der nächste Heerzug musste noch besprochen werden.

„Wirst du an unserer Spitze reiten", wollte Adalwin wissen.

„Es geht nicht. Ich begleite die Leibwache der Kaiserin nach Konstantinopel. Wie ich hörte, wird auch der König nicht mitkommen, da er sich in letzter Zeit unwohl fühlt. Der Fürst wird das Heer anführen und ich hoffe für euch, dass ihr siegreich und gesund zurückkehrt."

„Es ist wie in den Jahren zuvor, ein Spaziergang."

„Unterschätze die Illyrer nicht. Das Blatt könnte sich schnell wenden."

„König Wacho hat im letzten Jahr einen Bündnisvertrag mit den Byzantinern unterschrieben und somit haben wir freie Hand. Wo sollten wir sonst Beute machen?"

„Da dürftest du recht haben. Es gäbe nur noch die Gepiden im Südosten, doch außer Sklaven ist bei denen nichts zu holen."

„Vielleicht müssen wir als Bündnispartner den Kaiser gegen die Ostgoten unterstützen. Der oströmische Feldherr Belisar soll bei Rom eine große Niederlage erlitten haben."

Der Graf schwieg, denn er wusste, dass die Würfel im Kräftemessen zwischen den Ostgoten und Byzantinern bereits gefallen waren. Er durfte seinem Freund nichts davon sagen, denn Audoin hatte ihn zum Stillschweigen verpflichtet.

Am Nachmittag wollte er noch seinem Verwandten einen Kurzbesuch abstatten und ihn fragen, wie er mit den Handelsstationen entlang der Via Regia auf fränkischer Seite vorankam. Als er in die Straße ritt, wo sich dessen Kontor befand, traute er seinen Augen nicht. Mehrere Häuser waren zu einem Gebäudekomplex zusammengefasst und an der Fassade prangte ein riesiges Schild mit dem Namen des Besitzers „Arkadius".

Siegbert klopfte an die große Haustür. Der Sklave Anwar erschien und sein Gesicht hellte sich auf als er den Verwandten seines Herrn sah. Er ließ den Gast eintreten und bot ihm im Vorraum einen Becher Wein an.

Es dauerte nicht lange und Arkadius erschien. Er erkundigte sich nach dem Grund für den Besuch.

„Ich wollte dich nur wiedersehen und mich nach deinem Befinden erkundigen."

„Das ist sehr freundlich von dir. Mir geht es gut, wie du siehst und das gleiche hoffe ich von dir und deiner Familie", entgegnete Arkadius und sie prosteten sich zu.

„Ich darf dir viele Grüße von deiner Cousine Heidrun ausrichten. Vor ein paar Wochen war ich zu Besuch in Rodewin und es geht ihnen gut."

„Das freut mich sehr. Heidrun ist die letzte aus meiner Sippe, die mir noch geblieben ist. Es rührt mich zu Tränen, wenn ich daran denke, dass es zu dieser Tragödie kam und alle ihr Leben verloren. Nun stehe ich da, als einziger unseres Stammes und nach mir kommt nichts mehr."

„Es gibt doch noch die Kinder von Heidrun, die mit dir blutsverwandt sind. Der Familienzweig ist somit nicht verdorrt."

Die Worte trösteten Arkadius nur wenig. Traurig blickte er zu Boden und trank seinen gefüllten Becher Wein auf einen Zug aus.

„Was hast du in Thüringen gemacht?"

Siegbert erzählte ihm die ganze Geschichte mit dem Kauf der Pferde und dem gefährlichen Ende. Alban trug kalte Speisen auf und schenkte die Becher nach.

Arkadius berichtete anschließend von seinen Erfolgen beim Aufbau seiner Handelsroute von Vindobona über Ratisbona nach Erphesfurt. Der weitere Ausbau von Erphesfurt nach Reims ging nur schleppend voran und er versuchte die Gründe dafür zu erklären. Plötzlich hielt er inne und fragte, wozu er die vielen Hengste benötigte.

„Sie sind ein Geschenk des Prinzen Amalafred an die Kaiserin."

„Ich wusste nicht, dass sie reitet", unterbrach Arkadius.

„Sie sind für die dreißig Thüringer Leibwächter die ich in ein paar Wochen nach Konstantinopel begleite."

Das Gesicht von Arkadius hellte sich auf und seine Augen begannen zu leuchten.

„Ich würde dich gern als Reiseführer begleiten. Die Strecke bis Konstantinopel kenne ich, wie kein anderer und weiß, wo Gefahren lauern."

Siegbert zögerte mit einer Antwort und überlegte, wie er seine Absage formulieren könnte, ohne Arkadius zu verärgern.

„Wir müssen schnell unterwegs sein, damit wir das Ziel bald erreichen."

„Du weißt, wie gut ich und mein Sklave reiten können. Auf unserer gemeinsamen Reise ins Frankenreich habe ich es bewiesen und überdies kann deine Reiterschar in meinen Handelsstationen übernachten und sich stärken. Du solltest das bedenken!"

„Was willst du für den Dienst haben?"

„Geld brauche ich keines. Es würde mir genügen, dass du mich zur Kaiserin mitnimmst, wenn sie dir eine Audienz gewährt."

Das schien dem Graf ein geringer Lohn zu sein und er sagte zu, dass er und sein Sklave ihn begleiten durften. Der eher bedächtig wirkende Kaufmann verwandelte sich in ein ungezügeltes Energiebündel. Die Reiseroute lag vor ihm, wie auf einem Tablett und er erklärte, was auf den einzelnen Etappen zu beachten wäre. Jetzt erst erkannte Siegbert, dass es nicht leicht sein würde, die Reitergruppe sicher nach Konstantinopel zu bringen und er war froh, dass Arkadius ihm seine Hilfe angeboten hatte. Ihm wurde bewusst, dass die Zeit zur Vorbereitung der Reise sehr kurz war. Wie weit waren Hedwig und Sigrid mit der Bekleidung für die Leibwächter? Am längsten dürfte es dauern, alle Kettenhemden fertig zu bekommen, doch das lag in den Händen von Audoin und seinen Werkstätten. Die Nacht schlief Siegbert unruhig und er ritt schon vor Sonnenaufgang zu seinem Gut ins Tullnerfeld.

Hedwig war überrascht, dass ihr Mann so früh gekommen war. Sie hatte sich erholt und die Fürsorge ihrer Freundin Sigrid tat ihr gut. Nach dem Essen sprachen sie über die Vorbereitungen für den Schmiedewettbewerb. Über die Einkleidung der Leibwächter konnten sie nichts sagen. Sie hatten ein Muster für Wams, Beinkleid, Schuhe, Mantel und Bärenfellmütze dem Vater von Sigrid übergeben, der sich um die Fertigung kümmern wollte. Wie weit er damit gekommen war, wussten sie nicht. Der Zeitdruck machte Siegbert nervös. Er ging nach dem Abendessen zu Alban, um sich zu entspannen. Der Pferdesklave zeigte ihm den Entwurf eines Steigbügels, den er selbst ausprobiert hatte. Alban sattelte einen Hengst und schwang sich in den Sattel. Auf der Koppel hinter dem Stall drehte er ein paar Runden und zeigte seinem Herrn wie dieses Hilfsmittel das Reiten erleichterte. Er stieg aus dem Sattel und bot Siegbert an, selbst ein paar Runden zu drehen. Die Steigbügel konnten den geübten Reiter überzeugen und er fragte Alban, wie lange er dazu benötigte 34 Steigbügelpaare zu fertigen.

„Das sind viele, doch wenn ich das Leder habe, dauert es nur drei Tage."

„Gut, dann beschaffe morgen das Leder und bevor ich nach Carnuntum zurückreite, hast du sie fertig. Ich benötige sie für die Krieger der kaiserlichen Leibwache. Die Männer sollen sich bis zum Schmiedewettbewerb an die Steigbügel gewöhnen."

Im Haus teilte ihm Hedwig mit, dass sie mit ihrer Freundin am nächsten Tag zu Sigrids Vater fahren wollte.

Auch die Frauen wurden hektisch, da die Zeit drängte. Je nervöser die anderen wurden, umso ruhiger wurde Siegbert. Er hatte das Gefühl gewonnen, dass sich jeder um seinen Teil der Vorbereitungen selbst kümmerte. Beruhigt konnte er sich auf den Schmiedewettbewerb vorbereiten und besuchte in den nächsten Tagen die Werkstätten in der Umgebung, die an dem Wettbewerb teilnehmen wollten. Der Tag für das Fest war bestimmt und keiner ließ sich von der Arbeit abhalten. Ein jeder versuchte bis zum letzten Moment das „Wunderschwert" zu schmieden, dass allen anderen überlegen wäre.

Für den Gutsherrn gab es nichts Wichtiges mehr zu tun. Er besuchte den Skalden, um sich mit ihm zu unterhalten. Der weise Mann erzählte, dass er weit gereist war, bevor er Mönch wurde. Einen Großteil des römischen Reichs kannte er und hielt sich ein halbes Jahr in Konstantinopel auf. Seine bildhafte Beschreibung der Stadt hätte kein Sehender besser erzählen können. Er erklärte, wie es zu der Spaltung in der Kirche kam und welche Rolle die Mächtigen dabei spielten. Es war zu spät, um heimzureiten. So setzten sie ihr Gespräch bis weit nach Mitternacht fort.

Auf dem Heimritt am nächsten Morgen dachte Siegbert über die Schilderungen des Blinden nach. Er erkannte, wie wenig er von der großen Welt wusste.

Zu Hause waren Hedwig und Sigrid noch nicht aus Vindobona zurück. Alban hatte genügend Leder beschafft und war mit zwei Gehilfen dabei, das Leder für die Steigbügel zurecht zu schneiden. Abends erschienen die Frauen und kamen mit einer guten Nachricht zurück. Die gesamte Kleidung war bereits fertiggestellt und befand sich bei den Bärenkriegern in Carnuntum. Sigrids Vater hatte noch andere Schneider finden können, die bei der Herstellung der Gewandung für die Leibwächter halfen. Reimund hatte ihm nichts davon gesagt, doch er musste es wissen. Vielleicht sollte es für ihn eine Überraschung zum Fest der Schmiede werden.

Nachdem die Steigbügel fertiggestellt waren, ritt Siegbert nach Carnuntum und verbrachte die Zeit bis zum Wettbewerb bei den Bärenkriegern. Sie waren in Hochform und es freute jeden, ihnen bei den Kampfübungen zuzusehen. Ein Teil der silbern glänzenden Kettenhemden mit Helm waren aus den fürstlichen Werkstätten angeliefert worden und Hildegard verwahrte sie im Speicher. Auch die Gewandung für die Leibgarde lagerte dort. Am Tag des Schmiedewettbewerbs sollte beides präsentiert werden.

Der Fürst hatte zugesagt, zum Fest pünktlich zu erscheinen und die Siegerehrung vorzunehmen.

Früh morgens schien die Sonne und viele Besucher strömten auf die Festwiese, wo sich Verkaufsstände und Imbissbuden eng aneinanderreihten. Es fanden sich doppelt so viele Menschen ein, wie im letzten Jahr und die Anzahl der teilnehmenden Schmiede war gestiegen. Diesmal kamen auch viele Vindobonenser, um sich die Darbietungen anzusehen. Sogar Arkadius war mit seinem Sklaven auf dem Fest erschienen. Ihm ging es weniger um die Kunst der Schmiede und die Vorführung, sondern um herauszufinden, wann der Tag der Abreise aus Carnuntum genau sein sollte. Es gelang ihm, den Hunno der Bärenkrieger zu sprechen und er erfuhr, dass seine Krieger bereits in zwei Tagen abreiten würden. Verärgert suchte er Siegbert auf und beschwerte sich.

„Warum hast du mich nicht informiert!", schrie er ihn an.

„Ich weiß es erst seit gestern Abend und habe dir einen Boten geschickt. Ich wollte erst in drei Wochen abreisen, doch der Fürst hat mich zur Eile gedrängt."

„Warum diese Eile?", wollte Arkadius wissen.

„In drei Wochen beginnt der Heerzug."

Der Kaufmann erschrak und hatte es sehr eilig nach Hause zu reiten.

„Können wir uns übermorgen an der Kreuzung treffen, wo die Bernsteinstraße auf die Straße nach Vindobona stößt?"

„Das ist in Ordnung, doch ich werde nicht auf dich warten. Der Fürst hat Eile geboten."

„Sei unbesorgt, wir werden vor euch da sein", beruhigte Arkadius und verabschiedete sich hastig.

Zur Mittagszeit, gegen Ende des Ausscheids für die besten Schmiede, erschien der Fürst auf der Festwiese. Der Graf geleitete ihn zur Tribüne und erklärte ihm das Geschehen. Nachdem die letzten Schwertprüfungen beendet waren, stellte Reimund die Bewertungslisten zusammen, auf denen die Punktezahlen für jeden Teilnehmer vermerkt waren und gab den Sieger bekannt. Mit ihm ging er zum Fürsten, der ihm eine Ehrenplakette überreichte. Es gab viel Applaus für den Gewinner des Schmiede-Wettbewerbs.

Alle Teilnehmer verließen geschlossen die Festwiese und gingen auf in dem Kreis der Zuschauer. Die Pause bis zum nächsten Veranstaltungspunkt war nur kurz. Inmitten des Platzes wurden Strohpuppen aufgestellt. Ein Dutzend, wie Hunnen aussehende Krieger galoppierten in einer Reihe auf das Feld und schossen in schneller Folge Pfeile auf die Strohpuppen. Danach folgte die nächste Gruppe von Reitern, die wie langobardische Krieger gekleidet waren. Sie schwangen ihre Schwerter und hieben den aufgestellten Strohpuppen die Arme und Köpfe ab. Als letzte sprengte, eine Schar Krieger, die wie Rodewiner gekleidet waren, mit Speeren in der Hand auf den Rasen.

Sie ritten, wie die anderen, im scharfen Galopp im Kreis und warfen ihre Waffen in Richtung der stark ramponierten Puppen. Alle Speere trafen ihr Ziel und blieben in den hölzernen Stämmen, um das Stroh gepackt war, stecken. Begeisterter Applaus folgte und die Krieger stellten sich paarweise auf. Auf ein Zeichen von Reimund begannen sie mit der Vorführung der Schwertkämpfe. Alle Bewegungen waren gut abgestimmt und es gab, trotz der hohen Schnelligkeit der ausgeführten Hiebe und Abwehrparaden, keine Verletzungen. Auch hierfür gab es langanhaltenden Beifall.

Nach einer längeren Pause kündigte Siegbert den letzten Teil der Vorführung an. Dreißig Reiter trabten auf weißen Hengsten auf den Platz und nahmen in drei Reihen vor der Tribüne Aufstellung. Sie waren in schwarze Mäntel gehüllt und hatten die Kapuzen über den Helm gezogen. Nach einem Trommelwirbel warfen sie ihre Umhänge nach hinten und großes Erstaunen erfasste die Zuschauer. Es waren die 30 Bärenkrieger in ihren neuen Kettenhemden, die in den nächsten Tagen nach Konstantinopel an den Kaiserhof reiten würden. Wie Einherjer sahen sie aus. Alles an ihnen schien perfekt zu sein. Die Pferde hatten schwarzes Zaumzeug und schwarze Sättel mit roten Satteldecken. Es war ein wunderbarer Kontrast der Farben. Audoin beugte sich zu Siegbert und fragte: „Was hängt beidseits an den Sätteln herunter?"

„Das sind Steigbügel, mein Fürst. Sie sind bei den Awaren in Gebrauch, um mit einer schweren Rüstung besser in den Sattel steigen zu können und das Reiten zu erleichtern."

„Wo hast du sie her?"

„Mein illyrischer Pferdesklave hat sie aus Leder gefertigt."

„Die muss ich mir nachher genauer ansehen."

Reimund gab den Befehl abzusitzen und nach einer Weile wieder aufzusitzen. Es schien für die Krieger leicht zu sein, sich in den Sattel zu schwingen. Danach ritten sie im Trab verschiedene Figuren auf dem Platz und ließen sich von den Zuschauern bewundern. Am Ende der Vorführung nahmen sie wieder in drei Reihen Aufstellung, schwangen sich aus den Sätteln und blieben neben den Pferden stehen. Ein Karren, der mit mehreren Kisten beladen war, wurde von Knechten auf den Platz geschoben. Der Fürst ging mit Siegbert zu dem Hunno der Bärenkrieger und beglückwünschte ihn zu der gelungenen Darbietung. Als Dank erhielt er ein Prunkschwert mit einem vergoldeten Griff, der in seiner Form einen aufrechtstehenden Bär zeigte. Die dreißig Leibwächter erhielten ein gleiches Schwert, bei dem der Griff silbern glänzte.

Der Fürst hielt eine kurze Ansprache, in der er auch den hunnischen und langobardischen Ausbildern dankte und verwies auf die Wichtigkeit des Einsatzes der Krieger als zukünftige Leibwächter der Kaiserin. Damit war das Fest der Schmiede beendet und der Fürst ritt mit seinem Gefolge ins Heerlager nach Carnuntum.

Nach der Ehrung blieben die Krieger noch auf dem Platz stehen und ließen sich von den herbeieilenden Zuschauern bewundern. Viele Sippenangehörige waren unter ihnen, die sich voller Stolz den anderen zeigten.

Hedwig hatte auf dem Versorgungsplatz viel zu tun. Ihr Mann ging zu ihr und bedankte sich für ihre Mühen. Sie hatte einen großen Anteil am guten Gelingen des Festes.

Am Abend lud sie der Fürst in seine Villa zum Abschluss des Festes ein. Sie verlief ähnlich wie im Vorjahr, doch diesmal fehlte der König. Audoin gab bekannt, dass Wacho nicht am nächsten Heerzug teilnehmen würde, da er krank war. In drei Wochen soll das Heer aufbrechen und das Ziel war wieder ein rebellisches Gebiet in Illyrien.

Dem Befehlshaber der Thüringer dankte er nochmals für die hervorragende Ausbildung der Bärenkrieger und wünschte ihm für seine Reise nach Konstantinopel gutes Gelingen. Im Auftrag des Königs übergab er ihm eine kleine Schatulle als Geschenk für die Kaiserin. Er sollte sie ihr ungeöffnet übergeben. Der Abend endete bereits nach dem Essen und artete nicht in ein Saufgelage aus. Audoin verabschiedete die hohen Beamten und Hauptleute seiner Heerhaufen mit ihren Frauen auf dem Hof. Seine Gedanken waren mit dem neuen Heerzug befasst.

Auf dem großen Sammelplatz im Heerlager von Carnuntum waren viele Menschen versammelt. Sie verabschiedeten die Bärenkrieger, die nach Konstantinopel abzogen. Mit Fanfarenklängen wurde die Ansprache des Fürsten angekündigt. Er hielt sich kurz, denn die Männer auf ihren weißen Hengsten hatten es eilig. Sie ritten an Audoin vorbei, der auf einem Podest stand und ließen sich von den Zuschauern bejubeln. An der Spitze ritt Siegbert und hinter ihm der Hunno, dem die Bärenkrieger unterstanden. Die 32 Leibwächter ritten in zwei Reihen nebeneinander und Kinder streuten ihnen Blumen auf den Weg. Jeder Reiter hatte ein Hunnenpferd an der Führungsleine, das mit wenig Gepäck beladen war. Es sollte unterwegs den Männern als Wechselpferd dienen, damit die weißen Pferde geschont wurden. Die Bärenkrieger trugen silberglänzende Kettenhemden und ihre schwarzen Umhänge wehten im Wind. Hinter dem Lagertor setzte sich die Gruppe in Trab und war bald nicht mehr zu sehen.

24. Konstantinopel
Im Juli 540

In der Ferne war die starke Befestigungsmauer von Konstantinopel zu sehen. Arkadius führte die Bärenkrieger zu einer Herberge, die abseits der römischen Heerstraße „Via Militaris" lag, die von der Hauptstadt des oströmischen Kaiserreichs bis nach Sirmium und weiter zur Bernsteinstraße führte. Für die Krieger waren Unterkünfte im Pferdestall hergerichtet worden. Anwar, der Sklave von Arkadius, war der Reitergruppe vorausgeritten und hatte dem Wirt die Ankunft der Krieger gemeldet. Für Siegbert, dem Hunno und Arkadius war ein Raum im Gasthaus vorbereitet. Das Anwesen hatte beträchtliche Ausmaße und glich einer kleinen Siedlung. Angeschlossen waren Gebäude, die der landwirtschaftlichen Nutzung dienten. Auf den Feldern, Wiesen und in den Gärten beschäftigte der Wirt zahlreiche Sklaven. Sein Hauptgewerbe war der Weinanbau und die Zucht von Pferden. In seinem Stall standen mehr als zehn Reittiere, die für den Pferdewechsel der kaiserlichen Meldereiter reserviert waren. Arkadius informierte die Bärenkrieger, dass sie einige Tage in der Herberge bleiben müssten und die Zeit zum Ausruhen und Herrichten der Kleidung nutzen sollten. Er selbst wollte am nächsten Tag allein in die Stadt reiten und sich erkundigen, ob die Kaiserin im Palast weilte.

Über die Rast waren alle froh, denn der Ritt war sehr anstrengend. Unterwegs hatten sie keinen Ruhetag eingelegt, um schnell ans Ziel zu gelangen. Die Pferde und ihre Reiter waren an die Grenzen ihrer Belastbarkeit gekommen und benötigten nun dringend eine längere Pause.

Der Wirt sorgte für Erholung und gute Stimmung bei den Kriegern. Er hatte alle auffindbaren Badezuber mit heißem Wasser füllen lassen, damit sich die Männer nach dem langen Ritt reinigen konnten. Vielleicht war er in Sorge, dass die Krieger Ungeziefer in sein Haus brachten, denn sie hatten auf der langen Reise kein Bad nehmen können und stanken weit gegen den Wind. Selbst merkten sie es nicht oder hatten sich an den Geruch gewöhnt, doch die Mägde in dem Gasthaus rümpften die Nasen, wenn sie ihnen nahekamen.

Zeitig am nächsten Morgen war der Kaufmann Arkadius mit seinem Sklaven weggeritten. Er wollte die Kühle nutzen und vor der Mittagszeit in der Stadt sein. Siegbert erkundete bis zum gemeinschaftlichen Frühstück das Anwesen. Abseits auf einem kleinen Hügel sah er einen hölzernen Turm. Zu diesem lief er und stieg die Sprossen hinauf. Von oben hatte er einen wunderbaren Rundumblick und konnte eine Vielzahl von Kuppeln und Türmen von Konstantinopel erkennen.

Wie oft hatte er mit Amalafred darüber gesprochen, einmal in diese Stadt zu reisen. Sie träumten davon, im Heer des Feldherrn Belisar zu kämpfen und ferne Länder und Kulturen kennenzulernen. Nun lag das Ziel in greifbarer Nähe, doch die Umstände hatten sich geändert. Der Prinz befand sich mit seiner Familie als Gefangener des Feldherrn auf einem Kriegsschiff. Wie konnte er sie freibekommen? Er stellte sich vor, wie die Thüringer Königin mit ihrer Tochter in einem Verlies dahinvegetierten und Amalafred als Galeerensklave bis an sein Lebensende angekettet wäre. Das durfte nicht sein, doch es gab nur wenige Möglichkeiten, wie er ihre Freilassung erreichen konnte. Zu große Hoffnungen machte er sich nicht, denn der Kaiser war unerbittlich gegenüber seinen Feinden.

Hatte er doch im Jahr 532 den Nika-Aufstand niedergeschlagen und über dreißigtausend Gegner im Hippodrom umbringen lassen. Nur die Kaiserin konnte ihnen helfen. Auf der Straße, die von Sirmium herführte, sah Siegbert drei Reiter, die unschlüssig an der Wegkreuzung hielten und zum Hof ihres Wirtes sahen. Sie schienen zu überlegen, ob sie sich vor der Weiterreise stärken wollten. Doch dazu hätten sie mehrfach am Straßenrand Gelegenheit, und brauchten nicht den Seitenweg wählen. Sie ritten schließlich auf den Hof zu.

Die Bärenkrieger waren alle wach und hatten in der Gaststube an zwei langen Tischen Platz genommen. Die Hausfrau trug mit ihren Mägden Schalen mit Brei auf. Er war gesüßt und schmeckte gut. Drei, wie Händler gekleidete Männer betraten die Gaststube und setzten sich an einen kleinen Tisch. Sie versuchten sehr unauffällig zu wirken und sprachen kein Wort miteinander. Es mussten die Männer von der Kreuzung sein, die Siegbert das erste Mal in Sirmium auf dem Markt sah, als er seinen Proviantsack auffüllte. Vielleicht waren es nur gewöhnliche Handelsreisende, die wie sie, zufällig den gleichen Weg hatten. Doch warum waren sie zu dieser Herberge abgebogen? Der Hunno bemerkte die misstrauischen Blicke seines Herrn zu den Fremden.

„Ist was?", fragte er leise.

„Die drei verfolgen uns seit Sirmium. Sie sind mir dort auf dem Markt aufgefallen."

„Ich werde mal nachsehen", sagte der Hunno und verschwand nach draußen.

Nach einer Weile kam er zurück und flüsterte: „Du hast recht, es sind keine Händler. Sie haben kein Gepäck bei sich. Vielleicht sind es Boten oder sie gehören zu einer Räuberbande, die Karawanen ausspionieren."

„Wir müssen achtsam sein und auch die Pferde gut bewachen."

Den ganzen Abend rührten sich die drei nicht vom Fleck und wirkten überaus diszipliniert. Es wäre ein großes Malheur, wenn auf der letzten Etappe der Reise den Pferden oder der Mannschaft noch etwas passieren würde. Dieser Gedanke hielt den Grafen fast die ganze Nacht wach.

Am Tag darauf erschien Arkadius. Er hatte keine guten Neuigkeiten. Im Kaiserpalast meldete er die Ankunft der Leibwache für die Kaiserin. Der Beamte klärte ihn zunächst auf, wie der Verfahrensweg üblicherweise war, eine Audienz zu bekommen. Er notierte sich den Grund und erklärte, dass es mehrere Wochen dauern könnte, bis das Ansuchen bewilligt würde. Arkadius gab ihm einen kleinen Beutel mit Silbermünzen und der Beamte versprach, das Verfahren zu beschleunigen. Der Aufenthalt der Bärenkrieger in dem Gasthaus würde sich somit auf unbestimmte Zeit hinziehen. Er riet, dass sie zu zweit am nächsten Tag in die Stadt reiten, um nochmals bei dem Beamten vorstellig zu werden.

Es hatte keinen Sinn dem Kaufmann Vorwürfe zu machen. Er hatte bestimmt sein Möglichstes getan. Nur was hinderte sie daran, einfach in die Stadt zu reiten.

„Die Stadtwachen würden euch nicht durch das Tor lassen. Ihr seid eine fremde Kriegerschar und stellt eine potenzielle Gefahr dar. Nur mit einer Genehmigung des Präfekten der Leibwache des Kaisers dürft ihr passieren. Theodora hat viele Feinde in der hohen Beamtenschaft. An ihrer Spitze steht Johannes der Kappadokier, der sie in der Öffentlichkeit verspottet hat. Diese Hürde müssen wir überwinden, um bis zur Kaiserin zu gelangen."

„Da wird wohl das Silber nicht genügen, das ich bei mir habe."

„Mache dir deswegen keine Sorgen. Ich kann dir gern aushelfen", beruhigte Arkadius.

„Das ist sehr freundlich von dir. Ich denke, dass ich auf dein Angebot zurückgreifen muss."

Siegbert sah in die Runde der Bärenkrieger und sprach zu ihnen: „Ihr habt gehört was los ist. Stellt euch auf eine längere Wartezeit ein und setzt euer Training im Wald fort, damit die Glieder nicht einrosten."

Sie nickten ihm zu und verließen den Gastraum.

„Gibt es noch etwas zu berichten, mit dem wir nicht gerechnet haben?"

„Ich hörte, dass der Ostgotenkönig Witichis sich Belisar ergeben hat und die byzantinischen Krieger in Ravenna kampflos einmarschiert sind. Sie wollten den Feldherrn zum weströmischen Herrscher machen."

„Dann würde Belisar seinen Kaiser verraten. Hat er das Angebot angenommen?"

„Niemals! Es war eine Kriegslist von ihm, darauf einzugehen. Jeder, der den Feldherrn kennt weiß, dass er treu zu Justinian steht."

„Was geschah weiter?"

„Angeblich hat er sich mit einem Teil seiner Krieger auf die Schiffe begeben und wird in den nächsten Tagen in Konstantinopel erwartet."

„Was ist mit unserer Königin geschehen?"

„Sie soll mit ihrer Familie auf einem der Schiffe sein und wird, wie die anderen Gefangenen im Siegeszug vorgeführt werden. Auch der Prinz soll bei ihr sein", berichtete Arkadius.

„Das ist ein schlimmes Ende. Wie können wir ihnen helfen?", fragte der Hunno.

„Die Kaiserin ist die Einzige, die ihr Leid mindern kann und sie aus dem Kerker holt. Deshalb müssen wir alles Mögliche versuchen, zu ihr vorzudringen. Arkadius, wir reiten morgen sehr früh ab! Wo können wir in der Stadt unterkommen?"

„In meinem Handelshaus ist genügend Platz und es liegt in der Nähe des Kaiserpalastes."

„Das ist die einzige gute Nachricht für heute. So lasst uns schlafen gehen, damit wir morgen ausgeruht sind."

Der Schlaf war nur ein guter Wunsch. Die halbe Nacht lag Siegbert auf seinem Schaffell und konnte nicht zur Ruhe kommen. Er stellte sich vor, dass Amalafred in Ketten gelegt unter Deck hungernd und durstend lag. Es hätte nicht so weit kommen müssen, wenn die Königin mehr Weitblick besäße, wie man es von einer guten Herrscherin erwartete.

„Arkadius wach auf!" flüsterte der Graf dem Kaufmann ins Ohr. Sie frühstückten in der Küche zusammen mit den Sklaven des Wirtes, die aufs Feld zur Arbeit mussten. Die Sonne war noch nicht aufgegangen, da ritten sie schon im Galopp der Stadt entgegen. Mit den Bauern, die ihre Produkte in Karren zum Markt brachten, gelangten sie ohne Kontrolle durch das westliche Stadttor. Die Straße war überfüllt mit Menschen. Arkadius drängte zur Eile, denn er wusste, dass um die Mittagszeit kein Beamter am Kaiserhof mehr anzutreffen war. Sie fanden nach längerem Suchen den Mann, mit dem Arkadius zwei Tage zuvor gesprochen hatte. Der Beamte war überrascht, den Bittsteller so bald wiederzusehen. Wahrscheinlich hatte er noch nichts unternommen. Arkadius stellte seinen Begleiter als Heerführer des Langobardenkönigs Wacho vor. Das erweckte zumindest etwas

Eindruck und der Beamte sah den vermeintlichen Heerführer geringschätzig an.

„Er ist ein Barbar. Versteht er Latein?", fragte der Byzantiner.

„Aber gewiss! Nicht so fließend, wie wir, doch verständlich."

„Dann kleide ihn erst einmal ordentlich ein und kommt danach wieder."

Verdutzt zogen sich die Thüringer zurück. Auf dem Vorplatz sahen sie sich an und mussten laut lachen.

„Jetzt werden wir aus dir einen echten Oströmer machen", entschied Arkadius und sie bogen in eine der Querstraßen ein. Dort befanden sich viele Schneiderwerkstätten, die beidseits der Straße ihre Arbeit teilweise am Straßenrand verrichteten. Eine der Werkstätten steuerte Arkadius an und begrüßte den Meister überschwänglich. Sie palaverten eine Weile miteinander und danach wurde bei Siegbert Maß genommen. Der Meister sagte ihnen, dass sie am nächsten Tag zur Anprobe kommen sollten.

Die Hitze wurde zur Mittagszeit unerträglich, daher schlug Arkadius vor, sich in seinem Handelshaus zu erfrischen und danach zum Hafen zu gehen. Dort wehte immer ein kühler Wind und es gab mehrere Tavernen mit einem schönen Blick zum Bosporus und den vielen Booten und Schiffen. Der Kaufmann erzählte von seinen früheren Schiffsreisen, die ihn von den griechischen Inseln bis ins Vandalenreich führten. Es war nicht ungefährlich, auf See Handel zu treiben, denn überall lauerten Seeräuber, die brutal die Küstenorte und Handelsschiffe überfielen. Viele der befreundeten Kaufleute hatten ihr Leben auf hoher See verloren, doch waren bei diesem Geschäft die Gewinne hoch. Sein Reichtum rührte aus dieser Zeit. Er investierte in Handelshäuser entlang bedeutender Wege. Konstantinopel galt als einer der Knotenpunkte im Ost-West- und Nord-Süd-Handel. Auf den Basaren der Stadt wurden Waren aus aller Welt angeboten und die Vielfalt war so groß, wie nirgendwo sonst.

„Kannst du mir einen Basar zeigen, auf dem es Schwerter und andere Waffen zu kaufen gibt?"

„Wir können heute Nachmittag dorthin laufen und ich bin mir sicher, dass dir die Augen übergehen, wenn du das Angebot siehst. Von dort beziehe ich Messer aus Damaszenerstahl und verkaufe sie bis ins Frankenreich."

„In der Schmiede des Königs Herminafrid hatte ich zum ersten Mal eine Klinge aus diesem Stahl in den Händen. Der Meister hatte sie aufwändig gefertigt und lange nach einem Flussmittel für den Stahl gesucht. Er fand es schließlich in einer Sandgrube in der Nähe seiner Siedlung. Sieh her, dieses Messer hatte ich bei ihm gekauft." Arkadius betrachtete die Maserung auf der Klinge und nickte anerkennend.

„Es ist wahrlich ein gutes Stück, doch sieh dir mein Messer an. Du kannst die doppelte Anzahl von Faltungen des Stahls erkennen. Vielleicht findest du ein ähnliches in dem Schmiede-Basar."

Plötzlich sprang Arkadius von seinem Schemel auf und sah angespannt zu einem Schiff, das gerade anlegte.

„Entschuldige mich einen Moment, ich muss den Kapitän von dem Segler begrüßen. Er ist ein alter Freund von mir. Warte hier auf mich, ich bin gleich wieder da."

Eilig lief Arkadius zur Pier, wo das Schiff festgemacht hatte. Schon von weitem rief er den Namen des Kapitäns, der über das Auftauchen seines Freundes ebenso erfreut war und auf ihn zulief. Die Männer fielen sich in die Arme und begrüßten sich stürmisch. Der Kapitän gab seinen Männern an Bord ein paar Befehle und folgte seinem Freund zur Taverne.

„Das ist mein Alexandros, den ich seit Jahren nicht mehr gesehen habe", stellte Arkadius den Kapitän vor und bot ihm einen Schemel an ihrem Tisch an.
Der Wirt brachte einen Krug Wein mit einem dritten Becher und fragte, ob die Herren etwas essen möchten.

„Bring uns von deinem würzigen Schafskäse und Oliven", sagte Arkadius und wand sich seinem Freund zu.

„Erzähle, wie es dir ergangen ist!"

„Ich komme gerade aus dem Ostgotenreich zurück. Der Kaiser hatte im letzten Jahr alle seetüchtigen Schiffe beschlagnahmt. Wir mussten in seinem Auftrag Krieger zur Verstärkung von Belisars Heer nach Sizilien transportieren. Dort warteten wir den Krieg ab und wurden nach Ravenna beordert. Fünfzig ostgotische Gefangene habe ich auf meinem Schiff und will sie nun loswerden. Wollt ihr sie euch ansehen?"

„Zeige sie uns!", antwortete Arkadius und stand auf, um zu gehen.
Sie liefen zum Schiff und gelangten über einen Steg aufs Deck. Oberhalb des Laderaums befand sich ein Holzgitter.

„Seht hinab, da könnt ihr die Gefangenen erkennen!"
Arkadius wand sich entsetzt ab.

„Was ist mit denen? Sind die krank?", fragte er angewidert Alexandros.

„Oh nein, denen geht es gut. Sie bekamen jeden Tag eine Mahlzeit und durften sich für kurze Zeit auf Deck bewegen. Das ist besser als auf anderen Schiffen."
Der Kapitän befahl einem seiner Männer, dass sie die Leute an Deck bringen und abwaschen sollten, damit sie den zuständigen Behörden übergeben werden konnten. Erst dann wäre sein Auftrag beendet und er bekäme

seinen Lohn ausbezahlt. Über eine Sprossenleiter stiegen die abgezehrten Gestalten aus dem Lagerraum. Sie stanken bestialisch und waren nur dürftig bekleidet. Aus dem Meer wurde mit Eimern Wasser geschöpft und damit die Gefangenen übergossen. Die eisernen Handfesseln hinderten sie daran sich selbst zu waschen. So taten es die Bootsleute und trieben ihren Schabernack mit ihnen. Angewidert wand sich Siegbert ab. Er dachte an Amalafred, der wahrscheinlich wie diese armen Gefangenen die Reise nach Konstantinopel antreten musste.

„Wo kommen die Männer hin?", wollte er wissen.

„Zunächst in den kaiserlichen Kerker. Danach nehmen sie am Triumphzug des Feldherrn Belisar teil und danach werden sie als Sklaven verkauft. Es sind große, starke Männer, die einen guten Preis auf dem Markt erzielen. Ich kann gar nicht verstehen, wie sie den Krieg verlieren konnten. Aber es soll Verrat mit im Spiel gewesen sein. Genaues weiß man nicht."

„Wieso Verrat?"

„Matasuntha, die Frau von König Witichis, soll dabei ihre Finger mit im Spiel haben. Angeblich hat sie veranlasst, die Getreidespeicher von Ravenna in Brand zu setzen und dadurch konnte die Stadt einer Belagerung nicht standhalten."

Betroffen ging Siegbert von Bord und lief zur Taverne. Das Schicksal der Ostgoten berührte ihn sehr. Er konnte nichts für sie tun. Ihnen erging es wie vielen Thüringern nach der Schlacht an der Unstrut vor neun Jahren, als sie ins Frankenreich verschleppt und als Sklaven verkauft wurden. Auch Prinz Baldur und seine Schwester Radegunde waren noch in Gefangenschaft und niemand wusste, wann sie freikommen.

Arkadius kam zu ihm und setzte sich.

„Denkst Du an das Schicksal der Königin und ihrer Kinder?", fragte er.

„Ja, besonders an Amalafred. Was ist, wenn uns die Kaiserin keine Audienz gewährt? Müssen wir dann unverrichteter Dinge wieder heimkehren?"

„Ich sehe das nicht so pessimistisch, wie du. Wenn wir das nächste Mal den Beamten sprechen, werde ich ihm noch einen Beutel mit Silbermünzen zukommen lassen."

„Ob das wirklich hilft, bezweifle ich. Er erwartet immer mehr und weiß, dass er es nur bekommen kann, solange er uns hinhält. Vielleicht weiß er schon jetzt, dass es keine Audienz geben wird."

„Uns bleibt keine andere Wahl als abzuwarten, doch werden wir, wenn du neu eingekleidet bist, uns in der Nähe des Kaiserpalastes aufhalten, um zumindest Neuigkeiten zu erfahren.

Sie besuchten den Basar und die Stimmung verbesserte sich. Die Auswahl an Messern und Schwertern war riesengroß. In der Schmiede, wo Arkadius seine Waren kaufte, zeigte ihnen der Meister, wie gut seine Messer und Schwerter waren. Er unterzog sie außergewöhnlichen harten Tests, die an die absichtliche Zerstörung der Klingen herankamen. Das konnte den Grafen überzeugen und er kaufte zwei Messer, die diese Tests überstanden hatten.

Spät kamen sie in ihr Quartier. Anwar, der nordafrikanische Sklave des Kaufmanns, hatte das Abendessen vorbereitet und Arkadius erzählte viele Geschichten von der Seefahrt und den Reisen mit dem Segelschiff des Alexandros, das einst ihm gehörte.

Nach der Anprobe der neuen Gewänder aus feinsten Stoffen und modischen Geschmack der Byzantiner, begaben sich die Thüringer zum Kaiserpalast. Er befand sich auf einem Hügel nahe der Hagia Sophia und des Hippodroms. Die Pferderennbahn befand sich im Wiederaufbau, nachdem sie bei dem Nika-Aufstand zu Schaden kam. Eilig schien es der Kaiser damit nicht zu haben, denn es erinnerte ihn an die bürgerkriegsähnlichen Zustände vor acht Jahren und dem Versuch, ihn als Kaiser abzusetzen. Anders sah es mit dem Bau der Sophienkirche aus. Der Bau der „Hagia Sophia" diente dem Kaiser, um sein Ansehen im Reich zu mehren. Die Kuppel der Sophienkirche war überwältigend. Sie schien nicht von Menschenhand geschaffen worden zu sein. Lange verweilten sie in der Kirche und bestaunten die prächtigen Mosaike.

Als sie auf den Vorplatz des Palastes kamen, sahen sie eine Sänfte, die von einem Dutzend Sklaven getragen und von einer Eskorte begleitet wurde. Bei näherem Hinsehen erkannte Siegbert die Wachleute. Es waren die Winniler. Die Person in der Sänfte ging in die Kirche und zwei Winniler folgten ihr. Die übrigen warteten bei der Sänfte. Der Anführer erkannte den Befehlshaber der Rodewiner und zwinkerte ihm zu. Ohne ihn direkt anzusehen, sagte er: „Du triffst mich heute Abend in der Taverne zum ‚Goldenen Kelch.'"

Arkadius kannte das Weinlokal. Es lag nicht weit entfernt vom Palast.

Den weiteren Tag nutzten sie, um sich die Stadt anzusehen. Sie liefen durch viele Straßen und Gassen und besuchten mehrere Basare.

Bevor es Abend war, gingen sie zu der Taverne und setzten sich an einen Tisch, von dem sie den Gastraum gut übersehen konnten. Sie bestellten Wein, Käse und frisch gebackenes Brot. Eine junge Frau bediente sie und fragte neugierig, woher sie kämen.

Arkadius war irritiert und sagte kurz: „Aus Vindobona!"

„Wo liegt das? Ich habe noch nie davon gehört."

„Es ist eine Stadt im Langobardenreich."

„Ach so, das Königreich kenne ich. Einige meiner Gäste sind von dort. Die Stadt nennt sich Carnuntum. Habt ihr schon davon gehört?"

„Wir kennen sie, doch jetzt sage uns, wer du bist, weil du so neugierig fragst?"

„Entschuldigt mich, ich bin die Wirtin der Taverne. Wenn ihr einen Wunsch habt, lasst es mich wissen." Freundlich lächelnd ging sie zum nächsten Tisch, um die Bestellung aufzunehmen.

Das Warten zog sich hin und die Nervosität stieg bei den Thüringern. Es war schon später Abend und niemand von den Winnilern war zu sehen. Vielleicht war etwas dazwischengekommen und sie hatten keinen Ausgang. Als sie aufbrechen wollten, erschienen in der Tür drei Männer von der langobardischen Leibwache des Kaisers.

„Setzt euch zu uns, ihr seid meine Gäste", begrüßte Siegbert die Männer.

„Was machst du in Konstantinopel?", wollte der Hunno der Winniler wissen.

„Ich begleite eine Gruppe Reiter zur Königin."

„Was für Reiter?"

„Es sind ausgebildete Leibwächter, wie ihr und sie sollen der Kaiserin dienen. Amalafred hatte sie ihr versprochen."

„Sind es Langobarden?"

„Nein Rodewiner, die sich Bärenkrieger nennen."

„Weiß die Kaiserin, dass ihr hier seid?"

„Wir sind erst seit zwei Tagen da. Es ist nicht leicht zu ihr vorzudringen"

„Das glaube ich. Wenn du willst, kann ich ihr eure Ankunft und den Wunsch, sie zu sprechen, mitteilen."

Siegbert bedankte sich für das Angebot und berichtete, was sich in der Heimat in dem letzten Jahr alles getan hatte. Danach erzählte der Hunno von dem Leben in den Diensten des Kaisers. Es gab niemand von ihnen, der den Schritt bereut hätte. Allen ging es gut. Als er das sagte, kam die Wirtin und brachte einen neuen Weinkrug. Der Hunno zwinkerte ihr vielsagend zu.

Als sie wieder wegging, sagte er schmunzelnd: „Wenn einer von uns Heimweh hat, tröstet sie es weg."

„Hast du etwas von Amalafred gehört?"

„Er soll sich mit seiner Mutter und Schwester auf dem Kommandoschiff des Feldherrn befinden und müsste in wenigen Tagen in Konstantinopel eintreffen."

„Wie kann ich ihm helfen?"

„Das weiß ich nicht. Über die bessergestellten Gefangenen entscheidet allein der Kaiser und ein bisschen seine Frau. Wenn du ihre Sympathie erfährst, kann sie helfen. Doch mache dir keine Illusionen. Ein jeder hier ist ein Ball im Ränkespiel. Das wirst du bald erfahren. Wir müssen jetzt zurück zu den anderen. Wenn du einen von uns sprechen möchtest, kannst du uns hier antreffen und wenn du Glück hast, nimmt dich die Wirtin in ihre Obhut."

Die drei Langobarden lachten laut auf und verschwanden.

„Ob der Hunno etwas bei der Kaiserin erreichen wird?", fragte Siegbert skeptisch.

„Ich glaube, dass er mehr Erfolg haben könnte als der bestechliche Beamte."

Sie winkten der Wirtin, um zu zahlen.

„Ihr scheint gute Freunde zu sein. Ich habe meine lieben Langobarden noch nie mit einem anderen sprechen sehen. Sie sind sehr verschlossen und klagen mir oft ihr Heimweh."

„Kannst du sie davon heilen?"

„Ich tue mein Bestes!", erwiderte sie lachend.

Gutgelaunt gingen sie ins Handelshaus und waren voller Hoffnung, dass ihre Mission erfolgreich enden könnte.

Der Hunno hatte in wenigen Tagen erreicht, dass die Thüringer eine geheime Audienz bei der Kaiserin bekamen. Auf dem Weg dorthin überlegte Siegbert, was er zu ihr sagen sollte. Wie wird sie ihm begegnen? Wie sollte er sich standesgemäß verhalten.

Mit dem Geschenk von König Wacho und Arkadius im Schlepptau wurde der Graf durch viele verwinkelte Gänge des Palastes geführt. Sie erreichten einen Vorraum und mussten vor einer großen Tür warten. Die Personen auf den Gemälden an den Wänden schienen ihn zu beobachten. Das erhöhte die Nervosität und er zwang sich mental zur Ruhe.

Eine Flügeltür wurde geöffnet und er trat mit dem Kaufmann in einen hellen Raum. Die Kaiserin saß auf einem vergoldeten Stuhl und betrachtete ihre Gäste. Die hatten von einem Beamten zuvor erfahren, wie sie sich gegenüber der Kaiserin verhalten sollten und wann sie sprechen durften.

„Komm näher Siegbert und sprich frei heraus, was du mir zu sagen hast."

Die Kaiserin schien gut informiert zu sein und kannte seinen Namen. Er übergab einer Zofe die Schatulle von König Wacho. Sie öffnete sie und entnahm eine goldene Blume, die mit Edelsteinen bestückt war.

„Das ist ein schönes Geschenk. Übermittle dem König meinen besten Dank. Doch es wird nicht alles sein, weshalb du mich sprechen wolltest."

„Ich überbringe euch ein Geschenk des Thüringer Prinzen Amalafred. Es sind 30 Leibwächter, die er euch versprochen hat."

„Das ist wahr. Wo sind sie?"

„Sie warten in einem Wirtshaus vor der Stadt."

„Dann sollen sie kommen. Ich werde den Kaiser informieren, dass sie in die Leibgarde eingegliedert werden. Hab Dank für deine Mühen, sie hierher zu bringen. Sind es die gleichen Krieger, wie sie der Kaiser von König Wacho erhalten hat."

„Nein es sind Thüringer, doch sie dienten zuvor im Heer des Königs in einem eigenen Heerhaufen unter meinem Kommando."

„Wann kannst du sie bringen?"

„Sobald ihr das möchtet."

„Das ist gut, wir werden uns morgen Nachmittag um die gleiche Zeit wiedersehen."

Die Kaiserin winkte den beiden Thüringern huldvoll zu und sie gingen mit einer Verbeugung rückwärts aus dem Raum. Ein Diener führte sie auf dem gleichen Weg, den sie gekommen waren, aus dem Palast.

Der Graf war unzufrieden mit dem Verlauf der Audienz. Er hatte nicht seine Sorgen um den Prinzen und dessen Familie anbringen können.

„Morgen hast du die Möglichkeit, wenn du die Leibwache übergibst. Ich finde, dass die erste Begegnung gut verlaufen ist. Die Kaiserin hat uns beide wahrgenommen und freundlich mit dir gesprochen. Mehr kannst du bei einer ersten Audienz nicht erwarten."

Die Worte von Arkadius spendeten wenig Trost.

Eilig ritt der Graf zu den Bärenkriegern in die Herberge. Morgen Nachmittag musste er sie zur Kaiserin bringen und hoffte, dass sie sich über das Geschenk des Prinzen freuen würde.

Auf die Nachricht, dass sie nach Konstantinopel einreiten konnten, warteten die Bärenkrieger schon ungeduldig. Nun war es endlich so weit. Die Kettenhemden und Helme waren auf Hochglanz gebracht und das Fell der weißen Pferde glänzte silbern. Zeitig am Morgen brachen die Bärenkrieger auf. Die hunnischen Beipferde und das Gepäck blieben bei dem Wirt. Die Krieger ritten in Formation auf die Stadt zu und erreichten mittags das Stadttor. Ein Wächter fragte mürrisch, wer sie seien und was sie in Konstantinopel wollten.

„Wir sind im Auftrag der Kaiserin unterwegs."

„Habt ihr einen Passierschein?", fragte der Wächter. Den hatten sie nicht. Was konnten sie tun? Die Zeit rannte dahin und die Kaiserin durften sie nicht warten lassen. Unschlüssig standen die Reiter vor dem Tor und Siegbert entschied, allein zum Kaiserpalast zu reiten. Da drängten sich drei Reiter vor. Es waren die gleichen, die sich in ihrer Herberge einquartiert hatten und sie seit Sirmium verfolgten. Der Anführer von ihnen wechselte ein paar Worte mit dem Wächter und zeigte ihm eine Medaille, die er um den Hals trug. Sofort durfte er und seine beiden Kameraden passieren. Der Wächter ging auf den Grafen zu und sagte zu ihm: „Ihr dürft auch in die Stadt reiten."

Verwundert passierte er das Tor und die Bärenkrieger folgten ihm im Schritt. Sie kamen vor den Palast und wurden von einem Diener empfangen und auf einen Hof geleitet. Arkadius wartete bereits auf sie und erklärte, dass sie sich in dem Gebäudeteil des Palastes befanden, in dem die Kaiserin ihre Gemächer hatte. Hinter den Fenstern glaubten sie Frauen zu erkennen, die neugierig die Reitergruppe beobachteten. Es war Nachmittag geworden und die Thüringer hofften zur Audienz geladen zu werden. Überraschenderweise erschien kein Diener, sondern die Kaiserin mit ihren Kammerfrauen persönlich auf dem Hof und sie betrachteten die Krieger.

„Die Männer sind hübsch, wie ihre Pferde", sagte Theodora anerkennend.

„Es sind die besten Thüringer Krieger, die eurer Majestät dienen möchten.

„Können sie auch mit dem Schwert so gut umgehen, wie sie aussehen."

Die Krieger stiegen vom Pferd und zwei von ihnen zeigten ihr Können, wie sie es für die Schauvorführung bei dem Schmiede-Fest in Carnuntum einstudiert hatten. Ein dritter Krieger löste sich aus den Reihen und beteiligte sich an dem Kampf. Am Ende standen sechs gegen einen Krieger. Die Kaiserin war begeistert von der Vorführung und bat Siegbert sowie Arkadius in den Audienzsaal.

Dort hatte sie an einem kleinen Tisch Platz genommen und hielt ein dünnes weißes Tonschälchen in der Hand. Auf dem Tisch standen weitere und eine Kanne mit einer dampfenden Flüssigkeit, die sie Tee nannte. Sie bat ihre Gäste davon zu kosten und Zucker hinzuzugeben, wem er zu bitter wäre. Auf dem Tisch lagen in einer Schale Plätzchen und getrocknete Früchte. Die Thüringer kosteten vorsichtig. Dabei erklärte die Kaiserin, dass sie diese schönen Dinge aus dem großen Reich im Osten bezogen hatte. Sie sprach von dem Land, als wäre sie selbst einmal dort gewesen. Danach leitete sie das Gespräch ins Persönliche und fragte Siegbert Dinge, die erkennen ließen, dass sie gut über ihn informiert war. Auch Arkadius konnte seine Verwunderung nicht verbergen, als sie über seine neuen Handelsstützpunkte im Frankenreich sprach. Dabei bemerkte sie beiläufig, dass Radegunde vor wenigen Wochen mit dem Frankenkönig Chlothar verheiratet wurde und ihr Bruder weiterhin gefangen blieb. Die Kaiserin schien es zu genießen, die Thüringer mit diesen neuen Nachrichten zu verblüffen.

Sie stand auf und ging zum Fenster. Im Hof standen ihre neuen Leibwächter neben den weißen Pferden.

„Gehören die Hengste auch mit zu dem Geschenk des Prinzen?"

„Ja Majestät! Sie stammen zum Teil direkt aus Thüringen."

„Ich weiß mein Freund und sie hätten dich fast in fränkische Gefangenschaft gebracht. Dein Einsatz für die Kaiserin ist lobenswert. Ich möchte dir ein Geschenk machen und meine Dankbarkeit zeigen. Sag, was du gerne hättest. Vielleicht kann ich deinen Wunsch erfüllen."

„Es gäbe da etwas, was mich freuen würde. Mein Freund Prinz Amalafred und seine Familie sind als Gefangene auf dem Weg nach Konstantinopel. Ich möchte für sie sprechen und wäre eurer Majestät dankbar, wenn ihr euch für sie einsetzt und den Kerker erspart."

„Ich glaube, dass ich behilflich sein kann, doch habt ihr nicht auch einen persönlichen Wunsch."

„Nein Majestät! An dem Wohl Amalafreds liegt mir viel."

„Solche Freunde wünscht sich ein Herrscher, denen das Wohl seines Herrn über dem eigenen steht."

Theodora stand auf und ging zu einem kleinen Schrank. Aus einem Schubfach entnahm sie zwei Medaillen an einem Band und überreichte sie den beiden Thüringern.

„Diese Medaillen sind Ausdruck meiner Wertschätzung für euch und sie können euch helfen, wenn ihr in Not seid. Sie öffnen alle Tore in unserem Reich und jeder Beamte, dem ihr sie zeigt, muss euch helfen."

Verblüfft sahen sich die Thüringer die goldenen Scheiben an. Auf der Vorderseite war das Bild der Kaiserin zu erkennen und auf der Rückseite befand sich ein Text, der besagte, dass dem Träger der Medaille geholfen werden muss.

Die Kaiserin wand sich an den Kaufmann.

„Dich Arkadius ersuche ich, mich regelmäßig über Neuigkeiten zu informieren."

Die Kaiserin ging zu ihrem goldenen Stuhl und setzte sich. Sie wurde förmlich und verabschiedete die Thüringer, wie bei der ersten Audienz.

Von den Bärenkriegern konnten sie sich nicht mehr verabschieden und hofften, dass sie den einen oder anderen in den nächsten Tagen bei ihrem Freigang in der Taverne treffen würden. Nun galt es abzuwarten, was passierte, wenn Belisar nach Konstantinopel kam.

Die Zeit bis zur Ankunft des Feldherrn nutzten die Thüringer, die Stadt weiter kennenzulernen und Waren für die Rückreise einzukaufen. Ihnen standen die dreißig Hunnenpferde bei dem Wirt als Tragtiere zur Verfügung, doch sie waren nur zu viert. Das reichte nicht, um die beladenen Tiere nach Carnuntum zu bringen. Arkadius schlug vor, ein paar Sklaven zu kaufen, die dafür geeignet wären. So kümmerten sie sich auf den Basaren auch um diese. Die kaufmännischen Erfahrungen von Arkadius halfen sehr, denn er wusste welche Waren im Norden gefragt waren und verstand es günstig einzukaufen. Manchmal kam sich Siegbert wie sein Gehilfe vor, doch es störte ihn nicht, da er von dem gewieften Handelsmann viel lernen konnte.

Jeden Morgen gingen sie als erstes zum Hafen, um Neuigkeiten zu erfahren. Die Nachrichten wurden mehr, je näher die Kriegsschiffe dem Zielort kamen.

Die Thüringer hatten im Handelshaus die gekauften Waren verstaut und mussten sich nur noch um die Sklaven kümmern. Arkadius riet bis zur Ankunft des Feldherrn zu warten, da er viele Kriegsgefangene an Bord seiner Schiffe hatte und die Preise für Sklaven dann fallen würden.

Nach vier Wochen war es so weit. Unruhe breitete sich am Hafen aus. Viele Menschen waren gekommen, um die Schiffe des siegreichen Heerführers Belisar zu begrüßen. Eines nach dem anderen legte an der Pier an. Der Feldherr zeigte sich mit seiner Frau Antonina an Deck seines Segelschiffes und wurde stürmisch von den Menschen begrüßt. Sie gingen von Bord und der Schwarm der Massen folgte ihm bis zu seiner Villa. Die Thüringer blieben bei den Schiffen, die entladen wurden. Zuerst gingen die Gefangenen von Bord. Sie wurden auf Wagen geladen und in ein vorbereitetes Lager am Rande der Stadt gebracht. Der Prinz und die königliche Familie waren nicht dabei. Niemand von den Schiffsbesatzungen konnte ihnen Auskunft geben. Die Gefangenen befanden sich in einem erbärmlichen Zustand, vom Hunger und der schlechten Behandlung gezeichnet. Die Bootsleute erzählten von einem Überfall der Seeräuber auf das Kommandoschiff des Feldherrn und dass dabei viele Menschen ums Leben kamen. Auch auf den anderen Schiffen gab es hohe Verluste, doch mehr noch durch Krankheit und schlechte Ernährung. Nachdem die Thüringer im Hafen nichts in Erfahrung bringen konnten, ritten sie zu dem Gefangenenlager, das einer Zeltstadt glich. Hinein durften sie nicht und die Wachen gaben keine Auskunft. Sie verwiesen darauf, dass die Gesunden unter ihnen am nächsten Morgen an der Siegesfeier des Feldherrn teilnehmen mussten und man sie dort sehen konnte.

Die Sorge um Amalafred beschäftigte Siegbert den ganzen Abend. Wer könnte über ihn Auskunft geben, was war passiert? Er musste es unbedingt in Erfahrung bringen, um Ruhe zu finden.

Die Vorbereitungen zur Siegesfeier begannen zeitig am Morgen. Plätze und Straßen in der Nähe des Palastes und der Sophienkirche wurden abgesperrt und geschmückt. Viele Zuschauer waren frühzeitig gekommen, um einen günstigen Standplatz zu bekommen, von dem sie den Umzug gut verfolgen konnten. Fanfaren kündeten das große Ereignis an. Mehrere Hundertschaften von Belisars siegreichen Kriegern schritt voran. Ihnen folgte ein historischer Streitwagen auf dem Belisar in seiner Rüstung stand und dem jubelnden Volk zuwinkte. Hinter ihm ritten die Heerführer mit einer großen Anzahl ihrer Krieger. Das Ende des Zugs bildeten ostgotische Gefangene in eisernen Handfesseln, die von byzantinischen Wachleuten flankiert waren. Unter ihnen befanden sich der ehemalige König Witichis und wichtige frankenfreundliche Heerführer. Die meisten der Gefangenen waren in einem erbärmlichen Zustand. Sie konnten sich kaum vorwärtsbewegen und wurden von ihren Kameraden gestützt. Von den an den Straßenrändern stehenden Zuschauern gab es viele, die Steine und Abfälle nach den Ostgoten warfen. Mitleid kannten sie nicht.

Der Zug endete im Hippodrom, wo der Kaiser eine kurze Ansprache hielt. Danach begab er sich mit dem Feldherrn und Hofstaat in die Hagia Sophia, um Gott für den Sieg über die Ostgoten zu danken.

Der Zug löste sich auf und die Gefangenen wurden in ihr Lager zurückgebracht. Die Thüringer folgten ihnen. Im Siegeszug hatten sie Amalafred nicht entdecken können, dennoch hofften sie, dass er sich in dem Lager befinden könnte. Am Vortag hatte man ihnen den Zugang verwehrt, doch es gab noch eine Möglichkeit, die sie versuchen wollten.

Am Lagertor zeigte Siegbert dem Wächter seine Goldmedaille, die er von der Kaiserin erhalten hatte. Wie durch Zauberhand öffnete sich das Tor und er durfte mit Arkadius eintreten. Ein Wachmann begleitete sie auf der Suche. Sie liefen kreuz und quer durch das Lager und befragten viele Gefangene, ob sie die Thüringer Königsfamilie gesehen hatten oder etwas über ihren Verbleib wussten. Keiner kannte sie und auch der Name „Amalafred" sagte ihnen nichts. Einer riet ihnen zum Hafen zu gehen und die Seeleute zu befragen.

Die Pier war leer. Alle Schiffe hatten die Anlegestelle verlassen. Betrübt setzten sich die Thüringer in die Taverne, die einen guten Blick zum Bosporus ermöglichte und Siegbert versuchte seinen Kummer mit Wein zu ertränken. Arkadius verstand ihn, doch mussten sie sich damit abfinden, dass die Königsfamilie umgekommen war und sie sich nun um die Rückreise nach Carnuntum kümmern mussten. In einer Sänfte ließ Arkadius seinen angetrunkenen Verwandten zu sich nach Hause bringen und überlegte welche Vorbereitungen für die Heimreise noch zu treffen waren. Er machte sich Notizen, um nichts zu vergessen.

Am nächsten Tag begaben sie sich zum Basar, wo Sklaven verkauft wurden. Die Händler standen am Rande des Platzes und boten Männer, Frauen und Kinder aus den verschiedensten Ländern an. Arkadius hatte recht gehabt, dass das momentane Überangebot die Preise in den Keller trieb. Mit Kennerblick suchte sich der Kaufmann geeignete Männer aus, die angeblich gut reiten konnten, stark waren und Erfahrungen im Handelsgeschäft hatten.

Das waren nicht nur Ostgoten, die er erwarb, sondern auch Vandalen und Griechen.

Währenddessen erkundigte sich Siegbert weiter nach der Königsfamilie, wie eine Mutter, die ihr verlorengegangenes Kind sucht. Er brauchte unbedingt Gewissheit über ihren Verbleib.

Anwar brachte die gekauften Sklaven zu dem Wirt, bei dem sie die Hunnenpferde stehen hatten und kümmerte sich um die Männer. Sie sollten sich an die Pferde gewöhnen. Er ließ auch die gekauften Waren vom Handelshaus in Konstantinopel zu dem Wirt bringen, um von dort in wenigen Tagen abreisen zu können.

Der Kaufmann hatte die Suche bereits aufgegeben und kümmerte sich nur noch um seine Geschäfte im Handelshaus. Eine Bindung zu Amalafred oder die Königsfamilie hatte er nicht und versuchte seinen Verwandten dazu zu bewegen, die Suche aufzugeben. Siegbert hielt sich die meiste Zeit des Tages im Hafen auf. Er hoffte einen Hinweis zu finden, wo sich das Kommandoschiff von Belisar befand, denn darauf sollte die Königsfamilie als Gefangene gewesen sein. Am letzten Tag vor der Abreise sprach ihn ein Bootsmann in der Taverne an.

„Ich habe gehört, dass du einen Gefangenen suchst, der an Bord des Kommandoschiffes war. Der Feldherr hatte aber keine Gefangenen an Bord."

„Woher willst du das wissen?"

„Ich gehörte zur Schiffsmannschaft des Seglers, auf dem der Ostgotenkönig war. Der sagte mir, dass auf dem Schiff des Feldherrn die Thüringer Königsfamilie mitreist."

„Hast du sie gesehen?"

„Nur den Prinzen."

„Wo ist er? Ich suche ihn."

„Das kann ich dir nicht sagen. Vielleicht ist er bei dem Angriff durch die Seeräuber umgekommen. Ich habe ihn danach nicht mehr an Deck des Schiffes gesehen."

Siegbert gab dem Bootsmann ein Silberstück für die Auskunft und verließ stumm die Taverne. Ihm war gewiss, dass sein Freund nun in Walhall weilte und er bat Odin, ihn an seiner Tafel aufzunehmen. In Gedanken versunken irrte er durch die Gassen der Stadt und fand sich in der Sophienkirche wieder. Verwundert sah er sich um. Auf einer Bank in der Nähe des Altars sah er einen Mann, der ihm von hinten bekannt vorkam. Langsam ging er im Mittelgang an ihm vorbei und drehte sich um. Es war Amalafred. Beide sahen sich an und fielen sich stumm in die Arme.

„Ich suche dich die ganzen Tage und heute habe ich erfahren, dass du tot wärst. Wo hast du nur gesteckt?"

„Ich war mit meiner Familie als Gefangener auf dem Schiff des Feldherrn. Als wir in Konstantinopel ankamen, wurden wir unerkannt zu einer Villa am Stadtrand gebracht und meine Mutter unter Hausarrest gestellt."

„Seid ihr gut versorgt?"

„Es fehlt uns an nichts. Die Villa mit Park ist größer als die in Ravenna und es gibt viele Sklaven, die für alles sorgen. Wie ich hörte, hat die Kaiserin ihre Hand im Spiel. Lass uns in eine Taverne gehen, damit wir über alles sprechen können", schlug Amalafred vor.

Der Prinz erzählte von der Odyssee auf dem Schiff.

„Wenn du kein Gefangener bist, kannst du mit mir ins Langobardenreich reisen."

„So leicht ist das nicht, mein Freund. Ich habe dem Feldherrn zugesagt, ihn auf seinen nächsten Kriegszügen zu begleiten. Du könntest hierbleiben und an meiner Seite kämpfen. Es ist das, was wir uns in unseren kühnsten Träumen gewünscht haben. Eines Tages werden wir einen eigenen Heerhaufen anführen und berühmt werden. Es ist eine einmalige Chance für dich."

„Ich habe eine Familie im Tullnerfeld und viele Krieger, die auf mich zählen."

„Das alles kannst du dir hier neu schaffen. Habe den Mut, so wie ich."

„Du bist ungebunden, ich nicht und der Königin wird deine Entscheidung recht sein. Doch was ist mit dem Traum für das Wiedererstehen des Thüringer Königreichs?"

„Dafür soll Baldur sorgen, wie wir es besprochen haben. Mich betrifft es nicht mehr. Wie ich hörte, hat der Frankenkönig Chlothar Radegunde geheiratet. Jetzt wird es nicht mehr lange dauern, bis ihr Bruder freikommt."

„Ich glaube nicht daran, dass Chlothar ihm die Freiheit schenkt, eher bringt er ihn um."

Amalafred winkte ab.

„Das kann er nicht tun, wenn er die Gunst von Radegunde nicht verlieren will."

„Chlothar ist schon mehrfach verheiratet gewesen und wird sich nicht darum scheren, wie seine Ehefrau darüber denkt."

„Wenn das so wäre, müsstest du die Flucht von Baldur beschleunigen. Ich kann dir dabei nicht mehr helfen."

Amalafred hatte seinen Standpunkt klar geäußert. Seine Karriere war ihm wichtiger geworden als die Befreiung der Heimat. Siegbert war von der Einstellung des Prinzen enttäuscht, doch das trübte nicht die Freundschaft zwischen ihnen. Die Nornen hatten entschieden. Es hing nun von Baldur ab, ob er sich traut, die Bürde des künftigen Herrschers von Thüringen auf sich zu nehmen. Siegbert war sich sicher, dass er ein guter König für die Thüringer werden würde, das bestätigte auch Amalafred. Er sah es aus der Sicht, des nicht mehr direkt Beteiligten und sie sprachen über die Hürden, die noch zu bewältigen waren. Das Thüringer Königreich müsste ein anderes sein als das unter der Herrschaft von Herminafrid. Amalafred schlug vor, dass der König nicht im Thing bestätigt werden muss, sondern nur sein Geburtsrecht zählt.

„Glaubst du, dass sich die Gaugrafen dieses Recht nehmen lassen?"

„Die Verbliebenen haben schon jetzt keine zentrale Entscheidungsgewalt mehr und die meisten Grafschaften wurden von den Franken mit eigenen Leuten besetzt. Baldur sollte die neue Aufteilung der Reichsgebiete beibehalten und seine Günstlinge als Grafen einsetzen. Du hast in Vindobona gesehen, wie lästig es ist alle Entscheidungen im Thing herbeizuführen und bestätigen zu lassen."

„Es wäre gut, wenn du Baldur mit deinem Rat zur Seite stehen könntest", entgegnete Siegbert.

„Das geht nicht, doch zum Glück hat er dich. Du musst mit deinen Kriegern zurück nach Thüringen ziehen und als Rebellenführer Baldur zum Sieg verhelfen. Es wird nicht leicht sein, doch ihr habt eine gute Chance, zu gewinnen und die Franken aus unserer Heimat zu vertreiben. Vielleicht unterstützen euch die Langobarden bei dem Kampf."

„Das glaube ich nicht. Das Bündnis mit den Franken ist ihnen wichtiger als die Freiheit der Thüringer."

„Da wirst du wohl recht haben, doch ihr werdet auch ohne ihre Unterstützung siegen."

„Was wird deine Mutter dazu sagen, wenn Baldur König wird?"

„Es wird ihr gleich sein, denn sie hat andere Sorgen. Sie will Rodalinde und mich gut verheiraten und erhofft sich dabei die Unterstützung der Kaiserin. Du hast Theodora kennengelernt. Was hältst du von ihr?"

„Sie ist eine bemerkenswerte Frau, die einen großen Einfluss auf den Kaiser zu haben scheint. Über die Leibgarde schien sie sich sehr zu freuen."

„Das tut sie und ihre Gunst ist mir sehr wichtig. Überall hat sie Spione, die ihr die neuesten Nachrichten aus den Königshäusern zutragen und in ihrem Sinne dort handeln. So war sie über die Ausbildung der Leibgarde in Carnuntum voll informiert und Spione begleiteten euch auf den Weg bis Konstantinopel."

„Waren das die drei Reiter, die unserer Spur folgten?"

„Ja, das waren sie!", bestätigte Amalafred.

„Auch mich und Arkadius hat sie angeworben und uns eine Plakette mit ihrem Konterfei als Passierschein überreicht."

„So bist du einer ihrer Spione geworden und kannst auf ihre Unterstützung zählen."
Siegbert war verblüfft und bewunderte die Frau mehr als zuvor. Vielleicht könnte ihm ihre Hilfe bei der Befreiung Baldurs dienlich sein. Amalafred musste gehen und wünschte eine gute Rückreise nach Carnuntum.
Siegbert blieb in der Taverne und überdachte das Gespräch mit seinem Freund. Es schien die Zukunft durch die Nornen deutlich vorgegeben zu sein. Vielleicht brauchte Baldur nicht mehr von ihm befreit werden. Somit konnte er jetzt an die Rückkehr seiner Krieger in die Heimat und den Befreiungskampf in Thüringen denken. Er sehnte sich nach den Bergen und Wäldern des Thüringer Waldes und war zuversichtlich, dass der Kampf um die Freiheit zu einem baldigen Sieg führt.

ENDE

Reise nach Kiew (539) und Konstantinopel (540)

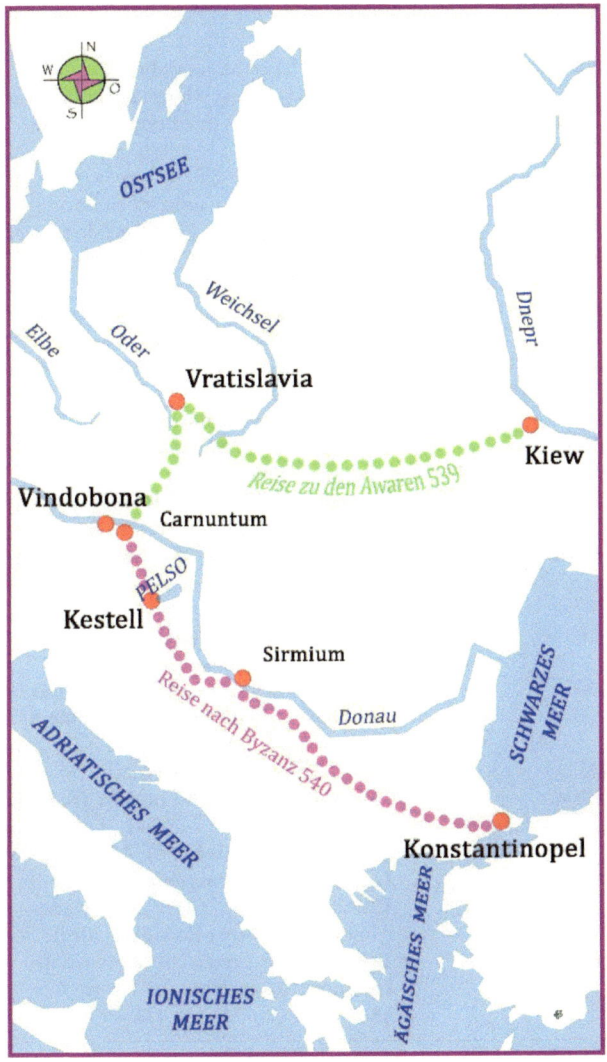

Personennamen

(Historische Personennamen sind **fett** geschrieben)

Adalwin	-	Kamerad von Siegbert bei der Leibgarde von König Herminafrid; zum Hauptmann der Vindobonenser befördert.
Alban	-	Illyrischer Pferde-Sklave von Siegbert.
Alexandros	-	Kapitän des byzantinischen Segelschiffs, das zuvor Arkadius gehörte.
Amalaberga	-	**Thüringer Königin und Frau des Herminafrid.**
Amalafred	-	**Sohn von Herminafrid und Amalaberga, Thüringer Prinz.**
Antonina	-	**Ehefrau von Belisar; Freundin der Kaiserin Theodora.**
Anwar	-	Sklave des Kaufmanns Arkadius.
Arkadius	-	Handelsmann; Vetter von Heidrun aus Rodewin; früherer Name Adalwin.
Audoin	-	**Langobardenfürst, ab 546 König der Langobarden († um 560).**
Austrigusa	-	**Zweite Frau von König Wacho, Tochter des Gepidenkönigs Turisind.**
Baldur	-	Sohn des thür. Königs Bertachar, Bruder der hl. Radegunde.
Belisar	-	**Oströmischer General und Feldherr des Kaisers Justinian I. (* um 500; † 565).**
Brunhilde	-	Erste Ehefrau von Siegbert.
Chlothar	-	**(511-561) König der Franken (Soissons), 1. Ehe: 520 Ingund (Tochter einer Optimatenfamilie), 2.Ehe: 524 Guntheuca (Witwe seines Bruders Chlodomer), 3. Ehe: 540 Radegunde (Thüringer Königstochter).**
Cassius	-	Berater und Sekretär von König Witichis und Abgesandter zu König Wacho.

Deuteria	-	**Galloromanin aus Cabrières in Aquitanien. Erste Ehefrau von König Theudebert.**
Gerda	-	Magd aus Thüringen in Vindobona; Waise aus dem Rebellenlager.
Gunnar	-	Hauptmann der in Vindobona stationierten Thüringer Krieger; ehemaliger Thüringer Gaugraf.
Harald	-	Ältester Sohn des Herwald von Rodewin, ab 529 Gaugraf des Oberwipgaus, Bruder von Siegbert.
Hartwig	-	Zweiter Sohn des Herwald von Rodewin; fränkischer Gebietsverwalter des besetzten thüringischen Gebietes.
Hedwig	-	Jüngste Tochter (5.) von Weibel; zweite Ehefrau von Siegbert (∞ 537); Kinder: Sohn (538), Tochter (539).
Heidrun	-	Tochter des Osmund von Anstedt, Frau von Harald.
Herminafrid	-	**Thüringer König († 534).**
Hildegard	-	Obermagd im Prinzenhof von Vindobona.
Jaros	-	Sklave von Harald in Rodewin.
Justinian	-	**Kaiser von Ostrom (Byzanz). Er regierte von 527 bis 565.**
Leomir	-	Verwalter der Handelsstation am Fluss Neiße.
Libussa	-	Nichte des Bernsteinschleifers in Breslau; Ehefrau von Leomir.
Matasuntha	-	**(* 520, † 551) Enkelin des Ostgotenkönigs Theoderich; Eltern: Regentin Amalasuntha und Westgote Eutharich († 523).**
Menia	-	**Verwitwete Thüringer Königin, Mutter von Herminafrid, Baderich, Berthachar, Raicunda und Audoin.**
Mila	-	Tochter des Fürsten von Vratislavia.
Oskar	-	Handelsmann; ehem. thür. Rebellenkrieger.
Otto	-	Handelsmann; ehem. thür. Rebellenkrieger; Leibwächter in Kiew.

Pal	-	Illyrischer Sklave von Siegbert; Verwalter des Handelskontors in Carnuntum.
Radegunde (Heilige)	-	**Thüringer Prinzessin († 587), 540 verheiratet mit dem Frankenkönig Chlothar, Klostergründerin.**
Reimund	-	Stellvertretender Hauptmann (Leutnant, Leutinger) und später Hauptmann der „Rodewiner" im Heerlager von Carnuntum; ehem. Rebellenkrieger vom Thüringer Wald.
Richard	-	Handelsmann; ehem. thür. Rebellenkrieger.
Rodalinde	-	Tochter von König Herminafrid und Amalaberga.
Rodulf	-	**König der Heruler († 508).**
Roland	-	Handelsmann; ehem. thür. Rebellenkrieger.
Rosa	-	Sklavin aus Rodewin, Tochter des Jaros.
Rosamunde	-	Sklavin von Siegbert im Handelskontor in Carnuntum.
Sigrid	-	Freundin von Hedwig; Frau des Medicus.
Siegbert	-	Dritter Sohn des Herwald von Rodewin; Rebellenführer der Thüringer, langobardischer Hauptmann der Rodewiner; Graf und Befehlshaber der beiden Thüringer Heerhaufen im Langobardenreich.
Silinga	-	**Sigilinga; dritte Ehefrau König Wachos; Tochter des Herulerkönigs Rodulf; Sohn: Walthari († 546).**
Teuta	-	**Illyrische Königin (Regierungszeit 231 – 228 v. Chr.).**
Theodora	-	**(*um 500, † 548) Oströmische Kaiserin.**
Theudebald	-	***533, (547-555) Sohn König Theudeberts mit der Galloromanin Deuteria, ∞ (554): Frankenkönig Theudebald.**
Theudebert	-	**(533-547) König der Franken, Sohn des Königs Theuderich.**

392

Turisind	-	König der Gepiden († 560).
Wacho	-	(510-540) König der Langobarden.
Walderada	-	(*530, † nach 570) Zweite Tochter von König Wacho mit Austrigusa (Gepidin); 1∞ (554): Frankenkönig Theudebald, 2∞ (um 555): König Chlothar I., 3∞ (um 556): Bayernherzog Garibald I. (4 Kinder).
Weibel	-	Gaugraf des Elbkniegaus, Schwiegervater von Hartwig und Siegbert.
Wisigard	-	(† 538) Älteste Tochter von König Wacho mit Austrigusa (Gepidin); verheiratet mit König Theudebert.
Witichis	-	(† 540) (Witigis) König der Ostgoten (536-540).

Kleines Wörter-Lexikon

Adria	-	Adriatisches Meer; nördliches Seitenbecken des Mittelmeers zwischen Balkanhalbinsel und Apenninhalbinsel.
Aquileia	-	Norditalienische Stadt in der Region Friaul-Julisch-Venetien am Fluss Natissa, nahe der Lagune von Grado am Golf von Triest.
Airag	-	Vergorene Stutenmilch mit geringem Alkoholgehalt (etwa 2,8 % Vol.).
Arnberg	-	Kreisstadt Arnstadt in Thüringen.
Arrianis	-	Klosterneuburg, Siedlung am Donaudurchbruch zwischen dem Leopoldsberg und Bisamberg.
Asen	-	Germanisches Göttergeschlecht.
Baltisches Meer	-	Ostsee, Mare Balticum, Binnenmeer des Atlantiks in Europa.
Birnbaumer Wald	-	Gebirgspass (883 m Höhe) verbindet Ljubljana mit Gorizia; mittelgebirgiges Hochplateau; es liegt zwischen Karst und Julischen Alpen (Slowenisch Hrusica).
Byzanz	-	Oströmisches Reich (395-1453).
Carnuntum	-	Ehemaliges römisches Heerlager und Heerlager flussabwärts von Wien.
Comagena	-	Tulln an der Donau.
Eburodunum	-	Brünn; Stadt in Mähren (Tschechien).
Einherjer	-	Die von den Walküren nach Walhall geführten ehrenvoll Gefallenen.
Elbe	-	Labe, Alvis; mitteleuropäischer Strom (Tschechien, Deutschland).
Elbkniegau	-	Gebiet, südöstlich der Mündung der Saale in die Elbe; Gebiet nördlich von Leipzig.

Elbtor	-	Elbe am Ausgang vom Elbsandsteingebirge in der Nähe von Dresden.
Erphesfurt	-	Erfurt in Thüringen.
Frey	-	Wanengott der Fruchtbarkeit.
Freya	-	Wanengöttin der Liebe.
Frigga	-	Gattin von Odin, Schutzherrin der Ehe und Mutterschaft.
Gaugraf	-	Ein von mehreren Sippenältesten im Thing gewählter Vorstand eines Gebiets im Thüringer Königreich, der eine Stimme im Reichsthing hatte.
Gausen	-	Langobardisches Fürstengeschlecht.
Gepiden	-	Ostgermanischer Stamm im heutigen Rumänien.
Goldmuscheltal	-	Gebiet bei Szigliget am Plattensee, Ungarn.
Graf	-	Königlicher Amtsträger, der in einer Verwaltungseinheit die königlichen Rechte ausübte.
Gullveig	-	Göttin der Wanen, Zauberin und Hellseherin.
Hel	-	Germ. Totengöttin (Riesin).
Helheim	-	Totenreich; Reich der Totengöttin Hel.
Heruler	-	Ostgermanischer Stamm.
Hönir	-	Gott der Asen, der als Geisel nach dem ersten Weltenkrieg zu den Wanen kam.
Hohe Maien	-	Maifest, Beginn des Sommers; keltisch Beltane; christlich Pfingsten.
Hunno	-	Germ. Anführer einer Hundertschaft von bis zu 100 Kriegern.
Yggdrasil	-	Weltenbaum, der in der nordischen Mythologie den gesamten Kosmos verkörpert und dessen Äste sich über alle neun Welten erstrecken.
Illyrer	-	Mehrere Stämme, die auf der westlichen Balkanhalbinsel lebten.
Jötunheim	-	Welt der Riesen in der nordischen Mythologie.

Julische Alpen	-	Gebirgsgruppe der südlichen Karpaten (Grenze zwischen Österreich und Slowenien).
Jungkrieger	-	Ausgebildeter Krieger, der noch keine praktische Kampferfahrung hat.
Kahler Berg	-	Kahlenberg, einer der Hausberge von Wien.
Kemenate	-	Mit einem Kamin beheizbarer Wohnraum.
Kesthell	-	Keszthely, Stadt am Westufer des Plattensees, möglicher Wintersitz des langobardischen Königs Wacho (6. Jh.).
Kevernburg	-	Käfernburg bei Arnstadt (Thüringen).
Khaganat	-	Reich, das von einem Khagan regiert wurde (Chaganat, Kaganat, Khaghanat).
Kontor	-	Niederlassung von Kaufleuten, Handelszentrale.
Küfer	-	Handwerker, der Behälter und Gefäße aus Holz fertigt (Fassbinder, Böttcher).
Kvasir	-	Ein Weiser, der nach dem ersten Weltenkrieg der Asen gegen die Wanen aus dem Speichel der beiden Göttergeschlechter entstanden ist.
Leutinger	-	Leutnant; Stellvertreter des Hauptmanns; er befehligt mehrere Hundertschaften.
Langobarden	-	Elbgermanischer Volksstamm (Teilstamm der Sueben). Sie siedelten ursprünglich im Gebiet der unteren Elbe, bis sie später nach Pannonien zogen. Im Jahr 568 zogen sie nach Italien.
Lipsa	-	Leipzig, Siedlung am Fluss Parthe, Sitz der ostfränkischen Verwaltungsbehörde.
Lwiw	-	Lemberg.
Medicus	-	Arzt.

Meisa	-	Meißen, Misnia, Misena; Slawisches Dorf an der Elbe.
Merowinger	-	Ältestes Königsgeschlecht der Franken.
Met	-	Honigwein, alkoholisches Getränk aus Honig und Wasser.
Midgard	-	Wohnort der Menschen in der Mitte der Welt (Erde) in der germanischen Mythologie.
Mimir	-	Riese, der die Quelle der Weisheit, die unter dem Weltenbaum Yggdrasil entspringt, bewacht.
Ministeriale	-	Beamter, der von einem Herrscher als Verwalter, etc. eingesetzt wurde.
Moldau	-	Vltava, Wulda, Wilthahwa; Nebenfluss der Elbe in Tschechien.
Mond	-	Zeit eines Mondzyklus (ca. 29,53 Tage).
Niflheim	-	Welt des Nebels und Eises, der Finsternis und Kälte in der nordischen Mythologie (siehe Helheim).
Nisa	-	Fluss Neiße.
Njörd	-	Wanengott des Meeres und Windes. Vater von Frey und Freya.
Noricum	-	Keltisches Königreich; es wurde vor 2000 Jahren von den Römern erobert; die Donau bildete die Nordgrenze des Römischen Reichs.
Nornen	-	Schicksalsbestimmende Frauen in der germanischen Mythologie (Urd - Vergangenheit, Verdandi - Gegenwart, Skuld - Zukunft).
Obergegau	-	Gebiet beidseits des Flusses Zahme Gera von seiner Quelle bis Plaue im Ilm-Kreis in Thüringen.
Oberwipgau	-	Gebiet beidseits des Flusses Wipfra von seiner Quelle bis zum Willinger Berg im Ilm-Kreis in Thüringen.
Odin	-	Göttervater in der germanischen Mythologie.
Palisadenwall	-	Schutzwall aus 3-4 m langen Holzpfählen.

Peloponnes	-	Halbinsel südlich des griechischen Festlands.
Pelso	-	Plattensee, Balaton, Lacus Pelso.
Pier	-	Anlegestelle für Schiffe im Hafen.
Ragnarök	-	Sage vom Untergang der Götter in der nordischen Mythologie.
Ratisbona	-	Regensburg.
Ravenna	-	Italienische Stadt an der Adria.
Riwne	-	Stadt in der Ukraine am Fluss Ustja.
Rodewin	-	Neuroda, Ortsteil der Stadt Arnstadt im Ilmkreis; Geburtsort der Protagonisten Harald, Hartwig und Siegbert.
Rodewiner	-	Heerhaufen in Carnuntum; Thüringer Krieger, die sich nach dem Ort Rodewin benannt haben.
Runen	-	Alte germanische Schriftzeichen.
Rynnestig	-	Rennsteig; Kammweg im Thüringer Wald.
Rzeszow	-	Verlassene slawische Siedlung nördlich der Karpaten auf der Strecke zwischen Breslau und Kiew.
Save	-	Savus; wasserreichster Nebenfluss der Donau; er mündet in Belgrad in die Donau.
Sassanidenreich	-	Neupersisches Reich, erstreckte sich in etwa über Gebiete des heutigen Iran, Irak, Aserbaidschan, Turkmenistan, Pakistan und Afghanistan. König Chosrau I. (531-579) war der Gegenspieler des oströmischen Kaisers Justinian I. (*482, †565).
Schemel	-	Einfaches Sitzmöbel ohne Lehne.
Schreiner	-	Tischler; holzverarbeitender Handwerker.
Schwarzalbenheim	-	Unterirdische Wohnstätte der Zwerge; eine der neun Welten in der nordischen Mythologie.
Serdica	-	Sofia.
Siegbertshof	-	Siegberts Erbhof im Tullnerfeld; Hochzeitsgeschenk von Prinz Amalafred.

Sirmium	-	Historische Stadt zwischen den Flüssen Save und Donau (nahe Belgrad).
Slezanen	-	Slawischer Volksstamm, um Vratislavia.
Teuta	-	Antike illyrische Königin (230 – 228 v. Chr.); Regentin für ihren jungen Stiefsohn Pinnes.
Thing	-	Germanische Volks- und Gerichtsversammlung.
Thor	-	Germ. Gewitter- und Wettergott; Sohn Odins; Beschützer der Menschen.
Tullnerfeld	-	Von der Donau angeschüttete Schotterfläche in Niederösterreich, flussaufwärts der Donau von Wien.
Via Diagonalis	-	Römische Heerstraße, die von Zagreb, Belgrad (Singidunum), Nis, Sofia (Serdica) nach Istanbul (Konstantinopel) führt.
Via Regia	-	Königsstraße zwischen Paris und Naumburg an der Saale, die später bis Kiew führte.
Villa	-	Römisches Landhaus, Herrenhaus.
Vindobona	-	Wien; Römisches Legionslager.
Vindobonenser	-	Thüringer Heerhaufen in Vindobona.
Vratislavia	-	Wroclaw (Breslau) in Polen.
Walhall	-	Ruheort der Einherjer.
Wanen	-	Zweites Göttergeschlecht in der nordischen Mythologie.
Weichsel	-	Wisla, Visla, Vistula; längster Fluss in Polen.
Widder	-	Männliches Schaf; Schafbock.
Winniler	-	Ursprünglicher Name der Langobarden; Elbgermanischer Volksstamm (Teilstamm der Sueben); langobardische Leibwächter des Kaisers Justinian.

Ein Dankeschön an den Heinrich-Jung-Verlag

Alles begann 2008. Das Manuskript „Im Tal der weißen Pferde" war fertiggestellt und die große Suche nach einem Verlag, der mein erstes Buch daraus machen sollte, begann. Nach Absagen bei großen Verlagen in Deutschland war ich geneigt aufzugeben und das Manuskript in einer Schublade zu versenken. Ein letzter Versuch war die Anfrage bei kleineren thüringer Verlagen und ich hatte Glück. Der Heinrich-Jung-Verlag in Zella-Mehlis interessierte sich für den historischen Roman, da das Thema in sein Verlagsprogramm passte.

Der Verlag wurde 1990 gegründet und befasste sich überwiegend mit Militärgeschichte zu Geheimprojekten in Thüringen, Brandenburg und Schlesien während und nach dem zweiten Weltkrieg sowie regionalen Themen.

Im Jahr darauf erschien der Roman und es erfolgten zahlreiche Lesungen und Präsentationen bei Messen und Ausstellungen. Viele Besucher hatten noch nie von einem Thüringer Königreich gehört, das vor 1500 Jahren existierte. Sie wünschten mehr darüber zu erfahren und es folgten zwei weitere Bände. Damit war das historische Geschehen in Thüringen bis zum Jahr 536 behandelt.

Es war eine schöne und angenehme Zeit der Zusammenarbeit mit dem Verlagsehepaar Ursula und Heinrich Jung, die auch nach der Schließung des Verlages im Jahr 2021 kein Ende fand. Sie lektorierten die weiteren Bände zur Thüringen-Saga, die im BoD-Verlag erschienen waren und sind in alle Aktivitäten, wie z. B. der Erschaffung eines vom Bürgermeister Dietmar Krause initiierten Literaturmuseums (www.neuroda.de) in Neuroda, wo Bücher zum Thüringer Königreich gesammelt und in einer Handbibliothek eingesehen werden können, involviert.
Für meine Frau Reinhild und mich ist es ein großes Geschenk, dass wir uns gefunden haben und mit ihnen zusammenarbeiten durften.

Wien, im Dezember 2024

Mitteldeutsche Buchmesse 2016 in Pößneck; v.r.n.l. Heinrich und Ursula Jung, Reinhild und Herbert Schida.

Auf dem Hof der „Alten Schule" von Neuroda, 2023; v.r.n.l. Dietmar Krause, Reinhild Schida, Heinrich und Ursula Jung.

Über den Autor

Herbert Schida wurde 1946 in Neuroda (Thüringen) geboren. Er ist verheiratet und lebt seit 1980 mit seiner Familie in Wien.

Nach dem technischen Hochschulstudium (Elektrotechnik) arbeitete der Autor auf dem Gebiet der Supraleitung, Elektromaschinenbau, CAD, Identifikationssysteme und im Kraftwerksbau (Tianhuangping und Tongbai in der VR China).

Seit 1984 präsentiert Herbert Schida als Maler seine Bilder in Einzel- und Gemeinschaftsausstellungen im In- und Ausland.

Sein erstes Buch über die Zeit des Thüringer Königreichs erschien im Jahr 2009 im Heinrich-Jung-Verlag. Es war der Beginn einer Reihe von acht historischen Romanen (Thüringen-Saga).

Vier weitere Romane beleuchten das Leben in China um die Jahrtausendwende. In ihnen finden sich Anekdoten aus der Zeit seiner Tätigkeit im Kraftwerksbau in China zwischen 1994 bis 2004.

Mit dem Kinderbuch „Bruder Reinhold und Graf Bertel" bekundet der Autor seine Verbundenheit mit dem Ort Elgersburg in Thüringen und der Elgersburger Ritterschaft, dessen Mitglied er seit 1992 ist.

Weitere Informationen finden Sie auf seiner Homepage unter:
www.schida.net

Historische Romane zur Thüringen-Saga

(1)   **Im Tal der weißen Pferde**
Ein historischer Roman aus dem Thüringer Königreich
Heinrich-Jung-Verl.-Ges. mbH, Zella-Mehlis 2009
ISBN 978-3-930588-92-3
2. Auflage, Books on Demand GmbH, Norderstedt
2020
ISBN 978-3-7519-5152-4
(E-Book ISBN 978-3-7526-9447-5)

(2)   **Das Blut der weißen Pferde**
Ein historischer Roman aus dem Thüringer Königreich
Heinrich-Jung-Verl.-Ges. mbH, Zella-Mehlis 2011
ISBN 978-3-930588-95-4

(3)   **Die Spur der weißen Pferde**
Ein historischer Roman aus dem Thüringer Königreich
Heinrich-Jung-Verl.-Ges. mbH, Zella-Mehlis 2012
ISBN 978-3-943552-03-4

(4)   **Heimreise auf Umwegen**
Ein historischer Roman aus der Völkerwanderungszeit
Books on Demand GmbH, Norderstedt 2020
ISBN 978-3-7519-5174-6
(E-Book ISBN 978-3-7519-4719-0)

(5)   **Ein Thüringer als Amtmann**
Ein historischer Roman aus der Völkerwanderungszeit
Books on Demand GmbH, Norderstedt 2020
ISBN 978-3-7519-9564-1
(E-Book ISBN 978-3-7526-1429-9)

(6) **Die Rebellen vom Rynnestig**
Ein historischer Roman aus der Völkerwanderungszeit
Books on Demand GmbH, Norderstedt 2020
ISBN 978-3-7519-9510-8
(E-Book ISBN 978-3-7526-8211-3)

(7) **Im Reich der Langobarden**
Ein historischer Roman aus der Völkerwanderungszeit
Books on Demand GmbH, Norderstedt 2022
ISBN 978-3-7562-1331-3
(E-Book ISBN 978-3-7562-6815-3)

(8) **Die Rodewiner**
Ein historischer Roman aus der Völkerwanderungszeit
Books on Demand GmbH, Norderstedt 2024
ISBN 978-3-7693-1742-8